너와 내가 반짝일 확률 99%
초판 1쇄 펴냄 2020년 10월 28일
   5쇄 펴냄 2023년 8월 21일

지은이 사라 후지무라
옮긴이 장혜진

펴낸이 고영은 박미숙
펴낸곳 뜨인돌출판(주) | 출판등록 1994.10.11.(제406-251002011000185호)
주소 10881 경기도 파주시 회동길 337-9
홈페이지 www.ddstone.com | 블로그 blog.naver.com/ddstone1994
페이스북 www.facebook.com/ddstone1994 | 인스타그램 @ddstone_books
대표전화 02-337-5252 | 팩스 031-947-5868

ISBN 978-89-5807-780-0 03840

VivaVivo 43

너와 내가 반짝일 확률. 99%

사라 후지무라 지음
장혜진 옮김

뜨인돌

#1

나는 아이스드림 주차장으로 들어가 인라인스케이트를 민트 색 운동화로 갈아 신었다. 레슨 시작까지는 51분이 남았다. 해나가 나타난다면. 이번 달 들어 해나는 레슨을 네 번이나 빠졌다. 이유는 생리통, 감기, 배탈, 허벅지 결림. 그렇게 조금만 아파도 못 견디면서 전국 대회는 어떻게 나가겠다는 건지 …. 나는 그 나이 때 세계 주니어 선수권 대회에서 메달을 땄다고. 그것도 발가락이 골절된 채로.

아이스드림 링크로 들어서자 올림픽 금메달리스트 미도리 나카시마와 마이클 케네디, 일명 엄마와 아빠가 나를 반겼다. 손가락 끝을 입술에 댄 뒤 엄마 아빠의 포스터를 톡 두드리고 지나쳤다.

"힘찬 박수로 환영해 주세요. 올리비아 '아이스 스크림' 케네디!"

매점에 있던 맥이 아나운서 흉내를 내며 외쳤다. 맥은 진분홍색으로 부분 염색한 금발의 땋은 머리를 롤러 더비(roller derby, 다섯 명으로 구성된 두 팀이 롤러스케이트를 타며 트랙에서 겨루는 프로스포츠) 티셔츠 뒤로 휙 넘겼다. 오늘 선택한 티셔츠에는 '먹고, 자고, 스케이트를 타라, 계속(EAT, SLEEP, SKATE, REPEAT)'이라고 적혀 있었다.

"아이스 스크림?"

나는 옷걸이에서 아이스드림 공식 재킷을 꺼내 티셔츠 위에 걸쳤다.

"아니, 아이스드림. 말이 헛나갔어. 흠, 계속 연습해야겠어."

맥은 유리장에 세제를 찍 뿌렸다. 유리장 속 시리얼 상자에서 하늘색 스케이팅 의상을 입고 금메달을 목에 건 엄마 아빠가 미소를 보냈다.

"엄마는 물리치료 받으러 갔어?"

나는 카운터 위로 홀쩍 올라가 앉았다.

"응."

맥이 딱딱한 프레첼 하나를 내게 건네며 말을 이었다.

"먹든지 버리든지. 난 벌써 세 개나 먹었어. 너도 팀을 위해 하나 먹을 차례야."

나는 프레첼을 깨물었다.

"에너지가 필요해. 해나가 4시에 오거든. 오늘 또 거스러미나 에볼라나 암튼 생명을 위협하는 문제가 안 생긴다면."

"안 와. 오늘 아침에 그만뒀어."

헉. 해나는 꼴 보기 싫었던 올림픽 꿈나무지만 나도 밥은 먹고 살아야 한다. 아이스링크에 불을 밝히려면 해나의 수업료가 필요하다. 일요일 오후에 일반 개장을 하려면 수도도 계속 틀어야 하고.

"너 좋은 구경 놓쳤어. 오늘 아침에 해나 엄마가 쳐들어왔거든. 스케이팅 영재인 자기 따님은 올림픽 선수랑 스태프한테 질 높은 훈련을 받으러 왔지 새끼 코치한테 배우려고 온 게 아니래. 너한테 올림픽 수준 경기에 필요한 기술을 못 배웠다면서 한바탕 건방을 떨고 갔어."

"언니, 걔 열두 살이야! 더블 루프 점프도 이랬다저랬다 하는데 트리플 루프를 어떻게 가르쳐?"

"사장님도 그렇게 말했어. 데시벨은 훨씬 낮았지만. 어우, 이제 그 꼴 안 봐도 되니까 속이 다 시원하네."

맥이 문 쪽으로 손을 휙 뻗으며 말을 이었다.

"다행히 새 고객도 생겼으니까."

"진짜? 어린이집 꼬맹이야? 제 손으로 스케이트 끈도 못 묶는 거 아냐?"

"둘 다 아닐걸."

"남자애야?"

남자 선수는 가르쳐 본 적이 없었다. 얼마나 골치가 아플까?

"뭐, 해나보다 더 힘들기야 하겠어…. 앗, 안 돼. 그럼 머리가 딱 내 가슴에 오는 애를 가르쳐야 돼?"

"흥분하지 마. 네 담당 아니니까. 걔 아빠가 수표를 두둑이 쓰고 갔어. 월요일부터 목요일 오후 3시에서 5시까지 링크를 통째로 빌렸다고. 일요일 아침에도 몇 번 쓸 거래. 너희 엄마, 미도리 여사님이 그 소리를 듣더니 물리치료 받으러 팔짝팔짝 뛰어나갔어. 그 허리로, 팔짝팔짝. 어, 저기 왔다."

뒤를 돌아보니 동양인 남자아이가 플라스틱 원뿔 무더기를 들고 빙판 쪽으로 오고 있었다. 아버지로 보이는 중년 남자가 그 뒤를 따랐다.

"쟤가 우리 새 고객이야?"

"응. 떠오르는 쇼트트랙 주자."

맥은 너무 활짝 웃는 바람에 입술 피어싱 고리가 아랫니에 부딪혔다. 남자아이가 큼지막한 운동복 티셔츠를 벗자 딱 달라붙는 스피드스케이팅 경기복 상의가 드러났다.

"올리비아, 댄스파티 파트너 후보로 어떨까?"

맥의 머리를 때리려고 손을 뻗자 맥이 나를 잡아당겨 헤드록을 걸었다. 그 사이 남자아이는 방금 정빙기로 매끄러워진 빙판에 올라 아버지에게 스케이트 가드를 건넸다. 그러고는 링크를 돌며 주황색 원뿔을 하나씩 내려놓아 타원형 경로를 만들었다. 아버지는 이쪽으로 조금 옮겨라, 저쪽으로 조금 밀어라 소리를 쳤다.

"잠깐. 얼음이 왜 저래?"

원뿔 하나가 빙판을 덮은 물웅덩이 속에 철퍼덕 놓이는 걸 보며 내가 물었다. 맥이 거만한 목소리로 대꾸했다.

"쇼트트랙은 말이지, 빙판이 젖어야 돼. 오늘 물 양동이 나르느라 운동 좀 했지. 내가 이 링크를 위해서 이렇게까지 한다."

맥이 어깨를 빙빙 돌렸다.

"좋아서 하는 일이면서, 뭘."

"그런가? 자, 오늘 온 거야."

맥이 택배 상자를 건네며 말을 이었다.

"얼른 만들어. 7시 파티니까 최대한 빨리 끝내야 해. 스케이트 소독은 그다음에 하고."

갑자기 해나가 그리웠다. 매점에서 가장 가까운 1번 테이블에서 상자를 열었다. 으, 스케이터 복장의 바비 인형 피냐타(Piñata, 과자, 사탕, 작은 장난감 등을 넣은 커다란 종이 인형. 생일 파티 등에서 아이들이 막대기로 터뜨리며 논다)와 눈이 마주쳤다. 그때, 누군가 말을 걸었다.

"전화를 받아야 해서. 나 대신 숫자 좀 세 줄래?"

남자아이의 아버지가 휴대전화를 내 쪽으로 흔들었다.

"네?"

"우리 애가 몇 바퀴 돌았는지 좀 세 줄래? 스물다섯 바퀴 돌아야 하거든."

남자아이의 아버지가 내 앞에 계수기를 놓았다. 그러고는 재킷에 적힌 내 이름을 읽더니 빙판을 향해 소리쳤다.

"조나! 여기 올리비아가 계수기 갖고 있다. 금방 올게. 내가 오기 전에 다 끝나면 간식 먹어."

이름이 조나였군. 조나가 고개를 끄덕였다. 조나 아버지는 스케이트 가드, 운동복, 보랭 가방을 택배 상자 앞에 툭 떨구고는 가 버렸다. 그사이 조나는 링크 가장자리를 따라 천천히 시계 반대 방향으로 돌기 시작했다. 조나가 내 앞을 지날 때마다 나는 계수기를 딸깍 눌렀다. 열두 바퀴째 돌고 있을 때 맥이 내 시야를 가리며 섰다.

"언니! 그러고 있으면 정확히 못 센단 말이야."

"왜? 뇌가 녹아내려서?"

나는 맥을 옆으로 밀쳤다.

맥이 바비 피냐타에 사탕을 쑤셔 넣는 사이, 나는 조나가 얼음 위를 부드럽게 활주하는 모습을 지켜봤다. 직선코스에서는 모든 보폭이 매끄럽게 통제됐고 일정했다. 커브를 돌 때면 매번 완벽하게 70도 각도를 유지했다.

"쟤 말이야, 지루해서 죽어 가는 것 같아. 이럴 때 필요한 게 뭔 줄 알아? 건스 앤 로지스."

맥이 끙 소리를 내며 일어섰다.

"건스 앤 로지스? 20세기 록 밴드 아니야?"

"우리 롤러 더비 선수들이 훈련할 때 듣는 음악이야. 쟤도 좋아할 거야."

"남몰래 40대 감성을 품고 있다면 그렇겠지."

"들어 보고 얘기해."

열네 바퀴째 셌을 때 장내 방송설비가 지직 소리를 내며 켜졌다.

"안녕, 새로 온 친구? 내가 훈련용 음악 들려줄게. 즐겨."

맥의 목소리가 텅 빈 링크에 쩌렁쩌렁 울렸다.

몇 초 뒤 '웰컴 투 더 정글(Welcome to the Jungle)'이 스피커를 뚫고 터져 나왔다. 조나는 순간 삐끗했지만, 곧 중심을 잡았다. 시간이 지날수록 조나도 음악에 맞춰 속도를 냈다. 나는 길고 검은 머리칼을 날리며 조나가 활주하는 모습을 지켜봤다. 보컬이 마지막 절규를 쏟아 내자 조나가 스물다섯 번째 바퀴를 마쳤다.

"스물다섯 바퀴야!"

내가 소리치자, 조나가 고개를 끄덕이더니 속도를 늦췄다. 그러고는 둥그렇게 호를 그리며 내 쪽으로 왔다. 조나는 보드에 기대서더니 보랭 가방에서 물병을 꺼내 벌컥벌컥 물을 들이켰다.

말을 걸고 싶었다. 아무 말이라도. 무슨 말을 하지? 나는 조나를 쳐다봤다. 조나도 나를 쳐다봤다.

맥이 나타났다.

"올리비아 케네디, 이쪽은 조나 최. 조나, 이쪽은 올리비아."

"안녕."

조나가 내게 고개를 까딱했다.

"안녕."

나도 고개를 끄덕였다.

"영감을 주는 음악, 고마워. 어⋯."

"난 애너벨 매킨토시. 친구들은 맥이라고 불러. 롤러 더비 선수들은 맥 트럭이라고 하고."

맥이 땋은 머리채를 어깨 뒤로 홱 넘겼다.

"맥 언니는 롤러 더비 퀸이 되고 싶대."

내 말에 조나는 어리둥절한 눈치였다. 누가 봐도 여기는 롤러스케이트장이 아니었으니까.

"우리 엄마도 그 노래 자주 들어."

조나가 맥에게 말했다.

"거봐!"

내가 맥에게 말했다.

"알았어, 이 트집쟁이."

맥이 장난스럽게 나를 밀며 말을 이었다.

"너도 우리 설리 걸스에 들어와서 롤러 더비 할래? 건스 앤 로지스는 원 없이 들을 수 있는데."

"너도 롤러 더비 해?"

조나가 나를 향해 눈썹을 치켜뜨며 물었다.

"아니."

내 말에 맥이 덧붙였다.

"아직은."

"참, 너희 아빠가 간식 먹고 있으랬어."

내가 조나 쪽으로 보랭 가방을 밀었다.

"그런데 얼음 위에서 먹는 건 안 돼. 우리 엄마가 아주 질색하거든."

"알았어."

조나는 테이블 위에 놓인 스케이트 가드를 쥐고 뒤뚱뒤뚱 걸어와 내 맞은편에 앉았다. 조나는 어딘가 달랐다. 분명 동양인인데, 얘도 나처럼 혼혈인가? 딱히 그런 것 같지도 않은데.

"사탕 먹을래?"

궁금증은 접어 둔 채 조나에게 캐러멜 사탕을 하나 건넸다.

"아니. 단당류는 쓰레기야."

"좋아, 그럼. 나 필요하면 슬러시 기계 쪽으로 와. 청소하고 있을 테니까."

맥이 이렇게 말하며 사탕 한 움큼을 재킷 주머니에 집어넣었다.

조나는 삶은 달걀을 꺼내더니 껍데기를 깠다.

"먹을래?"

조나가 달걀을 내밀었다.

"고맙지만 사양할게."

나는 단당류 덩어리이자 쓰레기인 박하사탕을 뜯어 입속에 넣고 달걀 냄새를 중화시켰다.

조나가 달걀을 세 개째 먹고 있는데 조나 아빠가 돌아왔다.

"봐준 건 아니지?"

조나 아빠가 나를 보고 웃으며 달걀을 하나 집었다.

"아니에요. 스물다섯 바퀴 다 채웠어요. 달걀은 세 개 먹었고요."

"마음에 드네, 올리비아."

조나 아빠가 못마땅한 눈길로 조나를 봤다.

"거봐라, 괜찮을 거랬지?"

"지금까지는."

조나가 달걀 통 뚜껑을 주먹으로 쿵 닫았다.

"그래도 버지니아 알링턴으로 돌아갈 거야."

"한 번에 하나씩 하자, 아들."

조나 아빠가 달걀에 세균이라도 있는 양 양손을 문질렀다.

"자, 바지 나한테 주고 스트레칭 하러 가."

"추워. 나중에 벗을게."

"조나."

조나 아빠가 채근하며 손을 뻗었다.

조나의 눈길이 내게 머물렀다가 다시 아빠에게로 향했다.

"나중에."

조나 아빠가 드디어 눈치를 챈 듯 어르기 시작했다.

"아들, 여기는 프로들의 스케이트 링크야. 선수가 쫄바지, 요가 팬츠 입는 게 당연하지. 프로답게 행동하렴."

조나는 웜업 팬츠를 확 끌어 내려 벗더니 아빠 가슴팍으로 떠밀었다.

"스트레칭 시작해."

조나 아빠가 경고하듯 말하고는 조나에게 파란색 반다나를 건넸다.

"전력 질주 다섯 번."

조나가 내 쪽으로 몸을 숙이고는 말했다.

"쫄바지 아니야. 이건 스킨 슈트라고."

"어…, 그래."

조나의 등에 대고 내가 대꾸했다.

조나 아빠가 헬멧을 들고 탈의실에서 돌아왔다. 조나는 반다나를 접어 이마에 묶었다. 헬멧을 단단히 쓰고 출발선 앞에 섰는데, 출발선은 우연히도 1번 테이블 앞이었다. 조나가 왼발을 앞으로 하고 몸을 숙여 출발 자세를 잡았다. 오른발은 80도 각도로 벌려 빙판 위에 탁 내려놓고 왼팔은 가슴 앞으로 구부렸다. 오른쪽 팔꿈치는 뒤로 젖혔다. 링크 위로 침묵이 쏟아졌다. 조나는 기다렸다. 기다리고, 또 기다렸다.

뿌우, 에어 혼이 링크의 정적을 가르는 순간 나는 벤치에서 굴러떨어질 뻔했다. 조나가 육상 선수처럼 출발선에서 튀어 나갔다. 빠르게 코너로 접어들더니 70도 각도로 몸을 기울이자 왼손가락이 빙판을 스쳤다. 조나는 날고 있었다. 조나가 백스트레치(backstretch, 결승점 트랙 반대편의 직선코스) 위를 쏜살같이 질주하자 빙판을 가르는 칼날 소리가 링크에 메아리쳤다. 두어 바퀴를 더 돌고 난 뒤 조나는 몸을 곧게 쭉 펴고 내가 앉은 1번 테이블 앞 가상의 결승선 위로 오른발을 내밀었다.

"너무 느려."

조나가 휙 지나치는 순간 조나 아빠가 말했다.

결승선을 지나고 채 1분도 지나지 않아 다시 에어 혼이 울렸다.

"너무 느려."

조나 아빠가 다시 다그쳤다.

"얼음에 너무 달라붙었어, 아들. 균형점을 찾아. 얼음을 느끼라고."

조나가 다시 출발선에 섰다. 에어 혼이 울리자, 조나가 총알처럼 튀어 나갔다.

"우아, 저 녀석 완전 진지한데?"

맥이 내 뒤에서 말했다.

맞다, 조나는 진지했다. 한 시간이 쏜살같이 지나갔고 나는 아직도 피냐타 속을 다 못 채웠다. 조나 아빠가 또 "너무 느려" 하고 외치자 조나가 미간을 찌푸렸다. 이번에는 다시 출발 자세를 잡기까지 1분이 넘게 걸렸다. 조나는 숨을 헐떡였고 얼굴은 붉게 달아올랐다. 나도 저 상황을 잘 안다. 다리가 불타오르고, 온몸이 한 발짝도 더 못 나간다고 비명을 지를 때. 바라는 거라곤 집에 가서 냉동 콩 봉지를 대고 소파에 앉아 있는 것뿐일 때. 그럼에도 조나는 다리를 털고 다시 자세를 잡았다. 똑똑히 봐, 해나. 이게 진짜 올림픽 선수의 모습이니까.

조나는 이전처럼 깊숙한 각도를 유지하며 첫 번째 코너를 돌았다. 그런데 두 번째 코너에서 일이 틀어졌다. 조나의 안쪽 발 각도가 70도에서 180도로 넘어갔다. 링크에 쿵 소리가 울리며 조나가 넘어지더니 쭉 미끄러졌다. 그리고는 우지끈 소리와 함께 내가 앉은 테이블 앞 보드와 충돌했다. 나는 벌떡 일어섰다.

"괜찮아?"

조나는 헬멧을 감싸 안은 채 웅크리고 있었다. 앙다문 이 사이로 씩씩 공기가 새어 나왔다. 우리의 새 고객이 첫날부터 링크에서 죽는다면 엄마가 날 죽일지도 모른다. 보드를 훌쩍 뛰어넘어 조나 옆에 쪼그려 앉았다. 조나는 얼굴을 일그러뜨린 채 눈을 꼭 감고 있었다. 맥이 구급상자를 들고 왔다. 두 개골 골절이 의심되는 상황인데 헬로키티 반창고와 얼음 팩이 과연 도움이 될까?

"괜찮아요, 항상 있는 일이니까."

조나 아빠가 우리 쪽으로 달려왔다. 아빠가 손을 내밀었지만 조나는 잡지 않았다. 나는 조나를 일으키려고 조나의 팔뚝을 잡았다. 조나는 내 팔을 홱 뿌리쳤다.

"알링턴처럼 제대로 된 훈련 시설이면 이 빌어먹을 보드에 안전 패딩이 있었을 거야."

조나가 보드를 잡고 빙판에서 몸을 일으켰다.

"이럴 때 쓰라고 헬멧이 있는 거다."

조나 아빠가 헬멧 정수리를 툭 쳤다.

"그리고 말조심해."

조나는 아무 말 없이 테이블 위에 있던 스케이트 가드를 휙 낚아채더니 뒤뚱거리며 걸어갔다. 빙판 위 흥건한 물 때문에 스킨 슈트의 엉덩이부터 왼쪽 옆구리까지 볼썽사납게 물 자국이 번졌다.

"5분 쉬었다 다시 해. 헤어드라이어로 옷 좀 말리고."

조나 아빠가 조나의 등 뒤에 대고 소리쳤다.

5분이 지났지만 조나는 탈의실에서 나오지 않았다. 조나 아빠는 15분 동안 매점에 피냐타 거는 일을 지나치게 열심히 도운 뒤, 결국 수색에 나섰다. 청바지에 로열블루 색깔 운동화를 신고 흰색 티셔츠를 입은 조나가 탈의실에서 뛰쳐나왔다. 두 걸음 뒤로 조나 아빠가 따라 나왔다.

"자, 오늘은 그만해야겠어요. 내일 봅시다."

조나 아빠가 말하는 사이, 조나는 우리 쪽으로 눈길도 주지 않고 링크 정문을 벌컥 열고 나갔다.

"저도 그러면 좋겠네요."

닫힌 문에 대고 내가 말했다.

"쟤 드라마 찍냐?"

맥이 파티 장소로 변신한 매점 카운터 뒤에서 나왔다.

"롤러 더비 선수들은 안전 패딩이 뭔지도 몰라. 유난스럽긴. 쟤 좀 더 커야겠다. 우리 더비 언니들이 손 좀 봐줘야겠네."

"뇌진탕은 아니어야 할 텐데. 보드에 머리 부딪히는 소리가 났어. 뇌가 제대로 안 굴러갔을 거야."

"그래서 둘 다 보랭 가방을 놓고 갔나?"

보랭 가방을 챙기러 가는데 휴대전화 진동이 울렸다. 엄마였다.

- 물리치료를 받았더니 아프네. 6시 30분까지 집에 있다가
  파티할 때 맞춰서 링크로 갈게. 그때 교대하자.
  맥이 좀 더 같이 있어 줄 수 있을까? 피오나 데리러 가야 하나?

맥에게 메시지를 전했다.

- 괜찮대. 언니 할머니가 피오나 보고 계신대.
  그런데 6시에는 롤러 더비 연습하러 갈 거래.

- 그럼 6시까지 링크로 갈게. 조심하고. 사랑해.

"이제 오후 시간은 우리끼리 즐겨 볼까?"

맥이 아이스하키 스케이트를 들어 올렸지만, 나는 고개를 가로저었다.

"하자. 딱 30분만. 나 운동해야 해. 이따가 스케이트 소독 도와줄게."

"좋아. 다 언니를 위해서야."

"거짓말. 너도 운동하는 거면서. 그래도 뭐, 나한테도 좋으니까. 가서 고오급 스케이트 신으시고 5분 있다가 만나."

엄마 아빠의 빈티지 포스터 몇 장을 더 지나쳐 스케이트 대여소로 달려가 보관함에서 내 스케이트를 꺼냈다. 맥은 자기 차보다도 비싸다며 입만 열면 내 스케이트를 놀렸다. 아닌 게 아니라 해나의 교습료도 날아가고 조나까지 그만둘지 모르는 오늘, 내 스케이트는 우리의 작은 링크에 비해 너무 과분하

게 느껴졌다. 그래도 난 내 스케이트가 좋다. 게다가 당분간은 새 스케이트가 생길 것 같지도 않았다.

"자, 시작합시다."

음향실에서 맥의 목소리가 웅 울리더니 건스 앤 로지스 노래가 뒤따랐다.

맥은 허공에 대고 기타 치는 시늉을 하며 음향실에서 나왔다. 그러고는 링크를 따라 커다랗게 원을 그리며 노래를 따라 불렀다.

"제발 10년 안쪽으로 들어오자. 최소한 21세기는 돼야지."

맥 옆에서 스케이트를 타며 내가 말했다.

"이거 누구 운동이지? 내 운동이라며. 그럼 내 음악에 맞춰야지."

"다음번 설리 걸스 테스트가 언제야?"

"이번 훈련은 6주 뒤면 끝나. 그러고 나면 팀에 들어갈 수도 있겠지. 6주 동안 이걸 해결해야 하고."

맥이 자기 배를 툭툭 치며 말했다.

"열 달 동안 찌는 건 쉽더니 제자리로 돌리는 건 거의 불가능이네. 그래도 더비 언니들이 포기하지 말라더라. 거의 다 됐다고. 계속 훈련해야지."

"훈련은 내가 잘하는데. 뭐, 옛날 얘기지만."

"잔소리 좀 계속해 줘, 올리비아. 고등학교 이후로 내 인생이 좀 어긋난 건 나도 알아. 그래도 훈련하다 보면 뭔가 달라지겠지."

나를 쳐다보는 맥의 파란 눈에 촉촉하게 눈물이 어렸다.

맥을 안아 줘야 한다고 본능이 말하고 있었지만 맥은 포옹을 안 한다. 대신 난 맥의 팔을 주먹으로 쳤다.

"왜 이래, 맥 트럭. 나 잡아 봐라."

속력을 고작 50퍼센트만 냈을 뿐인데 맥이 한참 뒤처졌다.

"달려! 달려! 달리라고! 그게 스케이팅이야?"

내 말에 맥이 으르렁댔다. 나는 맥 앞에서 휙 돌아선 다음 뒤로 달렸다.

약을 올렸더니 효과가 있었다. 맥이 속도를 냈다. 나도 지지 않았다.

"잡았다. 이제 언니가 술래야!"

"아주 혼쭐을 내 주겠어."

맥이 씩씩거렸다.

맥은 힘은 셌지만 지구력이 꽝이었다. 나는 맥 앞에서 지그재그로 스케이트를 타며 물었다.

"좀 쉴래?"

"아니, 아직 안 돼. 토할 때까지 할 거야. 지금은 그냥 울렁거리는 정도야. 계속해."

나는 맥이 숨을 고를 때까지 속도를 줄였다. 그러고는 원뿔 앞에 멈춰 서서 조나와 비슷한 포즈를 취했다.

"경주하자."

"좋았어."

맥이 내 옆에 나란히 서더니 몸을 구부렸다.

"셋에 출발이다. 하나, 둘…."

맥이 먼저 출발했다.

"반칙이야!"

나는 스케이트로 얼음을 쿡 찌른 뒤 튀어 나갔다. 몇 초 뒤 맥을 따라잡았다. 안쪽으로 파고들어 추월하려 하자 맥이 왼쪽으로 밀고 들어와 막았다.

"어림없지."

맥이 어깨 너머로 말했다.

좋아, 그렇다면. 맥이 커브를 벗어날 때까지 기다렸다가 오른쪽에서 추월을 시도했다.

"어림없다니까."

맥이 다시 앞을 막았다.

나는 뒤로 물러났다. 다음 커브에 접어들자 안쪽으로 틈이 보였다. 나는 때를 노리다 맥이 급커브 구간으로 두 걸음 들어가 균형을 잡으려 애쓰는 순간, 몸을 웅크려 맥의 팔 밑으로 진입을 시도했다. 순간, 맥의 스케이트날에 내 스케이트날이 걸리고 말았다. 우리는 같이 휘청거렸다. 맥은 풍차처럼 팔을 뱅뱅 돌렸다. 나는 근육이 기억하는 대로 팔을 끌어당겨 앉으며 무게중심을 낮췄다. 맥이 쿵 소리를 내며 얼음 위로 나동그라지고 나는 두 발로 버티고 서 있었다.

"멍들었을 텐데."

누군가의 목소리가 링크에 울렸다.

조나가 1번 테이블 옆에 종이 한 장을 들고 서 있었다. 맥이 몸을 일으키더니 절룩거리며 보드로 향했다. 그러고는 꿍 소리를 내며 보드 위로 올라가 반대편으로 다리를 휙 넘겼다. 청바지 허리 밴드 한쪽을 내리니 골반 위쪽이 드러났다.

"그러네. 전투의 흉터가 하나 늘었군. 롤러 더비 선수의 삶이 다 그렇지."

맥은 빨간 자국을 문지르며 움찔거렸다.

엄마가 없는 틈을 타 나도 맥처럼 보드를 넘었다.

"그럭저럭 인상적이던데."

조나가 턱으로 빙판 쪽을 가리켰다.

"그럭저럭? 그럭저럭이라니 무슨 말이야? 끝내줬지. 올리비아가 앞질러 보겠다고 용쓰는 거 봤지? 실패했잖아. 내가 있는 한 그렇게는 안 되지."

맥의 말에 조나가 나를 보며 말했다.

"저 누나가 코너 돌 때까지 기다렸다가 마지막에 파고드는 거 봤어. 쇼트트랙은 몸만큼이나 두뇌 싸움도 중요하거든."

"쇼트트랙? 풉. 저기, 이건 롤러 더비거든. 나는 블로커가 되는 훈련을 하고 있어. 내 역할은 재머(Jammer, 롤러 더비 경기에서 상대 팀 선수를 앞지르는 역할을 맡는 선수)가 앞지르는 걸 막는 거야. 오늘은 사랑스러운 우리 올리비아가 재머 역할을 했고. 그런데 네 말도 맞아. 두뇌 싸움이 중요해. 제일 잘 나가고 제일 빠른 선수는 균형을 잃어도 웅크리지 않지. 단 1초라도."

맥이 다시 바지를 잡아당겼다. 빨갛게 부풀었던 자국이 벌써 검푸른 빛을 띠고 있었다.

"알고 있어."

조나가 티셔츠를 들어 올렸다. 왼쪽 허리 위로 똑같은 멍이 보였다.

"근육 죽이는데, 꼬맹이."

맥이 감탄하듯 고개를 끄덕였다.

"말했지? 단당류는 쓰레기라고. 달걀, 연어 그리고 김. 챔피언의 연료야. 길쭉하고 날씬한 근육을 만들어 주거든."

조나가 티셔츠를 내렸다.

"달걀 얘기하니까 생각난다. 너 보랭 가방 놓고 갔어. 잠깐만."

맥이 매점을 향해 뒤뚱뒤뚱 걸어갔다.

"머리는 어때?"

내가 물었다.

조나는 어깨를 으쓱했지만 왼쪽 관자놀이에 빨간 흉터가 보였다.

"여기서 일해? 학교 끝나고 매일?"

"올리비아는 사실 여기서 살아. 앞으로 아이스드림의 현직 공주님을 자주 만나게 될 거야."

맥이 냉장고 밖으로 엉덩이를 내밀고 소리쳤다.

"그렇구나. 가야겠다."

조나가 지폐를 내게 내밀었다. 반으로 접힌 수표였다.

"엄마 전해 드려. 그리고 우리 아빠가 오늘 밤에 안전 패딩에 대해서 이메일 보낼 거래."

"더비 선수들은 패딩 같은 거 안 써. 적어도 트랙에서는 구경도 못 하지."

맥이 조나에게 장난스레 보랭 가방을 떠밀며 말했다.

내가 수표를 받으며 물었다.

"그럼 내일 보는 거야?"

"주니어 선수권 대회가 10주 남았어. 더는 낭비할 시간이 없어. 그러니까 아마도 그렇겠지."

조나는 근육질 어깨에 가방을 메더니 몸을 앞뒤로 왔다 갔다 했다.

나는 고개를 끄덕였다. 조나가 퇴장하는 동안 링크에 새로운 에너지가 반짝였다. 그리고 그 에너지는 수표 위의 동그라미 개수와 함께 죽어 가는 우리 링크에 다시 생명의 불꽃을 피웠다.

#2

"여기가 동양 애들 지정석 같은 덴가?"

다음 날 점심시간. 등 뒤에서 목소리가 들려왔다.

이런. 조나 최였다. 1교시 시작 전에 복도에서 조나를 본 것 같았는데, 잘못 본 줄 알았다.

브랜던이 과학 숙제에서 눈을 떼고 고개를 들었다.

"어, 오늘 아침 체육 시간에 본 전학생이네. 이름이 뭐더라."

"조나 최."

내가 대꾸하자 세 사람이 나를 향해 고개를 휙 돌렸다.

"한국 사람이야?"

브랜던이 물었다.

"거의."

조나가 대답하자 내가 물었다.

"거의?"

"4분의 3 한국인. 엄마는 한국, 미국 반반이고 아빠는 완전 한국인."

어제부터 묻고 싶었던 질문에 조나가 답했다.

"오케이. 인정."

브랜던이 조나에게 주먹을 내밀었다.

조나가 건성으로 브랜던의 주먹을 부딪쳤다. 나는 조나가 브랜던과 나 사이에 앉도록 가방을 치웠다.

"근데 다른 동양 애들은 다 어디 간 거야?"

조나가 가방에서 플라스틱 통 두 개를 꺼냈다.

"10학년은 우리가 다야. 난 브랜던."

"난 나오미."

나오미가 조나에게 손을 흔들고는 말했다.

"그리고 얘는 내 사촌 에리카."

"안녕?"

에리카가 조나에게 고개를 까딱했다.

조나가 에리카를 다시 봤다. 에리카는 누가 봐도 백인이었기 때문이다.

"사촌?"

"응. 나도 성은 이토야. 내 생물학적 아빠는 아무 도움도 안 되는 사람이었거든. 내가 두 살 때 나오미네 삼촌이 우리 아빠가 됐어. 열 살 때는 법적으로도 정리가 돼서 엄마랑 나랑 성을 바꿨어."

에리카가 담갈색 머리를 어깨 뒤로 쓸어 넘기며 말했다.

"어, 그거 참…"

"특이하다고?"

조나의 말이 끝나기도 전에 브랜던이 끼어들었다.

"아니, 흥미롭다고."

브랜던이 내 쪽으로 몸을 숙이더니 말했다.

"화학 숙제 좀 보여 줘, 올리비아."

"내가 도와줄게."

나오미가 브랜던의 숙제를 자기 쪽으로 당겼다. 나오미는 브랜던에게 푹 빠져 있었다. 문제는 브랜던만 모른다는 것. 그리고 나오미는 고백할 용기가 없다는 것.

늘 그랬듯 나는 나오미, 에리카, 브랜던과 함께 점심을 먹으면서 숙제를 했다. 그동안 조나는 유튜브 영상을 보며 현미밥에 연어와 브로콜리를 먹었다. 전 같으면 한창 개인 레슨을 할 시간을 조나가 몽땅 차지해 버렸으니, 어쩌면 링크에서 숙제를 해야 할지도 모른다. 맞다. 나는 일반 학교에 다닌 지 두 달 반밖에 안 됐다. 다들 점심을 먹으며 숙제를 하는 이런 모습이 일상인 듯했다. 적어도 우리 테이블과 주변 아이들에게는. 다들 동아리 회의에, 악기 개인 레슨에, 봉사 활동에, '평범한' 고등학생이 해야 할 일들을 쉬지 않고 했고, 한밤중이면 '#스트레스가득' 같은 해시태그를 달고 셀카를 올렸다. 물론 필터를 꺼서.

종이 울리자 우리는 짐을 챙겼다.

"언제든 우리 테이블로 오라고, 브라더."

브랜던이 다시 한번 주먹을 내밀었다.

조나도 다시 한번 건성으로 주먹을 부딪쳤다. 나는 조나의 표정을 읽을 수 있었다. (루저 모임이군.)

저기요! 나 루저 아니거든. 미국 주니어 페어스케이팅 금메달리스트라고. 그래, 옛날 일이지만. 한 입 남은 땅콩버터젤리 샌드위치를 입안에 넣는 사이, 모두 자리를 떴다. 조나만 빼고.

"주먹 인사 자식, 뭐냐?"

조나가 물었다.

"이름 있어. 브랜던 박."

"남친이야?"

"실험 파트너."

"항상 저렇게 짜증 나게 굴어?"

"아니. 응. 조금. 신경 쓰지 마."

"네 친구들 엄청 학구적이던데."

칭찬처럼 들리지는 않았다. 나는 어깨를 으쓱해 보였다.

"같은 수업을 많이 듣기도 하고, 학교 끝난 다음엔 전부 바쁘니까 짬 날 때 숙제하는 거야."

학교에 다닌 지 사흘째 되던 날, 점심 같이 먹으면서 실험 숙제를 하자고 브랜던이 우기지 않았다면 나는 아직도 여자 화장실에서 혼자 샌드위치를 먹고 있을지 모른다. 또 브랜던이 자신의 '실험용 주방'에서 직접 만든 빵과 과자를 정기적으로 가져다준다는 사실만으로도 이따금 벌어지는 오늘 같은 어색한 순간은 보상받고도 남았다.

"이제 뭐 들어?"

내 질문에 조나가 자기 시간표를 보여 줬다.

"나랑 같은 수업이네. 내가 교실 알려 줄게."

"고마워. 오늘 아침에 이미 교실 한번 잘못 들어갔어. 학교 엄청 크네. 지피에스라도 달고 다녀야겠다."

조나가 가방을 어깨에 멨다.

심화 영어 교실을 향해 걸으며 조나를 올려다봤다. 왼쪽 관자놀이에 어제 생긴 작고 붉은 자국이 여전히 남아 있었다.

"이전 학교에는 동양 애들이 많았나 봐?"

"어. 대부분 한국 애들하고 필리핀 애들. 베트남 애들도 몇 명 있었고. 혼혈은 엄청 많았어. 알링턴은 애리조나 피닉스보다 인종이 훨씬 다양해."

"그런데 이 동네론 왜 왔어?"

조나가 대답하기까지 몇 초기 흘렀다.

"엄마가 회사에서 고속 승진을 했는데 피닉스로 옮기는 조건이었거든. 아빠는 실직 상태였고. 그래서 왔지, 뭐."

"알링턴에 살 때도 스케이팅 했어? 꽤 잘하던데."

"응."

"피닉스는 빙상 스포츠를 할 만한 곳이 아니야. 이사 잘못 온 것 같은데."

"그래, 맞아."

"그래도 애리조나주 최고의 링크는 잘 찾아왔어."

"그런대로. 당장은."

조나가 어깨를 으쓱했다.

사람들이 우리 링크를 욕하는 건 낯선 일이 아니다. 엄마는 악플러들한테 먹잇감을 주지 말라고 했지만 나는 늘 유혹에 시달린다. 지역 리뷰 사이트에서 사람들은 우리를 다 "퇴물이자 한물간 피겨 선수들"이라 불렀고 우리 링크는 "서서히 고통스럽게 망하고 있다"고 했다. 그리고 최대 경쟁 업체인 골드메달아이스에게 졌다고 신나게 떠들어 댔다. 그들은 우리 엄마 아빠를 쓰레기 취급했다. 아빠는 "본인 전성기를 다시 느끼기 위해 가족을 버리고 올림피언스 온 아이스 쇼 투어에 합류한 이기적인 인간"이라고 비난했고, 엄마는 "가르치는 건 고사하고 스케이트도 타지 못하는 비극적 퇴물"이라고 썼다. 어제 해나 엄마가 남긴 리뷰도 있었다. 보지 말았어야 했다. 두 번째 문단은 온통 내가 얼마나 엉망인가에 대한 이야기였다. 내가 최고의 코치가 아니라는 건 나도 잘 안다. 엄마가 다른 사람에게 자기 학생과 수업료를 넘기는 게 싫어서 코치를 맡았을 뿐이다. 딱히 다른 할 일도 없었고. 그럼에도 해나 엄마의 마지막 일격은 비열했다.

옛말 틀린 거 하나 없어요. 잘하면 직접 하지 가르치겠어요? 증거가 필요한가요? 올리비아 '코치'와 스튜어트 트라우트의 최근 스케이트 디트로이트 대회 영상을 보세요. 눈물이 앞을 가린답니다. 열일곱 살에 모든 게 끝났다는 걸 받아들이긴 힘들겠죠. 그래도 어쩌자고 코치를 시킨 건지 이해가 안 되네요. 재능 넘치는 우리 아이들이 '진짜' 코치를 만나길 원한다면 골드메 달아이스로 가세요.

    지금 이 리뷰는 메인 페이지에 걸려서 사이트에 들어오는 사람마다 볼 수 있다. 잘됐네. 우리는 노이즈 마케팅이라도 필요한 상황이니까. 곧 아이스드 림에는 꼬맹이 수강생들과 화요일 아침 바레(Barre, 필라테스와 발레를 결합한 운동으로 발레 바를 이용한다) 연습실에서 줌바 댄스를 하는 아주머니들만 남 게 될 거다. 조나도 6개월 이상 나올 것 같진 않다. 어제 성질내던 걸 생각하 면 어쩌면 한 달이 끝일 수도.

    "어디라고 했지? 암튼 하루빨리 피닉스를 떠나게 되길."

    조나가 움찔하는 걸 보니 필요 이상으로 쏘아붙였나 보다. 나는 문을 가리 켰다.

    "여기야. 심화 영어 교실."

    감사하게도 조나에게 남은 자리는 브랜던 옆자리뿐이었다. 브랜던이 또다 시 조나에게 어색한 주먹 인사를 건넸다. 그러거나 말거나. 남은 하루 조나 는 브랜던에게 맡기면 되겠다.

    안타깝게도, 학교가 끝난 뒤 나는 조나와 이차전을 치렀다. 아이스드림에 도착하자 남색 비엠더블유 한 대가 바로 뒤따라왔다. 조나 아빠가 차에서 내 려 고급 선글라스를 주머니에 꽂았다.

    "너 같더라, 올리비아. 내일은 태워다 줄까? 그럼 학교에서부터 인라인 타 고 올 필요가 없을 텐데."

    "괜찮아요. 이것도 훈련의 일부예요."

    내가 인라인스케이트를 벗었다.

    "봤지, 아들? 이런 게 프로다."

조나 아빠가 말하는 사이, 조나가 차에서 내리며 무슨 말인가를 낮게 중얼거렸다.

"다음 경기가 언제지, 올리비아?"

망할.

"아직 모르겠어요."

아마도 영영?

"어제 스케이트 대여소 뒤에 걸린 메달을 봤는데, 네 거니?"

운동화를 신는데 조나 아빠가 물었다.

"몇 개는요. 나머지는 엄마 아빠가 딴 거예요. 올림픽 금메달만 거기 없어요. 금고에 있거든요."

조나 아빠가 감동의 휘파람을 휘휘 불었다. 조나는 따분한 얼굴이었다. 아니면 심화 영어 시간에 브랜던한테 시달리게 한 것 때문에 아직까지 골이 났는지도. 그러거나 말거나.

"너희 둘이 서로 훈련 팁을 공유해야겠다. 조나가 너한테 좀 배워야겠어."

조나가 지나치게 세게 차 문을 닫았다.

나는 두 사람을 따라 아이스드림으로 들어갔다. 손가락 끝을 입술에 댄 다음 엄마 아빠 포스터를 톡 두드렸다. 조나가 뒤를 돌아봤다. 설명할 필요는 없다. 여기는 우리 링크니까.

엄마가 만면에 '하느님, 감사합니다. 이번 달 대출을 갚게 해 주셔서' 미소를 띠고 우리를 반겼다.

"잠깐 시간 되시면 안전 패딩 사양에 대해서 살펴볼까 하는데요."

엄마가 조나 아빠에게 말했다. 그러고는 오후 2시 타임 올림픽 꿈나무에게 오늘 연습은 끝이라고 했다. 벨라는 올림픽에 못 나갈 거다. 올해는. 향후 10년 동안은. 그 후로도 영원히. 그러나 벨라의 부모님은 개인 레슨과 최고급 장비, 전국 곳곳의 경기에 참가하기 위한 비행기 표에 돈을 쏟으며 금메달

꿈을 부채질했다. 나는 열세 살 벨라에게 현실을 인식할 시간을 18개월 더 주었다. 곧 벨라는 자기 시간을 채울 다른 무언가를 찾을 거다. 말하자면 '삶' 같은 것. 나도 여전히 그 부분을 해결하는 중이다.

어제 스케이트 소독을 못 끝낸 탓에 곧장 스케이트 대여소로 갔다. 책가방을 카운터 밑으로 던지려고 쭈그리고 앉는데 쪽지가 붙은 롤러 더비 전단지가 보였다.

토요일 저녁 7시에 시간 돼?
설리 걸스 vs 디스트럭토 키티스
토요일 저녁 7시

엄마 눈을 피해 바닥에 무릎을 꿇고 맥에게 문자를 보냈다.

- 롤러 더비 전단지 봤어. 물론이지! 나 데려다줄 수 있어?

맥이 바로 답장을 보냈다.

- 응. 5시까지 우리 집으로 와. 무시무시하게 하고 와야 해.

- 무시무시하게?

- 무시무시하게! 청바지에 티셔츠 입고 오기만 해. 집에 다시 보낸다.

"무시무시?"
자리에서 일어서다가 꺅, 비명을 질렀다. 카운터 반대편에 조나가 서 있었다. 조나가 화들짝 놀라며 뒤로 물러났다.

"데이트 신청이야? 내 사물함에 이게 붙어 있던데."

조나가 똑같은 전단지를 내밀었다.

"흠, 아니. 맥 언니가 한 거야."

"아."

조나가 민망해하며 덧붙였다.

"그 누나 진짜 내 타입 아닌데."

"왜? 너 박살 낼까 봐?"

"아니야, 좀… 거칠어서."

조나가 잽싸게 대답했다.

"맥 언니는 이제 곧 스무 살이야. 고딩한테 관심 없다는 소리지."

내가 똑같은 전단지를 꺼내 조나에게 보여 줬다.

"언니랑 나랑 토요일 저녁에 가끔 롤러 더비 경기 보러 가. 언니가 너한테 친절하게 제안한 거야. 이사 와서 친구도 없으니까."

"흠, 그렇구나."

조나가 전단지를 좀 더 가까이 들여다봤다.

나는 어깨를 으쓱했다. 오든지 말든지.

"뭐 필요해? 난 할 일이 있어서."

"부모님이 지켜보고 있는 것 같겠다?"

조나가 매점에서 스케이트 대여소 너머까지 줄지어 걸린, 갖가지 스케이팅 의상을 입은 엄마 아빠의 대형 포스터를 턱으로 가리켰다.

"보다 보면 익숙해져."

"이거 너야?"

조나가 액자 하나를 가리켰다.

"어. 옆에는 내 파트너, 에그."

"에그?"

"이름은 스튜어트인데, 나는 에그라고 불러."

"나 궁금해야 하는 거지?"

"스튜어트는 세쌍둥이야. 나머지 둘은 일란성인데 에그만 혼자 이란성이라서."

조나는 어리둥절한 얼굴이었다.

"에그(egg, 난자)가 따로라고."

조나는 여전히 어리둥절한 얼굴이었다.

"있잖아, 내가 생식 과정까지 설명은 못 하겠고. 아무튼 처음부터 에그라고 불러서 입에 붙었어."

"어, 알았어. 너 스케이트 좀 탔어?"

"하아, 저 사진에서 내 목에 걸린 메달 안 보여? 그리고 여기, 여기, 그래, 여기도 있네."

"그런데 왜 그만뒀어?"

"누가 그만뒀대?"

"네가 그랬잖아. 다음 경기가 언제인지 모른다고. 올림픽이 2월이야. 롤러더비 보러 갈 계획을 세울 게 아니라 올림픽위원회에 가서 뽑아 달라고 해야 하는 거 아니야?"

나는 조나가 얼굴을 후려치기라고 한 것처럼 뒤로 물러섰다.

"나와, 조나. 훈련 시간이야."

조나 아빠가 조나의 등짝을 치고는 탈의실 쪽으로 떠밀며 말을 이었다.

"외로운 건 아는데, 아들, 우린 훈련하려고 왔어. 여자 친구 만나러 온 게 아니라. 집중하자."

"훈련하러 왔다잖니, 올리비아. 방해하지 마."

엄마가 낡은 스케이트를 카운터 위로 건네며 키득거렸다.

"쟤가 와서 말 걸었어. 내가 아니라. 왜 내 잘못이야?"

"맞는 말이야. 그러니까 뭐라도 트집 잡힐 거리를 주면 안 돼."

엄마가 내 머리칼을 쓸어 넘기며 웃었다. (속뜻: 더 이상 고객을 잃을 상황이 아니다.)

조나가 '달걀 먹기 휴식'을 끝낸 뒤 내 휴식 시간이 되었을 때 나는 휴대전화를 꺼내 버지니아 공대에 있는 에그에게 문자를 보냈다.

- 잘 지내?

1분도 안 돼 불타는 쓰레기통 움짤이 날아왔다.

- 과장이 심한 거 아니야?

- 나도 과장이면 좋겠다, 올리비아. 트라우트 세쌍둥이 깜짝쇼의
  곁다리 노릇만 하는 대학 생활이라니. 이젠 한계야. 사람들은 나만 보면
  "아, 네가 그 풋볼 선수가 아닌 형제구나" 이러면서 동정의 눈길을 보내지.

- 세계 주니어 페어스케이팅 챔피언이잖아!!!

- 여기선 그런 거 소용없어. 하나도.

- 그럼 피닉스로 돌아와. 나랑 아이스드림에서 바닥에 붙은 껌이나 떼.

- 너야말로 평범한 생활 잘되고 있어?

어떻게 답해야 할지 몰랐다. 우리가 마지막으로 함께한 재앙 같은 디트로이트 대회에서 했던 연기가 아직 머릿속에 생생했다.

- 난 괜찮아. 학교도 괜찮고. 맥 언니도 괜찮고. 링크도 괜찮아.
  우리 엄마 허리는… 안 괜찮고. 항상 그렇지만.

- 맥이 너 댄스파티 파트너 생겼다고 하던데.

휴대전화를 떨어뜨릴 뻔했다.

- 뭐? 어제 처음 본 애야. 슬러시 한 잔 같이 안 마셨어.

- 맥한테 아직 결혼은 못 시킨다고 전해.
  나, 조만간 네 도움이 필요하거든.

- 신경 끄세요. 두 분 다. 그런데 뭘 도와줘야 해?

- 너희 아빠가 내년 여름에 올림피언스 온 아이스 팀에서 사람 뽑는다고
  이메일을 보내셨어. 겨울방학 기간에 오디션 영상 찍어야 해.

- 진심이야?

- 응. 풋볼 나라에서 탈출할 수만 있다면 눈사람 복장으로 스케이트를 타건
  나무가 되건 너희 아빠 짐꾼을 하건 상관없어.

- 아니, 나랑 파트너 하는 거.

- 당연하지! 영상을 새로 찍으려고. 옛날 하이라이트 영상 짜깁기 안 하고.
  마지막 시합 그림자에서 벗어나고 싶어. 달라진 나를 보여 주고 싶어.
  한층 성숙해진 예술적 버전의 스튜어트 트라우트.

심장이 조여들었다. 아까 조나가 감탄하며 쳐다봤던 사진을 다시 봤다. '세
계 주니어 피겨스케이팅 챔피언 올리비아 케네디와 스튜어트 트라우트'. 우리
가 최고였을 때. 시니어 대회로 올라가는 게 당연하던 때. 내 몸이 나를 배신
하고 내 인생이 통째로 무너지기 전. 디트로이트 경기 후 들었던 피겨스케이
팅연맹 위원의 말은 아직도 나를 갈기갈기 찢었다.
"여기는 시니어 레벨이야, 아가. 타고난 재능만으론 부족하단다."

- 실력이 부족하면 어떡해?

- 안 부족하게 해야지. 나 내년 가을 학기에 복학 안 할 거야. 플랜 B가 필요해.
  우린 할 수 있어, 올리비아. 아님 대신 브리트니 부를까?

나는 '아니' '안 돼' '절대 안 돼' 움짤을 연달아 보냈다.

- 알았어. 그럼 그만 징징대고 발딱 일어나. 이전 몸 상태로 돌아가야지.
  그리고 꼭 피닉스 의상 입어야 해. 애들 거 말고 성인용.
  자세한 내용 알게 되면 바로 보내 줄게. 달려 봐야지. 안녕!

조나가 훈련하는 내내 나는 스케이트의 유령에게 시달렸다. 조나가 본인

최고 기록을 깬 것도 아무 도움이 안 됐다. 조나 아빠는 텅 빈 링크에서 소리치며 그 소식을 전했다. 나는 손끝으로 스케이트 끈을 쓸었다. 조나의 연습이 끝날 때까지 기다릴 수 없었다. 나의 빙판을, 나만의 평범함을 되찾고 싶었다. 6시 30분에 내가 제일 좋아하는 여섯 살짜리 선수 리나 기타가와가 오기 전까지는 잠시 혼자 연습할 수 있을 거다. 리나를 좋아하는 이유는 올림픽 선수가 되는 일에 신경 쓰지 않아서다. 리나는 복잡한 기술은 하나도 못 하지만 스케이팅을 사랑한다. 얼굴만 봐도 안다. 나도 내 안의 그런 모습을 다시 찾고 싶다. 그러면 나도 완전히 달라질지 모른다.

이런 생각에 잠겨 있는데 조나 아빠의 함성이 들렸다.

"그렇지, 아들. 한 번 더. 딱 지금처럼!"

조나의 미소가 보였다. 조나는 주먹을 들며 "좋았어!" 하고 소리를 질렀다. 나도 저 느낌 알지. 그리운 그 느낌. 링크에 서서 그 느낌을 조금이라도 찾고 싶었다.

#3

다음 날 조나는 다시 우리 점심 테이블에 끼었다. 조나는 나와 내 참치오이 샌드위치 건너편에 앉았다. 난 땅콩버터젤리 샌드위치를 더 좋아하지만 몇 주 내로 피닉스 의상에 다시 몸을 욱여넣어야 한다.

조나가 내 눈을 쳐다봤다. 도전적인 눈빛으로 던진 말은.

"스튜어트는 이란성이고 나머지 둘은 일란성이야."

조나 말에 내 옆에 앉은 브랜던이 문제집을 휙 뒤집었다.

"뭔 소리야? 스펠링이 어떻게 돼?"

"숙제 아니야, 브랜던."

내가 말했다.

"그럼 이런 얘길 왜 해? 4번 답 뭐야?"

"트라우트 세쌍둥이 얘기하는 거야?"

나오미가 도시락을 꺼내며 말했다. 밥 위에 튀긴 닭과 방울토마토, 키위 조각을 곁들인 일본식 도시락이었다.

내가 고개를 끄덕였다.

"응, 어제 조나한테 스튜어트를 에그라고 부르는 이유를 설명했거든. 스튜어트는 어, 그… 임신될 당시 자기 난자가 따로 있었지. 스티븐이랑 스콧은 수정된 다음 두 개로 나뉘었고. 그러니까 사실상 그렇게 둘이 쌍둥이고 스튜어트는 유전적으로 달라. 형 패트릭처럼."

"진짜, 점심 먹으면서 생식 얘기할 거야?"

나오미가 불안하게 키득댔다.

"왜, 섹스 얘기 실컷 하자."

브랜던이 사회적 매너 따위는 산산이 깨부수며 말했다.

"주님, 도와주세요."

에리카가 천장에 대고 중얼거렸다. 적어도 일주일에 한 번은 에리카가 점심 시간에 하는 일이다.

"까먹을 뻔했네."

브랜던이 가방을 뒤지더니 쿠키가 가득 든 작은 통을 꺼냈다.

"오늘의 요리는 더블 초콜릿칩 쿠키!"

나오미와 에리카가 동시에 꺅 소리를 지르며 두 개를 집었다. 브랜던이 조나에게 통을 밀었다.

"난 단당류 안 먹어."

"진짜 맛있는데. 우유랑 다크초콜릿칩도 넣었어."

브랜던이 통을 만지작거렸다.

"됐어."

"진짜 예쁘다."

나는 쿠키를 하나 집어 냅킨 위에 놓고는 초콜릿칩을 하나 떼어 혀 위에서 녹였다. 쿠키를 정신없이 흡입하지 않으려면 이 방법밖에 없었다. 누군가 내게 쿠키를 만들어 준 게 언제인지 기억도 안 난다. 엄마가 아닌 건 확실하다.

한 입 베어 물고는 도로 내려놓았다

"엄청 맛있다. 고마워, 브랜던. 아껴 뒀다 나중에 먹을래."

내 말에 브랜던의 얼굴이 환해졌다.

나는 쿠키를 냅킨에 쌌다. 영어 수업 가는 길에 쓰레기통을 발견하면 조용히 버릴 예정이다. 훈련이라곤 고작 몇 시간이 다여서 내 몸은 급격히 변하고 있었다. 특히 엉덩이는 통제를 벗어났다.

"추수감사절에 트라우트 세쌍둥이 집에 온대?"

에리카가 쿠키를 하나 더 집었다.

"아니. 연휴 기간에 버지니아 공대가 풋볼 시합에 참가하나 봐. 아줌마, 아저씨가 버지니아로 가신대. 에그는 겨울방학에 올 거래."

나는 울분을 토하는 에그의 길고 긴 문자 폭탄을 떠올리며 말했다.

에리카가 아쉽다는 투로 입을 열었다.

"아, 재주 많은 트라우트 세쌍둥이. 스콧은 아직 나랑 친해. 내가 올린 글에 댓글도 안 달고 좋아요도 안 누르지만. 스티븐은 나를 완전 없는 사람 취급한다니까? 이제 완전 다른 인간계에 존재하는 것 같아."

"둘 다 스케이팅 해? 스튜어트처럼?"

조나가 물었다.

"아니, 풋볼."

에리카가 대꾸했다.

"프로야?"

"아직은 아니야. 그래도 버지니아 공대에서 둘 다 전액 장학금 주는 걸 보면, 잘하나 봐."

"스튜어트도 전액 장학금 받아."

나는 에그를 변호하고 나섰다.

"겨울방학에 둘 다 오면 좋겠다. 오면 알려 줘, 올리비아. 넌 스튜어트랑 연락되니까."

"알았어."

대꾸는 했지만 알려 줄 생각은 없었다.

"그래서 4번 답이 뭐야? 오늘 저녁에 PSAT(Preliminary SAT, 미국 대학 입학시험인 SAT의 예비시험) 준비 수업 있단 말이야. 이 쓸데없는 숙제는 지금 끝내야한다고."

브랜던이 화학 숙제 뭉치를 우리 앞에 흔들며 다시 집중시켰다.

어제와 마찬가지로 우리는 점심을 먹으며 숙제를 했다. 조나는 헤드폰을 쓰고 닭가슴살과 현미밥, 브로콜리를 먹으며 책은 들춰 보지도 않았다. 그리고 또다시, 종이 울리자 테이블에 마지막으로 남은 사람은 조나와 나였다. 조나는 파란색 최고급 헤드폰을 목에 걸더니 플라스틱 통을 닫았다.

"트라우트 세쌍둥이의 명성과 영광에 아무 감동 못 받은 건 나뿐이야? 그냥 대학 풋볼 선수잖아. 그게 그렇게 대단해?"

조나가 작게 중얼거리자 내가 대꾸했다.

"에그는 풋볼 안 한다고."

브랜던이 벌써 영어 교실로 가 버렸기 때문에 나는 테이블에 쿠키를 그냥 놔뒀다.

"그게 그거지. 12월에 오는 건 다시 네 파트너 하려는 거야?"

조나가 물었다.

"아니. 일자리 때문에 준비하러. 내가 도와줄 거야."

나는 가방을 메고 문 쪽으로 향했다.

"그런데 너, 새 파트너 찾고 있지 않아? 맞지?"

"맞아. 시간이 좀 걸려. 풋볼 선수는 흔해 빠졌어도 선수 수준의 남자 스케이터는 유니콘보다 찾기 힘들거든."

나랑 에그가 짝이 된 이후, 망할 브리트니 샤오가 세 번이나 나 모르게 에그를 '매수'하려던 것도 바로 그 때문이다. 가장 최근 시도는 올어름 치졸히 망해 버린 우리의 디트로이트 경기를 보고 난 다음이었다. 디트로이트. 배 속의 참치 샌드위치가 다시 올라오려 울렁댔다.

"너희 둘은 잠재력이 대단하지만 시니어 레벨에 들어가진 못할 것 같구나."

연기가 끝난 뒤 피겨연맹 위원이 말했다. 마치 그전부터 조짐을 본 것처럼 이렇게 덧붙이기도 했다. "미국 피겨연맹은 이번 시즌 두 사람의 훈련을 후원하긴 힘들 것 같다. 미안하다."

디트로이트 대회 이후 나는 꼬박 일주일을 울었다. 에그는 입학을 1년 미루겠다던 결정을 번복하겠다고 버지니아 공대에 연락했다. 그리고 엄마 아빠는 나를 고등학교에 입학시켰다. 그사이 아빠는 올림피언스 온 아이스 재결합 투어에 나섰다. 오랜 시간이 흘렀어도 아빠는 여전히 관객을 끌어모으는 인기 스타다. 잘생긴 얼굴에, 재미있고, 투어 장소마다 '그 시절' 인터뷰도 멋지게 했다. 한때 아빠의 파트너를 꿈꿨지만 이제 중년이 된 스케이터 엄마들은 일상적으로 아빠에게 육탄 공세를 펼쳤다. 웩.

"걱정 마. 곧 새 파트너랑 얼음 위로 돌아올 거야."

조나가 카페테리아 문을 잡아 주며 말했다.

한 사람이라도 그렇게 확신한다니 다행이었다.

"이해해 주는 사람이랑 얘기하니까 좋네. 우리가 사는 방식이 좀 이상하긴 하잖아."

"이상한 거 아니야. 유별난 거지. 다른 사람들이 따분한 거고."

따뜻한 기운이 배 속으로 퍼졌다.

"그래, 유별나지. 그래도 너는 당 공포증이 지나쳐."

"점심시간 내내 쿠키 앞에서 침 흘리다가 한 입 먹고 버린 사람이 할 소린 아닌 거 같은데?"

딱 걸렸다.

"요즘 훈련을 게을리했어. 다시 제대로 할 거야."

"그래서 말인데, 아빠가 학교 끝나고 아이스드림까지 인라인 타고 가래. 다네 덕분이다. 10월 중순인데 여긴 왜 이렇게 덥냐?"

조나가 툴툴거렸지만 얼굴엔 미소가 번졌다.

"환영한다. 지옥에 온 걸. 일명 피닉스. 이건 아무것도 아니야. 7월엔 완전 다른 차원의 더위가 펼쳐져. 수업 끝나고 102호 교실에서 만나자. 모리나카 선생님 교실에 인라인 맡겼어."

"일본어 들어?"

"응. 연습할 기회가 없었어. 우리 엄마 일본어도 거의 나랑 같은 수준이라서. 외할머니, 외할아버지 만나면 일본어로 얘기하려고 시도는 하는데 잘 안 돼. 한 5분 하다가 바로 다시 영어로 돌아와. 넌 한국어 할 줄 알아?"

"아니. 초등학교 때 주말 한국 학교 다니다 말았어. 스케이팅 시작하는 바람에. 잘 생각하면 내 이름은 쓸 수 있을 거야. 10까지 셀 수도 있고. 내가 스케이트 탈 때 아빠가 즐겨 쓰는 단어도 몇 개 아는데, 아마 욕일 거야."

조나가 미소를 짓자 입가에 작은 괄호가 생겼다. 따뜻한 기운이 배에서 가슴까지 번졌다. 나는 정면으로 고개를 홱 돌렸다.

"넌 인라인 어디에 뒀어?"

"체육관 사물함에."

"체육 들어? 일부러?"

"당연하지. 여긴 학교가 황당하게 일찍 시작하니까 낮에 운동 하나 더 하면 좋잖아. 새벽에도 3킬로미터 정도 뛰려고. 왜?"

"너 되게 극성이다."

"아니, 난 엘리트지. 너도 엘리트잖아. 아니, 그랬었나?"

"지금도 그래."

"그래? 새벽 6시 훈련 같은 건 생각도 안 하면서?"

찔렸다. 지난 시즌이 떠올랐다

"우린 링크가 있잖아. 새벽 5시 반에 훈련을 왜 해야 해?"

나는 이렇게 징징댔었다. 그것이 나의 마지막 시즌이 되리라는 걸 깨닫기 전이었다.

"왜냐면 우린 프로니까. 그게 우리가 할 일이야."

아빠가 딱 잘라 말했다.

"100퍼센트 다 안 쏟을 거면, 애초에 뭐 하러 해, 올리비아?"

엄마는 이렇게 말하고는 스케이팅을 향한 '나의 헌신을 시험'하기 위해 러닝머신에서 1킬로미터를 더 뛰라고 했었지.

"전에 5시 반 훈련도 한 적 있거든? 그런데 지금은 평범한 십 대니까 6시 30분까지 잘 거야."

"경기도 안 나가면 요즘 뭐에 빠져 있어? 학교? 학점은 당연히 4.0이겠다."

"아니야."

나는 소심하게 덧붙였다.

"이 학교는 8월부터 다녔어. 심화 영어는 괜찮고, 일본어 괜찮고, 화학도 그럭저럭 괜찮아. 역사는 눈 감고도 A야. 기하는 감도 못 잡아서 맥 언니한테 배우고 있고. 무슨 일이 있어도 A를 받고 말 거야."

"거봐. 엘리트잖아. 2등은 선택지에 없지. 우리는 최고여야 하니까."

나는 복도 한가운데 멈춰 섰다. 조나는 나를 이해한다. 나오미, 에리카, 브랜던에 맥까지 다 합친 것보다 더 잘.

"알지? 동양인은 매사에 성취욕이 너무 강하다는 고정관념 때문에 이러는 건 아니야."

"암요. 엘리트 전용 손동작이라도 있어야겠네."

나의 빈정거림에도 조나는 주먹을 내밀었다. 내가 주먹을 부딪치자 조나가 엄지를 휙 치켜들어 넘버원 표시를 했다.

"어우, 그게 뭐야."

말은 그렇게 했지만 웃음을 참기 힘들었다.

"그럼 더 좋은 거 있어?"

"생각해 볼게. 분명 이것보다 나은 게 생각날 거야."

"유별나긴."

"상관없어."

교실에 들어서자마자 종이 울리고, 곧장 발두치 선생님의 악명 높은 깜짝 쪽지 시험이 시작됐다. 아이들이 으 소리를 냈지만 시험은 쉬웠다. 교실에서 채점을 했다. 선생님에게 시험지를 전달하기 전, 에리카가 내 시험지의 100점 동그라미에 웃는 얼굴을 그렸다.

"올리비아, 잘 봤어?"

수업이 끝나고 문밖으로 함께 우르르 몰려나오며 브랜던이 물었다. 조나는 우리 뒤에 있었다.

"다 맞았어."

조나가 주먹을 내밀었다. 무슨 일이 일어날지 알고 있었지만 주먹을 마주쳤다. 바보 같은 넘버원 표시가 뒤따랐다.

브랜던도 주먹을 쭉 뻗었지만 나는 주먹을 부딪치지 않았다.

"뭐야, 전학생은 되고 나는 안 돼?"

"넌 이해 못 해. 엘리트 스케이팅 선수가 아니니까."

조나가 이렇게 말하고는 나에게 물었다.

"인라인 타고 가면 링크까지 얼마나 걸려?"

"10분 정도."

"좋아. 오늘은 8분으로 해야겠다. 따라잡아 보던가."

7분 30초 만에 아이스드림에 도착했다. 참치오이 샌드위치를 토할 뻔했다. 햇빛에 바랜 맥의 고물 토요타 자동차에 기대 숨을 고르고 있는데 조나가 8분 30초에 주차장에 들어왔다.

"내일은 따라잡아 보던가."

여전히 심장이 터질 것 같았지만 아무렇지 않은 척 말했다.

"반칙이야."

조나가 땀에 젖은 머리칼을 넘기며 역시 아무렇지 않은 척 말했다.

"아니. 지름길로 온 거지."

조나는 숨을 가라앉히지 못해 내 말에 반박하지 못했다. 조나가 주먹을 내밀자 내가 부딪쳤다. 넘버원 손짓을 한 쪽은 이번엔 나였다. 조나가 웃었다.

조나가 링크 문을 열자 시원한 공기가 와락 피부를 덮쳤다. 우리는 동시에 "아아" 소리를 냈다.

내가 먼저 링크로 들어갔다. 그래야 하는 이유가 있으니까. 나는 손가락 끝을 입술에 댄 다음 엄마 아빠 포스터를 두드리며 지나갔다. 이상한 짓이다. 나도 안다. 그래도 그만두진 않을 거다.

안으로 들어가자 맥이 매점 카운터를 닦고 있었다. 맥의 눈썹이 팩 치켜 올라갔다.

"힘찬 박수로 맞이해 주세요. 올리비아 아이스킬페이드 케네디이이!"

맥이 아나운서 톤으로 나를 소개했다.

"아이스킬페이드는 또 뭐야?"

"흠, 아직 연습 중이야."

맥은 오늘 머리를 풀어 내리고 있었다. 깡총하게 자른 앞머리가 귀여웠다.

"나는 소개 안 해 줘?"

조나가 말하며 벽에 걸린 시리얼 박스로 시선을 돌렸다.

"롤러 더비 팀에 들어올 가능성이 생기면 그때 해 줄게. 그때까진 어이, 쵸. 왔어? 이게 다야."

맥이 조나와 나에게 물을 한 잔 건넸다.

"곧 쓰러질 것 같은 얼굴이네."

조나가 물을 벌컥벌컥 들이켰다.

"고마워."

조나가 더 달라며 맥에게 컵을 내밀었다.

나도 물을 한참 들이켰다.

"오늘 간식으로 뭐 가져왔게?"

맥이 냉장고에서 마가린 통을 꺼냈다. 삶은 달걀 두 개가 들어 있었다.

"이거 말고 훈련할 때 먹는 거 또 뭐랬지?"

"김."

"김? 어디서 구해?"

"아시아 식료품점에서. 어딘지 알려 줄게."

"좋아. 고맙다."

맥이 미리 껍질을 까 놓은 달걀을 한 입 물더니 인상을 썼다.

"적응하는 데 시간이 걸려. 소금 좀 뿌려 봐."

조나가 낄낄대며 매점의 소금통을 밀었다.

"참, 미도리 여사한테 말했어. 토요일에 나랑 같이 가도 된대. 무시무시한 옷은 찾아 놨어?"

맥이 입안 가득 소금 친 달걀을 물고 말했다.

"무시무시한 옷?"

조나가 물었다.

"무시무시한 거. 이런 차림은 용납 안 돼."

맥이 내 쪽을 가리켰다.

"뭘 입어야 하는데? 가죽옷에 체인이라도 달아?"

"있어?"

맥은 정말 진지했다.

"어디 간다고?"

조나가 눈썹을 치떴다.

"롤러 더비 경기. 내가 사물함에 붙여 놓은 전단지 못 봤어?"

"봤는데 너무 바빠서 같이는 못 간대."

내가 대신 대꾸했다.

"안타깝네."

맥이 카운터에 기대더니 늘 하나로 묶고 다니는 내 머리를 풀어서 어깨와 쇄골 주변에 흐트러뜨렸다.

"머리 좀 자르자. 이젠 올림머리 할 일도 없잖아. 머리칼이 짧으면 무시무시해 보일 거야. 색깔도 좀 넣을까?"

"엄마가 언니랑 나랑 둘 다 죽일걸?"

"염색은 아니고. 감으면 빠지는 걸로."

"조나, 왜 그러고 서 있어?"

아무도 조나 아빠가 들어오는 걸 알아채지 못했다.

"옷 갈아입어, 아들. 훈련 시간입니다."

조나가 남자 탈의실로 들어가자 맥이 말했다.

"자홍색이 좋겠어. 네 첫 댄스파티 드레스. 자홍색이어야 해. 너한테 딱이야. 조나도 꾸며 놓으면 멋있을 거야."

"그만해!"

나는 아이스드림 재킷을 꺼내 쥐고 스케이트 대여소로 향했다.

#4

토요일 저녁, 나의 찢어진 셔츠도, 머리칼도 자홍색이었다.

"이거야!"

내가 맥의 집 화장실에서 나오자 맥이 말했다.

"난 잘 모르겠어, 언니. 엄마가 기겁할 텐데."

내가 짧아진 머리를 손으로 쓸었다.

맥이 6개월 된 피오나를 골반에 걸쳤다.

"흠, 맞아. 그런데 넌 십 대잖아. 부모를 실망시키고 짜증 나게 하는 게 당연하다고. 걱정 마, 미도리 여사도 누그러지게 돼 있어. 결국은."

"아님 외출 금지시키거나."

우리는 함께 웃었다. 그거야말로 평범한 부모가 할 만한 일이다. 하지만 미도리 나카시마와 마이클 케네디는 평범한 부모가 아니다. 반대로 맥의 부모님은 딸의 일거수일투족을 살피는 스타일이다.

나는 레깅스와 부츠 위에 입은 까만 인조가죽 치마를 정돈했다.

"집에 가기 전에 갈아입어야겠어."

"좋아. 한 번에 하나씩 하자고. 피오나, 올리비아 이모 어때?"

맥이 피오나를 내 앞에 들어 올렸다. 피오나의 얼굴이 일그러지더니 겁에 질린 울음을 터뜨렸다. 그래, 피오나도 날 못 알아봤다.

"아우, 울지 마, 강아지. 나야, 올리비아 이모."

내가 피오나를 향해 팔을 뻗자 울음소리가 더 커졌다.

"할머니! 할머니, 우리 가야 해요. 피오나 좀 데려가 주세요."

맥이 피오나 울음소리보다 더 크게 소리쳤다.

할머니가 거실에서 느릿느릿 다가오더니 팔을 내밀었다.

"할머니한테 오렴."

"타일러가 오늘 밤에 오기로 했어요."

맥의 말에 할머니가 코웃음을 쳤다.

"약속했으니까 올 거야, 할머니. 기저귀랑 분유 사 온대요. 좋은 거로."

"내 눈으로 봐야 믿지. 너무 늦지 마라. 조심해서 다니고. 술 마시지 말고."

할머니가 몸을 들썩이며 피오나를 달랬다.

"네, 할머니."

맥이 몸을 기울여 피오나의 정수리와 할머니의 주글주글한 볼에 차례로 입을 맞췄다.

할머니가 나를 보더니 고개를 절레절레 흔들었다.

차에 타자 맥이 마지막으로 한 번 더 나를 훑었다. 히죽거리는 웃음이 맥의 진보랏빛 입술 위에 번졌다.

"왜?"

나는 백미러를 보며 맥이 그려 놓은 10센티미터짜리 까만 아이라인의 끝을 조금 지웠다. 그래도 이번엔 다행히 반짝이 진분홍 속눈썹은 피했다.

"그냥 당당하게 굴어."

맥이 시동을 걸며 말했다.

10분 뒤, 우리는 시합 전엔 늘 그러듯 아비스 샌드위치 가게에 도착했다.

오늘 저녁엔 맥의 고등학교 친구가 일하고 있었다. 어느 때처럼 라지 사이즈 루트 비어 플로트(Root Beer Float, 탄산음료인 루트 비어 위에 아이스크림을 띄운 것)를 스몰 사이즈 가격에 주었다.

"무시무시함을 위하여."

내가 컵을 들었다.

"무시무시함을 위하여."

맥이 컵을 내 컵에 챙 부딪혔다. 우리는 요란하게 후루룩 소리를 내며 음료를 마셨다.

주차장으로 나오자 웬 남자가 맥의 고물 토요타에 기대서 있었다. 나는 맥을 쳐다봤다. 내 표정을 보고 맥이 깔깔 웃으며 말했다.

"여기서 조나 만나기로 했다고 내가 말 안 했나? 갑자기 일정이 비었대."

"올리비아?"

조나가 나를 향해 눈을 가늘게 떴다.

애써 쿨한 척했지만 사실 반대 방향으로 도망치고 싶었다. 나는 조나를 향해 고개를 까딱했다. 조나의 양 눈썹이 한데 얽혔다.

"롤러 더비 경기 보러 가는 줄 알았더니 핼러윈 파티였어?"

"이 장소에 안 어울리는 사람은 바로 너야, 조나. 그래도 아이라이너만 살짝 그리면 변신 가능하지."

맥이 조나의 머리를 헝클어뜨렸다.

"싫어."

조나가 다시 머리를 정리했다.

"알았어. 차에 타, 꼬맹이들."

"난 앞자리."

내 말에 조나가 차 문을 열어 주었다.

맥이 카세트테이프를 구닥다리 음향 시스템 속으로 밀어 넣었다.

"건스 앤 로지스 말고 다른 것도 들어?"

조나가 앞으로 기대며 오른팔을 내 의자 위에 걸쳤다.

"안 돼, 언니. 절대 안 돼."

내가 테이프를 꺼냈다.

"그럼 너희 둘이 골라."

맥이 와락 우회전을 했다. 몸이 쏠리며 내 어깨가 조나의 손등에 닿았다. 뒤를 돌아보니 조나의 얼굴이 너무 가까워 면도 자국까지 보였다. 조나에게서 좋은 냄새가 났다. 배 속에서 루트 비어 거품이 보글거렸다.

"어우, 조나, 향수로 샤워를 한 거야? 다음부터는 들이붓지 말고 뿌리기만 해. 눈물이 다 나네."

맥이 차창을 내렸다.

조나가 뒤로 기대앉았다. 거품이 꺼졌다.

주차장은 차로 가득했다. 토요일 저녁 아이스드림에도 이 정도 차량이 밀려들면 얼마나 좋을까.

조나가 이곳에 안 어울린다는 맥의 말은 반만 맞았다. 팔을 문신으로 덮은 중년 커플이 우리 옆에 주차했다. 다른 쪽에선 마트 광고에서 걸어 나온 듯한 젊은 부부가 몸을 비트는 아기를 유아차에 앉히려고 애쓰고 있었다. 내 옷차림은 너무 튀었다.

내 마음을 읽은 듯 맥이 말했다.

"롤러 더비잖아. 쇼이기도 하다고. 당당하게 굴어. 조나, 진짜 내 롤러 더비 티셔츠 안 빌려줘도 되겠어? 운동 가방에 깨끗한 거 하나 있어."

"아니."

"있잖아, 대부분의 십 대는 헤어스타일이랑 옷차림을 실험하는 과정을 거친다고. 일종의 통과의례 같은 거지."

맥이 백미러로 조나를 보며 말을 이었다.

"올리비아 좀 봐. 스타일을 실험하는 데 전혀 두려움이 없잖아."

흠, 사실이 아니지만 군이 바로잡지는 않을 거다.

"좋아, 나도 아이라인 그려 줘. 지우는 것만 까먹지 않게 알려 주고."

백미러에서 조나와 나의 눈이 마주쳤다.

"좋았어. 네가 그려 줘, 올리비아. 난 손을 너무 떨어."

내가 째려보자 맥이 활짝 웃었다. 입술 피어싱 고리가 아랫니에 챙 부딪혔다. 나는 내부등을 켜고 가방을 뒤져 펜슬 아이라이너를 찾았다.

"난 친구 만나고 있을게. 끝나면 문 잠그고. 경기장 안에서 보자. 천천히들 하세요. 바쁠 것 전혀 없으니까."

맥이 조나에게 차 열쇠를 건넸다.

"앞으로 와."

내가 조나에게 말했다.

조나가 운전석에 앉아 나를 향해 몸을 돌렸다. 조나의 무릎이 내 무릎에 닿자 루트 비어 거품이 다시 보글거렸다.

"고개 들어 봐."

내 왼손이 부들거리며 갈 곳을 몰라 헤맸다.

"그만 움직여."

"나 안 움직이는데."

"움직이거든."

왼손을 조나 얼굴에 댔다. 손끝에 닿은 뺨이 매끄러웠다. 조나의 따스한 숨결이 손바닥을 스쳤다. 찌릿했다.

"눈 감아."

내 오른손이 조나의 왼쪽 눈 위에 맴돌았다. 떨리는 손을 진정시키려 애썼다. 조나의 속눈썹 위로 가느다란 선을 몇 번 그었다. 멈추어 가만히 살핀 다음 새끼손가락으로 조금 문질렀다. 오른쪽 라인을 그리기 전에는 머리카락을 넘겨야 했다. 손가락에 닿은 조나의 머리칼은 두껍고 **뻣뻣했다**.

"머리에 뭐 발랐어? 맥이 자기 젤을 내 머리에 발라 줬는데 난 백인 머릿결이 아니잖아. 고정이 잘 안 되는 것 같아."

"비밀 한국 제품. 한국 피가 75퍼센트는 흘러야 알 수 있지."

조나의 입술이 내 손바닥을 스치자 손이 더 심하게 떨렸다.

내가 손을 치우자 조나가 눈을 뜨고 거울을 들여다봤다. 으악, 조나가 비명을 질렀다.

"우리 엄마 같아!"

나는 아이라인을 지우지 못하게 조나의 손목을 잡았다.

"아직 안 끝났어. 아래쪽도 그려야 해. 넌 이제부터 케이팝 아이돌이야."

나는 조나의 머리를 다시 불빛 쪽으로 돌렸다. 조나의 입술이 내 입술과 고작 몇 센티미터 떨어져 있었다. 조나의 입술은 어떤 느낌일까…. 나는 꼬리의 꼬리를 무는 생각을 끊어 내려고 큼큼 헛기침을 했다.

"위쪽 봐."

나는 오른쪽 눈 아래를 살짝 내리고 라인을 그린 다음 새끼손가락으로 문질렀다. 왼쪽 눈까지 다 그렸을 때 나는 뒤로 기대며 조나에게 살펴보라고 했다. 이번엔 조나도 고개를 끄덕였다.

"하려면 제대로 해야지. 안 그럼 뭐 하러 해?"

조나가 내가 앉은 의자 쪽으로 몸을 숙여 맥의 운동 가방을 뒤졌다. 조나의 가슴이 내 팔을 눌렀다. 조나가 먹빛 라인을 그린 눈으로 나를 올려다봤다. 조나의 양쪽 입꼬리에 조그만 괄호가 생겼고 나는 팔을 치우지 않았다.

"여기 있다."

조나가 검은색 티셔츠를 꺼냈다. '싫다고만 하지 말고, 스케이터가 돼라 (DON'T BE A HATER. BE A SKATER)' 티셔츠였다.

"조금 크긴 한데, 딱이네. 이거면 되겠어."

조나가 로열블루 색 긴팔 티셔츠를 벗었다. 아마도 난 고개를 돌렸어야 했다. 하지만 조나 말처럼, 하려면 제대로 해야지, 안 그럼 뭐 하러 해? 소나무 향기에 정신이 아득해졌다. 조나는 미세 조정된 몸 위에 롤러 더비 티셔츠를 입었다.

"저기, 조나."

"어."

"6시 37분이야."

나는 주먹을 내밀어 조나와 부딪치고는 덧붙였다.

"오늘 밤엔 나만 잘 따라다녀."

조나는 정말 그랬다. 나는 경기장 밖 푸드 트럭을 그냥 지나치지 못하고 추로스의 달콤한 시나몬 맛에 굴복하고 말았다. 로비는 사람으로 넘쳐서 조나는 내 뒤에 딱 붙어 섰다. 누군가 우리를 확 밀자 조나가 나와 충돌하지 않으려 내 어깨에 손을 올렸다. 손은 꽤 오래 그 자리에 머물렀다. 싫지 않았다.

두리번거리며 맥을 찾았다. 보통 맥은 등대 불빛처럼 눈에 확 띄는데, 오늘 밤엔 만화경 같은 색깔들 사이에 섞여 버렸다. 마침내 더비 걸스 대기 장소에 있는 맥을 발견했다. 망사 스타킹과 섹시한 해적 의상을 입은 갖가지 색과 모양과 크기의 여자들에게 둘러싸여 있었다.

"뭐 좀 마실래?"

조나가 턱으로 작은 간이매점을 가리켰다.

"응. 콜라 있으면, 콜라."

맥과 눈이 마주치자 맥이 손을 흔들었다.

"금방 올게. 언니가 불러."

지난 1년 동안 맥과 자주 왔던 덕분에 몇몇 여자들의 얼굴은 알아볼 수 있었다. 물론 이름은 다 기억하지 못했다.

"왔네. 내 책임 파트너. 나는 애한테 기하를 가르치고 애는 나한테 자제력을 가르치고."

맥이 내 어깨에 팔을 둘렀다.

"너도 우리 팀에 들어올 거지, 올리비아?"

삐죽삐죽한 금발의 바나클 바브였다. 가까이에서 보니 우리 엄마 나이로 보였다. 아니 그보다 좀 더 들었을 수도.

"우린 젊은 피가 필요하다고. 아직 열여덟 살이던가?"

우쭐한 마음도 들었지만, 여기에 있다간 잡아먹힐 것 같았다.

"아니요. 열일곱 살이요."

"아."

바나클 바브는 진심으로 실망한 표정을 지었다.

"그럼, 우리 주니어 팀이 새로 생겼는데, 거기 들어올래? 사람 엄청 뽑고 있는데."

"안 돼요, 얘 부모님이 허락 안 해요. 다칠까 봐 전전긍긍이거든요."

맥이 대신 대답했다.

민망했다. 맞는 말이었지만 이렇게 애 취급할 필요까지는 없는데.

"그럴 수 있지. 안타깝지만. 부모는 자식을 안전하게 지키고 싶어 하니까. 자식이 거의 다 커도 말이지."

바나클 바브가 내 어깨를 툭툭 쳤다.

롤러 더비가 나에게 맞을지 잘 모르겠다. 하지만 맥이 그런 얘기를 한번 꺼냈을 때 엄마는 말이 끝나기도 전에 "빌어먹을, 무슨 말도 안 되는 소리야"라며 엄마답지 않은 투로 말을 잘랐다. 그때만큼은 아빠도 엄마 편을 들었다. 우리 엄마 아빠가 자식 교육이라니. 어이쿠, 놀라워라.

'평범한' 고등학생으로 살 때 한 가지 좋은 점은 주말에 친구들과 어울리는 일이 당연하다는 거다.

"올리비아랑 계속 훈련해, 맥 트럭. 스피드가 좋아지고는 있는데 아직 충분하진 않아. 지구력 훈련도 하고."

바나클 바브가 헬멧을 썼다.

"전자담배는 끊었어요."

맥이 말했다.

"좋은 출발이야."

"이제 이것만 좀 빼면 돼요."

맥이 물렁물렁한 배를 툭툭 두드리며 말했다.

"맥 트럭. 주변을 살펴봐. 우리가 44사이즈 슈퍼모델 무리로 보여? 넘어지기라도 하면, 사실 계속 그럴 거고, 엉덩이에 추가 쿠션을 바라게 될걸?"

본인 주장을 몸소 보여 주려는 듯, 바나클 바브가 엉덩이를 쑥 내밀었다.

"스피드가 사이즈를 이기는 법이지. 균형감은 그 둘을 다 이기고. 나, 간다. 이제 경기 시작이야."

바나클 바브가 맥과 나를 꽉 끌어안고는 입에 마우스피스를 끼고 사라졌다. 조나가 우리를 향해 다가오며 바나클 바브를 쳐다봤다.

"저건 무대의상인데."

조나가 말했다.

"쇼의 일부지. 스타일 마음에 든다, 조나. 거봐, 아이라인 잘 어울리네. 나이도 좀 들어 보이고."

맥이 조나를 보더니 됐다는 듯 고개를 끄덕였다.

"롤러 더비도 프로레슬링 같은 거야?"

조나가 몸을 쭉 펴며 말했다.

"아니, 이건 그냥 쇼가 아니야. 실제로 싸워."

"와, 흥미진진한데."

"농담이야. 싸움은 금지야."

조나가 내게 콜라를 건넸다. 그러곤 맥을 보더니 자기 물을 건넸다.

"여기. 단당류는 쓰레기야."

"고맙다, 조나. 가서 앉자. 곧 시작이야."

맥이 물병을 받아 들었다.

우리는 사람들을 헤치고 트랙에서 가장 가까운 관중석으로 향했다. 맥은 맨 아랫줄을 택했다. 3미터 앞, 원래 농구장 표시가 있던 바닥에 분홍색 테이프로 두 개의 타원이 그려져 있었다.

"몇 줄 위로 옮겨야 하지 않아?"

조나의 미간에 근심 가득한 주름이 잡혔다.

"아니."

맥이 대꾸했다.

"선수들하고 관중 사이에 안전 벽도 없잖아."

맥의 진보라 입술 위로 사악한 미소가 번졌다.

"알아. 가끔은 위험하게도 살아 봐, 조나."

"좋아, 그럼."

조나가 뒤로 기대앉았다. 하지만 머릿속으로 탈출 경로를 짜고 있을 게 뻔했다.

선수들이 모두 트랙으로 나와 몸을 풀더니 떼를 지어 트랙을 돌았다. '웰컴 투 더 정글'의 오프닝 기타 연주가 스피커를 뚫고 나오자 관중들이 열광했다. 맥이 우리를 쳐다보더니 음악에 맞춰 고개를 흔들었다.

한편 조나는 내 콜라에서 눈을 떼지 못하고 있었다. 조나에게 콜라를 내밀었다. 조나는 고개를 저었지만 눈을 떼지는 못했다. 다시 내밀었다. 조나가 병을 쥐고 티셔츠로 입구를 닦더니 한 모금을 홀짝 마셨다. 그러더니 다시 한 모금 가득 마셨다. 그리고는 꿀꺽꿀꺽 들이켰다.

"저기요, 미스터 쓰레기 단당류, 내 음료수 돌려줄래?"

"어, 미안."

조나가 병 입구를 닦은 다음 돌려줬다. 괄호가 다시 나타났다.

"내가 왜 3년이나 탄산음료를 끊었는지 이제 기억남. 너무 맛있어."

"먹는 거라곤 달걀하고 김뿐인데 몸이 단걸 원하는 게 당연하지. 너는 내가 집착한다고 생각하겠지만, 적어도 난 즐길 줄은 알아."

나는 이렇게 말하고는 콜라를 들이켰다.

"나도 즐길 줄 알아. 지금 즐기고 있잖아. 위험천만한 자리에 앉아 있지. 아이라인도 그렸지."

조나가 콜라를 가져가더니 입구를 닦지도 않고 마구 들이켜고는 말을 이었다.

"심지어 액상과당까지 섭취하고 있는데, 어떻게 더 막 나가?"

나는 콜라를 다시 마셨다. 일부러 입구를 닦지 않았다.

사회자가 경기장 가운데로 나오자 관중석이 들끓었다. 선수들이 트랙을 따라 줄지어 섰다. 사회자가 롤러 더비 선수들의 이름을 부르자 선수들이 나와 관중을 향해 손을 흔들었다. 설리 걸스 팀 선수가 등장할 때마다 맥은 모두의 절친인 양 소리를 질렀다. 사회자가 주장 바나클 바브를 소개하자 나는 맥 옆에 서서 함께 함성을 보냈다. 조나는 한 박자 나중에 일어서서 정중하게 박수를 쳤다.

스포츠를 향해 끓어오르는 에너지와 피 탓인지, 아이라인 탓인지, 그도 아니면 콜라 탓인지, 시간이 갈수록 조나는 활기를 띠었다. 경기가 끝날 무렵이 되자 일어서서 맥처럼 소리를 지르고 있었다.

"안쪽으로! 안쪽으로! 안쪽이라니까! 안 돼! 뭐야? 안 닿았다고!"

조나가 소리치더니 자리에 털썩 앉았다.

"그 정도로 목이 찢어지겠어?"

내가 조나를 놀렸다.

조나의 입꼬리가 올라갔다. 조나는 내 콜라를 가져가 다 마셔 버렸다.

"야!"

내가 소리를 지르자 조나가 빈 병을 내게 넘겼다. 조나가 무슨 말인가를 했지만 들리지 않았다. 입술을 읽을 수도 없었다.

"뭐라고?"

내가 관중들 사이로 소리치자 조나가 내 어깨에 손을 대며 나를 향해 몸을 숙였다. 조나의 머리칼이 내 어깨를 간지럽히고 따뜻한 숨결이 내 귀와 목을 쓸었다. 조나의 달콤한 소나무 향기를 들이마셨다. 모든 신경에서 빠지직 불꽃이 튀며 전력망이 통째로 차단될 것 같았다.

"하나 더 마실 거냐고."

조나가 내 귀에 대고 소리쳤다. 조나의 따뜻한 손이 계속 내 어깨에 머물렀다.

입술이 움직이지 않아 나는 고개만 저었다. 휘슬이 삑 울리고 마지막 승부가 시작됐다. 맥과 조나가 함께 벌떡 일어섰다. 설리 걸스가 이겼다. 맥이 펄쩍펄쩍 뛰며 자기가 이긴 것처럼 주먹을 휘둘렀다. 두 사람은 내 머리 위로 하이파이브를 했다.

"난 가서 바나클 바브랑 설리 걸스 축하해 주고 올게. 차에서 만나자. 10분이면 돼."

맥이 조나에게 차 열쇠를 건네며 내게 눈을 흘겼다.

나도 같이 힘껏 째려봤지만 맥은 그냥 빙긋 웃었다. 그러고는 트랙으로 급히 달려갔다. 잠시 후면 모든 선수가 바깥쪽에 둥그렇게 늘어선 팬들과 손을 맞부딪치며 트랙을 한 바퀴 돌 것이다.

"내가 앞자리."

차 앞에 도착했을 때 조나가 말했다. 조나가 뒤쪽 문을 열어 주었다.

"진짜 끝내줬어. 맥 누나가 아침에 문자해 줘서 다행이야."

둘 다 차에 타자 조나가 말했다. 배 속에서 거품이 보글대는 느낌이 사라지고 이상한 찌릿함이 흘렀다. 나는 조나의 전화번호를 모른다. 매일 일곱 시간 이상을 같은 건물에서 보내면서도.

나는 앞으로 몸을 기울여 오른팔을 조나의 의자 위에 걸쳤다.

"어쨌든 같이 와서 기뻐."

조나가 내 쪽으로 몸을 숙였다. 나는 본능적으로 눈을 감았다. 따뜻한 손끝이 목 옆을 스치고 손가락이 머리를 쓸었다. 나는 기다렸다. 그리고 기다렸다. 다시 눈을 떴다.

"귀고리에 머리카락이 걸렸어."

조나가 뒤로 물러나자 내 얼굴이 불타올랐다.

"디피티 두."

조나가 이어서 말했다.

"롤러 더비 이름치곤 우스운데?"

"롤러 더비 이름 아니야. 헤어 왁스. 사실 한국 것도 아니고."

조나가 착 가라앉은 내 머리를 손가락으로 쓸며 다시 삐죽하게 세워 보려 했지만 소용없었다. 반면 조나의 머리는 초저녁에 만진 그대로, 완벽한 동시에 일부러 흐트러뜨린 형태를 유지하고 있었다.

"이제 내 비밀을 알아 버렸네."

"저기, 조나."

"응."

"지금 8시 22분이야."

조나가 웃음을 터뜨리자 배 속에서 나비 떼가 날아올랐다.

"다음에도 같이 올래?"

"응. 가능하면. 그런데 탄산음료는 먹지 말라고 해 줘. 당 때문에 온몸이 흥분 상태야. 오늘 밤에 잠은 다 잔 것 같아."

조나가 눈을 비비자 아이라인이 번졌다.

"참, 잊어버리지 말고…."

아이라인 얘기였는데 조나는 티셔츠를 벗었다. 나는 뒷자리에 놓인 긴팔 티셔츠를 건넸다. 천천히. 미세 조정된 기계가 움직이는 모습을 감상하며.

"언니가 차에 물티슈를 두거든. 그걸로 아이라인 지워 보자."

나는 맥의 운동 가방을 뒤졌다. 롤러 더비용 스케이트와 함께 기저귀와 장난감 열쇠 몇 개, 아기 담요, 지퍼락에 담긴 공갈 젖꼭지가 있었다.

"자. 나 한 장, 너 한 장."

나는 백미러에 얼굴을 비춰 보려고 앞으로 가까이 다가갔다. 내 팔이 조나의 의자와 근육질 어깨에 닿았지만 조나는 움직이지 않았다. 내 얼굴이 조나의 얼굴과 너무 가까웠다. 조나가 고개를 조금만 돌려도…. 물티슈에 검은 아이라이너 얼룩이 묻어 나왔다.

"눈이 예뻐."

거울 속에서 조나의 눈이 나의 눈과 만났다.

나는 조나의 손에서 물티슈를 뺏어 조나의 눈으로 가져갔다. 조나가 눈을 감았다.

"너도."

부드럽게 화장을 닦아 냈다. 다 지운 후에도 조나의 눈은 여전히 감겨 있었다. 내 입술은 조나의 입술에서 기껏해야 5센티미터 정도 떨어져 있었다. 핏속의 카페인이 발가락까지 타고 내려갔다가 돌아왔다. 나는 가까이 기대며 거리를 좁혔다.

그때 문이 열렸다.

"뭐 하고 있어?"

차가운 공기에 내 불꽃이 확 꺼졌다. 내 얼굴에서 뿜는 열기만 남았다.

맥은 키득키득 웃으며 차에 올랐다.

"집이 어디야, 조나? 먼저 내려 줄게."

"아."

조나의 목소리에서 나만큼이나 실망이 묻어났다.

"물론 위험천만한 삶을 조금 더 지속할 마음이 없다면."

"있어. 완전 있어. 멍청한 짓만 안 하면 돼. 내일 아침에 훈련해야 하니까."

조나가 건스 앤 로지스 카세트테이프를 딸깍 집어넣으며 말했다.

주차장을 빠져나가며 맥이 손가락으로 운전대를 타닥타닥 두드렸다.

"조나가 피닉스 라이프를 제대로 시작할 만한 뭔가가 없을까?"

"템피 뷰트 산에 올라가자."

내가 말했다.

"너희 둘은 왜 그렇게 기회만 있으면 운동을 하려 들어?"

"내가 가르치는 리나 기타가와가 그러는데 밤에 거기서 전갈 잡으면 재미있대. 엄청 피닉스답잖아."

차 안이 어두웠지만, 조나가 찡그리는 게 보였다.

"난 싫어. 차라리 등산을 할래."

"스포를 좀 하자면, 템피 뷰트 산은 그냥 언덕이야. 고작 1.5킬로미터 하이킹 코스라고. 그런데 가파르긴 해. 아빠가 훈련 삼아 뛰어오르라고 시키곤 했어."

"재미있겠다. 다음에 너 신발 편한 거 신었을 때 가자."

조나가 뒤를 돌아보며 말했다.

지금 데이트 신청한 거야? 나비들이 다시 날아올랐다.

"하여간 너희 둘은."

맥이 고개를 절레절레 흔들었다. 우리는 템피 방면 고속도로를 탔다.

"잠깐. 좋은 생각이 났어. 좀 더러워져도 괜찮지, 조나?"

맥이 물었다.

"무슨 일이냐에 따라서."

조나의 눈썹이 치켜 올라갔다.

"쉿."

맥이 철망 울타리 한쪽을 한 사람이 지나갈 만큼 뒤로 젖혔다.

조나가 깨끗하다곤 할 수 없는 수건과 티셔츠로 감싼 얼음 덩어리 세 개를 어깨에 얹어 옮겼다.

"무단 침입 아니야?"

"맞아."

맥이 휴대전화 손전등으로 주변을 비췄다.

"근데 여기 우리 할머니 친구네 땅이거든. 혹시 걸리면 내가 잘 설명할게, 진짜야."

"난 좀 그런데."

내 말에 조나가 고개를 끄덕이며 맞장구쳤다.

"얼른 와, 얘들아! 그건 내가 고등학교 때 하던 거야. 내가 좀 범생이었거든."

"범생이었어?"

톡톡 튀는 맥 트럭이 아닌 다른 모습의 맥은 상상하기 힘들었다.

"응. 안전하게 놀았지. 너무 안전하게. 이제 좀 위험하게 놀아 보자고."

조나가 투덜대려고 하자 맥이 딱 잘랐다.

"무모하고 바보 같은 위험이 아니라 한계를 뛰어넘고 살아 있는 느낌을 주는 위험 말이야."

"그럼 한 번만 해 보고 가자."

의심을 떨치지 못하고 내가 말했다.

"조나 최, 너는? 오늘부로 아이스드림 가족의 일원이 되겠어?"

"안 해도 돼. 그냥 여기서 망봐도 돼."

나는 조나의 눈을 쳐다봤다. 도전.

문 사이로 맨 먼저 몸을 욱여넣은 사람은 조나였다. 가파른 잔디 언덕 꼭대기에 처음으로 선 사람도. 또 얼음덩어리 위에 엉덩이를 올려놓고 앉은 사람도.

"어떻게 하면 돼?"

맥이 쌕쌕대며 언덕 꼭대기에 도착하자 조나가 물었다. 맥은 조나 옆에 놓은 얼음덩어리 위에 털썩 주저앉았다.

"대단한 거 아니야, 최. 그냥 물리학이지. 얼음의 마찰 계수가…."

"그만 떠들고 그냥 해!"

내가 제일 먼저 얼음에 몸을 싣고 상체를 뒤로 젖혔다가 언덕 아래로 미끄러져 내려갔다. 꺅 하는 비명이 목을 찢고 터졌다.

조나가 내 뒤를 따라 내려오며 "아아악!" 겁먹은 비명을 지르는 소리가 들렸다. 바람이 착 가라앉은 내 머리칼을 가르고, 마음이 하늘 높이 날아올랐다. 엉덩이에 동상이 걸릴지도 모르지만 충분히 그럴 만한 가치가 있었다. 얼음이 자갈밭에 부딪혀 멈춰 서기 전까지는. 나는 얼음덩어리에서 떨어져 언덕을 데굴데굴 굴렀다. 조나도 같은 자갈밭에 부딪힌 게 분명했다. 잠시 뒤 조나도 나도 언덕 아래 잔디에 얼굴을 파묻고 있었으니까. 맥이 언덕 꼭대기에 앉아 낄낄댔다. 조나가 신음을 내뱉고는 얼굴에 붙은 머리카락을 후 불어 넘겼다. 나는 마른 잔디 한 무더기를 퉤 뱉어 냈다. 우리는 서로를 바라봤다. 어두침침했지만 조나의 고통스러운 표정이 실실대는 웃음으로 변하는 게 보였다. 팔꿈치와 무릎에서 전해지는 통증에도 불구하고 가슴에서 웃음 방울이 톡톡 터져 나왔다. 조나는 함께 일어서며 키득거리다 결국 배를 잡고 깔깔댔다. 나는 인조가죽 치마를 잡아당겨 똑바로 돌렸다. 레깅스 무릎에 구멍이 났지만 다음 더비 경기에 어울릴 거다. 그전에 여기저기 붙은 잔디를 다 제거해야겠지만.

"비켜어!"

맥이 우리를 향해 쏜살같이 내려오며 외쳤다.

"조심해, 거기, 어, 저런."

조나 말이 끝나기도 전에 맥이 똑같은 자갈밭에 부딪혔다.

맥의 착지 역시 우리만큼이나 꼴사나웠다. 조금 더 웃었다간 오줌을 지릴 것 같았다.

"어마어마했어."

마침내 숨을 고른 다음 조나가 말했다.

"피닉스에 온 걸 환영한다, 조나."

내가 주먹을 내밀어 조나와 부딪쳤다. 우리는 엄지를 세우며 넘버원 표시를 했다.

"이제 공식적으로 아이스드림 가족의 일원이 됐어."

"사랑스러운 얼간이들."

맥이 말했다.

"또 타자. 일단 다른 경로부터 찾고."

조나가 찢어진 청바지 무릎을 살피며 말했다.

조나는 자기 집으로 가는 길목에서 내려 달라고 우겼다. 엄마랑 우리가 마주치길 원하지 않는 것 같았다. 솔직히 나라도 그랬을 거다. 엉덩이의 거대한 얼룩이며 청바지 무릎이 찢어진 걸 설명할 길이 없으니.

조나가 조수석 창문 쪽으로 몸을 기울였다.

"오늘 고마웠어. 그렇게 재미있었던 게 얼마 만인지 기억도 안 나."

조나를 올려다봤다. 심장이 아직 얼음을 타고 언덕을 내려가는 듯했다.

"우리한테 딱 붙어 있어, 꼬맹이. 이건 피닉스에서 경험하게 될 신나는 장난의 시작에 불과하다고."

맥과 나는 조나와 젖은 엉덩이가 오른쪽 첫 번째 집으로 향하는 걸 지켜 봤다. 조나가 사라지고 나자 맥이 시동을 걸었다.

"어떻게, 자홍색 드레스 얘기 좀 다시 해 볼까?"

"언니!"

나는 맥의 어깨를 쳤다.

"내 연애가 재앙이었다고 너까지 그럴 필요 있어? 그냥 즐겨. 어른의 삶이 라는 게 생각했던 거랑은 다르더라고. 계획대로 되지도 않고."

마침내 집에 도착했을 때는 자정이 다 돼 있었다. 나는 롤러 더비 복장을 배낭에 숨기고 살금살금 현관문을 열고 들어갔다. 전등도 티브이도 켜진 채 로 엄마는 소파에서 곯아떨어져 있었다. 근육 이완제가 탁자 위에 놓여 있고 찜질 패드는 바닥에 떨어져 있었다. 나는 켜진 것들을 모두 끄고 까치발로 주방으로 가서 내 열쇠를 걸었다. 집에 왔으니 이층으로 올라와 확인하지 않 아도 된다는, 엄마를 위한 표시였다. 내 열쇠 자리에 쪽지가 꽂혀 있었다.

올리비아, 엄마 늦잠 자지 않게 깨워 줘.
9시에 링크 열어야 해. 조나 올 거야.

이층으로 올라가 땀에 절고 잔디 얼룩이 진 더러운 롤러 더비 복장을 가방 과 함께 옷장 뒤쪽에 처박은 다음 알람을 오전 8시에 맞췄다. 엄마가 나가고 나면 최소한 정오까지 잘 계획이었다. 자홍빛 머리를 거의 다 씻어 냈을 즈음 엔 새벽 1시가 가까웠다. 나는 침대에 얼굴을 묻었다. 하지만 나의 뇌는 전원 을 끄려 들지 않았다. 저녁 내내 있었던 일들을 아주 사소한 부분까지 자세 히 반복 재생했다. 소나무 향기. 콜라 맛. 조나의 입술이 내 손바닥을 스칠 때 배 속에 흐르던 찌릿함. 내 목 옆쪽에 닿던 따뜻한 손가락. 언덕 아래에서 울리던 조나의 웃음소리. 서서히 잠이 나를 끌어내렸다. 하지만 조나의 아름다운 얼굴과 감긴 눈에 작별 인사를 고하기 전엔 안 된다. 조나의 입술이 내 입술 가까이에 있었다. 그리고 이번엔 맥도 방해하지 않았다.

#5

엄마, 쉬어. 내가 조나 문 열어 줄게. 나 11시 30분에 레슨 있어.
- 올리비아

　조나와 아빠는 9시 30분이 지나서야 링크에 도착했다. 조나 아빠가 앞문을 벌컥 열고 쿵쾅대며 안으로 들어왔다. 심장이 작게 딸꾹질한 순간, 조나가 관자놀이를 문지르며 그 뒤를 따라 들어왔다. 나는 1번 테이블에 앉아 숙제를 하는 척했다. 같은 문단을 세 번째 읽고 있었지만. 조나 아빠가 내게 고개를 까딱하며 테이블을 지나치다 잠시 멈춰 섰다. 아, 내 머리. 나는 손으로 머리를 쓸며 남아 있는 자홍빛 삐죽 머리의 흔적을 가라앉히려 했다. 조나의 눈이 나와 마주쳤다. 얼굴이 환하게 밝아졌다.
　"안녕하세요, 아저씨. 오늘 아침에 오시는 게 맞나 했어요. 9시라고 하시지 않았어요?"
　내가 말했다.
　"그랬지. 조나가 너처럼 프로의식이 투철하면 얼마나 좋겠냐, 올리비아."
　조나 아빠가 조나를 돌아보자 조나의 얼굴에서 미소가 사라졌다.
　"그래도 이 말은 해야겠다. 이럴 거면 앞으론 그 브랜던인가 뭔가 하는 애랑은 어울리지 마."

조나가 당황한 눈빛으로 나를 보았다. 그럴 필요 없는데. 나도 그 정도 눈치는 있다고.

"훈련 시작하기 전에 필요한 거 있으세요?"

나는 조나 아빠의 관심을 돌리려고 함박웃음을 지으며 말했다.

"아니, 괜찮구나. 고맙다."

오늘은 조나 아빠가 바퀴 수를 세 달라는 부탁을 하지 않아서 아쉬웠다. 대신 숙제를 계속 들여다봐야 했다. 한편 조나는 전날 밤 식중독에 걸려 경기를 망쳤던 에그처럼 스케이트를 탔다. 느렸고, 자세는 엉성했다.

조나 아빠가 뭐라고 중얼대더니 테이블에 클립보드를 던졌다.

"지금 뭐 하는 거야, 아들!"

"스케이트 타잖아!"

조나가 큰 소리로 대꾸했다.

조나가 아빠 앞으로 왔다. 말소리가 들리지는 않았지만 조나의 얼굴로 보아 조나 아빠가 한바탕 다시 퍼붓고 있는 모양이었다. 조나 아빠가 클립보드를 홱 집어 들더니 내 쪽으로 쿵쿵 걸어왔다. 나는 고개를 숙이고 같은 문단을 백 번째 읽었다.

"올리비아, 커피 있니?"

"아, 저는 식품 취급 자격증이 없어서 매점에서 일 못 해요."

사실 커피 끓이는 법도 몰랐다.

"조나!"

조나 아빠가 조나에게 우리 쪽으로 오라고 손짓했다.

조나 아빠가 클립보드의 기록지를 넘겨 보는 사이, 조나가 와서 내 앞자리에 앉았다. 조나가 장갑을 벗었다. 그리고 스킨 슈트 상의 지퍼를 몇 센티미터 내리고 그 아래 갇혀 있던 열기를 조금 빼내자 지난밤 꿈들이 나의 뇌 속으로 들어왔다. 조나의 가슴뼈 위에 작고 가느다란 십자가 금목걸이가 걸려 있었다. 조나가 숨을 고르려 애쓰자 십자가가 오르락내리락했다.

"달걀 좀 먹고 다시 올라가. 난 카페 갈 거야. 나 없다고 시간 낭비하지 말고."

조나 아빠가 조나와 나 사이에 클립보드를 탁 내려놓고는 쿵쾅대며 나갔다. 나는 조나에게 보랭 가방을 건넸다.

"그거 먹으면 토할 것 같아."

조나가 가방을 내 쪽으로 다시 밀었다.

"최악의 당카페인 숙취야. 코끼리가 가슴을 밟고 서 있는 것 같아. 어젯밤에 나 안 말리고 뭐 했어? 카페인 때문에 탈수 온 것 같아."

"그냥 탄산음료야. 그것도 반병."

"알아. 그런데 어젯밤에 한숨도 못 잤어."

보랭 가방을 열어 조나에게 물병을 건네다 조나와 손이 스쳤다. 팔에 찌르르 전기가 흘렀다.

"그렇게 재미있었어?"

"응."

조나가 물을 반쯤 들이켠 후 대답했다.

"그래, 정확히 어떻게 '브랜던이랑 어울리다가' 바지가 찢어지고 진흙투성이가 된 거야?"

조나가 아랫입술을 물었다.

"브랜던네 집에서 그 집 개랑 뒷마당을 어슬렁거리다가 스프링클러에 걸려 넘어졌어. 근데 거기서부터 내리막이더라고."

"지금보다 더 확신 있게 말하는 게 좋겠어. 게다가 브랜던은 개 키운다고 말한 적도 없는데. 평범한 십 대 노릇은 정말 꽝이구나."

조나가 테이블 위로 팔을 뻗더니 기다란 손가락을 내 아이스드림 재킷 소매 끝에 걸어 잡아당겼다.

"그럼 나랑 같이 유별나든가."

조나의 손가락이 내 팔목을 잡았다. 빨라지는 내 맥박을 분명 조나도 느꼈을 거다.

"나랑 스케이트 타자. 잠깐만. 제발."

조나가 나를 일으켜 세웠다.

"도전 수락."

나는 기록적인 속도로 스케이트를 신었다. 조나는 이미 얼음 위에서 천천히 원을 그리고 있었다. 나는 몸을 숙이고 조나를 흉내 냈다.

"잘돼 가?"

느리고 일정한 조나의 스케이팅에 발을 맞추며 내가 물었다.

"오늘? 별로야. 예선이 얼마 안 남아서 아빠가 극도로 예민해."

조나가 커브에서 몸을 최대한 숙이자, 나도 그렇게 했다. 조나만큼 얼음 가까이 숙이진 못했다.

"너는 어떤데?"

다음 직선 주로에서 내가 말했다.

"뭐가 어때?"

"너도 극도로 예민해?"

"아니."

조나가 대꾸했지만 진심이라기엔 너무 단호했다.

"그래서 잠을 못 잤어?"

조나가 애매한 소리를 냈다. 다시 커브가 나타나자 우리는 몸을 기울였다.

"제법 하는데? 종목을 바꿔 보는 게 어때?"

조나가 나를 향해 빙긋 웃었다.

"왜 이래. 난 너보다 더 낮게 탈 수도 있다고."

내가 몸을 세우자 조나도 세웠다.

"그 스케이트로는 안 돼."

"잘 봐."

내가 말하자 조나가 멈춰 섰다.

나는 뒤로 몇 걸음 크로스오버하며 추진력을 충분히 쌓았다. 그러곤 쪼그려 앉아 하이드로블레이딩(hydroblading, 빙면과 거의 수평이 될 정도로 몸을 낮게 숙여 한쪽 다리를 뻗은 다음 스케이트날을 깊게 기울여 미끄러지는 피겨스케이팅 동작) 자세로 몸을 숙인 후 인사이드엣지(inside edge, 피겨스케이트의 안쪽 날)로 뒤로 미끄러지며 점점 더 얼음 가까이 낮게 몸을 펼쳐 완벽한 숫자 4 모양을 만들었다. 나는 양팔을 쫙 펼쳐 손가락 끝을 얼음에 스치며 점점 더 좁게 원을 그리며 빙글빙글 돌았다.

"와아."

조나가 감탄의 소리를 냈다. 나는 무릎을 굽히고 팔을 휘두르며 인사했다.

"같이 해 볼래?"

"쇼트트랙스케이트로는 뒤로 못 가."

"뒤로 갈 필요 없어. 그냥 몸을 숙인 다음 그 상태 그대로 더 낮추면 돼. 봐."

나는 조나의 손을 잡은 다음 끌어당기며 출발했다.

다시 커브 지점에 도착했을 때 조나와 나는 손을 잡은 채 서로의 평형추 역할을 했다. 속도가 점차 빨라질수록 얼굴의 웃음이 커졌다. 우리는 조금 휘청거리며 일어섰다. 그러다 하마터면….

"끝내준다. 한 번 더 할까?"

조나가 내 손을 놓지 않고 말했다. 나도 조나의 손을 놓지 않았다.

"물론. 분명 더 잘할 거야."

이번엔 조나가 나를 끌었다.

"준비됐어?"

내 말에 조나가 고개를 끄덕였다. 힘의 균형점을 찾는 데 시간이 조금 더 걸렸지만 두 번째에는 자세가 더 낮아졌다. 일어설 때도 최소한의 흔들림만 있었다.

"행운은 세 번째에 오는 법?"

조나가 눈썹을 찡긋했다.

"진짜 그런지 확인해 볼까?"

이번에는 몇 초 만에 균형점을 찾았다. 우리는 한 손을 잡고 빙판을 돌았고 둘의 손이 모두 얼음 위를 스쳤다. 조나가 나를 넘겨다봤다.

"우리가 해…."

순간 내 발이 삐끗했다. 나는 넘어지면서 얼음을 가로질러 미끄러졌다. 조나가 내게 끌려 왔다. 우리는 얼음 위에 배를 대고 미끄러졌다. 마침내 멈추었을 때 나는 까진 팔꿈치로 몸을 일으키며 깔깔 웃었다. 하지만 조나는 어젯밤 같은 웃음 대신 미간에 걱정스러운 주름을 만들었다.

"괜찮아, 조나. 우린 넘어지는 게 일이야."

그래도 연습 때마다 조나 아빠가 만들어 놓는 질척한 조나의 트랙이 아니라 건조한 안쪽으로 나동그라져서 다행이었다.

"우리도 그래. 경기할 때 방탄 슈트를 입는 데는 다 이유가 있어. 잘못해서 스케이트날로 널 베고 싶지 않아."

조나가 일어서서 손을 당기며 나를 일으켰다.

나는 조나의 양발 사이에 섰다. 조나가 나를 내려다봤다. 입가에 괄호가 생겼다.

"나중에 나랑 다시 스케이트 탈래?"

"언제라도."

우리는 그대로 선 채 서로를 바라봤다. 기다리며. 궁금해하며.

조나가 먼저 눈을 깜빡였다.

"나 다시 연습해야겠어. 오늘 아빠 기분이 너무 별로야."

"그래. 그래야지. 나도… 숙제해야 해."

내가 뒤로 물러나며 조나의 손을 놓았다.

1번 테이블로 돌아와 운동화로 갈아 신자마자 조나 아빠가 구시렁대며 돌아왔다. 조나가 전속력으로 링크를 도는데도 조나 아빠는 믿으려 들지 않았다. 조나의 장갑이 아직 테이블에 놓여 있었기 때문이다.

"솔직하게 말해 보렴. 나 없을 때 조나 스케이트 계속 탔니?"

"네, 탔어요. 그것도 아주 잘. 균형 훈련을 했어요."

얼음 위에서 조나가 아빠를 향해 엄지손가락을 들어 보였다. 조나 아빠는 여전히 미심쩍은 얼굴로 초시계와 클립보드, 조나의 장갑을 들고 빙판 쪽으로 향했다. 두 사람이 구간별 기록에 관해 이야기하는 동안 나는 역사 교과서를 응시하며 조나와 스케이트를 타던 내 모습이 어땠을까 상상의 날개를 펼쳤다. 죽을 때까지 두고두고 놀려 대겠지만, 맥이 사진이라도 한 장 찍어 줬으면 좋았겠다 싶었다. 눈꺼풀이 너무 무거웠다. 교과서를 물끄러미 보다가 나의 상상은 꿈이 되었다.

꿈속 조나의 입술이 내 입술에 막 닿으려는 순간, 뿌우 에어 혼이 울렸다. 나는 퍼뜩 잠에서 깼다.

"그렇지! 이제 불이 붙었어, 아들."

빙판을 집어삼킬 듯 달리는 조나를 향해 조나 아빠가 소리쳤다.

조나가 백스트레치 위를 질주했다. 뭔가가 달라졌다. 조나의 상체는 더 이상 뻣뻣하지 않았다. 마지막 커브를 도는 크로스오버는 일정하고 힘이 있었다. 조나가 결승선을 통과하자 조나 아빠가 환호했다.

"이래야 스케이팅이지! 최고 기록 0.2초 단축했어."

조나 아빠의 목소리가 링크에 메아리쳤다.

조나가 정리운동으로 한 바퀴를 돌고 1번 테이블 앞에 섰다.

"잘했어."

내가 속삭이며 주먹을 내밀었다. 조나가 주먹을 툭 친 다음 여전히 우스꽝스러운 넘버원 손짓을 했다.

"그래도 널 피겨스케이트 선수로 만들고 말 거야."

"풉. 그 약속을 지키게 만들고 말 거야."

조나가 조그맣게 말했다.

"언제든, 어디서든."

"도전 수락."

텅 비다시피 한 우리 링크가 이렇게 번잡해 보인 적은 없었다. 11시가 되고 아이스드림 개장 시간 전에 얼음을 다듬기 위해 어니 아저씨까지 오고 나니 더 그랬다. 평소 정빙기의 웅웅 소리는 이상하리만치 마음을 행복하고 평화롭게 했다. 하지만 오늘은 그 소리에 울적하고 짜증이 났다. 조나와 나의 시간이 끝났기 때문이다.

"내일 학교에서 보자, 올리비아."

훈련이 끝나고 평상복을 입은 조나가 내 곁을 지나치며 말했다.

나는 멀어져 가는 조나를 바라보았다. 정문 앞에 이르자 조나가 마지막으로 한 번 더 뒤를 돌아보았다. 심장이 살짝 녹아내렸다. 그리고 처음으로 학교 가는 날이 기다려졌다.

#6

월요일, 점심 테이블에 도착해 보니 뭔가 극적인 일이 벌어지고 있었다. 흥미진진한 일이 틀림없었다. 조나의 휴대전화에서 재생 중인 것이 무엇이든, 숙제보다 중요해 보였기 때문이다. 귀에 익은 음악이었다. 에그와 나는 이 음악에 맞춰 안무를 한 적이 있었다. 이런. 우리 안무 영상이 맞았다.

네 쌍의 갈색 눈동자가 나를 뚫어져라 보는 가운데 나도 화면을 들여다봤다. 화면이 거칠고 흔들리는 걸 보니 엄마가 휴대전화로 찍어 아이스드림 유튜브 페이지에 올린 영상 같았다. 적어도 피닉스 안무나 우리의 마지막 디트로이트 대회는 아니었다. 하느님, 감사합니다.

"도대체 몇 개나 본 거야?"

내가 조나 옆에 앉으며 물었다.

"딱 하나. 지금까지는."

브랜던의 말에 공포가 심장을 쿡 찔렀다.

"너 진짜 잘했었구나!"

나오미가 소리치며 내 팔을 쥐어짰다.

(잘했었다고?)

"스튜어트, 섹시해."

에그가 클로즈업되자 에리카가 말했다.

영상을 내려다봤다. 나는 안무의 다음 동작을 알고 있었다. 아라베스크 스파이럴(Arabesque Spiral, 다리를 허리보다 높이 들어 올리면서 한쪽 발을 미끄러지듯이 움직이는 피겨스케이팅 동작). 과거의 올리비아가 에그의 왼쪽으로 미끄러지듯 다가가 바깥쪽 다리를 아라베스크로 한껏 들어 올리는 모습을 지켜봤다. 나는 비행기 날개처럼 양팔을 활짝 펴고 스파이럴 자세로 링크를 돌았다. 그다음엔 에그도 아라베스크 자세를 취하고는 둘 다 스파이럴을 유지했다. 에그가 나를 잡아당겨 자기 몸 아래쪽으로 밀었다. 엄마가 우리의 얼굴을 클로즈업했다. 치아 교정기를 뺀 지 얼마 안 된 에그가 얼굴 가득 미소를 지었다. 에그가 나를 머리 위로 들어 올리자 에리카가 꺅 비명을 질렀다. 내 다리는 완벽하게 알파벳 V를 그렸다. 빨간색 의상을 입은 에그와 나는 빙판 위를 빙글빙글 도는 불타는 화살 같았다. 에그가 얼음 위에 부드럽게 나를 내려놓자 엄마가 교정기를 한 열세 살 내 얼굴에 피어오르는 함박웃음에 초점을 맞췄다. 에그와 나는 마지막으로 콤비네이션 점프를 한 차례 한 후 서로를 끌어안고 마지막 콤보 스핀(Spin, 한쪽 날을 중심으로 제자리에서 빙글빙글 도는 기술)을 하며 빙글빙글 돌았다. 음악이 끝나 갈 무렵 에그가 팔로 나를 안아서 뒤로 젖혔다. 나는 척추가 극적인 아치를 그릴 때까지 팔을 뒤로 뻗었다. 음악의 마지막 마디가 링크에 울리자 에그가 나를 일으킨 뒤 포옹하며 마무리했다. 안타깝게도 엄마의 카메라 앵글에서는 에그가 나의 있지도 않는 가슴에 고개를 묻은 것처럼 보였다. 단언컨대 에그는 그러지 않았다. 에리카가 비명을 지르며 내 팔을 잡았다. 한편 에그는 열세 살의 나를 다시 세운 뒤 늘 그렇듯 오빠답게 꽉 부둥켜안았다.

조나를 쳐다봤다. 눈썹이 치켜 올라가 있었다.

"어떻게 한 번도 얘길 안 했어?"

브랜던이 휴대전화 쪽으로 손짓을 했다.

"스케이트 탔다고 했잖아. 아마 우리가 만난 첫날 말했을걸?"

나는 참치오이 샌드위치를 꺼내며 조나가 폭로한 나의 비밀쯤은 아무것도 아닌 척했다.

"그래, 너희 집이 스케이트 링크를 하고 너도 스케이트 탄다고 했지. 그런데 이렇게 제대로 탔다고는 안 했어."

"메달도 있어."

조나가 뒤로 기대며 팔짱을 꼈다.

"정말?"

에리카가 말하자 조나가 물었다.

"올리비아네 링크 안 가 봤어?"

"어. 우린 스케이트 안 타니까."

"재미있는 걸 놓치고 있네. 아이스드림이야말로 즐거움이 넘치는 곳인데."

조나가 내게 주먹을 내밀었다. 우리는 주먹을 부딪친 다음 넘버원 표시를 했다. 바보 같았지만 상관없었다.

"언제 한번 가야겠다."

나오미가 말했다.

아이들이 나의 세계로 들어오는 것이 갑작스럽고 싫었다. 조나와 단둘이 머물고 싶었는데. 뭐, 맥의 짧은 주말 중계방송까진 허락할 수 있을지도. 하지만 솔직히 조나와 나 둘뿐이고 싶었다.

"다음 경기는 어디야, 조나?"

누군가 나의 세계로 침입할 구체적인 계획을 내놓기 전에 내가 물었다.

"덴버. 소문이 사실이면 내 경쟁 상대의 기록을 깰 수도 있을 것 같아. 물론 다들 자기 자리를 잘 지키리란 보장은 없지만. 한순간 집중력이 흐트러져서 앞사람이 넘어지면 나까지 바로 넘어지니까."

"균형을 잘 잡아야지."

내 마음은 어제의 스케이팅 연습으로 돌아갔다.

표정을 보니 조나의 마음도 그곳에 있었다. 다른 아이들은 모두 다시 숙제를 하고 있었다. 처음으로 나는 아이들과 함께하지 않았다.

"크로스트레이닝(cross-training, 여러 가지 종목을 섞어서 하는 훈련)으로 페어 스케이팅을 해 보면 어때? 페어는 파트너의 스케이트날에 안 걸리는 법을 배우는 데 시간을 많이 쓰거든."

나는 조나가 헤드폰을 쓰지 못하게 말을 걸었다.

조나는 어깨를 으쓱하더니 헤드폰을 벗어 두었다. 그리고 왼팔을 테이블 위에 올린 채 오른손으로 점심을 먹었다.

나는 주변을 둘러보았다. 모두 숙제에 정신이 팔려 있었다. 나는 오른팔을 조나의 팔 옆에 올렸다. 몇 초 뒤, 나는 조나의 셔츠 소매를 잡아당겼다.

"오늘 같이 스케이트 타자."

내가 조그맣게 말하자 조나가 빙그레 웃으며 어깨로 나를 툭 쳤다. 휘발유를 뿌린 길에 성냥을 던진 것처럼 불길이 내 팔을 타고 올랐다.

영어 시간 내내 피닉스 연기를 펼치는 에그의 몸에 조나의 얼굴을 겹치며 공상에 빠졌다. 조나에게 단순한 동작 몇 개를 새로 가르쳐 줄 수도 있을 거다. 몸에 손을 많이 얹어야 하는 동작. 반드시 손을 얹어야 하는 동작. 문득, 조나를 보니 조나는 손으로 머리를 받친 채 머리카락으로 커튼을 치고 있었다. 발두치 선생님 쪽으로. 눈을 부릅뜨려 사투를 벌이는 게 보였다.

조나는 필기나 숙제를 하기는 할까?

대부분의 프로 스케이팅 선수들은 또래들처럼 교육을 받지 못한다. 우리 엄마 아빠는 둘 다 검정고시로 고등학교를 졸업했다. 온라인 학교와 개인 교습이 우리에겐 일상이다. 에그도 SAT 점수로 버지니아 공대에 들어간 게 아니다. 당연한 얘기다. 나도 수학이 너무 뒤처져서 한 학년을 유급해야 했다.

"조나, 14장 마저 다 읽고 문제도 풀어 와라. 내일까지 에세이 써 오는 것

잊지 말고."

발두치 선생님이 말했다.

조나는 고개를 끄덕이면서도 받아 적지는 않았다. 하긴 뭐 하러. 훌륭한 스케이트 선수가 되는 데 1도 도움이 안 되는데. 나와 눈이 마주치자 조나가 고개를 까딱했다.

나는 인라인을 타고 아이스드림으로 갔다. 주차장에 맥의 차가 있었다. 최소한 맥이 오늘 내가 해야 할 재고 정리를 조금은 즐겁게 만들어 주겠구나. 나는 손끝을 입술에 댄 다음 엄마 아빠 포스터를 톡 치며 지나쳤다. 하지만 오늘 아나운서의 선수 소개는 없었다. 대신 링크 뒤쪽에서 형편없는 노랫소리가 들렸다. 고래고래 악을 쓰며 노래를 부르는 것으로 보아 맥이 이어폰을 끼고 있는 모양이었다. 안타깝게도 음이 하나도 안 맞아서 무슨 노래인지는 알 수 없었다.

나는 바레 연습실로 들어가 잠시 멍해졌다. 거울에 붙은 바는 그대로였지만 최신 러닝머신이 바벨과 함께 놓여 있었다. 뒤쪽 벽을 뚫고 두꺼운 케이블이 나와 있고 바닥에는 물놀이용품 같은 두툼한 매트와 마사지 테이블까지 있었다. 이제 줌바 아줌마들은 어디 가서 엉덩이를 흔들어야 할까?

"나를 데려가 줘어요오!"

맥이 러닝머신 위를 쿵쿵 뛰며 노래를 불렀다. 거울에 내 모습이 비치자 달리기도 노래도 뚝 멈췄다. 맥이 러닝머신 뒤로 밀려나자 이어폰이 귀에서 빠졌다.

"몇 시야? 조나 왔어?"

맥이 비틀대며 다시 러닝머신으로 올라가 멈춘 버튼을 눌렀다.

"아니, 아직."

맥이 가방에서 수건을 꺼내더니 비싸 보이는 기계를 닦았다. 거울 속 자신의 모습을 보더니 얼굴과 겨드랑이도 쓱 닦았다.

"아, 그냥…, 테스트 좀 해 봤어. 조나 아빠가 물건 온 거 보면 좋아하겠다."

맥이 수건과 휴대전화를 가방 속으로 휙 던졌다.

우리에게도 똑같은 러닝머신이 있었다. 그것도 두 개나. 둘 다 9월 집 대출금 갚는 데 쓰였지만. 그러나 이 상황에 대한 엄마의 공식적인 답변은 "줌바 수업하려면 빈 공간이 필요하잖아"였다.

"조나네는 뒷마당에 돈 나무라도 있나 봐."

"내 말이. 나도 한 그루 있으면 좋겠다. 근데 조나 아빠가 우리도 러닝머신 쓰게 해 줄까?"

"아마도."

나는 바가 달린 거울을 들여다보며 납작하게 가라앉은 머리를 다시 띄웠다. 디피티 두인가 뭔가를 사야 할까 보다.

"황태자 전하 오시기 전에 아이라이너 필요하면 내 거 빌려줄게."

"풉. 난 남자 때문에 아이라인 그리진 않거든?"

"조나 최는 그냥 남자가 아니잖아. 바로 그 남자지. 조나는 너의 남자 버전 같아."

"뭔 소리야. 나는 일본 혼혈이고 걔는 4분의 3 한국인인데."

"혈통 얘기가 아니잖아. 날것 그대로의 재능이 땀구멍으로 울컥울컥 흘러나오고, 죽어도 1등 해야 하는 너 같다고."

"난 1등 아닌데."

"그래, 지금은 아니지. 그래도 옛날엔 그랬잖아."

(아우, 고마워라, 비수를 가슴 깊이 잘도 꽂네요.)

맥이 운동 가방을 어깨에 걸쳤다.

"그만 뭉그적대고 돌아가. 다시 할 수도 있잖아. 재고 정리하면서 한번 생각해 봐. 난 매점에 가 봐야 해. 오늘 아침에 슬러시 기계가 너희 엄마한테 내용물을 다 쏟아 냈거든. 내가 누구 때문에 그 망할 기계를 분리하고 닦겠니? 널 위해 이 언니가 이렇게 애를 쓴다."

맥이 멀어져 가는 사이 맥의 말이 머릿속에서 왕왕 울렸다.

(그만 뭉그적대고 돌아가.)

너무 늦었으면? 한 번뿐인 기회가 이미 지나갔으면? 내가 한물가 버린 열일곱 살이면?

오른쪽 다리를 바 위에 걸치고 이마가 정강이에 닿을 때까지 몸을 접었다. 그 상태에서 바를 양손으로 잡은 다음 양쪽 다리를 벌려 170도 각도를 만들었다. 레깅스를 입고 있어서 꼭 끼는 청바지 탓을 할 수도 없었다. 근섬유가 찢어지는 느낌이 들 때까지 다리를 찢었다. 175도나 되었을까. 한심했다. 그나마 유연한 편인데도. 다리를 휙 내린 다음 연습실에 딸린 작은 청소 도구함으로 갔다. 조나의 최신 러닝머신 앞 유리에 세제를 뿌린 뒤 맥이 운동하며 남긴 땀자국을 닦았다. 엄마가 코치였을 때, 매일 아침마다 했던 8킬로미터 달리기 훈련이 나는 끔찍이도 싫었다. 옛날, 엄마 몸이 아직 괜찮았을 때. 에그가 여기 있었을 때. 내가 경쟁력 있는 선수였을 때. 넘버원이었을 때.

나는 분홍빛 머리에 엉덩이가 급격히 커지고 있는 거울 속 여자애를 들여다봤다. 누구인지 알 수 없었다. 지잉. 뒷주머니의 휴대전화가 울렸다.

점심시간 후 번호를 교환하며 보낸 넘버원 손가락 이모티콘을 계산에 넣지 않는다면, 조나에게서 온 첫 번째 문자였다.

- 우리 약속 미뤄야 할 것 같아. 오늘 스케이트 못 타겠어.

내가 답장을 보냈다.

- 왜? 에볼라에 걸려서 죽어 가고 있어?

- 아니.

- 알았어.

- 다음엔 탈 수 있지?

- 물론.

거울을 닦고 있는데 맥이 들어왔다.

"슬러시 기계 다 고쳤어. 이제 들어가야겠다. 저녁때 롤러 더비 훈련 가기 전에 피오나 좀 보려고. 조나는 몇 시에 와? 너 여기 혼자 있는 거 너희 엄마가 싫어하잖아. 특히 어두워진 다음에는."

(내가 다섯 살짜리 애야?)

"금방 올 거야."

거짓말을 했다.

"괜찮아. 어서 가. 피오나가 엄마 보고 싶어 하겠네."

"맞아. 할머니가 그러는데 오늘 아침에 내가 나오고 나서 10분은 울었대. 가슴이 찢어져. 우리 아기 보고 싶어."

맥이 피오나의 새 버릇에 대해 늘어놓고 있는데 엄마에게서 문자가 왔다.

- 오늘 저녁에 조나 연습 끝난 다음에 맥이 너 집에 데려다줄 수 있을까?
  엄마는 좀 자야겠어.

아직 오후 4시도 안 된 시각이었다. 자식 걱정이 참 끔찍하기도 하지.

- 당연하지. 내일 아침에 봐. 쉬세요.

- 고마워, 울 아기. 사랑해.

- 나도.

"빨리 가."

그럴 생각은 아니었는데 신경질적으로 말이 나왔다. 미도리 나카시마와 마이클 케네디가 육아에서 금메달감이 아닌 건 맥의 잘못이 아닌데.

"알았어, 알았다고. 우리 딸이 완두콩 이유식 먹고 무슨 똥을 쌌는지는 안 궁금하다, 이 뜻이잖아. 내일 보자, 올리비아. 내가 한 말 생각해 보고."

맥이 내 팔을 툭 치며 말했다.

나는 고개만 끄덕였다. 입을 열면 괴팍한 우리 슬러시 기계처럼 맥에게 다 토해 낼 거 같았다. 대신 난 연습실 거울을 닦고 또 닦았다.

숙제도 하기 싫었다. 매점의 컵 개수도 세기 싫었다. 화장실 청소가 싫었다. 집에 가기 싫었다. 세제를 다시 청소함에 넣고 문을 쾅 닫았다.

조나와 함께 스케이트를 타고 싶었다. 어쩌면 그저 스케이트가 타고 싶은 걸지도.

인라인스케이트를 타고 집에 도착하니 9시가 넘어 있었다. 엄마가 코를 골고 있는 소파 뒤를 쿵쾅거리며 지나쳤다. 마음 한편으론 엄마가 나를 기다리고 있기를, 지난 여섯 시간 동안 어디서 누구랑 있었는지 다그치기를 바랐다. 그렇게 위험한 행동을 하면 외출 금지시켜 버리겠다고 으름장 놓기를 바랐다. 하지만 내겐 평범한 엄마가 없다. 그리고 나도 평범한 십 대가 아니다. 평범한 십 대는 트리플 살코 점프(salchow jump, 스케이트의 안쪽 날로 뛰어올라 공중에서 회전한 다음 반대쪽 발의 바깥쪽 날로 착지하는 점프)를 하다 빙판에 구르

고, 필사적으로 다시 일어나 점프를 스물세 번 더 반복하지 않는다. 나는 레
깅스의 허리 밴드를 내렸다. 벌써 멍이 들기 시작했다. 스케이트 선수라면 늘
달고 사는 멍. 소아과 정기검진을 받은 뒤 아동보호센터 직원이 찾아오게 하
는 멍. 보호센터 직원이 부모님에게 얼마간 접근 금지 명령을 내렸던 멍. 나
의 아픈 마음 한구석에선 사실 좋아하는 멍. 더블 살코 점프가 곧 트리플 살
코 점프가 되리란 걸 의미하는 멍. 고통을 견디고 해낼 배짱이 있다면. 뭉그
적대지 않고 돌아간다면.

냉동실을 열어 콩 봉지를 꺼냈다. 잠시, 먹을까 생각했지만 입보다는 엉덩
이에 더 필요했다. 냉장실을 열었다. 케첩, 간장, 물병, 버터, 곰팡이 핀 토르
티야로는 만들 수 있는 게 없었다. 과일 접시에서 사과 하나를 집어 입에 쑤
셔 넣었다.

계단을 올라가는데 근육들이 아우성쳤다. 30분 동안 샤워를 했지만 뇌에
쏟아지는 통증 신호는 조금도 줄어들지 않았다. 아래층으로 살금살금 내려
가 엄마의 근육 이완제를 슬쩍할까도 생각했다. 하지만 첫째, 그러면 계단을
또 올라와야 한다. 그리고 둘째, 그러면 앞으로 열여섯 시간 동안 나는 혼수
상태에 빠질 것이다. 학교는 아홉 시간 후에 시작된다. 나는 호랑이 연고를
문지르며 '넌 스케이트 못 타'라고 끊임없이 속삭이는 악마가 사라지기를 바
랐다. 침대로 올라가 반쯤 녹은 콩 봉지를 안고 이불에 몸을 파묻었다. 예전
의 나처럼. 그래, 이게 올리비아 케네디다. 이것이 나의 평범함이다.

#7

"힘찬 박수로 환영해 주세요. 올리이비아 '트리플 악셀킬' 케네디이!"

수요일 오후, 아이스드림에 들어서는데 맥이 외쳤다.

나는 말없이 인라인을 운동화로 갈아 신었다.

"새 이름이 맘에 안 들어? 다른 이름 지어 줄까?"

내가 눈을 흘겼다.

"알았어. 근데 조나네는 오늘 안 온대."

맥이 매점 카운터에 세제를 찍찍 뿌렸다.

"또? 오늘도 학교 안 왔는데. 사흘 연속 훈련을 빼먹다니 에볼라에 걸린 게 분명해."

나는 아이스드림 재킷을 꺼내 입고 책가방을 1번 테이블 위로 던졌다.

"에볼라 아니야."

엄마가 비품 창고에서 종이컵 한 줄을 들고 절룩거리며 나왔다.

"그냥 큰 대회 앞두고 준비하나 봐. 추가 교습이랑 이것저것. 너도 다 알잖아. 그래서 결국 5학년 때 공립학교도 그만둔 거고, 결석을 밥 먹듯이 하니까."

내가 엄마를 살짝 안았다. 엄마는 움찔했다.

"조나가 너한테 문자 안 했어?"

맥이 못마땅하다는 투로 말하자 내가 확 노려봤다.

"너 조나랑 문자 주고받는 사이야? 조나 귀엽던데."

엄마의 입꼬리가 올라갔다.

"이런 얘기 안 하면 안 돼?"

나는 엄마에게서 떨어지며 대꾸했다.

"왜? 난 네 인생에 관심 있어."

"조나는 친구야. 그냥 친구."

함께 스케이트 타고 싶은 친구. 매일 같이 점심 먹고, 아이라인을 그려 주고, 가끔 꿈에도 나오는 친구.

"올리비아 댄스파티 드레스는 자홍색이 좋을 것 같아요. 어울리게 머리도 다시 염색하고요."

맥이 이미 끝난 얘기라는 듯 말했다.

"드레스는 좋고, 염색은 안 돼. 우리 꼬맹이가 댄스파티를 가다니."

엄마가 분홍색 뿔처럼 솟아난 내 옆머리를 살짝 잡아당겼다.

"나 그런 데 안 가."

"난 못 가 봤어. 고등학교도 못 다녔고. 고등학생이 하는 건 하나도 못 해 봤어."

"엄마, 별거 없어. 진짜야."

"그건 올리비아 말이 맞아요. 그렇지만 가끔 고등학교 때로 다시 돌아가고 싶을 때가 있어요. 그럼 완전 다르게 살 거예요."

"언니는 공부를 더 열심히 해야지. 아이스링크에서 최저 시급 받고 일하지 않으려면."

말이 튀어나오자마자 아차 싶었다. 엄마의 앙상한 팔꿈치가 내 갈비뼈를 찌르는 통증에도 미안한 마음이 가시지 않았다.

"올리비아 말은 고등학교 생활에 좀 더 집중했으면 좋았을 거다, 그런 뜻이야."

"제 문제는 집중력 부족이 아니었어요. 오히려 쓸데없는 일에 너무 집중한 게 문제였죠. 가끔은 낭비한 시간을 다 돌려놓고 싶어요."

맥은 카운터의 얼룩을 걸레로 벅벅 문질렀다. 맥이 아이스드림에서 일하기 전부터 있던 얼룩이었다. 엄마가 뼈만 남은 손가락으로 맥의 손목을 쥐며 그만 문지르게 했다.

"맥, 누구나 되돌리고 싶은 일들은 있어. 그런데 과거를 바꿀 순 없잖아. 그저 일어서서 계속 나아갈 뿐이지."

맥은 어깨를 으쓱했지만 고개를 들진 않았다.

"5분만 주세요. 오늘 들어온 물건 제자리에 갖다 놓고 물리치료소에 모셔다 드릴게요."

"엄마, 맥 언니 엄마 기사 아니야. 이렇게 운전 연습할 기회를 안 주면 난 어떻게 정식 면허를 따?"

엄마가 맥에게 당황스러운 눈빛을 보냈다.

"맞아요. 올리비아 말도 일리가 있어요. 올리비아 운전 잘해요. 진짜라니까요. 제가 세 번 데리고 나갔었잖아요. 잘했어요."

엄마는 한 번도 내게 운전 연습을 시켜 준 적이 없다. 운전에 대해서는 모조리 맥에게 배웠다.

"알았어. 4시에 크리스털이 와서 나 대신 수업 할 거야."

엄마가 가방에서 열쇠를 꺼냈다.

"뭐 하러 크리스털한테 돈을 줘. 내가 하면 되는데."

명치에서 분노의 불길이 타올랐다. 오해는 하지 말길. 크리스털은 훌륭한 선수다. 하지만 아이스드림에 사진이 안 걸린 데는 다 이유가 있는 법이다.

"그럼 물리치료소에는 누가 데려다줘?"

엄마가 내 손바닥에 열쇠를 올리고는 손가락으로 덮어 주먹을 만들었다. 맞는 말이었다. 그래도 한편으론 엄마가 최근 리뷰 때문에 금쪽같은 제자를 내게 맡기지 않은 건가 의문이 들었다.

"나 없는 동안 남자 탈의실 22번 사물함 좀 고쳐 줄래, 맥? 또 꼼짝을 안 하네."

"물론입니다, 사장님. 몸이나 잘 챙기세요. 여긴 제가 맡을 테니. 얼른 나아서 아이스드림 현직 여왕 자리를 탈환하셔야죠."

맥이 손으로 링크를 가리키며 대답했다.

엄마의 눈이 촉촉해졌다.

"맥, 너 없었으면 어땠을까 상상도 못 하겠어. 넌 하늘이 내린 선물이야. 네가 하는 일에 반이라도 급여를 챙겨 줘야 할 텐데. 언젠가 누가 달려들어 거절 못 할 정도로 돈 많이 주는 자리를 제안하겠지만 그래도 여기는 언제까지나 너의 집이야. 너는 언제까지나 우리 가족이고."

"고맙습니다."

맥은 홱 돌아서더니 별안간 나초용 치즈통을 닦아댔다. 엄마와 함께 문을 나서며 뒤를 돌아봤다. 맥이 팔뚝에 시꺼먼 얼룩을 남기며 눈가를 훔치고 있었다.

"엄마, 완전 늦었어."

내가 물리치료소 주차장에 차를 세우며 말했다.

엄마가 그제야 내 오른쪽 어깨를 쥐었던 손을 놓았다. 나는 어깨를 빙빙 돌리며 손가락 모양으로 멍이 생기는 건 아닐까 생각했다. 얼른 차에서 내려 반대편으로 갔다. 엄마가 몸을 옆으로 기울여 민 다음 내 팔을 잡고 당기며 일어섰다.

엄마는 언제 할머니가 된 걸까? 아니다. 우리 할머니가 지금의 엄마보다 더 잘 움직였다.

내 기억 속 엄마는 언제나 물리치료사 샌디에게 치료를 받았다. 우리는 몸을 질질 끌며 샌디의 지정 주차 자리에 주차된 비싸 보이는 새 자동차를 지나쳤다. 샌디가 새 차를 산 지 2년도 지나지 않아, 다른 차로 갈아 치운 것이었다.

"올리비아의 대학 자금이 이렇게 잘 쓰였네."

지난번 셋이서 함께 물리치료소에 왔을 때 아빠가 말했었다.

엄마가 접수를 하는 동안, 나는 아빠에게 문자를 보냈다. 금방 답이 올 거란 생각은 안 했다. 아빠는 일하고 있을 테니까. 사실 아빠가 지금 어느 도시에 있는지도 몰랐다.

- 지금 엄마랑 물리치료소 왔어.
  샌디 아줌마한테 또 새 페라리 사 주게 생겼네.

샌디가 엄마를 치료실로 부르는 순간, 놀랍게도 아빠의 메시지가 왔다.

- 고맙다, 올리비아! 내가 페라리 못 사면, 샌디도 당연히 못 사는 거지.
  보고 싶다, 강아지.

- 나도.

- 엄마는 어때?

- 많이 안 좋아. 크리스털이 이번 주 엄마 개인 레슨을 전부 대신 맡았어.
  맥 언니는 초과 근무 중이고.

한참 답이 없다가 다시 전화가 울렸다.

– 주말에 전화할게. 봄방학이 언제지?
  3월 중순에 캘리포니아에 갈 거야. 로스앤젤레스나 샌디에이고에서 만나자.

– 좋아!!!

– 아직 계획은 세우지 마. 엄마 허리가 괜찮아야 하니까.

– :(

– 주말에 얘기하자. 가야겠다. 사랑해.

이미 디즈니랜드에 갈 계획을 세우고 있는데 엄마 목소리가 들렸다. 의심의 여지없는 흐느낌이었다. 소리는 재빨리 작아졌다. 1분 후 샌디가 치료실에서 나왔다.
"무슨 일이에요?"
내가 벌떡 일어섰다.
"다 괜찮아, 귀염둥이. 통증이 좀 가라앉을 때까지 엄마한테 잠깐 시간을 주자."
고문관 샌디가 느끼할 정도로 달콤한 목소리로 네 살배기 대하듯 말했다.
엄마는 괜찮지 않다. 하지만 샌디는 절대 내게 정직하게 말하는 법이 없다. 그래서 나는 비장의 무기를 사용했다. 휴대전화를 꺼냈다.
"아, 네."
나는 그 헛소리를 믿는 척 빙긋 웃으며 이어폰을 꼈다.

샌디가 접수대로 걸어가 목소리를 낮추지 않고 말했다.

"캐럴, 이번 주에 닥터 재거, 정형외과 상담 가능한지 봐 줄래요? 미도리 씨한테 우리가 할 수 있는 건 다 한 것 같아. 그리고 아직 수납 안 된 비용 합계 내 주고."

나는 감정을 안으로 눌러 얼굴에 드러내지 않으려고 뺨 안쪽을 물었다. 샌디를 쳐다보다 눈이 마주쳤다. 나는 좋아하는 노래라도 나오는 척 고개를 끄덕였다.

내가 고개를 숙이자, 샌디가 말을 이었다.

"진료 의뢰서에 미도리 씨가 엄청나게 고집이 세다고 메모해 줘요. 수술받게 설득하려면 무척 힘들 거라고."

휴대전화가 떨어졌다. 나는 이어폰을 뺐다.

샌디가 다시 가짜 미소를 지으며 다가왔다.

"올리비아, 귀염둥이. 엄마 치료가 좀 남았어. 그런데 치료받고 몇 시간은 무척 쑤실 거야. 오늘 저녁엔 혼자 알아서 잘할 수 있지? 빨래나 요리나 뭐라도 엄마 귀찮게 하면 안 돼. 엄마는 약 드시고 쉬어야 하거든. 엄마를 위해서 잘할 수 있지, 귀염둥이? 잘 도와줄 거지?"

불길이 혈관을 타고 돌았다. 이 여자의 목을 조르고 싶었다. 내 눈길에 샌디의 머리에 불이 붙지 않는 게 이상할 따름이었다.

"그래, 그럼."

내가 아무 대답도 하지 않자 고문관 샌디가 말했다. 샌디는 휙 돌아서서 치료실로 돌아갔다.

"다시 해 볼게요, 미도리 씨. 괜찮죠?"

대기실에 엄마의 흐느낌이 울렸다. 내 손톱이 손바닥을 파고들었다. 뜨거운 눈물이 눈꺼풀 뒤로 타올랐다. 스케이팅 음악의 볼륨을 높이고 그 속으로 사라지려 애썼다.

그때, 어떤 손이 내 어깨를 쥐었다. 나는 비명을 내질렀다.

"괜찮아?"

조나의 입술이 말했다.

대답할 틈도 없이 치료실 문이 열리고 엄마가 몸을 질질 끌며 밖으로 나왔다. 눈 화장이 볼까지 얼룩져 있었다. 짙은 갈색 눈은 빨갛게 핏발이 선 채 퉁퉁 부어 있었다. 조나를 보자 엄마가 창피한 듯 고개를 떨궜다. 나는 휴대 전화와 이어폰을 주머니에 쑤셔 넣고 달려가 엄마를 잡았다. 파파라치를 따돌리는 경호원처럼 조나를 밀치고 지나가 엄마를 차에 밀어 넣고 싶었지만 엄마는 한 번에 몇 센티미터 정도밖에 걷지 못했다.

달팽이의 속도로 조나 곁을 지나자 조나가 대기실 탁자에 있던 화장지를 내밀었다. 엄마가 조나에게 감사의 미소를 보냈다.

"올리비아, 귀염둥이. 이리 오렴. 중요한 일이니까 잘 들어야 해, 알았지?"

샌디가 서류 몇 장을 들고 접수대 뒤편에 서 있었다.

엄마를 대기실 의자에 앉게 한 뒤 가서 서류를 받았다. 조나가 보고 있지 않았다면 접수대를 펄쩍 뛰어넘어 이 여자의 목을 졸랐을지도 모른다. 고문관 샌디는 아빠가 쇼에 합류한 이후 3개월 동안 내가 계속해 온 엄마 돌보는 법에 대해 길고 긴 설명을 늘어놓은 뒤, 약국에 들러 더 강력한 진통제를 산 다음 저녁으로는 피자를 시켜 먹으라고 충고했다.

"그리고 아직 처리 안 된 진료비 때문에 아빠랑 얘기를 해야 한단다. 전에 보낸 메시지에 답장을 안 하시네. 아빠한테 전화 좀 부탁드린다고 해 줄래, 귀염둥이? 이번 주 안으로."

심각한 표정이 별안간 평소의 끈적끈적한 얼굴로 변하더니 샌디가 내 팔을 살짝 쥐었다.

"정말 씩씩하기도 하지. 네가 정말 자랑스럽단다."

나는 씩씩한 내 팔을 샌디의 손톱에서 홱 빼내 엄마에게로 돌아갔다. 차

마 조나를 볼 수 없었다. 깊고 어두운 구멍 속으로 뛰어들고 싶었다. 어니 아저씨가 내 위로 정빙기를 밀어 줬으면. 이때, 이만큼의 치욕으로도 모자라 조나 아빠가 벌컥 문을 열고 들어왔다.

"미도리 씨? 괜찮으세요? 아, 죄송합니다. 물리치료소에 있는 분한테 무슨 멍청한 질문인지. 아, 저, 곧 좋아지시길 바랍니다."

조나 아빠가 화들짝 놀라며 말했다.

"감사합니다. 내일 뵙죠."

엄마의 목소리가 갈라졌다.

조나 아빠가 접수대로 가는 사이 엄마와 나는 작은 대기실을 1센티미터씩 걸어 나갔다. 이 고문이 끝나기는 할까? 아닌 게 분명하다. 조나가 달려와 문을 열어 주더니 고집을 피우며 차까지 따라왔다. 조나가 엄마에게 차 문을 열어 주었다. 그러고도 모자라 조나는 나까지 차 반대쪽으로 에스코트했다.

"저, 뭐 필요한 거 있으면…, 아무거라도. 문자해."

조나가 티셔츠 깃을 쿡쿡 찌르며 말했다.

잘해 주려고 애쓰고 있다는 건 알지만 더는 견디기 힘들었다. 엄마에게 엄마 노릇하는 게 넌더리가 났다. 가끔이라도 엄마가 건강해서 나를 돌봐 주면 얼마나 좋을까. 이런 생각을 하는 내가 싫지만 사실이었다. 나의 눈은 불타고 피는 부글부글 끓었다.

"지금 나한테 필요한 게 뭔 줄 알아? 우리 엄마의 새 척추. 전부도 필요 없어. 1번에서 3번까지면 돼. 우리 엄마한테 새 척추뼈 몇 개만 사 줄래? 너희 부모님은 네가 원하는 거라면 다 사 주잖아."

내 말에 조나의 몸이 움찔했다. 심했다는 건 알지만 오늘만큼은 내게 똥만 던지는 인생이 진절머리가 났다.

"미안. 엄마가 아파. 집에 모시고 가야 해."

나는 차 문 손잡이로 손을 뻗었다. 조나가 내 손목을 잡았다.

"잠깐만. 너도 걱정돼. 돕게 해 줘. 내가 싫으면 우리 엄마 아니면 최소한 맥 누나라도. 아무라도."

지난번 엄마가 이렇게 불같이 펄펄 뛰었던 때가 떠올랐다. 아빠가 엄마를 아흔 살 노인처럼 화장실로 데려가 목욕시키는 걸 바라보는 것은 정말이지 치욕적이었다. 근육 이완제와 진통제 탓에 거의 정신을 놓은 미도리 나카시마에게 남은 것은 전직 금메달리스트라는 공허한 껍데기뿐이었다. 창문으로 엄마를 보았다. 엄마는 팔로 가슴을 꼭 감싸고 있었다. 집에 도착할 때까지 엄마는 고통을 참을 거다. 그런 다음 마침내 약을 먹고 쓰레기 같은 인생에서 탈출하겠지. 그리고 내 인생에서도 사라지겠지.

나를 둘러싼 벽이 무너졌다. 가쁜 흐느낌이 새어 나오더니 눈물이 터졌다.

"미안! 내가 더 망쳐 버렸어."

조나가 내 손목을 놓고 한 걸음 물러났다.

나는 심호흡을 하고 소매로 눈가를 닦았다. 철저히 방어벽을 친 올리비아 케네디를 소환하기가 그 어느 때보다 어려웠다. 디트로이트 대회에서 잔인하게 낮은 점수가 발표되고 스케이팅 경력이 산산이 부서지는 순간에도 몇 안되는 관중을 향해 손을 흔들며 웃음 짓던 그 올리비아.

조나가 다가와 내 어깨를 감쌌다. 조나의 포옹은 편안하지 않았다. 어색했다. 조나는 낯선 사람 대하듯 내 등을 토닥였다.

"너희 엄마가 창문으로 날 이상하게 쳐다보셔. 아, 이젠 웃고 계시네."

조나가 내 귀에 대고 말했다.

멀어지려는 조나에게 내가 팔을 둘렀다. 조나는 따뜻했다. 그 온도가 위로가 되어 주었다. 나는 조나를 꼭 끌어안았다. 15초 동안은 세상이 괜찮게 느껴졌다. 그다음 15초 동안에 나는 진심으로 이 모든 것을 헤쳐 나갈 수 있을 것 같았다.

"조나, 귀염둥이. 이제 들어오겠니?"

고문관 샌디가 주차장을 가로질러 소리쳤다.

조나가 고개를 돌려 샌디에게 알았다는 표시를 했다. 다시 내 쪽으로 돌아선 조나는 토하는 시늉을 했다. 그 모습에 웃음이 나왔다.

"저 여자 마음에 안 들어."

내가 말했다.

"내가 들어가는 길에 열쇠로 '우연히' 저 여자 차 문 긁어 줄까, 귀염둥이?"

"정말 솔깃한 제안이지만, 그러지 마."

"그럼 타이어라도 걷어찰까?"

"좋아. 음, 미안해. 너희 아빠 괜찮으시면 좋겠다."

내가 웃었다. 조나가 얼떨떨한 표정을 지었다.

"아빠 괜찮은데. 아, 예약은 나 때문이야."

"너? 미세 조정된 기계에 무슨 문제라도 생겼어?"

"아빠가 오버하는 거야. 일요일에 지상 훈련하다가 삐끗했거든. 그랬더니 저 난리야. 이틀 동안 침대에서 꼼짝도 못 하게 했어."

나는 한 발짝 떨어져 조나를 위아래로 훑었다.

"어디? 멀쩡해 보이는데."

"어… 그…, 사타구니."

조나가 셔츠 깃을 만지작거리며 웅얼거렸다. 나는 똑똑히 들었지만 다시 물었다.

"어디라고?"

"사타구니."

조나의 얼굴이 붉게 물들었다.

"저런. 큰 대회 앞두고 어떡해, 아주 흥미로운 물리치료 시간이 되겠는걸, 귀염둥이."

나는 삐져나오는 웃음을 참기 힘들었다.

조나가 짧게 신음을 내뱉고는 말했다.

"가야겠다. 필요한 거 있으면 문자 해."

"고마워."

이제 보니 조나는 다친 티가 났다. 말한 것보다 심해 보였다. 스케이트 탈 때나 걸을 때 보이던, 정상적인 걸음걸이가 아니었다. 샌디의 차 앞에 다다르자, 조나가 멈추더니 타이어를 걷어찼다. 웃음이 터져 나오고 배 속의 꼬인 매듭이 스르르 풀렸다.

드디어 엄마를 집으로 데리고 와 새로운 진통제를 주고 침대에 눕혔을 때, 초인종이 울렸다. 툴툴대며 아래층으로 내려가 문을 열자 아무도 없었다. 저만치에서 낯익은 비엠더블유가 쌩하니 지나갔다. 발치에 커다란 종이 상자가 놓여 있었다. 안에는 구운 닭가슴살, 현미밥, 브로콜리, 해초 샐러드, 과일이 담긴 도시락 세트가 있었다. 와락 눈물이 터졌다.

– 고마워.

정신없이 만찬을 즐기며 조나에게 문자메시지를 보냈다.

– 고맙긴. 전부 엄마가 한 거야.
　다음에 물리치료소 오면 샌디 차 좀 열쇠로 긁어 줘, 귀염둥이.

– 하하. 넌 괜찮아?

– 그냥 그래. 월요일까지 스케이트 타지 말래.

- 저런!!!! 어떻게 견딜까?

- 대신 바벨이라도 들까?

- 아냐. 맥 언니랑 나랑 같이 토요일 롤러 더비 경기 보러 가던가. 얼음 타기는 못 하겠지만.

- 솔깃한데?

- 아이라인 & 롤러 더비 & 콜라 Vs. 냉동 콩과 1:1로 소파에서 보내는 귀중한 시간. 선택해.

- ??? 너도 냉동 콩 써?

- 다 쓰는 거 아니야?

- 호랑이 연고는?

- 당연하지.

- 스포츠 테이프는?

- 야, 나 8년 동안 잘나가는 스케이트 선수였어. 잊었어?

- 같이 스케이트 타자.

- 절대 안 돼. 그러지 말고 나랑 롤러 더비 경기 보러 가자.

  스케이팅은 다음으로 미루고.

- 좋아.

아무런 죄책감도 느끼지 않고 음식을 더 먹었다. 비록 일시적일지라도, 조나 엄마의 음식이 내 삶의 커다란 구멍을 메워 줬다. 그리고 아주 오랜만에 모든 게 다 잘될 거라는 생각이 들었다.

#8

토요일 저녁, 엄마가 나를 맥의 집에 데려다줬다. 엄마는 핸들을 너무 세게 쥐는 바람에 손가락이 새하얘졌다. 지난 열두 시간 동안 엄마가 진통제를 먹지 않은 이유를 나는 안다. 내 손에 20달러를 쥐어 준 이유도 안다.

"아빠한테 안부 전해 줘. 봄방학 계획 짜는 것도 잊지 말고. 나 디즈니랜드 가고 싶단 말이야."

말하자마자 후회가 밀려들었다. 엄마 병원비도 감당 못 하고 있는데 어떻게 휴가를 간다고.

엄마는 산더미 같은 빚 따위는 없는 척했다.

"재밌겠다. 얘기해 볼게. 너도 오늘 맥이랑 신나게 놀아. 이번에도 맥이 돈 내게 하지 말고."

엄마는 내 쪽으로 고개를 돌릴 수 없어 핸들에 대고 말했다.

"응."

내가 엄마 볼에 가볍게 입을 맞췄다. 조나가 올 거란 말은 하지 않았다. 조나의 부모님이 모르고 있을 테니까.

초인종을 두 번 누른 뒤 안으로 들어갔다. 기다란 복도에 음악이 쾅쾅 울렸다.

"힘내, 그렇지!"

맥의 목소리가 복도를 울렸다.

"뭐 하는…."

나는 어수선한 맥의 방 앞에서 우뚝 멈췄다.

조나가 맥의 웨이트 트레이닝 벤치에 누워 적어도 100킬로그램은 돼 보이는 바벨을 가슴 위로 들어 올리고 있었다.

"샌드위치 가게에서 만나는 거 아니었어?"

어색한 목소리로 내가 말했다.

조나는 흐트러뜨린 머리, 까만 아이라인, 검정 티셔츠, 뭉뚝한 징이 박힌 두꺼운 가죽 팔찌, 체인 지갑을 이미 추가한 상태였다.

"조나가 오후 내내 날 아주 박살을 냈어."

맥이 벤치 옆에 서서 젖은 머리를 땋았다.

"제대로 운동을 하고 싶다고 해서 알려 준 것뿐이야. 그래서 하는 말인데, 누나 아직 한 세트 더 해야 해."

조나가 바벨 무게를 조정하며 말했다.

맥은 과장되게 한숨을 쉬면서도 바벨 아래로 들어갔다. 조나는 맥 머리맡에 서서 맥이 가슴 위로 바벨 내리는 것을 도와줬다.

"마지막 세트야, 맥 트럭. 할 수 있어."

조나의 손가락이 바벨을 위아래로 이끌었다.

"하나."

침대 말고는 앉을 곳이 없어서 나는 문턱에 서 있었다.

"나 화장실 가서 옷 갈아입을게."

내가 방 안에 대고 말했다. 아무도 대답이 없었다.

"둘. 천천히, 일정하게."

심장이 쿡 조였다. 정신 차려, 올리비아. 두 사람은 친구야. 그냥 친구.

조나와 맥이 숫자 세는 소리를 들으며 커다란 가방에서 옷을 꺼냈다. 고개를 숙이고 가시 돋친 내 머릿속처럼 삐죽삐죽해질 때까지 머리에 젤을 발랐다. 맥의 검정 아이라이너로 두꺼운 보호막을 두르니 옷차림이 완성됐다.

"나는 무시무시하다. 나는 넘버원이다."

거울 속 나에게 말했다. 그러고는 화장실 문을 벌컥 열어젖히고 맥의 방으로 갔다.

"나는…."

침대에 얼굴을 묻고 엎드린 맥의 허리 위에 조나가 앉아 있었다. 조나의 손이 맥의 등에 놓여 있었다.

"아, 아, 아, 세상에, 쳇. 살살해. 갈수록 더 아픈 것 같아."

"애도 아니고 왜 이렇게 엄살이야? 1분만 참으면 근육이 풀린다고."

조나가 손가락으로 맥의 견갑골을 눌렀다.

"빌어먹을, 뭐야?"

뒤에서 남자 목소리가 들렸다. 맥이 홱 고개를 들었다.

"왔어, 자기?"

바닥에 먼저 닿은 것이 조나의 발이었는지 맥의 발이었는지 알 수 없었다. 나는 타일러가 방으로 들어오도록 옆으로 비켜섰다. 내가 타일러와 만난 횟수는 한 손으로 꼽을 수 있을 정도로 적다. 타일러를 최대한 피하고 싶었다. 그리고 맥도 그러기를 바랐다. 아무리 피오나의 아빠라고 해도.

"너 뭐 하는 놈이야?"

타일러가 으르렁대며 조나를 쏘아 보았다.

조나가 침을 꿀꺽 삼켰다.

"타일러, 얘는 조나. 조나, 이쪽은 타일러."

맥이 타일러에게 달려가 타일러의 우람한 팔뚝을 감싸 안았다.

"내가 전에 말했잖아. 아이스링크에서 훈련하는 애. 올림픽 나갈 거래."

"누나가 훈련 테크닉을 좀 알려 달라고 해서요."

조나가 두리번대며 말했다. 탈출 경로를 찾는 게 분명했다.

"내 눈엔 훈련으로 안 보이던데."

타일러의 창백한 목 옆쪽에서 핏줄이 불끈거렸다.

맥이 침묵했다. 못돼 먹은 남자 고등학생들에 맞서 언어장애가 있는 계산원을 도와주다 마트에서 쫓겨난 맥. 청바지가 너무 껴서 엉덩이가 커 보인다고 솔직하게 말하는 맥. 그만 뭉그적대고 돌아가면 다시 넘버원이 될 거라 말해 주는 맥. 그런 맥이 별안간 아무 말이 없었다. 어쩌면 아무 말 못 하는 걸 수도.

성냥 하나만 떨어져도 방이 펑 하고 폭발할 것 같았다. 나는 고개를 빳빳이 들고 조나를 향해 걸어가 조나 허리에 팔을 둘렀다.

"조나는 나랑도 트레이닝 계속했어."

나는 이렇게 말하며 빳빳한 조나의 몸통을 꽉 끌어안았다.

"주방에 가서 탄산음료 마시고 있을래? 금방 갈게."

맥이 내게 애원하는 듯한 눈길을 보내며 말했다.

"가자, 귀염둥이. 자리 좀 비켜 주자."

나는 조나의 허리에서 손을 풀고 얼음장 같은 조나의 손가락에 내 손가락을 걸었다. 그러곤 조나의 손을 끌었다.

타일러는 꿈쩍도 하지 않았다. 비좁은 틈을 겨우 빠져나가는 동안 타일러는 잡아먹을 듯 조나를 노려봤다. 등 뒤로 문이 쾅 닫혔다. 주방에 도착할 때까지 조나는 숨도 못 쉬었다.

"도대체 뭘 보고 만나는지 모르겠어."

내가 조그맣게 말했다.

냉장고 문을 열고 안을 들여다봤다. 문을 도로 닫았을 때도 조나의 얼굴엔 여전히 핏기가 없었다. 조나에게 콜라 캔을 건넸다.

"누나 등에 쥐가 나서 풀어 주고 있었다고. 그게 그렇게 이상해 보였어?"

조나가 캔 뚜껑을 따서 벌컥벌컥 들이켰다.

"아니. 흠, 맞아. 이상했어."

"난 죽었다. 진짜 죽었어."

조나가 손가락으로 머리카락을 쓸었다.

방문이 다시 왈칵 열리는 소리가 나더니 쿵쿵대는 발소리가 복도를 따라 다가왔다. 조나가 식탁 의자에 앉더니 나를 인간 방패처럼 무릎 위로 끌어다 앉혔다.

"오늘 우리랑 같이 경기 보러 갈래요, 타일러?"

조나의 목소리가 갈라졌다.

"아니, 할 일 있어."

베이지색 면바지에 전자제품 상점 이름이 박힌 흰색 폴로 티셔츠를 입은 타일러의 존재가 주방을 꽉 채웠다.

"가자, 자기. 할머니가 피오나 봐 줄 거야. 내가 말할게. 괜찮다고 하실걸? 이제 곧 둘 다 올 시간 됐어."

맥이 타일러의 허리에 팔을 감았다.

"싫어. 그딴 거 안 봐. 나랑 우리 집에 가자."

"글쎄."

맥이 당혹스러운 듯 말했다.

"데릭이 맥주 두어 팩 들고 올 거야. 같이 놀지, 뭐. 자고 가도 우리 엄마 상 관 안 해. 조용히만 하면."

타일러가 맥의 엉덩이를 툭툭 쳤다.

"올리비아하고 조나랑 약속했는데…"

"거기 꼬마들 괜찮지?"

"내가 안 괜찮아."

맥의 할머니가 두 사람 사이를 밀치며 주방으로 들어오더니 카 시트 안에서 잠든 피오나를 식탁 위에 올려놨다.

"나 오늘 저녁에 모임 갈 거야, 타일러. 그러니까 아빠의 의무를 다하도록 해."

할머니가 손목시계를 보더니 말을 이었다.

"15분 후부터."

"근데, 할머니. 타일러 오늘 저랑 롤러 더비 경기 보러 갈 거예요, 그렇지?"

맥이 타일러에게 고개를 까딱했다.

"아니, 안 돼. 타일러는 오늘 책임감 있게 딸을 돌볼 거야."

할머니가 찬장에서 분유 한 통을 꺼냈다.

"난 가서 샤워할 거야. 네 딸은 곧 깰 거고. 저녁도 먹이고 기저귀도 갈아."

"저, 오늘 저녁엔 할 일이 있는데요."

타일러가 구시렁대며 이미 벗어지기 시작한 짙은 갈색 윗머리를 손으로 쓸었다.

"아니, 오늘 저녁엔 안 돼. 맥, 롤러 더비 팀은 네 응원이 필요해. 가 봐."

할머니가 맥에게 따가운 눈초리를 던졌다.

타일러가 맥을 향해 다친 강아지 같은 얼굴을 했다. (못 봐주겠네.)

맥이 무너지기 시작했다.

"그냥 제가 있을게요."

"안 돼. 이미 올리비아랑 또 올리비아… 남자 친구한테 약속했잖니. 우리 가문은 약속을 반드시 지키지. 하기 싫고 불편하더라도."

맥의 할머니가 분유 깡통을 타일러 가슴에 떠밀자 타일러가 결국 분유를 받았다.

"맥, 넌 이번 주 내내 일했잖니. 당연히 쉬어야지. 그리고 일 얘기가 나왔으니 말인데, 오늘 월급날 아닌가? 돈 내놔라, 타일러. 네 딸이 쑥쑥 자라서 맞는 옷이 없어."

"저, 이번 달은 좀 빠듯한데요."

타일러의 덩치가 몇십 센티미터 쪼그라들었다.

"안 먹혀. 새 트럭 뽑을 돈은 있고 제 새끼 돌볼 돈은 없어?"

할머니가 몇 걸음 다가서자 타일러가 뒤로 물러섰다.

"어머니한테 전화하랴? 이 문제로 내가 너희 어머니를 다시 만나야겠어?
이번엔 변호사 부를까?"

150센티미터가 넘을까 말까 한 키였지만, 맥의 할머니는 자기 가족을 건드
리는 사람에겐 본때를 보일 수 있고 또 반드시 보이고야 마는 사람이었다. 갑
자기 타일러의 덩치가 반으로 쪼그라들었다.

"아니요."

타일러가 웅얼거렸다.

"좋아, 그럼. 네 트럭에 카 시트 똑바로 고정하고 내 증손녀 데리고 집으로
가. 못 하겠다면, 맥이 친구들이랑 나갔다 돌아올 때까지 여기 있고."

"우리 갈게요, 할머니."

맥이 몸을 숙여 피오나에게 입을 맞췄다. 어쩐 일인지 피오나는 데시벨이
갈수록 높아지는데도 미동도 없이 자고 있었다. 맥이 조나의 무릎에 앉은 나
를 문 쪽으로 잡아끌었다.

"가자."

조나는 휘청대며 두 발짝 뒤에서 따라왔다. 할머니 앞에 멈춰서 자기를 소
개하거나 내 남자 친구가 아니라고 정정하지도 못했다. 맥의 차 앞에 도착했
을 때 앞자리에 앉겠다고 소리치지도 못했다.

"누나, 애가 있었어?"

조나가 뒷좌석에 풀썩 앉았다.

"응, 피임 안 하고 섹스하면 벌어질 수 있는 일이지. 그럼 우리 집에 굴러다

니는 아기용품이 다 누구 건 줄 알았어?"

이따금 맥의 말투가 비아냥거릴 때는 있었지만 지금은 너무 나갔다. 내가 맥의 팔을 주먹으로 툭 쳤다.

"미안해, 최."

맥이 숨을 깊이 들이마시며 말을 이었다.

"타일러랑 내가 요즘 좀 어정쩡해. 할머니는 도움이 안 되고."

"할머니가 아주 잘근잘근 밟아 주시던데."

조나가 코웃음을 터뜨리며 말했다.

"그래, 그렇지. 근데 주방에선 뭐야?"

조나가 어깨만 으쓱해 보이자 내가 대신 대답했다.

"자기방어."

그러자 조나가 잽싸게 말했다.

"아니야. 뭐, 약간은."

맥이 한숨을 내쉬었다.

"지금은 타일러도 내 인생의 다른 쓰레기도 다 잊고 싶어. 바나클 바브가 오늘 제대로 밟아 줬으면 좋겠다. 나도 나가서 같이 싸우고 싶어."

"그렇게 될 거야. 기다려 보자."

조나가 맥 어깨에 손을 올리고는 꼭 쥐었다. 맥이 백미러로 조나를 봤다.

"있잖아, 최. 네가 시애틀이 아니라 피닉스로 이사 와서 기뻐. 너희 엄마 진짜 잘하신 거야, 그치?"

조나와 맥이 함께 웃음을 터뜨렸다. 무슨 뜻인지 내겐 설명도 안 했다. 시애틀 얘기가 뭔지 물을 틈도 없이 맥이 건스 앤 로지스를 귀청이 떨어지게 틀었고 차 문 유리가 부르르 진동했다.

오늘 저녁 조나는 맥과 나 사이에 앉았다. 맥과 조나, 두 사람은 함께 전략을 비교하고 심판의 판정에 분통을 터뜨렸다.

"나랑 콜라 나눠 마실래?"

나는 두 사람이 심층 분석을 벌이는 중간에 끼어들며 조나에게 물었다.

"아니, 괜찮아. 누나 집에서도 먹으면 안 되는 거였어. 월요일까지는 정식으로 운동도 못 하는데."

조나가 말하고는 맥에게 고개를 돌렸다.

내가 잠시 매점에 갔다 돌아와도 둘은 알지 못했다. 경기가 끝났을 때 내게 계획이 떠올랐다.

"언니, 열쇠 좀 줘. 선수들 축하해 줄 동안 우린 차에서 기다릴게."

"그래. 10분이면 돼."

맥이 내 손바닥에 열쇠를 놓았다.

사람들 사이를 밀치고 문으로 향하며 머릿속으로 계획을 굳혔다. 하지만 정문 앞에 이르렀을 때, 조나는 내 뒤에 없었다. 오던 길을 되짚어 가다 맥 곁에 서 있는 조나를 발견했다. 맥은 마지막 바퀴를 도는 롤러 더비 선수들과 하나하나 손뼉을 마주치고 있었다. 배 속의 콜라가 시름하게 변했다.

나는 혼자 차에서 기다렸다. 아이라인을 지우지도 않았다. 몇 분 뒤 조나가 운전석으로 들어와 앉았다.

"혼자 가면 어떡해. 누나 곧 올 거야."

"내일 영화 보러 갈래?"

이기려면 인코스로 추월해야 한다.

"뭐야. 데이트 신청이야?"

조나가 눈썹을 치켜올렸다.

"응. 내일 11시에서 5시까지는 일해야 하지만 그다음엔 자유야."

"내일 저녁 6시에서 8시까지 공원에서 설리 걸스랑 같이 훈련하기로 바나클 바브랑 약속했는데."

조나의 얼굴이 시무룩해졌다.

"너 스케이트 타면 안 되잖아."

"알아. 지상 훈련 하는 법 알려 주려고. 이전 경기 영상 보면서 전략도 의논하고. 아빠가 물어보면 브랜던이랑 스타벅스에서 학교 프로젝트 한다고 말할 거야."

"그래서, 지금 나랑 놀기 싫다는 거야?"

"그런 말 안 했는데."

"그럼 나랑 놀아."

"안 돼. 약속했다니까. 화내지 마."

나는 신경 안 쓴다는 듯 어깨를 으쓱했다.

"뒤로 가, 쵀."

맥이 문을 벌컥 열었다.

집으로 가는 동안 나는 두 사람의 대화에 장단을 맞추거나 애매하게 어깨를 들썩였다. 우리는 조나가 아이라인을 지우고 옷을 갈아입도록 샌드위치 가게에 들렀다. 내가 화장실에서 나오는데 맥이 고등학교 친구와 함께 앉아 감자튀김을 먹고 있는 게 보였다.

"그래서 어쩔 건데?"

친구가 물었다.

"나도 몰라. 할머니 말이 맞는지도 모르지. 어, 올리비아. 애들 온다, 쉘. 감자튀김 고마워."

"힘내, 맥."

친구가 맥의 손을 꼭 쥐고는 카운터 뒤로 돌아갔다.

"오늘 고마웠어, 애들아."

조나가 반쯤 평범한 십 대 복장을 하고 탁자로 오자 맥이 말했다. 조나가 빌린 옷을 맥에게 돌려주자 맥은 가방에 넣으며 말을 이었다.

"우리 집이 지금 좀 복잡해."

"우리 집도."

내가 감자튀김 하나를 슬쩍 먹었다.

나 없는 동안 엄마 아빠가 기적처럼 모든 일을 해결해 놓았기를 바랐다. 디즈니랜드에 갈 수 있을지는 의문이었지만 상황이 더 나빠지지 않기만을 기도했다.

샌드위치 가게에서 조나가 앞자리에 타는 바람에 조나의 집 길목에서 나는 조나와 함께 차에서 내려 앞자리로 옮겨 탔다.

"나한테 화난 거 알아."

조나가 말했다.

"화 안 났는데."

"그럼, 실망했던가."

나는 어깨를 으쓱했다. 사실 실망하고 낙담하고 거절당한 기분이었다.

"아직 같이 스케이트 타기로 한 거 유효해."

조나가 내 팔에 손을 얹었다.

조나의 품에 뛰어들고 싶었지만 이렇게 말하고 말았다.

"시간 될 때 알려 줘. 다음 달? 올여름? 내년?"

"그 전에. 그보다 훨씬 전에. 약속할게."

조나가 내 팔을 꼭 쥐었다 놓으며 말을 이었다.

"그럼 이번 주."

나는 조나의 인생에서 절대 넘버원이 될 수 없을 거다. 맥을 넘겨다봤다. 적어도 넘버투는 될 수 있을까?

#9

"불공평해. 우리 엄마 아빠는 조퇴하면 큰일 나는 줄 아는데."

점심시간, 브랜던이 툴툴댔다.

조나는 우리 테이블에 앉아 한 손으로 머리를 괴고 닭가슴살과 브로콜리를 입에 떠 넣고 있었다. 10분 안에 식사를 마치면 수업 시작 전에 엎드려 낮잠을 즐길 수 있을 거다.

나는 조나 옆에 앉아 김으로 띠를 두른 삼각주먹밥 두 개를 꺼냈다.

"오니기리네. 오늘은 일본 스타일이야, 올리비아?"

나오미가 말했다.

"어."

주먹밥을 하나 집었다. 지금 집에 남은 게 찹쌀뿐이란 사실은 철저히 무시하고. 이번 주 엄마는 고문관 샌디의 물리치료소를 제외하곤 어디에도 가지 않았다. 나는 길고양이처럼 조나의 점심에 시선을 고정했다. 너무 물려서 남길지도 모르니까.

"내일 점심시간 전에 조퇴해야 일찍 덴버에 도착할 수 있어. 그래야 금요일에 연습을 할 수 있으니까. 시합이 토요일이거든."

조나가 말했다.

"그래, 행운을 빈다, 브라더."

브랜던이 주먹을 내밀자 조나가 부딪쳤다.

"고마워."

"같이 스케이트 타는 건 다음에 해야겠네?"

아무렇지 않게 말했지만 밥알이 가슴에 끈끈하게 달라붙으며 아파 왔다.

"미안해. 곧 타자. 약속할게."

조나가 책가방 위로 풀썩 엎드리고는 고개를 숙였다.

나는 상관없다는 듯 어깨를 으쓱했다. 조나가 조그맣게 코를 고는 사이 나는 남은 점심을 꾸역꾸역 삼켰다. 에리카가 안절부절못하며 테이블 의자에 앉는데도 조나는 깨지 않았다.

"어떡해, 어떡해. 누가 결정 좀 해 줘. 나 PSAT 이번 봄에 봐, 아니면 11학년 가을까지 기다려?"

에리카는 죽고 사는 문제라도 되는 양 난리였다.

"전문가들은 11학년 2월에 ACT(American College Testing, 미국 대학입학자격시험)를 보고 3월에 SAT를 보라는데?"

나오미가 휴대전화를 들여다보며 말했다.

"잘됐군. 그럼 어디 보자, 내년 1월까진 잊어버려도 되겠네."

브랜던의 농담에 웃는 사람은 나뿐이었다.

"주님, 도와주세요."

에리카가 천장에 대고 말했다. 하지만 난 브랜던 말이 맞다고 생각했다.

나오미가 에리카의 팔을 톡톡 두드리더니 자기 휴대전화를 가리켰다.

"전국 성적 우수 장학금을 신청하려면 내년 가을엔 PSAT를 봐야 하니까 봄에 모의 시험을 한번 보는 게 좋겠어."

"여름에 시험 대비 과정을 하나 더 들어야겠네."

에리카가 손톱을 잘근잘근 씹었다.

"너무 유난 떤다는 생각 안 들어?"

진심으로 궁금해서 한 질문이었지만, 나오미도 에리카도 욕이라도 들은 것처럼 움찔했다.

"우리 중엔 '좋은' 대학 가려는 사람도 있거든."

에리카가 내게 경멸의 눈길을 보내며 말했다. 나오미가 에리카를 팔꿈치로 쿡 찔렀다.

"얘 말은, 우린 아이비리그가 목표라는 뜻이야. 그냥 잘하면 안 돼. 최고여야 한다고."

"그건 나도 알아. 그런데 하버드 가는 거랑 금메달 따는 거랑은 완전 다르거든."

"내일 스콘 먹을 사람?"

볼썽사나운 장면이 펼쳐지기 직전, 브랜던이 막았다.

"어떤 게 좋아? 시나몬? 아니면 초콜릿칩? 아, 맞다. 크랜베리랑 화이트 초콜릿칩이 좋겠다. 오케이?"

에리카와 나는 팔짱을 낀 채 입을 꾹 다물었다.

"그래, 크랜베리랑 화이트 초콜릿칩."

나오미가 맞장구를 쳤다.

나오미는 브랜던과 무의미한 대화를 시작했다. 십 대들이 위궤양을 앓아가며 시험 준비를 하지 않을 때 보는 인기 티브이 프로그램 얘기였다. 위궤양에 걸려 보고 싶은가? 1년을 훈련한 끝에 트리플 살코 점프를 두 발로 착지하면서 0.2점 차이로 금메달을 놓치면 된다.

에리카와 나는 점심시간이 끝날 때까지 침묵 속에 앉아 있었다. 종이 울리기 무섭게 나오미가 에리카를 문밖으로 끌고 나갔다. 조나는 여전히 코를 골고 있었다.

"깨워야 하는 거 아니야? 이 녀석 진이 다 빠진 것 같아. 학점은 관심 밖인 것 같고."

브랜던이 말했다.

"우리가 운동을 한다고 해서 멍청하단 뜻은 아니야. 우선순위가 다른 거지. 다른 사람들처럼 하버드 가는 게 그렇게 중요하지 않을 뿐이라고."

내 말에 브랜던이 멈칫하더니 말했다.

"기분 나쁘게 듣지 마. 난 사실 SAT 만점을 받아도 별 소용이 없어. 우리 엄마 아빠는 이미 내가 애리조나 주립 대학교 들어가서 집에서 통학하는 거로 정해 놨거든. 돈 아끼려고. 장학금 때문에 가는 거지. '브랜던, 요즘 대학 안 가는 사람이 어디 있니? 돈 모아서 대학원을 가야 차별성이 있어.' 두고 봐야지, 뭐. 대학 들어가기 전에 1년 놀아 버릴까? 그럼 둘 다 기절하겠지?"

브랜던이 웃음을 터뜨렸다.

"누구, 에리카랑 나오미?"

"아니, 우리 엄마 아빠. 근데 걔들도 그러겠다."

"엄마, 5분만 더."

조나가 입가의 침을 닦으며 반대쪽으로 고개를 돌렸다.

"진심인데? 얘 그냥 두고 어떻게 되나 보자."

브랜던의 진갈색 눈동자에 짓궂은 빛이 반짝 스쳤다.

"먼저 가. 내일 그 유명한 브랜던 박 스타일 크랜베리 스콘 기대할게."

내가 브랜던을 문 쪽으로 떠밀며 말했다. 크랜베리나 건포도라면 딱 질색이라 그나마 쉽게 유혹을 물리칠 수 있을 것 같았다.

"잠자는 숲속의 왕자는 내가 깨울게."

조나와 나는 영어 수업에 늦었다. 발두치 선생님은 우리에게 놀라운 고등학교 제도를 또 하나 소개해 줬다. 지각 사유서.

"5초밖에 안 늦었잖아요. 그거 쓸 시간이면 금메달을 따고도 남는다고요."

발두치 선생님이 면전에서 문을 닫아 버리자 조나가 툴툴댔다.

"가자."

내가 조나의 팔꿈치를 잡아끌었다.

"우리는 다른 애들만큼 수업이 안 중요하니까 교무실까지 가서 사유서를 받아 오라는 거 아니냐고."

조나의 목소리는 뒤로 갈수록 커졌다. 발두치 선생님은 들은 척도 안 하겠지만.

"그만해. 소용없어."

오른쪽으로 가야 했지만 난 일부러 왼쪽으로 향했다.

조나는 학교를 한 바퀴 도는 내내 구시렁댔다. 한편 에리카의 말은 여전히 내 속에서 부글거렸다.

"넌 대학 갈 거야? 고등학교 졸업하자마자?"

내가 조나에게 물었다.

"글쎄. 상황 봐서. 올림픽 준비하면서 동시에 대학에 가는 사람도 있긴 해. 너는?"

"나는 뭐?"

"넌 올림픽 준비할 거야, 대학 갈 거야? 아니면 둘 다?"

(둘 다 못 하면 어떡해야 하는데?)

"글쎄. 상황 봐서."

내 말에 조나가 어깨를 으쓱해 보였다. 왜냐면 조나에겐 정확히 이해되는 답이었으니까. 조나는 나를 이해한다. 아무도 나를 이해하지 못할 때도.

학교가 끝난 뒤, 조나 아빠는 조나가 아이스드림까지 인라인을 타는 것을 허락하지 않았다.

"진짜 같이 안 타고 갈래?"

조나가 비엠더블유에 타는 사이 조나 아빠가 내게 말했다.

"괜찮아요. 조금 이따 뵐게요."

나는 점심시간 이후 뇌 속에서 이글대는 불길이 제풀에 다 타 버리도록 일부러 먼 길을 돌아 링크로 갔다.

주차장에는 차가 세 대 있었다. 정문을 열고 들어갔지만 평소 들려오던 선수 소개가 들리지 않았다. 링크에서 파티가 열리고 있었기 때문이다. 아무도 내게 말해 주지 않은 파티.

행운을 빌어, 조나!
금메달을 향하여!

매점 위에 현수막이 걸려 있었다.

"올리비아, 드디어 왔네. 다들 기다리고 있었어."

엄마가 얼른 오라고 손짓했다.

현수막 아래에 선 조나의 얼굴은 우쭐하면서도 쑥스러워 보였다.

"한 장 더 찍자. 인스타그램에 올릴 거야. 아이스드림은 최고의 선수만 영입한다고."

엄마가 휴대전화를 더듬거렸다.

"올리비아, 오른쪽으로 좀 비킬래? 너 때문에 조나한테 그림자 져."

"웃어, 아들."

조나 아빠가 내 앞으로 끼어들어 자신이 철저히 관리하는 조나의 공식 인스타그램 계정에 올릴 자연스러운 사진 몇 장을 찍었다.

"찍는 김에 셀카도 한 장 찍자. 팔로워들이 셀카를 좋아하니까. 고개 왼쪽으로 돌려 봐. 그래야 볼의 여드름이 가려지지."

"아빠!"

그러면서도 조나는 손을 볼 이쪽저쪽에 올렸다.

"올리비아랑도 한 장 찍어. 팔로워들은 비밀 연애도 아주 좋아해."

맥이 말했다.

"비밀 연애?"

조나 아빠와 우리 엄마가 동시에 말했다.

"올리비아는 태그 하지 말고. 올림픽 꿈나무 조나 최 옆의 저 여자아이는 누구지? 이런 콘셉트로. 잘 먹힐 거야. 올리비아, 이번 주에 염색 다시 해야 겠다. 파파라치가 올지도 모르잖아."

조나와 나의 당황한 얼굴에도 불구하고 맥은 말을 멈출 줄 몰랐다.

"안 찍을 거지?"

내가 물었다.

"당연하지."

엄마와 조나 아빠도 걱정스러운 눈빛을 교환했다.

"우리 메달 컬렉션에 새 메달이 추가되면 얼마나 좋을까, 조나. 경기 생각 을 하니 정말 흥분돼. 배 속에서 나비가 팔랑거리고. 꼭 옛날로 돌아간 것 같아."

몇 주 만에 처음으로 엄마가 진짜 미소를 지었다. 그러고는 내게 고개를 돌렸다.

"아, 올리비아. 잊어버리기 전에 말해야지. 오늘 7시에 링크에서 생일 파티 있어. 스케이트 소독하기 전에 피냐타부터 만들어 줄래? 대여소에 있어."

"물론이지. 피탸나 만들 생각을 하니 배 속에서 나비가 팔랑대네."

목소리에서 비아냥을 지우기 힘들었다.

"지금 말고, 얘는. 먼저 조나 축하부터 해야지."

"모두들 정말 감사합니다. 저, 가서 옷 갈아입을게요. 과일 샐러드 조금만 남겨 주세요. 휴식 시간에 먹을게요."

조나가 딸기 한 알을 입안으로 톡 넣었다.

배 속이 아우성을 치며 항의했지만 나는 과일 샐러드를 못 본 척 지나쳤다. 아이스드림 재킷을 꺼내고 책가방을 1번 테이블에 던지고는 스케이트 대여소로 향했다. 조나가 두 걸음 뒤에서 나를 쫓아왔다. 문을 통과해 카운터 뒤로 들어가자 조나가 반대편에 서서 내 시상식 사진들을 보고 있었다.

나의 마지막 금메달 사진. 주니어 레벨의 마지막 연기. 낡고 보수적인 안무에 맞춰 낡고 보수적인 의상을 입었다. 천으로 만든 깃털이 달린 의상.

"넌 이제 애가 아니야."

알렉세이 코치가 말했다. 엄마의 첫 파트너였던 그는 마지막 시즌이 반 정도 지났을 때 우리의 새 코치가 되었다.

"시니어 그랑프리에서 성인들하고 경쟁하려면 성인처럼 타야 해. 완전히 새로운 안무를 짤 거야. 섹시한 안무. 의상도 섹시하게 새걸로 하고."

"올리비아 아직 어려, 여보. 그렇게는 안 했으면 좋겠어."

아빠는 동의하지 않았다.

하지만 난 새 의상이 마음에 들었다. 섹시했다. 강렬하고. 진짜 나와는 다르게. 피부색 천과 확 파인 선이 더는 평평하지 않은 내 가슴에 반짝이는 빨간색 X자를 만들었다. 엄마는 깊이 파인 가슴 부분에 손바느질로 스팽글을 달고 배꼽이 가려지도록 치마도 덧댔다. 불꽃 모양 스팽글이 대각선으로 몸을 타고 올라 마치 내가 불타는 것 같았다. 그리고 나는 정말 타 버렸다. 추락하고 타고 부서졌다. 그 후 디트로이트의 재앙이 일어났다.

"의상 죽이는데? 저 의상으로 겁쟁이들 몇 명이나 날렸어?"

조나가 생각 속으로 끼어들었다.

"옷 안 갈아입어?"

"알았어. 난 이만 사라져야 할 것 같네."

조나가 나가자 나는 오늘의 피냐타가 담긴 상자를 찾았다. 상자를 발로 차 넘어뜨린 다음 쭈그리고 앉아 열어 보니 또 스케이터 바비가 있었다. 허구한

날 바비다. 완벽한 몸매. 완벽한 남자 친구. 늘 금메달을 거머쥐는 완벽한 바비. 올이 나달나달한 카펫에 털썩 주저앉았다. 바비가 꼴도 보기 싫었다. 바비의 텅 빈 머릿속에 싸구려 사탕을 쑤셔 넣었다. 나도 다시 나비를 느끼고 싶었다.

쿵.

고개를 들었다. 스킨 슈트를 입은 조나가 카운터에 올라앉아 나를 내려다보고 있었다.

"너, 질투 나지?"

조나의 얼굴에 능글맞은 웃음이 번졌다.

"뭐를?"

"나를."

"잘난 척 그만하지. 난 쇼트트랙 관심 없어."

"아니, 내 재능 말이야."

"나도 재능 있거든. 왼쪽 좀 봐. 사진에 메달들 안 보여?"

"아님 내 열정?"

"꺼져 줄래?"

"아픈 데를 건드렸나?"

"아픈 건 네 자의식 과잉 머리겠지. 안 꺼지면 사탕 집어 던진다."

"왜 그만뒀어?"

내가 사탕을 집어 들고는 팔을 뒤로 젖혔다. 조나가 내 팔을 잡았다.

"알았어, 알았다고. 화내지 마."

팔을 뿌리치려는데 조나가 말했다.

"다들 나한테 행운을 빌어 주는데. 넌 나한테 주먹도 안 부딪쳐 줄 거야?"

"그 말 하려고 여기 왔어?"

"응."

내 손에서 사탕이 툭 떨어지자 조나의 손이 그 자리를 차지했다.

"악수도 안 돼? 아무것도?"

조나가 부드럽게 내 손을 잡아당기자 나는 무릎으로 섰다. 조나가 내 눈을 가만히 들여다봤다. 도전. 나는 조나의 아름다운 얼굴을 양손으로 감쌌다.

"행운을 빌어. 스케이트는 빠르게, 균형은 단단히."

내가 몸을 쭉 뻗자 조나가 눈을 감았다. 나의 입술이 조나의 입술에 초근접한 순간 조나가 번쩍 눈을 떴다.

"조나, 카운터에서 당장 내려와. 도대체 왜 그래?"

조나 아빠가 버럭 소리쳤다.

"죄송해요. 올리비아랑 얘기하고 있었어. 신경 쓰지 마요."

조나가 카운터에서 폴짝 뛰어내려 빙판을 향해 뒤뚱뒤뚱 걸어갔다.

일어서자 머리가 어질어질했다. 나비들이 돌아왔다. 악플러들이 극성을 떤 8월 이후 엄마는 내 공식 인스타그램 계정을 닫아 버렸지만, 다시 시작해 보고 싶다는 생각이 들었다. 내 스케이팅 경력은 추락했을지 몰라도 내 비밀 연애는 제대로 착륙했을지 모르니까.

피냐타를 완성하는 데는 백만 년의 시간이 걸렸다. 빙판 위를 날아다니는 불사조에게 정신이 팔려서였다. 질주를 멈출 때마다 조나는 나를 바라보며 싱긋 웃었다. 나는 온몸이 녹아내리고 있었다. 조나의 스케이트를 밟고 서서 조나의 목을 끌어안고 링크 한가운데가 녹아 웅덩이가 될 때까지 입을 맞추는 공상을 했다.

"올리비아, 아직 안 끝났니? 나 물리치료소 데려다줘야 하는데."

엄마가 내 공상 속으로 난입했다.

"스케이트 소독은 나중에 해도 돼. 5분 뒤에는 출발하자."

좋아, 나는 공상의 단계를 단순하게 축소했다. 나. 조나. 비품 창고.

그 공상 또한 현실이 되지 못했다. 샌디의 고문이 끝나고 링크로 돌아왔을 때, 조나는 가고 없었다. 월요일까지는 조나를 못 본다.

- 행운을 빌어. 금메달 걸고 오길 바랄게.

조나에게 문자메시지를 보냈다. 그리고 맘 바뀌기 전에 얼른 덧붙였다.

- 그리고 우리 못다 한 마지막 연기 다시 하고 싶어.

내가 무슨 짓을 한 걸까?

#10

토요일 밤이었다. 계속되는 조나의 침묵이 나를 무너뜨렸다. 에그에게 문자를 보냈다.

- 만약에, 만약에 말인데, 24시간이 지나도록 문자에 답을 안 하면
  그 사람은 상대한테 안 반했다고 할 수 있는 거지?

- 아마도. 아니면 전화기를 잃어버렸거나. 장염에 걸렸거나. 그것도 아니면
  이번 주말 덴버에서 열리는 스케이팅 경기에 집중하고 있거나.

- 맥이 어디까지 얘기했어?

- 하나도 남김없이 모조리. 하하하!

- 맥 언니, 죽여 버릴 거야.

- 분명히 말하는데 비밀 연애 같은 건 멍청한 짓이야.

사귀든가 말든가 하나만 해.

- 스튜어트 트라우트. 그만해. 내가 미쳤지. 뭐 하러 문자를 했을까.

- 왜? 난 친오빠나 다름없는데. 마땅히 해야 할 말이라고.
  피닉스 가면 진짜로 조나랑 '얘기' 좀 해야겠다.

- 으으으. 그만 잘래.
  이번 주말에 조나 안 오니까 내가 내일 아침에 링크를 써야겠어.

- 좋아. 그런데 트리플 더블 더블 점프는 잘돼 가?

나는 엉덩이에 올려놓은 냉동 콩을 옮기며 거짓말을 했다.

- 물론이지.

- 대단하다. 더블 더블이면 사실 충분한데. 그래도 더 멋지게 하고 싶어.
  우리가 누군지 제대로 보여 줘야지.

나도 그러고 싶다.

- 당연하지. 곧 만나!

월요일이 왔다. 조나에겐 아직 아무런 연락이 없었다. 주말 내내 품고 다닌
가슴 속 공간이 동굴처럼 휑해졌다. 점심 테이블에 맨 먼저 도착해 풀썩 앉

았다. 수정 따위는 할 생각도 없는 영어 에세이를 꺼내 들여다보는 척하는데 아이들이 주말에 본 블록버스터 신작 영화 얘기를 떠들며 와서 앉았다. 한편으로는 내게 같이 가자고 안 한 것이 서운했다.

"올리비아, 도와줘서 고마워."

브랜던이 내 옆자리에 앉더니 테이블 한가운데에 화학 시험지를 탁 올렸다. 한쪽 구석에 이렇게 적혀 있었다.

잘했다, 브랜던 박. 100/100

"냉장고에 붙여 놔야지."

"아직도 그래?"

에리카가 물었다.

"당연하지. 엄마한테 새 반죽기 사 달라고 할 때만."

그때 내 숙제 위로 그림자가 졌다. 1초 뒤, 가로 20센티미터 세로 25센티미터 크기의 사진이 브랜던의 시험지 위로 떨어졌다. 함박웃음을 띤 채 금메달을 건, 미세 조정된 기계의 사진이었다. 주말 내내 나를 쫓아다니던 회색 구름 사이로 한줄기 황금색 빛이 쏟아져 내렸다. 나는 펄쩍 뛰어올라 조나를 끌어안았다. 카페테리아의 지저분한 바닥 위로 넘어지지 않으려 조나가 힘을 주는 게 느껴졌다. 조나와 나머지 아이들 중 어느 쪽이 내 행동에 더 충격을 받았는지는 알 수 없었다.

"어, 난 안지는 않을게. 그래도 축하한다, 브라더."

브랜던이 주먹을 내밀자 조나가 제대로 탁 부딪치며 말했다.

"고맙다."

"와, 멋진데."

나오미가 사진을 집어 들었다.

"스케이트 타는 줄은 알았지만 이건 완전 반전인데."

조나와 함께 자리에 앉는데 가슴에 돌덩이가 앉았다. 조나는 지난 주말 내내 내 문자에 답이 없었다. 어떻게 생각해야 할지 가늠이 안 됐다.

"경기 영상 보여 주면 좋을 텐데, 피닉스인지 덴버인지 어디선가 휴대전화를 잃어버렸어. 지난 수요일에 아빠가 갖고 있었는데 겉옷 주머니에서 빠진 것 같아."

조나가 평소와 같은 도시락을 꺼냈다.

"그럼 내 문자 못 봤어?"

"어. 뭐라고 보냈는데?"

"그래, 뭐라고 보냈는데, 올리비아?"

나오미의 젓가락이 입으로 가다 멈췄다.

"아무것도 아니야. 기억도 안 나. 행운을 빌어, 그런 거였겠지, 뭐."

"고마워."

조나의 목소리에 머뭇거림이 묻어나 잠시 희망을 품었지만, 조나는 더 이상 물어보지 않았다.

조나는 게걸스럽게 점심을 먹어 치운 다음, 낮잠을 자는 대신 토요일에 있었던 모든 경기를 하나하나 시시콜콜 설명했다. 조나의 독백이 3분 넘게 이어지자 비선수들의 눈동자가 멍해졌다. 하지만 나는 귀 기울여 들었다. 단 한 번의 경기가 어떻게 뇌 속에 영원히 각인되는지 잘 아니까. 잘한 경기든 망한 경기든.

(여긴 시니어 레벨이야, 아가. 타고난 재능만으로는 부족하단다.)

나는 뇌에 들러붙은 생각을 떨쳐 내고 다시 조나에게로 관심을 돌렸다.

"네가 봤어야 하는데, 올리비아."

조나는 아직 경기의 흥분이 가시지 않은 상태였다.

"마지막 바퀴에 접어드는데 다 끝났다고 생각했어. 3위도 안 됐거든. 그런데 2위가 1위랑 부딪치더니 갑자기 내 앞 선수들이 전부 토네이도처럼 넘어지는 거야. 빙빙 돌면서 제어가 안 됐어. 한 명은 내 바로 앞에 넘어져서 나는 그 선수 옆으로 돌아 달렸어."

조나가 내 어깨에 손을 올리자 불길이 척추를 타고 올랐다.

"그러다가 1위로 달리던 선수랑 나랑 스케이트가 엉켜 버렸어. 그 선수는 얼음에 얼굴을 박고 넘어졌고 나는 등을 지고 결승선을 통과했어. 아마도 쇼트트랙 역사상 가장 꼴사나운 결승선 통과 장면이겠지만, 뭐 어때. 1등인데. 감수해야지."

"거봐, 더 자주 같이 타야 한다니까."

내가 조나의 손을 꼭 쥐었다.

"맞는 말이야."

나오미가 다시 우리를 빤히 쳐다봤다. 조나가 마지막으로 자기 사진을 한 번 더 보고는 가방에 집어넣었다.

"그래서 말인데. 이번 토요일에 우리 엄마가 파티를 연대. 다들 왔으면 좋겠다."

조나가 맨 먼저 나를 본 다음 나머지를 향해 말했다.

"너희 전부 다. 제발 와라. 너희 안 오면 나 죽을 때까지 잔소리 듣는단 말이야."

"금메달 축하 파티?"

내가 물었다.

"생일 파티."

"좋아. 갈게."

브랜던이 말하자 나오미와 에리카도 가겠다고 했다.

초등학교 이후로 생일 파티는 가 본 적이 없었다. 가장 최근 참석한 모임은 맥의 베이비샤워였다. 딱히 평범한 십 대의 행사라곤 할 수 없었다. 하긴 내가 언제는 평범했다고.

"토요일엔 일 안 해도 되지?"

조나가 말했다.

"너 못 오면 엄마한테 날짜 바꾸자고 하게. 아니, 아예 파티 취소하는 게 낫겠다."

"아니야, 꼭 갈게."

"좋았어."

다른 여자애들은 어떻게 이걸 정기적으로 하는 걸까? 일주일 내내 뭘 입을지, 머리랑 손톱은 어떻게 할지, 신발은 뭘 신을지에 대한 생각이 머릿속을 떠나지 않았다. 어떤지 보려고 십 대 파티에 관한 영화까지 봤다. 영화처럼 시끌벅적하진 않을 거란 생각이 들었다. 피닉스엔 조나가 아는 사람이 많지 않을 테니까. 조나의 선수 친구들이 주말에 오지 않는 이상. 어쩐지 파티가 재앙이 될 것 같다.

#11

토요일 저녁이었다. 조나의 집 앞에서, 나는 뒤를 돌아 손을 흔들었다. 오늘 밤 엄마 대역인 맥이 차에서 엄지손가락을 들어 올렸다. 맥은 파티 초대를 거절했다. 고등학생 무리랑 어울리는 게 어색해서가 아니라 피오나를 데리고 와야 했기 때문이다. 속이 상했지만 어쩔 수 없는 일이었다. 나는 심호흡을 하고 초인종을 눌렀다.

"내가 나갈게, 엄마."

문 반대편에서 조나가 소리쳤다.

심장이 스케이트로 전력 질주를 할 때처럼 뛰었다. (평범하게, 평범하게 행동하자, 올리비아.)

"왔네."

조나의 표정이 편안한 미소로 변했다.

조나를 따라 거대하지만 현재 상황으론 텅 빈 집 안으로 들어갔다.

"파티, 오늘 맞지?"

"응. 사실은 너만 먼저 오면 좋을 것 같아서. 엄마기 완전히 정신을… 아, 엄마."

"네가 올리비아구나. 반갑다."

중년의 여자가 스킨 슈트를 입은 조나의 대형 등신대를 옆구리에 끼고 거실로 왔다. 조나 엄마는 거실 한가운데에 조나를 세워 놓았다.

"엄마, 제발. 하지 마."

조나가 민망한 듯 말했다.

"왜? 손 위에 커다랗게 숫자 17도 붙일 건데."

조나의 엄마는 계속 툴툴거리는 조나의 말은 들은 척도 안 하고 거실을 휙 빠져나갔다.

"드디어 시작이네."

조나가 눈을 부릅뜨고는 한숨을 쉬었다.

"와, 이거 찍어서 맥 언니한테 보내야겠다."

나는 휴대전화를 꺼내 등신대 조나와 어깨동무를 하고 셀카를 찍었다.

- 헐! 진짜 생일 주인공하고도 꼭 사진 찍어, 알았지?

맥이 1초 만에 답장을 보냈다.

조나 엄마가 숫자 17 모양 알루미늄 풍선을 들고 돌아왔다.

"엄마! 이거 안 한다고."

"알았어. 내 사무실 방에 가져다 놔. 나중에 내가 위층으로 가지고 갈게."

조나 엄마가 졌다는 듯 양손을 들었다.

"일찍 왔으니까 좀 도와줄래, 올리비아? 생일 주인공이 오후에 지상 훈련을 너무 오래 하는 바람에 지금 다들 정신이 없단다."

조나 엄마가 최신식 주방으로 따라오라는 손짓을 했다.

"아니, 정정합니다. 정신이 없는 건 엄마지. 아빠랑 나는 파티 안 해도 아무렇지도 않다고."

조나가 우리를 따라 주방으로 들어왔다.

"조나 최, 엄마는 감상에 젖어 있고 싶은데 그냥 좀 놔둬 줄래?"

조나 엄마는 장난스러운 투로 말하고 나서 곧 심각하게 "부탁한다" 하고 덧붙였다.

"좋아. 엄마를 위해서라면."

조나가 엄마의 어깨에 팔을 둘렀다.

나는 조나가 자기 아빠의 복사판이라고 생각했다. 그런데 가까이서 보니 조나는 엄마를 더 닮았다. 하트 모양 얼굴과 약간 큰 코가 엄마와 똑같았다.

"고맙다. 그럼 그만 서 있고 좀 도와줘."

조나 엄마가 색깔 냅킨 두 팩을 조나에게 건넸다. 예술적으로 매니큐어가 발린 조나 엄마의 기다란 손가락 사이로 자갈만 한 다이아몬드 반지가 눈에 들어왔다. 나는 아무렇게나 색칠한 손톱에 싸구려 반지를 낀 손을 등 뒤로 감췄다.

"예쁘게 정리해서 놔."

조나 엄마는 이렇게 말하고는 쌩하니 주방을 나갔다.

조나가 냅킨을 두 뭉치로 나누어 식탁 위에 단정하게 내려놨다. 나는 조나 뒤로 가서 냅킨 뭉치를 각각 부채꼴로 펼쳤다.

"이게 더 낫지. 온 식구가 다 같이 나갔다 왔구나?"

내가 식탁 의자에 묶인 알루미늄 풍선을 쿡 찔렀다.

"응, 나까지 다섯 명밖에 안 되니까. 엄마 계획대로 50명이 아니라."

조나가 풍선을 내 쪽으로 까딱거렸다.

"평범한 십 대처럼 행동해야지, 조나 최."

내가 풍선을 다시 조나 쪽으로 보냈다.

조나 엄마가 주방으로 돌아왔다. 그러곤 부채꼴 냅킨 한 뭉치를 들어 다른 뭉치 위에 겹쳤다.

"이렇게 하니까 더 예쁘네. 올리비아한테 금요일에 받은 거 좀 보여 줘."

"엄마아."

조나는 그러면서도 뒷주머니에서 지갑을 꺼내 임시 면허증을 내밀었다.

"와, 축하해. 사진도 잘 나왔네."

내가 면허증을 들여다본 다음 돌려주자 조나 엄마가 물었다.

"올리비아는 운전하니?"

"임시 면허는 있어요. 곧 정식 면허 따려고요."

"봤지, 조나? 내가 말했잖아. 학교 친구들은 이제 곧 다 운전하고 다닐 텐데, 너는 운전대 앞에 앉으려고도 안 하고. 내가 십 대일 땐 다들 운전이 하고 싶어서 몸이 근질근질했어. 우린…"

"엄마, 제발요. 오늘은 그만. 이번 시즌 끝나면 운전 더 열심히 배울게요. 약속."

"그리고 학교 공부도. 특히 영어."

"이래서 내가 애들 안 데리고 온다니까."

조나가 농담처럼 말했지만 난 그저 농담만은 아닐 거란 생각이 들었다.

"어쨌든 올리비아, 시간이 좀 걸리긴 하겠지만 나중에 조나가 너도 데리고 다닐 수 있을 거야. 댄스파티도 가고 영화관도 가고 미니 골프도 치러 가고. 그렇게 눈만 뜨면 죽을 둥 살 둥 스케이트만 타지 말고."

"우리 엄만 내가 쇼트트랙 생각만 하는 줄 알아."

"억지로 시키는 사람도 없는데 체육 수업을 듣는 애가 너 말고 또 누가 있겠어?"

내가 말했다.

"거봐. 올리비아 말 잘 들어. 자, 이것도 식탁에 놔 줘."

조나 엄마가 조나에게 탄산음료와 초대형 감자칩, 치즈볼, 도리토스 봉지를 내밀었다. 윗면에 쇼트트랙 선수가 그려진 거대한 하얀색 케이크 옆으로 그릇이 세 개 놓여 있었다. 나는 치즈볼 봉지를 찢어 그릇에 쏟았다. 조나 엄마가 뒷마당으로 나가자 내가 엉덩이로 조나를 툭 쳤다.

"그런데 넌 저녁으로 뭘 먹어?"

"이런 쓰레기는 안 먹어. 절대. 내일 아침에 스케이트 타야 해."

조나가 탄산음료 캔을 얼음통에 집어넣었다.

나는 감자칩 봉지를 열어 그릇에 붓다 말고 몇 개 맛을 봤다.

"아빠는 어디 계셔?"

"위층에서 뿌루퉁해 있지. 이번 주에 솔트레이크시티에 가서 전직 올림픽 출전 선수한테 훈련받기로 돼 있었거든. 근데 엄마가 반대했어. 엄마는 무조건 생일 파티를 열기로 결정했거든. 게다가 금요일부터 연습도 못 하고 엄마랑 파티용품 쇼핑 다녔어. 엄마는 날 평범하게 만들 건가 봐."

조나가 몸을 부르르 떨었다.

"평범한 게 정확히 뭔데?"

"나도 몰라."

그때 조나 엄마가 주방으로 고개를 들이밀었다.

"올리비아. 햄버거 패티 좀 가져다줄래? 냉장고에 있단다. 조나 최, 쓰레기통 밖에 내놔 달라고 오늘 세 번이나 부탁했잖아. 지금 바로 부탁합니다."

"네, 그럴게요."

내가 대답했다. 조나는 과장되게 으 소리를 냈다.

냉장고에서 등급 높은 고기 패티를 꺼내는데 입에 침이 고였다. 나는 유리문을 열고 담장으로 둘러싸인 조나네 뒷마당으로 나갔다. 하아, 탄성이 입밖으로 삐져나왔다. 꼬마전구가 야자수 밑동을 감싸며 바비큐 장소를 따라 늘어져 있었다. 색색의 불빛이 수영장과 인공 폭포까지 연결되어 명상 음악이 흘러나올 것 같은 분위기를 풍겼다. 숫자 17이 적힌 조그마한 팻말과 센터피스들이 아기 조나의 사진을 따라 놓여 있었다.

나는 반짝이는 가스그릴 옆에 쟁반을 놓았다. 잡초투성이 우리 집 마당에 마지막으로 나가 본 게 언제였나 떠올렸다. 이곳은 모든 게 완벽했다. 작고 사소한 부분까지 모조리. 조나네 가족이 미운 건지 나를 입양해 줬으면 하는 건지, 내 마음을 나도 알 수 없었다.

조나 엄마가 뒤를 돌아봤다. 조나는 여전히 씩씩대며 주방에서 쓰레기와 씨름하고 있었다.

"조나한테 너 같은 친구가 생겨서 참 기쁘단다."

조나 엄마가 여자 친구들끼리 비밀 얘기라도 하듯 속닥였다.

"조나는 스케이트에 너무 정신을 쏟아서 다른 건 엉망이야. 공부도 친구 관계도 건강도. 그러다 큰 부상이라도 당하는 날엔."

조나 엄마의 목소리가 한층 더 작아졌다.

"쟨 아무것도 남는 게 없어."

속에서 무언가가 팅 하고 울렸다. 나는 그게 뭔지 잘 안다. 어떤 느낌이었고, 어떤 느낌인지.

"이리로 이사 오셔서 기뻐요. 조나가 마음에 들어요. 말도 잘 통하고요."

조나 엄마가 환하게 미소 짓더니 내 손을 꽉 잡았다.

"우리도 기쁘단다."

주방 쪽 문에서 웅성대는 소리가 나더니 브랜던이 등장했다. 에리카와 나오미가 그 뒤로 나타났고 조나가 맨 마지막으로 나왔다. 브랜던이 조나 엄마를 보더니 공을 들여 한국어로 인사를 했다. 조나 엄마가 대화를 이어 갔지만 브랜던의 멍한 표정을 보니 이미 머릿속 한국어 어휘를 다 써 버린 것 같았다. 어색한 침묵을 깨뜨리며 브랜던이 포일에 덮인 종이 접시를 내밀었다. 포일 귀퉁이를 들추자 시나몬과 설탕 향이 새어 나왔다.

"그게 뭐야?"

꼬르륵 소리를 누르려고 손을 배에 갖다 대며 내가 묻자 조나와 브랜던이 동시에 대꾸했다.

"호떡."

"속에 흑설탕 시럽이 들어간 발효 팬케이크 같은 거야."

조나가 포일을 좀 더 열어 접시에 놓인 손바닥 크기의 두꺼운 팬케이크를 보여 줬다.

"알링턴에 살 때 할머니, 그러니까 우리 엄마의 엄마가 토요일 아침마다 훈련 가기 전에 만들어 주셨어."

조나 엄마가 브랜던을 향해 한국어로 감사 인사를 마구 전하는 것 같았다. 브랜던은 연거푸 고개를 주억거리며 무슨 말인가를 했다.

"이건 안에서 따뜻하게 보관할게. 편하게들 놀아."

조나 엄마가 포일을 다시 쪼글쪼글하게 접어서 덮은 뒤 함박웃음을 띤 채 집 안으로 들어갔다.

"생일 축하해, 조나."

에리카가 조나의 어깨를 끌어안으며 작은 봉투를 내밀었다.

"생일 축하해, 조나."

나오미도 조나의 어깨를 끌어안으며 작은 봉투를 내밀었다.

"생일 축하해, 조나. 난 안지는 않을게, 브라더."

브랜던이 작은 봉투를 건네고는 주먹을 내밀었다.

"그래, 그러진 말자."

조나가 처음으로 열렬하게 주먹을 맞부딪쳤다.

"다들 고마워."

망했다! 선물 포장해서 주는 사람은 아무도 없는 거야? 나는 어제 두 시간에 걸쳐 조나가 스케이트 탈 때 들을 완벽한 믹스테이프를 만들었다. 좀 더 진짜처럼 보이도록 건스 앤 로지스 테이프 케이스 하나를 희생해 유에스비를 그 안에 넣었다. 지금 보니 돈도 안 들인 데다 멍청하기까지 했다. 나중에 줘야겠다. 아예 주지 말든가. 그냥 집에 갈까?

"자식, 이렇게 죽이는 사운드 시스템이 있으면 음악을 틀어야지."

브랜던이 야외용 티브이로 음악 채널을 틀었다. 집에 야외용 티브이가 있다니!

조나 엄마가 앞치마를 허리에 두르며 다시 마당으로 나왔다.

"이제 파티 시작하자!"

조나 엄마는 브랜던이 찾은 알 수 없는 팝송에 맞춰 양손을 위아래로 들썩이며 춤을 췄다. 파랗게 질린 조나의 얼굴을 보니 키득키득 웃음이 났다.

"엄마! 제발."

조나가 고개를 저었다.

"알았어. 햄버거 먹을 사람?"

조나의 엄마는 귀에 착착 감기는 멜로디에 맞춰 몸을 까딱거리며 그릴에 불을 댕겼다.

여기서부터 파티는 김이 빠지기 시작했다. 조나도 나도 평범하게 굴려고 애를 썼지만 내 생각엔 조나 역시 초등학교 이후론 파티에 가 본 적이 없는 것 같았다. 다행히 브랜던이 어떻게 해야 할지 정확히 알고 있었다.

"진짜? 조나랑 올리비아 둘 다 〈스트리트 파이트〉를 한 편도 안 봤다고? 너희 석기시대에서 왔니?"

브랜던이 입안에 도리토스를 또 밀어 넣었다.

"아니. 그냥 훈련하고 시합하느라."

조나가 마치 그럴듯한 변명이라는 듯 말했다.

"우리 집엔 케이블 티브이가 안 나와."

내가 어깨를 으쓱했다.

"둘 다 진짜 불우하네."

브랜던이 빵빵한 야외용 소파 위, 나오미와 에리카 사이에 털썩 앉으며 말을 이었다.

"6편이 다음 달 겨울방학 직전에 개봉한대. 우리, 심야 개봉 보러 가자. 영화 시작 전에 벤티 사이즈 프라푸치노를 마셔야 할지도 모르지만, 충분히 그럴 만한 가치가 있지. 같이 갈 사람?"

"나 갈래."

나오미가 브랜던 쪽으로 몸을 기울였다.

"난 상황 봐서. 시험 끝나면 완전 나가떨어지니까."

에리카는 브랜던 반대 방향으로 몸을 기울이며 대답했다.

"올리비아는?"

브랜던이 물었다.

"어, 아마도?"

조나가 간다면. 조나가 없다고 해도 완전 찬밥 같은 느낌은 아니겠지만.

"조나는?"

"난 아마 안 될걸. 시즌 상황 봐야 해."

조나가 물컵에 든 얼음을 휘휘 돌렸다.

"음, 난 갈 거야. 오늘 티셔츠도 샀어. 세일해서 19달러 99센트!"

티셔츠 한 벌에 20달러를 쓴다고? 청바지, 레이스 블라우스, 샌들, 가죽 코트를 다 합친 내 옷차림 전부가 브랜던의 티셔츠 한 벌 값도 안 됐다. 청바지, 블라우스, 샌들은 아울렛에서 샀고 코트는 맥이 고등학교 때 입던 진짜 가죽 코트를 물려받은 거다. 나는 내 끝내주는 코트를 더 단단히 여몄다. 코트는 무척 컸지만 입고 있으면 무시무시해지는 기분이 들었다.

"〈스트리트 파이트〉도 본 적 없고, 심야 영화도 안 보고. 거실에 보니까 게임기에도 먼지가 뿌옇게 앉았던데. 도대체 뭐 하고 놀아?"

브랜던이 나오미 쪽으로 뻗은 팔을 치우더니 나초 까지 그릇으로 몸을 숙였다. 나오미의 얼굴에서 미소가 사그라들었다.

"스케이트 타."

조나가 대꾸하자 그릴 옆에 선 조나 엄마가 고개를 절레절레 흔들었다.

"그럼 같이 가자. 밤새도록 〈스트리트 파이트〉를 연달아 보는 거야. 콜라 한 상자랑 나초 과자 두어 봉지면 준비 끝이야. 바로 재밌어지지."

브랜던이 손가락에 묻은 나초 가루를 쪽쪽 핥았다.

조나 엄마가 조리를 멈췄다. 조나와 나는 당황스러운 눈길을 주고받았다. 브랜던이 우리의 롤러 더비 변명거리를 날려 버리려는 참이었다.

그래서 나는 아무 말이나 머릿속에 떠오르는 대로 뱉었다.

"학교 겨울 댄스파티가 곧 다가오잖아. 갈 사람?"

조나가 무슨 소리냐는 눈으로 나를 보았다. 나는 어깨를 으쓱했다.

"다 같이 가야지."

조나 엄마가 산더미처럼 쌓인 햄버거 접시를 우리 앞에 놓으며 말했다. 우리는 모두 달려들었다. 조나는 햄버거 빵을 빼서 엄마에게 넘겼다. 단당류 덩어리니까!

"조나 춤 잘 춰. 힙합 댄스 수업도 들었단다."

컥, 햄버거 패티가 조나의 목에 걸렸다.

"내 차에 일곱 명까지 탈 수 있어. 기쁜 마음으로 모두 댄스파티에 데려다 줄게. 그런 다음 우리 집으로 다시 와서 영화 한 편 같이 볼까? 가기 전에 우리 집에서 저녁 먹어도 되고. 내가 달력에 기록해 둘게."

조나 엄마의 얼굴이 환하게 밝아졌다.

"엄마, 엄마! 나중에 다시 알려 줄게. 그리고 그 주에 나, 유타에 가야 할 것 같아."

"일정 보고 결정하자. 더 필요한 것들 있니?"

조나 엄마가 앞치마에 손을 닦으며 물었다.

"괜찮아, 엄마. 정말."

우리는 조나 엄마가 안으로 완전히 들어갈 때까지 기다렸다가 다 같이 조나에게 덤벼들었다.

"힙합 댄스?"

에리카가 말했다.

"야, 그거라면 나도 좀 해."

브랜던이 말했다.

"에픽 데인저 새 싱글 들어 봤어? 춤추기 딱인데."

나오미가 말했다.

"나도 점점 좋아지더라."

내가 말하자 나오미가 만족스러운 듯 고개를 끄덕이며 물었다.

"첫 번째 싱글 좋아해?"

"엄청 좋아해!"

이제 할 만큼 했다. 진짜 할 만큼 했다. 파티가 중반에 이르자, 브랜던이 조나에게 게임기를 밖으로 들고나오자고 했다. 브랜던이 게임기를 티브이에 연결하는 동안 조나는 화덕에 불을 피우려고 애썼다.

"자. 걸스카우트께서 어떻게 하는지 보여 주마."

나오미가 손을 내밀자, 조나가 처음엔 성냥이 가득했지만 이젠 몇 개 안 남은 성냥갑을 나오미에게 건넸다. 나오미는 장작과 불쏘시개를 다시 놓았다. 그러곤 단번에 불을 피웠다.

"불은 이렇게 피우는 것이란다, 친구들."

나오미가 청바지에 손을 문질렀다.

"고맙다, 원시인. 이제 나에게 처참히 짓밟힐 일만 남았도다."

브랜던이 나오미를 향해 게임기 컨트롤러를 흔들었다.

"너무 확신하지 마. 5학년 내내 이 게임 죽도록 했거든."

나오미와 브랜던은 푹신푹신한 소파에 나란히 앉아 게임을 시작했다.

시간이 흐른 뒤, 조나의 저항에도 불구하고 조나의 엄마는 고집대로 조나와 아빠 모두를 생일 케이크 의식에 참여시켰다. 우리는 폭신한 하얀색 크림이 덮인 어마어마한 크기의 케이크 조각을 받았다. 조나 엄마가 계속 더 먹으라고 했다면 나는 정말 집에 못 갔을 수도 있다. 브랜던이 세 번째로 케이크에 달려들었을 때, 자기 케이크를 작게 자르기만 할 뿐 하나도 입으로 가져가지 않는 조나가 눈에 들어왔다. 한편 나는 접시를 핥지 않으려면 접시를 버려야 할 것 같아, 조나를 따라 집 안으로 향했다.

조나는 케이크를 통째로 쓰레기통에 버렸다.

"크림 조금 먹는다고 안 죽어. 햄버거 빵이랑 콜라도 굳건히 물리쳤잖아. 게다가 지금 버린 건 내가 먹어 본 최고의 케이크였어. 그걸 놓쳤다고, 비정상 친구."

"케이크 안 먹는 거 하나로 비정상 만들지 마."

"본인 생일 케이크일 땐 얘기가 다르지."

조나가 어깨를 으쓱했다. 나는 밖을 내다봤다. 아이들은 기분 좋게 당에 취해 있었고 브랜던은 상처 입은 자존심을 달래기 위해 나오미에게 재대결을 신청했다. 아이들은 조나와 내가 사라진 걸 눈치채지 못하는 것 같았다. 그리고 이 사실은 지금까지의 내 고등학교 생활을 압축해서 보여 줬다.

조나가 주방 조리대에 놓인 포일 덮인 접시를 쿡쿡 찔렀다.

"엄마, 우리 호떡 먹어도 돼?"

"그럼. 그런데 나 한 개만 남겨 줘. 아빠 것도."

조나 엄마가 거실에서 한국 드라마를 보며 소리쳤다.

조나가 호떡 하나를 꺼내 내게 건넸다. 나는 조심스럽게 한 입 베어 물었다. 따뜻한 흑설탕 시럽과 시나몬이 혀를 감쌌다.

"정말 맛있다. 케이크보다 더 맛있는 것 같아."

시럽이 턱으로 주르륵 흘렀다.

"한 입만."

"조나, 오늘 네 생일이야. 즐겨."

조나가 호떡을 꺼내 천천히 먹었다. 한 입 한 입 삼키는 것을 모조리 내게 확인시키며.

"호떡은 갓 구웠을 때 우유랑 같이 먹으면 진짜 맛있어. 우리 할머니 호떡이 더 맛있지만 이것도 꽤 맛있다. 내일 아침에 내가 단당류 때문에 토하면 다 너 때문이야."

"하룻밤이야, 조나. 딱 하룻밤. 평범해지려고 노력해 봐."

"알았어."

무슨 일이 벌어지고 있는지 파악할 틈도 없이 조나가 내 쪽으로 몸을 기울여 내 입술에 입술을 포갰다. 조나의 입술은 부드럽고 따뜻하고 바라던 모든 것이 느껴졌다.

"나 휴대전화 찾았어. 네가 보낸 문자 봤어."

조나가 나를 봤다. 도전이었다. 수락. 조나를 향해 다가가 발뒤꿈치를 들었다. 하지만 조나의 눈은 감기기는커녕 동그랗게 커졌다.

"호떡 냄새 진짜 좋다."

조나 엄마가 주방으로 들어서다 황급히 뒤로 돌았다.

"어…, 난 나중에 먹어야겠다."

우리는 다시 뒷마당으로 나갔다.

"다음 도전자?"

나오미가 머리 위로 의기양양하게 컨트롤러를 흔들었다.

#12

저녁 9시가 되자 모든 아이의 엄마들이 등장했다. 우리 엄마만 빼고. 엄마 대역 맥도 안 왔다.

"9시라고 말 안 했잖아."

다들 조나 엄마에게 감사 인사를 하는 동안 내가 조나에게 속삭였다.

조나가 작당 모의라도 하듯 싱긋 웃었다. 그러고는 아이들에게 가서 다시 한번 고맙다고 인사를 하며 "곧 또 뭉치자"라는 둥 갖가지 사회적 예의를 차린 말을 했다. 브랜던은 마법처럼 거실에 재등장한 등신대 조나와 마지막으로 한 번 더 셀카를 찍겠다고 우겼다.

"엄마, 이따 올리비아 집에 데려다줄 수 있어? 우리 거실에서 영화 보게."

모두 떠나고 나자 조나가 물었다.

"물론이지. 올리비아, 11시면 통금 시간 넘기니? 혼나면 안 되잖아."

조나의 엄마가 기쁜 마음을 애써 누르며 말했다.

"괜찮아요."

(우리 엄마는 벌써 소파에 곯아떨어졌을 테니까요.)

"엄마한테 문자 보낼게요."

엄마 대역에게지만.

조나 엄마가 위층으로 올라가자 조나가 기다란 가죽 소파 한쪽에 앉았다. 나는 멀리 떨어져 앉았다. 이 집에 최신식이 아닌 게 과연 있을까 싶었지만 어쨌든, 조나는 최신식 티브이를 틀어 채널을 여러 번 돌렸다. 아이스댄싱 경기를 보여 주는 채널이 있었지만 조나는 멈추지 않았다.

나는 조나 손에 든 리모컨을 켠 다음 아이스댄싱 경기로 채널을 돌렸다. 일본 삿포로에서 열리는 NHK 트로피 생중계였다. 사촌지간인 카터 남매가 등장할 차례였다. 여러 감정이 뒤죽박죽 섞여서 요동쳤다. 디트로이트 경기에서 제대로 해내고 피겨연맹 위원들에게 우리가 잘하고 있다는 걸 증명했더라면, 에그와 나는 스케이트 아메리카 대회에 출전했을 거다. 어쩌면 지금 NHK 트로피에 출전하고 있을지도 모른다. 카메라가 조녀선 카터의 아름다운 얼굴에 초점을 맞췄다.

"다리 올려."

조나가 자기 옆에 놓인 쿠션들을 툭툭 치며 나를 새로운 현실로 다시 불러들였다.

나는 조나의 제안을 받아들였다.

"토요일 밤에 난 종아리 마사지를 받아. 특히나 오늘은 오전에 스케이트 선수 지망생 네 명을 개인 레슨 하고, 오후엔 맥 언니랑 훈련도 한 시간 했어. 그리고 제일 힘든 부분은," 나는 현관에 벗어 둔 7센티미터 굽 샌들을 가리켰다. "평범한 파티 걸처럼 보이려고 저 신발을 저녁 내내 신고 있었다는 거지."

"거봐, 내가 뭐랬어. 평범이란 게 과대평가됐다니까."

나는 쿠션들 위로 편하게 기댔다. 마사지 얘기는 농담이었는데도 조나는 내 오른쪽 뒤꿈치를 한 손으로 잡고 다른 손으로 아킬레스건이 늘어나는 느낌이 들 때까지 발가락을 젖혀서 꾹꾹 눌렀다. 그러더니 양쪽 엄지손가락으로 발목에서 무릎까지 근육을 따라 작은 동그라미를 그렸다. 고양이처럼 가르랑대는 소리가 입 밖으로 나왔다. 나는 목소리를 가다듬었다.

"마사지 얘기는 농담이었지만 정식으로 채용할게. 지금부터 당장. 토요일 저녁에 시간 돼?"

조나가 웃으며 내 오른쪽 다리를 내려놓았다. 나는 조나에게 왼쪽 다리를 뻗었다. 조나는 말없이 마사지를 계속했다.

"아."

나는 뒤로 기대며 다시 아이스댄싱 경기에 집중하려 애썼지만 그럴 수가 없었다. 발목에 신경이 이렇게 많은 줄 누가 알았을까? 모든 신경이 미친 듯한 속도로 다리를 따라 메시지를 쏘아 올리고 있었다.

아나운서들이 처음엔 일본어로 다음엔 영어로 선수를 소개했다.

"호주 대표 멀린다 카터와 조너선 카터가 얼음 위로 등장합니다."

조나는 아무 말 없이 두 사람의 연기를 지켜봤다. 그러고는 아나운서들이 카터 남매의 흠 잡을 데 없는 연기를 분석할 때가 되자 나에게 물었다.

"왜 저 사람들은 어려운 기술을 안 해? 너랑 스튜어트가 하는, 아니 했던 것처럼."

"페어가 아니라 아이스댄싱이니까. 둘은 차이가 있어. 규칙도 다르고, 스타일도 달라. 영국 선수들 나온다. 이 선수들은 기술적으로 정확하지는 않은데 관중이 좋아해."

내 말이 맞았다. 영국 팀에겐 앞선 호주 팀 같은 태양의 서커스 스타일의 리프트나 균형감은 없었다. 하지만 두 사람에겐 말로 설명이 잘 안 되는 케미가 있었다. 열기가 느껴졌다.

점수가 나오자 조나가 펄쩍 뛰었다.

"뭐야? 저 점수는 호주 팀이 받았어야지."

"아이스댄싱은 누가누가 스턴트를 잘하나 싸움이 아니야. 예술성을 더 중요하게 봐. 케미라고. 파트너가 사촌이면 케미가 생기기 힘들지."

"윽. 너랑 스튜어트는 어때? 점심시간에 본 비디오에선 뭔가 좀 있는 것 같던데."

피겨연맹 위원의 말이 나를 찔렀다. (여긴 시니어 레벨이란다, 아가. 타고난 재능만으론 부족해.)

조나는 나의 침묵을 고백으로 받아들였다.

"그럼 주방에서 있었던 일 때문에 나 스튜어트한테 죽는 거야?"

"뭐? 아니야. 에그는 그냥 친오빠나 마찬가지야. 진짜야. 우린 케미가 전혀 없어."

바로 그게 문제였다.

"우린 케미가 있어?"

"아니, 케미, 그러니까 화학 대신 영어랑 점심이 있지."

내가 똑바로 앉아 조나에게 주먹을 내밀었다.

"왜 이래, 무슨 말인지 알면서."

주먹을 부딪치는 대신 조나의 손가락이 내 손목을 감쌌다. 그러고는 나를 잡아당겨 자기 옆에 앉혔다. 조나와 나 사이엔 꽉 눌린 쿠션만이 보호자처럼 끼어 있었다.

"두 사람 케미가 엄청나군요. 두 사람이 단순히 시합 파트너 이상이라는 소문이 돌던데 어떻게 생각하십니까?"

남자 아나운서가 말했다.

"글쎄요. 하지만 오늘 저녁 얼음을 녹이는 두 사람의 불타는 연기를 보니 의심의 여지가 없겠는데요."

여자 아나운서가 대꾸했다.

경기가 잠시 중단되고 광고가 나오자 나는 쿠션 장벽 위로 손을 뻗어 조나의 손가락에 깍지를 꼈다.

"아, 저거 진짜 으스스하네."

우리를 빤히 쳐다보는 등신대 조나 쪽으로 조나가 고개를 돌리더니 우리 사이에 낀 쿠션을 집어 들어 휙 날렸다. 등신대가 바닥으로 고꾸라졌다.

"문제 해결."

조나가 탄탄한 근육질 팔을 내게 두르며 나를 더 가까이 당겼다. 나는 조나의 품으로 녹아들었다. 내 뺨에 닿은 조나의 긴팔 티셔츠가 보드라웠다. 은은하게 소나무 향기가 났다. 경기가 다시 시작되자 조나의 손가락 끝이 나의 팔을 부드럽게 오르내렸다. 분명 화학 반응이 일어나고 있었다. 조나가 고개를 돌려 따뜻한 입술로 내 관자놀이를 쓸어내릴 때엔 더더욱.

"추워?"

조나가 물었다.

"으음."

할 수 있는 말은 이것뿐이었다. 조나가 옆에 놓인 담요로 손을 뻗었다. 미세 조정된 기계의 모든 근육이 늘어났다 수축하는 것이 느껴졌다.

(정말 담요가 필요해? 나는 당장이라도 근육이 다 녹아내릴 것 같은데.)

"넌 체지방이 2퍼센트밖에 없으니까 추운 거야."

조나가 우리 위로 담요를 툭 덮는 사이 내가 말했다.

"12퍼센트."

"그것도 평범하진 않아."

조나가 소파 위로 다시 몸을 푹 파묻으며 나를 더 가까이 당겼다. 담요 아래 조나의 손이 다시 내 손을 잡았다. 조나가 내 손을 잡고 자기 가슴 위에 놓았다.

"평범해."

"안 평범한데. 근육이 조각조각 다 느껴져. 하나. 둘."

내 손끝이 조나의 몸통을 쓸며 또렷하게 구분된 근육들을 하나하나 찾았다. 조나가 숨쉬기를 멈추었다.

"셋. 넷."

조나의 오른손이 내 손목을 쥐더니 배에서 내 손을 치웠다. 마치 내가 손대는 것을 원치 않는 것처럼. 우리의 손은 각자의 옆구리에 머물렀다. 나는 인코스로 조나를 추월하기로 마음먹었다. 나는 주방에서 조나가 내게 주었던 것을 돌려줬다. 받은 것보다 더 많이.

"이런 게 평범한 거야."

"내가 더 잘해."

조나가 말했다. 나는 조나의 머리칼을 귀 뒤로 넘겼다.

"증명해 봐."

조나가 나를 조심스레 소파 위로 밀더니 몸을 지그시 눌렀다. 수천 개의 접점이 척추로 과부하 전기신호를 보냈다. 조나의 입술이 내 입술을 만났다.

"평범하지."

몇 분 뒤 우리 둘 다 다시 숨을 쉬어야 한다는 사실을 떠올린 순간, 조나가 말했다.

"케미도 있고."

이 말을 끝으로 오랫동안 우리는 말을 잃었다. 천장에서 삐걱 소리가 들리지 않았다면 밤새도록 평범한 십 대의 행동을 했을 거다. 조나에겐 부모님이 있다. 그것도 1년 365일 하루 24시간 조나를 보살피는 부모님이.

"조나, 11시 다 됐다."

우리에게 경고를 하듯, 계단 꼭대기에서 조나 엄마의 목소리가 울렸다. 우리는 발딱 일어나 옷매무새를 가다듬었다.

"올리비아 데려다줘야겠어. 현관으로 나와. 난 차고에서 차 뺄게."

잠시 뒤 거실을 지나가며 조나 엄마가 키득키득 웃었다. 거실은 엉망진창이었다. 조나가 눈을 감고 소파에 순결하게 앉아 있는 동안 나는 바닥에 떨어진 쿠션들을 주워 소파 위로 던졌다. 그러곤 현관으로 가서 굽 높은 고문

기구를 다시 신었다. 일어서는데 조나가 내 등 뒤에서 양팔로 허리를 감싸며 나를 끌어당겼다. 조나의 턱이 내 어깨에 내려앉았다.

"열일곱 번째 생일 축하해, 조나."

"고마워. 딱 원하던 선물이었어."

조나의 입술이 내 귀를 스치고 볼에 와 닿았다.

"믹스테이프라니, 황당하지 않았어?"

선물을 열어 보라고 에리카가 우겨 대는 바람에 나는 어쩔 수 없이 항복하고 말았다. 나는 대형 마트의 상품권 카드를 선물로 주지 않은 유일한 사람이었다.

"스케이트 탈 때 들을 새 음악이 있으면 좋을 것 같아서."

"그 선물을 말한 건 아니었지만, 테이프도 고마워."

조나의 입술이 내 볼에서 입가로 옮겨갔다.

나는 조나의 품속으로 돌아서서 조나의 목에 팔을 감았다.

우리는 금메달 수준의 완벽한 키스 테크닉을 완성했다. 조나 엄마가 빵 하고 경적을 울릴 때까지. 조나가 뒷자리에 나와 함께 앉자 조나 엄마가 빙그레 웃었다. 집까지 가는 말도 안 되게 짧은 길 내내 조나는 내 손을 잡고 있었다. 그러곤 심지어 현관까지 바래다줬다.

"내일 스케이팅은 엉망 됐어."

조나가 말했다.

"단당류를 너무 먹어서?"

"그것도 그렇지만 잠을 못 잘 것 같아."

"왜? 콜라 반 잔밖에 안 마셨잖아."

"아무튼. 그래도 괜찮아."

조나는 내 쪽으로 몸을 기울여 가볍게 포옹했다. 그러고는 내가 안으로 들어가 문을 잠글 때까지 기다렸다가 집 앞을 떠났다. 창밖으로 손을 흔들자 조나 엄마가 경적으로 답했다.

　내일 조나는 내가 문 열어 줄게. 엄마는 주무세요.

　엄마 열쇠 옆에 쪽지를 붙였다.
　자야 한다. 하지만 나는 소파 위에서 펼쳤던 연기를 반복 재생하며 거의 온밤을 보냈다. 우리의 연기는 만점짜리였다. 그러다 깨달았다. 우리는 무슨 일이건 50퍼센트로 하는 법이 없다. 안 했으면 안 했지 하면 제대로다.
　이제 정말 큰일 났다.

#13

일요일 아침 9시 정각, 아이스드림에 도착했다. 비엠더블유가 벌써 와서 나를 기다리고 있었다. 배낭에서 링크 열쇠를 꺼내지도 못했는데 조나가 문 앞에 나타났다.

"어젯밤에 잘 못 잤나 봐. 예쁜 눈 밑에 다크서클 생겼네."

조나가 단정하는 말투로 말했다.

"너도야."

"그럴 만한 가치가 있었지. 오늘 대가를 치르게 되더라도."

내가 열쇠를 돌리자 조나가 문을 열어 주었다.

손가락 끝을 입술에 댄 뒤 엄마 아빠의 포스터를 톡톡 두드려 입맞춤을 하고 지나쳤다. 아이스드림 재킷을 꺼내며 탈의실로 들어가는 조나를 바라봤다. 체지방 12퍼센트의 몸 위로 스케이트 가방이 대롱거렸다. 바라보는 것만으로도 가슴이 뛰었다. 조나가 뒤를 돌아보며 다 안다는 듯한 미소를 보냈다. 재킷을 도로 걸었다. 지금은 재킷이 필요하지 않다.

조나가 몸을 푸는 동안 나는 스케이트들을 닦았다.

"오케이, 스물다섯 바퀴. 와서 잠깐 쉬어."

조나 아빠가 빙판을 가로질러 소리쳤다.

조나가 고개를 끄덕이고 빙판 밖으로 나왔다. 아마도 네 번은 닦았을 스케이트를 선반에 올린 다음, 나도 쉬기로 했다. 조나 아빠가 탈의실로 들어가자 나는 1번 테이블에서 조나와 만났다. 조나는 장갑을 벗고 보랭 가방에서 통을 꺼내더니 내 쪽으로 밀었다.

"기분 나쁘게 듣지 마. 나 지금 삶은 달걀 못 먹겠어."

내가 말했다.

"열어 봐."

뚜껑을 열자 흑설탕과 시나몬 향이 훅 풍겨 나왔다. 배 속이 으르렁댔다.

"오늘 아침엔 엄마가 기분이 어찌나 좋은지, 새벽같이 일어나서 호떡을 구워 줬어. 꼭 할머니가 해 주던 것처럼. 나도 하나, 아니, 사실은 두 개 먹었어. 이건 엄마가 너 주려고 만든 거야."

예의 바르고 우아하게 먹으려고 애를 썼지만 배가 고파 죽을 지경이었고, 이 달콤한 팬케이크는 미치게 맛있었다.

"와! 이건 브랜던이 만든 것보다 더 맛있어. 너희 엄마가 이걸 매주 하신다고 해도 난 완전 찬성이야."

나는 하나를 더 들고 게걸스럽게 먹어 치웠다.

조나가 뒤를 돌아보더니 테이블 위로 몸을 숙이며 내게 입을 맞췄다.

"좋은 아침."

조나가 입을 떼자 내가 말했다.

"너도 좋은 아침."

"이리 와 봐. 당장."

"왜? 어디?"

내가 조나의 손을 잡자, 조나가 가드를 씌운 스케이트를 신고 휘청대며 비품 창고로 따라왔다. 문이 닫히기가 무섭게 나는 조나에게 달려들었다. 마치 아침 내내 원했던 것처럼 우리의 입술이 하나가 됐다.

"조나? 아들?"

순간, 조나 아빠가 문 바로 뒤로 지나갔다.

망했다.

조나 아빠의 발소리가 매점 바닥을 울릴 때까지 기다렸다. 그러고는 심호흡을 한 뒤 조나와의 호르몬 불장난 따위는 없었던 것처럼 비품 창고 밖으로 걸어 나갔다. 내 연기가 그럴듯하기만을 바랄 뿐이었다.

"고마워, 조나. 어, 그… 세제 상자 말이야. 괜히 내리다가 머리 위로 떨어뜨리면 안 되잖아. 마침 옆에 키 큰 남자가 있어서 다행이지 뭐야."

몇 초 뒤 조나가 화장실 휴지 한 상자를 끌어안고 비품 창고에서 나왔다. 조나는 상자를 안고 1번 테이블로 어기적어기적 걸어가 테이블 위로 상자를 던졌다. 그런 다음 보랭 가방에서 물병을 꺼내 벌컥벌컥 들이켰다.

"그런 건 훈련 끝나고 하지 그러니?"

조나 아빠가 말하자 조나가 대꾸했다.

"안 돼. 당장 필요한 거야."

"맞아요."

내가 조나를 보자 조나가 다시 병을 들고 몇 모금 더 마셨다.

"500미터 44.7초 이하, 다섯 번. 일정하게 유지해야 해. 알지?"

조나 아빠가 1번 테이블에 와서 앉았다.

"할 수 있어."

조나가 벌떡 일어섰다.

"워워, 아들. 그렇게 급할 거 없어."

조나가 스케이트 가드를 벽에 기대어 놓고 빙판 한가운데를 향해 나섰다.

"난 급해."

아빠가 가방에서 초시계도 채 못 꺼냈는데 조나는 출발선 원뿔 앞에 섰다.

"누가 알았겠어?"

조나 아빠가 킬킬 웃었다.

"누가 뭘 알아요?"

내가 물었다.

"네가 비밀 병기였을지."

"무슨 말씀이세요?"

"아까 합의를 봤거든. 조나가 500미터를 다섯 번 연속 44.7초 이하로 들어오면 오늘 나머지 연습은 너랑 '훈련'하기로. 어떤 결과가 나올진 모르겠다만, 조나한테 동기부여가 된다면 그걸로 됐지."

조나 아빠의 말이 가슴을 후볐다. 난 당신 아들 정신이나 빼놓는 멍청한 여자가 아니라고. 조나가 약속한 기록을 낼 때까지 기다리기가 힘들었다. 조나 아빠에게 내가 누구인지, 뭘 할 수 있는지 보여 주고 싶어 마음이 급했다.

오전 시간이 다 지나가고 있었지만 조나는 목표한 기록을 내지 못했다. 아무리 기도를 해도 네 번째에서 번번이 무너졌다. 시계를 봤다. 10시 45분이었다. 어니 아저씨는 보통 11시에 정빙기를 타고 얼음을 다듬는다. 맥은 늘 근무시간보다 일찍 도착한다. 12시부터는 일반인에게 링크가 개방된다. 나는 다시 링크를 바라보았다. 조나는 또 쪼그리고 앉아 있었다. 지친 게 분명했다. 가슴이 콱 막히듯 갑갑해졌다. 이러다간 함께 스케이트를 못 탈 거다. 다시는. 뿌우, 에어 혼 소리가 울리자 나는 벌떡 일어섰다.

"가자 가자, 아들. 빨리. 할 수 있어. 좀 더 빨리. 이번이 다섯 번째야."

조나 아빠가 보드에서 소리쳤다.

"조나, 힘내! 할 수 있어!"

조나가 훈련할 때 끼어들지 말라고 엄마가 말했지만 어쩔 수가 없었다. 조나를 위해서라기보다 나를 위해서였다

조나는 불이 붙은 듯 백스트레치를 내달렸다. 두 번째 코너에 이르자 얼음에 손가락 끝이 닿았다. 비품 창고에서 내 등을 따라 오르내리던 그 손가락.

"할 수 있다, 할 수 있다."

나는 숨죽여 외쳤다.

그 순간, 재앙이 일어났다. 안쪽 발이 미끄러지며 조나가 빙판으로 나동그라졌다. 조나는 미끄러져 안전 패딩에 부딪혔다. 쿵 하는 소리가 조용한 링크에 울렸다. 나는 닦던 스케이트를 내려놓고 조나 쪽으로 달려갔다.

"괜찮아?"

"망했어. 또! 또!"

조나가 주먹으로 얼음을 내리쳤다.

"괜찮아, 아들?"

조나 아빠가 손을 내밀었지만 조나는 잡지 않았다.

조나가 신음을 뱉으며 일어서더니 헬멧을 벗고 왼쪽 관자놀이를 문질렀다. 보드에 헬멧을 내동댕이치자 헬멧이 조나 쪽으로 튀어 올랐다.

"됐어. 충분해. 생각했던 것보다 훨씬 열심히 했어. 어제 파티까지 한 걸 생각하면 더 그렇고. 오늘은 이만하자."

조나 아빠가 겨드랑이에 클립보드를 끼며 말했다. 그러자 조나가 일어서며 대꾸했다.

"아니. 탈 거야."

"무리하지 마, 아들. 이제 겨우 다 나았어."

"아니. 올리비아랑 탄다고."

"나 2분만!"

나는 스케이트 대여소로 달려갔다.

조나 아빠는 시간 낭비라 생각하는 게 분명했다. 내가 스케이트 끈을 다 맬 때까지도 1번 테이블에 앉아 커피를 마시며 휴대전화만 들여다보고 있었으니까. 하지만 그건 내가 누군지, 뭘 하는지 모르는 탓이다.

"이제 미국 대표 올리비아 케네디가 입장합니다! 관중들이 열광하는군요."

와아, 조나가 관중들 소리를 흉내 냈다.

조나 아빠가 고개를 들었다. 나는 단지 과시하려는 목적으로 스케이트를 뒤로 타면서 내겐 식은 죽 먹기인 트리플 토루프 점프를 준비했다. 더블 점프는 자면서도 할 수 있고 트리플 토루프 착지쯤은 아무것도 아니었다. 내가 깨끗하게 점프를 마치자 조나가 휘파람을 불었다. 나는 조나 옆으로 달려가 칼같이 멈추었다.

"자알했어, 올리비아!"

1번 테이블 조나 아빠 곁에서 맥이 소리쳤다.

누가 조나 아빠에게 테이블에 떨어진 턱 좀 주우라고 말해 주지? 이제 겨우 시작인데.

"좋아, 조나. 이제 실력을 보여 줘. 지난번에 했던 기술 있잖아."

"그런데 난 쇼트트랙 날인데."

"저기요. 내 날도 엄청 날카롭거든?"

나는 조나에게 바짝 다가가 목소리를 낮췄다.

"그렇게 살살 몸 사리면서 나랑 떨어져 있을래, 아님 위험하게 살면서 내 곁에 있을래?"

조나는 장갑을 벗어 스킨 슈트 지퍼 안으로 밀어 넣었다.

"안 넘어질게. 약속해."

조나가 내 손을 잡으며 말했다.

계획하고 넘어지는 사람은 아무도 없다. 하지만 나도 같은 약속을 마음에 새겼다. 내가 조나를 이끌며 동작을 시작했다. 조나와 함께 링크를 한 바퀴 돈 다음 나는 뒤로 돌았다. 회전 파트에 이르자 내가 고개를 까딱했다. 지난번과 똑같이 조나와 나는 아무 어려움 없이 힘의 균형을 찾았다. 한 손을 잡고 회전하며 빙판 속으로 빠져들었다. 그러곤 각자의 바깥쪽 손이 얼음에 닿을 때까지 몸을 숙였다. 조나가 나를 넘겨다보았다. 조나의 미소는 분명 나의 미소를 그대로 비추었을 것이다.

케미, 화학 반응이 일어난 게 분명하다. 맥이 보드 옆에서 깍깍거렸다. 맥의 비명에 힘입어 나는 모험을 해 보기로 했다.

"새로운 기술 배워 볼래?"

다시 몸을 일으킨 다음 내가 묻자 조나가 고개를 끄덕였다.

"나랑 에그랑 하던 아라베스크 스파이럴 기억하지? 한 다리 들고 비행기 날개처럼 두 팔을 쫙 펼치는 거."

"어. 그런데 내가 발레리나도 아니고 다리를 어떻게 올려?"

나는 허리에 손을 얹고 조나를 향해 '살살 할래, 위험하게 할래?' 하는 눈빛을 보냈다.

"비행기라."

함께 링크를 돌기 시작하며 조나가 말했다.

조나가 아라베스크 스파이럴을 시도했다. 칭찬할 만한 일이었다. 하지만 자세가 낮고 덜덜 떨려서 조나도 나도 죽을 것 같았다. 조나의 환한 웃음이 죽상으로 변했다.

"하이드로블레이딩도 처음엔 성공 못 했잖아. 기억하지?"

내가 조나의 차가운 손을 꼭 쥐었다.

"걱정 말고 내 쪽으로 몸을 좀 더 기울여서 버텨 봐. 균형 잡을 수 있도록 도와줄게."

"이미 그러고 있어."

손가락은 꽁꽁 얼었지만 마음은 사르르 녹았다.

우리의 아라베스크 스파이럴은 여전히 낮았지만 흔들림은 사라졌다. 우리는 링크를 스파이럴로 활주했다.

"됐어!"

조나가 이 말과 함께 모험을 시도했다.

이번에는 다리를 꼿꼿이 쭉 편 채 그대로 유지했다. 마음이 하늘로 솟아올랐다. 조나와 나는 서로를 놓지 않았다. 추진력이 다해 서서히 멈춘 후에도. 에그와, 아니 다른 파트너하고라도 이 걷잡을 수 없는 기쁨을 되찾을 수 있다면 얼마나 좋을까. 스케이트 타야 할 이유를 되찾아 주는 바로 이 감정.

"유후, 올리비아. 이것 좀 봐."

맥이 1번 테이블에서 우리를 향해 휴대전화를 흔들었다. 영상을 찍은 모양이다.

조나 아빠의 턱은 아직 테이블 위에 떨어져 있었다. 조나와 나는 손을 잡고 테이블 앞 보드로 갔다.

"어젯밤에 무슨 일이 있었던 거냐?"

조나 아빠가 물었다.

조나와 나는 마주 보며 엉큼한 미소를 주고받았다.

"종목을 바꿔 보는 게 어때?"

맥이 조나에게 물었다.

"싫어. 그래도 올리비아랑 크로스트레이닝은 계속하고 싶어, 아빠."

조나가 짙은 갈색 눈으로 나를 바라보자 심장이 쿵 내려앉았다.

"올리비아 덕분에 균형이 잡혀."

아니, 나야말로 조나 덕분에 균형을 잡았다.

#14

"이게 뭐게?"

처음으로 나오미가 점심 테이블에 제일 늦게 나타났다. 나오미는 테이블 한가운데 하늘색 전단지를 내려놓았다. 겨울 댄스파티가 2주 후에 열린다는 내용이었다.

"갈 거야?"

곧장 대답이 들리지 않자 나오미가 우리를 향해 턱을 들며 다시 물었다.

"응?"

우리 다섯 명은 서로를 쳐다보며 누군가 결정을 내리기만 기다렸다.

"가자, 얘들아. 애교심을 좀 보여 봐."

침묵을 깬 것도 나오미였다.

"우리 중 누군가는 댄스에 미쳐 있는 것 같던데."

내가 조나를 봤다.

"우리 중 누군가는 힙합 수업까지 들었다는데."

조나가 으 하고 신음을 뱉었다.

"제발 우리 엄마 말은 못 들은 거로 해 줄래?"

"파트너 없이 가면 이상한가?"

브랜던이 자기 앞으로 전단지를 잡아당기며 말했다.

"파트너 신청을 하면 되지."

에리카가 의미심장하게 대답했다.

"그 여자가 싫다고 하면?"

"아닐걸? 만약 그런다면 걔가 바보지. 어쨌든 우리랑 같이 가자."

나도 이렇게 말하며 나오미를 향해 의미심장한 눈길을 보냈다.

"난 그 주 주말에 유타에서 시합이 있어."

조나가 대꾸했다. 속이 싸해졌다.

"이번 주말에 쇼핑 가자. 네일 아트 계획도 세우고."

나오미가 에리카의 팔을 잡았다.

나도 드레스니 헤어스타일이니 하는 두 사람의 대화에 관심을 갖고 싶었지만 내 마음은 얼음 위에 가 있었다. 맥이 찍은 영상을 최소 200번은 보았다. 전보다 부드럽고 굴곡이 커진 몸매의 여자아이와 날씬하고 탄탄한 파트너가 얼음을 달구는 영상. 테이블 건너 조나를 쳐다보았다. 심장이 가슴을 뚫고 터져 나올 것 같았다.

점심시간이 끝나고 에리카와 남자아이들이 영어 수업을 들으러 가자, 나오미가 내 팔을 잡아 복도에 세웠다.

"저기, 너랑 조나랑, 그러니까 썸이야?"

나오미의 눈이 반짝였다.

"음, 아마도?"

나오미가 꺅 비명을 지르며 발을 굴렀다.

"그럼 조나가 경기 빠지고 너랑 댄스파티에 가야 하는 거 아냐? 진짜 남친이라면 당연히 그래야지."

"조나는 스케이트 타야 해. 조나한테 중요한 시합이야."

"아니, 조나는 너한테 집중해야 돼. 조나 옆에서 기다리기만 할 거야?"

조나 얘기를 하는 건지 브랜던 얘기를 하는 건지.

"그래 봐야 그냥 댄스파티인 걸, 뭐."

"도대체 어느 행성에 살고 있는 거야? 이건 그냥 댄스파티가 아니야. 바로 그 댄스파티지. 적어도 10학년들에게는."

"그래, 알았어."

"앞으로 2주 동안 뭐부터 해야 되지? 할 게 너무 많아. 할 게 너무 많다고. 머리, 손톱, 드레스. 어떻게 시간을 내지?"

나오미가 중얼대며 포르르 날아갔다.

영어 교실로 들어가자 조나가 브랜던과 얘기를 하다 말고 지나가는 내게 미소를 보냈다. 나도 미소 지었다. 썸. 남들은 이해 못 하지만 우리는 이해한다. 이것이 우리의 평범함이다.

수업이 시작되기 전이었다. 드디어 브랜던이 용기를 끌어모아 문제의 그 여자애에게 겨울 댄스파티에 함께 가자고 데이트 신청을 했다. 그러자 레아 마르티네스가 "아니"라고 말했다. 큰 소리로. 공개적으로. 단호하게. 그리고 나오미 앞에서. 거대한 먹구름이 교실에 내려앉았다. 발두치 선생님이 둘씩 짝을 지으라고 하자 그 먹구름은 더욱 짙어졌다. 나오미는 평소 파트너인 브랜던을 버리고 에리카의 평소 파트너 다비나를 택했다. 그 결과 에리카는 브랜던과 나오미 모두에게 경멸의 눈길을 보내며 다른 누군가의 짝을 빼앗기 위해 교실을 돌아다녀야 했다. 결국 에리카는 브랜던의 짝이 되고 말았다. 너무나 어색한 광경이어서 조나까지 눈치챌 정도였다.

종이 울리자 조나가 교실 밖으로 나를 데리고 나가면서 말했다.

"이런 게 평범한 거라면, 난 사양할래. 스케이팅은 이기든 지든 둘 중 하나잖아. 이런 불필요한 드라마는 없어."

누구도 다시 댄스파티를 입에 올리지 않았다. 사실 나오미는 일주일 내내 브랜던과 한마디도 하지 않았다. 두 사람이 에리카를 인간 방패 삼아 가운데 끼워 놓고 여전히 테이블 같은 쪽에 앉아 있는 상황이라, 다들 어색하기 짝이 없었다.

추수감사절 연휴가 지나갔다. 나는 이제 이 불필요한 드라마도 끝나지 않았을까 하는 희망을 품었다. 하지만 월요일이 되자, 또 다른 일이 벌어졌다. 나는 몰랐지만, 우리 학교에는 댄스파티 직전 꽃을 주고받는 유서 깊은 전통이 있었다. 바로 플라워데이. 아이들은 이 일에 목숨을 건 듯했다.

"나오미는 어디 있어?"

점심 테이블에 모두 모였을 때 내가 물었다.

은색 리본이 달린 하얀 카네이션 한 송이를 들고 브랜던이 말했다.

"그러게. 고맙다고 해야 하는데."

"뭘?"

조나가 평소처럼 따분한 도시락을 포크숟가락으로 퍼먹으며 물었다.

"꽃 말이야. 너희, 나오미가 나 좋아하는 거 왜 말 안 해 줬어?"

브랜던이 쭈뼛대며 말했다.

에리카가 자기 이마를 탁 쳤다. 나는 믿기지 않는다는 듯 고개를 절레절레 흔들었다.

브랜던이 이번에는 조나를 보며 말했다.

"브라더, 경고라도 해 줬으면 좋았잖아."

"브라더, 내 머릿속엔 네 연애보다 중요한 게 많이 있단다."

조나가 대꾸했다.

나는 급식에 딸려 나온 사과 소스의 뚜껑을 뜯느라 애를 쓰고 있었다. 공짜 점심. 맥이 엄마에게 신청하라고 알려 준 무료 급식이었다. 나는 미치도록 창피한 동시에 고마웠다. 뚜껑을 확 잡아당기자, 뚜껑이 찢어지며 소스가 내 셔츠 위로 튀었다. 냅킨으로 꾹꾹 눌러 봤지만 상황만 악화될 뿐이었다.

"금방 올게."

자리에서 일어서는데 거대한 카네이션 바구니를 든 여자애가 테이블에 나타났다. 심장이 두근댔다.

"에리카, 에이든 세라노가 보낸 거야."

여자애가 에리카에게 카네이션 한 송이를 내밀었다. 에리카는 얼굴이 새빨갛게 달아올랐고 조나는 민망해했으며 브랜던은 노트에 고개를 처박고 쿵쿵 부딪혔다. 여자애가 꽃 한 송이를 더 꺼내진 않을까? 나는 혹시나 하는 마음에 느릿느릿 걸었다. 하지만 그런 일은 없었다. 카페테리아를 나오며 마지막으로 한 번 더 뒤를 돌아보았다. 조나가 여자애에게 무슨 말인가를 하자 여자애가 고개를 저었다.

화장실 손 건조기 앞에 젖은 셔츠를 대고 서 있는데 마지막 칸 문이 열리더니 나오미가 나왔다.

나오미는 내게 고개를 까딱하고는 울긋불긋한 얼굴에 물을 끼얹었다.

"브랜던 일은 나도 마음이 안 좋아. 남자들은 참 멍청해."

나오미의 입술이 뒤틀렸다.

"넌 조나한테 꽃 받았어?"

나오미가 코를 훌쩍였다.

"아니. 기대도 안 했어."

드라마는 이쯤 끝내자고.

"그래도 플라워데이잖아."

"난 무슨 날인지도 몰랐어. 잊었어? 나 6학년 때부터 홈스쿨링 했다니까."

"우리 학교의 오래된 전통이야. 백 년은 됐을 거야. 우리 이모 때도 있었다니까."

"그런데?"

내가 어깨를 으쓱했다.

"대단한 행사라고."

"그러든지."

"진심 아니지?"

"진심인데."

"진짜? 조나가 너한테 꽃을 안 보냈는데 아무렇지도 않다고?"

응. 아니. 아마도? 평범한 십 대는 이런 상황에서 어떻게 행동할까? 회피!

"점심시간에 에리카가 꽃을 받았어."

내가 말했다. 그러자 호기심이 나오미의 자기애를 이겼다.

"진짜? 누구한테?"

"에이든."

"에이든? 영어 수업 에이든?"

"응."

"그래, 우리 중 그나마 한 명은 즐거운 하루구나. 그래도 나랑 같이 댄스파티 갈 거지? 아무리 우리 연애가 폭망이라도."

나오미가 분홍색 립글로스를 한 겹 바르고는 아이라인을 고쳤다.

비품 창고에서 있었던 조나와 나의 최근 키스를 떠올렸다. 내 연애는 복잡할지는 몰라도 폭망은 아니었다. 게다가 케케묵은 학교 행사를 위한 꽃 한 송이일 뿐이다. 누가 신경이나 쓴대? 그런데도 속에서 뭔가가 쿡쿡 찔렀다.

"그럼, 가야지."

"토요일에 파티 가기 전에 우리 집에 와. 같이 준비하자. 작은엄마가 에리카 데리고 와서 머리랑 화장 해 주신다고 했어."

나오미가 거울을 보며 어깨 길이의 까만 머리를 부풀렸다.

나도 머리를 정리하며 말을 이었다.

"아마 5시는 돼야 갈 수 있을 거야. 그날 레슨 일정을 봐야 해."

"취소하면 안 돼?"

"크리스털이 나랑 바꿀 수 있는지 알아볼게."

그럴 맘은 없었지만 그렇게 대답했다.

점심 테이블로 돌아가자 에리카가 여전히 활짝 웃으며 꽃을 만지작거리고 있었다. 브랜던은 이리저리 몸을 꼼지락대며 눈이 마주치는 걸 피했다. 조나는 브랜던, 에리카, 나오미 그리고 마지막으로 나를 보고는 어리둥절한 표정을 지었다. 나는 어깨를 으쓱해 보이고는 종이 울릴 때까지 남은 사과 소스를 입에 넣었다.

"아빠가 방금 문자 보냈어. 학교 끝나고 바로 아빠 심부름 가야 해. 그러니까 나 기다리지 마."

조나가 근육질 어깨에 자기 배낭을 툭 걸친 다음 내 가방을 다른 쪽에 걸쳤다.

"그래도 링크에는 꼭 갈 거야. 그리고 비품 창고에서 꺼낼 거 있으면, 말만 해."

망할 놈의 꽃 같은 건 필요 없다. 댄스파티 파트너도. 내게 필요한 건 지금 여기에 다 있다.

"힘찬 박수로 맞이해 주세요, 올리비아 '토 픽(Toe Pick, 피겨스케이트날 앞쪽에 달린 톱니)' 케네디!"

매점으로 들어가자 맥이 소리쳤다.

"어휴."

나는 어깨를 으쓱하고는 아이스드림 재킷을 쥐었다.

"타일러가 줬어?"

내가 냉장고 위에 놓인 빨간 장미 꽃다발을 턱으로 가리키며 물었다.

"아니. 우린 그렇게 간지러운 짓 안 해."

"그럼 누구한테 온 거야?"

가슴이 벌렁거렸다.

"너희 엄마. 참 다정하지 않니? 이 세상 어느 곳에 있어도, 아무리 바빠도, 너희 아빠 너랑 너희 엄마를 잊는 법이 없어."

잊는 법은 없지. 그래, 정말이다. 엄마는 추수감사절 긴 연휴 동안 집에 오지 않고 플로리다에 머무르기로 한 아빠를 아직 용서한 것 같지 않았다. 아빠의 인스타그램 사진처럼 아빠가 정말 주말 내내 플로리다주 전역의 스포츠용품점을 돌며 사인회를 열었다 할지라도. 우리에겐 돈이 더 필요하다 할지라도. 그래도.

"오늘이 너희 엄마 아빠 결혼기념일이야. 혹시 까먹었을까 봐."

맥이 알려 줬다.

"알아."

망할, 잊어버리고 있었다.

"진짜 토 나오게 귀여운 부부라니까."

맥이 비품 창고 옆에 걸린 엄마 아빠의 첫 올림피언스 온 아이스 투어 대형 포스터를 턱으로 가리켰다.

사진 속 엄마 아빠는 저 멀리 값싼 좌석까지 전달되는 진짜 연기를 펼치고 있었다. 흰색과 금색이 섞인 의상을 맞춰 입은 채 아빠는 엄마의 허리를 뒤로 젖혔고 엄마는 아빠의 눈을 꿈꾸듯 바라보고 있었다. 감동적인 동시에 사정없이 역겨웠다.

"복에 겨운 줄 알아, 올리비아. 정말로 서로를 좋아하는 부모님을 뒀잖아."

"피오나 아빠랑 무슨 일 있었어?"

내가 카운터 위에 휙 올라앉았다.

"젠장, 그거야 매일 있는 일이지."

맥이 한숨을 쉬고는 말을 이었다.

"오늘은 우리 엄마 아빠까지 안 하던 일을 벌였어. 역사상 최고로 어색한 추수감사절 식사 이후에 별안간 손녀한테 관심을 보이기 시작했거든."

"그러게, 우리랑 같이 추수감사절 보내자니까."

뭐, 엄마와 나의 추수감사절은 소파에 앉아 휘핑크림을 치덕치덕 바른 캐리 아줌마의 홈메이드 호박파이를 먹으며 영화 〈사랑은 은반 위에〉를 보는 것이었지만. 그래도 맥의 추수감사절보다는 나았던 것 같다.

"엄마 아빠가 피오나 데리고 집으로 들어와서 봄 학기부터 다시 제대로 대학교 다니라네. 여기서 일하지 말고."

"뭐?"

내가 펄쩍 뛰었다.

"걱정 마셔. 아무 데도 안 갈 테니까. 적어도 한동안은. 매킨토시 집안에 지금 아주 흥미진진한 일들이 벌어지고 있단다. 넌 상상도 못 할 거야."

맥이 볼을 바람으로 부풀리고는 덧붙였다.

"나, 미도리 여사한테 입양되기엔 너무 늦었을까?"

"아마도. 그런데 언니랑 나랑 맞교환하는 데는 관심 있을 거야. 해나 엄마가 지난번에 쓴 리뷰 일도 있고 하니까. 어쩌겠어? 엄마 병원비는 계속 불어나는데."

농담이었지만 배 속이 꽉 조였다.

"어찌해야 할지 정확히 알려 주마."

맥이 허리에 손을 올렸다.

"전략을 바꾸는 거야. 조나 같은 우수 고객에게 집중하는 거지. 그런 의미에서 조나를 계속 행복하게 해 줘."

맥의 얼굴에 능글맞은 웃음이 번졌다.

"근데 착각하지 마, 올리비아. 네가 생각하는 '그런' 행복은 아니니까. 비품 창고 그만 어지르고."

맥이 프레츨 온장고를 닦으며 덧붙였다.

"나 없으면 이 링크는 완전 난장판 될 거라니까. 내 카운터에서 그만 내려오고 가서 피냐타나 만들어."

역시나 1번 테이블에 낯익은 상자가 놓여 있었다.

내가 폴짝 뛰어내리자 맥은 내가 앉았던 자리를 닦았다.

"내 기하 숙제 좀 먼저 봐줄 수 있어?"

"물론이지."

맥이 청바지에 손을 닦고 나를 따라 1번 테이블로 향했다.

"선생님한테 얘기했어? 2점 깎인 점수 다시 받았어? 그 뭐시기 선생님이 틀린 거야. 소수점을 잘못 찍었잖아."

"응. 그래서 겨우 C로 올라갔어. C마이너스지만 괜찮아."

나는 자리에 앉아 가방에서 숙제를 꺼냈다.

"지금은 C마이너스야?"

"C마이너스 정도면 잘했잖아."

"아니, 전혀. 물리 듣기 전에 수학 기초를 탄탄히 해 놔야 해. 안 그러면 물리 수업 못 따라가."

"내가 물리 듣는다고 누가 그래?"

"나."

맥이 내 머리를 헝클어뜨렸다.

"스케이트 선수 중엔 물리 안 들은 사람도 많을걸."

내가 도끼눈을 뜨고 헝클어진 머리를 가다듬었다.

"맞아. 그렇지만 항상 플랜 B가 있어야 하니까."

맥이 내 공책을 자기 쪽으로 당겼다. 나는 연필을 꺼내 지우개가 붙은 쪽을 마이크처럼 들고 말했다.

"자, 최대의 적수, 성질 더러운 슬러시 기계를 막 물리치셨는데요. 이제 어떤 플랜 B를 준비하고 계신가요, 맥 선생님?"

별안간 맥이 말이 없어졌다.

"플랜 B 없어. 롤러 더비 팀에 들어가는 것 말고는 당장 뭘 어떻게 해야 할지 모르겠어. 그래서 무서워 죽을 것 같아."

"팀에 못 들어갔어?"

"어. 아직도 너무 느려. 그래도 바나클 바브가 계속 훈련하라고는 했어. 포기하지 말라고."

"어떡해, 언니. 진짜 하고 싶어 했는데."

맥은 아무렇지 않다는 듯 어깨를 으쓱했지만 나는 그런 척일뿐이란 걸 알고 있었다.

"스케이트 탈래? 난 네가 스케이트 탔으면 좋겠어, 올리비아."

맥이 나를 뚫어져라 쳐다봤다.

"어휴, 알았어. 내가 페이스메이커 해 줄게. 기하 숙제나 피냐타 만들기가 죽도록 하고 싶은 것도 아니니까."

"아니, 그게 아니라, 난 네가 다시 100퍼센트로 타는 거 보고 싶어. 조나처럼. 그 녀석 뭔가 있잖아. 나도 너희 같으면 얼마나 좋을까."

"언니도 조나한테 빠졌어?"

"무슨 바보 같은 소리야. 그런 말이 아니라, 옛날로 돌아가서 과거의 맥에게 다른 선택을 하라고 말해 주고 싶다고."

자세히 얘기해 달라고 말하려는데, 링크 정문이 열리며 조나가 뛰어 들어왔다. 맥이 일어서서 조나와 손바닥을 부딪치고 매점으로 돌아갔다. 조나가 건너편에 앉더니 기하 숙제 위로 쇼핑백을 툭 내려놨다.

"절대 이해 안 가는 학교 전통 플라워데이 축하해."

쇼핑백을 내 쪽으로 미는 조나의 눈이 반짝 빛났다.

조심스레 쇼핑백을 열고 손을 넣었다. 스포츠 테이프 몇 개, 조그만 호랑이 연고 한 단지 그리고 빨간 스케이트 가드 한 쌍이 나왔다.

"고마워. 그런데….”

"이상하지? 나도 알아. 근데 릭스 스포츠용품점엔 꽃을 안 팔더라고. 마음이 중요한 거라고 생각해 주면 안 될까?”

뒤를 돌아보았다. 맥이 등을 돌리고 서 있었다. 나는 테이블 위로 몸을 기울여 조나에게 입을 맞췄다.

"완벽해.”

"좋은 소식이 있어. 어, 사실 나쁜 소식인데 좋은 소식이야. 유타 경기 주최 측에서 연락이 왔는데, 내 명단이 누락됐대. 남은 자리는 없고. 그래서 경기에 못 나가. 좋은 소식은 그래서 이번 주말에 내가 한가하다는 거지.”

조나가 내 눈을 피하며 말을 이었다.

"그러니까 어때? 완전 평범하게 댄스파티 갈래, 나랑 같이?”

조나가 느닷없이 왜 이렇게 쑥스러워하는지 알 수 없었다.

"좋아!”

맥이 매점에서 소리쳤다.

"이 질문에 대한 정답은 '좋아'다, 올리비아 케네디! 똑바로 안 하면 뒤통수 맞는다.”

조나가 맥 쪽으로 고개를 돌렸다.

"누나 말 들어야지.”

"알았어, 그래. 좋아! 너랑 겨울 댄스파티 진짜 가고 싶어, 조나 최!”

내가 고개를 돌려 맥을 향해 소리쳤다. 맥이 걸레를 빙빙 돌리며 와 하고 소리쳤다.

"그렇지. 바로 그거야. 자, 시간 다 됐다. 이제 훈련해, 최. 금메달은 저절로 오는 게 아니란다.”

조나가 내게 입을 맞추고 탈의실로 사라졌다.

조나 아빠가 휴대전화를 귀에 댄 채 벌컥 문을 열고 들어왔다.

"확실합니까? 이번 한 번만 예외를 허락해 주시면 안 될까요? 그럼, 할 수 없죠. 대기자 명단에 올려 주세요. 감사합니다."

조나 아빠는 전화를 끊고 주먹으로 허벅지를 치며 아마도 한국 욕인 듯한 말을 중얼거렸다. 그러곤 남자 탈의실로 쿵쿵거리며 들어갔다.

나는 댄스파티에 간다. 세상에, 이게 무슨 일이야?

#15

- 도와줘! 패션 위기 상황 발생!

올라가지 않는 팔로 겨우 셀카를 찍어 맥에게 보냈다.

- 지퍼가 휨. 도움 요청.

- ㅋㅋㅋㅋ

- 웃음이 나와?

- 웃음이 나오는 걸 어떡해! 솔기를 찢어서 자유를 얻으시오.
  내가 내일 플랜 B 댄스파티 드레스 쇼핑에 데려가 주마.
  피오나 새 옷도 필요하고.

- ㅠㅠ 고마워.

"아직 드레스가 없어? 파티가 토요일이야, 올리비아. 토요일이라고."

점심시간에 나오미가 믿기지 않는다는 듯 말했다.

"오늘 학교 끝나고 쇼핑 갈 거야. 원래 입으려던 드레스가 이제 안 맞아서 그래."

나는 반쯤 먹은 페퍼로니 피자를 내려놨다. 그런다고 토요일까지 내 엉덩이가 기적적으로 줄어들진 않겠지만….

"메이시스 백화점으로 가. 난 거기서 샀어. 지금쯤이면 다 골라 갔겠지만, 그래도 세일은 하니까. 150달러면 괜찮은 거 건질 수 있을 거야."

150달러? 내 총예산은 22달러 78센트다. 그것도 맥이 가지라고 떠민 팁 통 안의 돈까지 포함해서.

"좋은 정보다. 한번 가 볼게."

이미 오늘에 맥이랑 굿윌 스토어에 가기로 약속했지만.

지잉, 휴대전화가 울리자 심장이 움찔했다. 못 가게 됐다는 맥의 문자면 어떡하지? 토요일까지 드레스를 못 사면 어떡해? 다 망쳐 버리면 어떡하지? 휴대전화가 두 번째 울렸다. 마음을 단단히 먹고 살짝 들여다봤다. 맥이 아니었다. 에그였다.

- 계획이 변경됐어. 이번 주말에 갈 거야.
  금요일 오후부터 일요일 오후까지 네가 필요해.

- 그래. 그런데 토요일은 안 돼.

- 토요일엔 하루 종일 리허설 해야 해. 녹화가 일요일이니까.

- 알았어. 그래도 4시에는 가야 해.

- 부탁해, 올리비아. 계획 취소하면 안 돼?

- 안 돼.

- 진짜 부탁 좀 하자. 나 이 일 꼭 돼야 해. 믿을 만한 사람이 너밖에 없어.

내가 쓰레기처럼 느껴졌다.

- 미안해. 안 돼.

- 내가 이거 페이도 있다고 말했나? 주말에 일하면 500달러 현금으로 줄게.

- ??????

- 그리고 통과했다고 연락 오면 추가로 100달러 더.

눈앞에서 지폐가 깜빡깜빡했다.

- 어쩌면 될지도.

- 안 되면 이번 주말에 브리트니 샤오 시간 되는지 알아볼게.

아, 이렇게 비열하게 나오다니. 안 돼, 절대 안 돼!

- 내 최애 파트너가 안 된다면 다른 사람 찾아야지 별수 없잖아.

들리는 말로는 브리트니는 또 파트너 없다는데.

망할 놈의 브리트니 샤오. 안 돼. 안 되지. 안 되고말고.
"애들아, 나쁜 소식이 있어. 나 댄스파티 못 가."
에그에게 답을 보낸 뒤 내가 말했다.
"뭐?"
나오미와 에리카가 동시에 비명을 질렀다.
"왜?"
브랜던이 물었다.
"주말에 스케이팅 일이 있어."
"다음 주까지 못 기다리는 일이야? 댄스파티는 1년에 한 번뿐이잖아."
에리카는 진심으로 짜증스러운 눈치였다.
조나와 나는 '진짜로?' 하는 눈빛을 주고받았다.
"안 돼. 나는 열 살 때부터 에그랑 파트너였어. 에그를 도와줄 사람은 나밖에 없어."
"하, 이러면 우리 계획이 엉망이 되잖아."
나오미가 돈가스 샌드위치를 내려놨다.
"진심인데, 난 괜찮아. 나 춤추는 거 보고 싶은 사람 아무도 없지?"
조나가 말했다. 언제나 그렇듯 조나는 나를 이해하는 유일한 사람이었다.
하지만 테이블에 앉은 다른 세 명은 조나를 다른 행성에서 온 사람처럼 쳐다봤다.
"미안해."
나는 다른 누구보다 조나를 위해 말했다. 조나는 어깨만 으쓱할 뿐이었다.
"다음에 가면 되지. 그냥 파티야."
조나가 내 무릎에 손을 올리고는 꼭 쥐었다.

"말도 안 돼. 너희 둘은 너무 특이해."

에리카가 고개를 저었다. 그러자 나오미가 팔꿈치로 에리카를 쿡 찌르며 말했다.

"특이한 게 아니라 자기 일에 집중하는 거지. 몹시."

"어쨌든 너희 둘 다 나중에 고등학교 시절 돌아보면서 후회하지 마라. 한 번뿐이잖아."

"아이고, 고마워라. 난 고등학교 끝나기만을 기다리는데? 엄마 아빠가 검정고시 볼 수 있게 허락만 해 주면 내일부터라도 종일 스케이트만 탈 거야."

조나가 말했다.

검정고시? 에리카와 나오미는 터질 듯한 얼굴이 됐다.

"우린 우선순위가 다른 것 같아."

나오미의 목소리가 조나의 목소리만큼 커졌다.

"그래. 완전 다르지."

"살려 줘."

브랜던이 입 모양으로 내게 말하자 조나만 빼고 모두 숙제를 꺼내서 하는 척했다. 그렇게 우리는 이 대화를 멈출 수 있었다.

종이 울렸다.

에리카와 나오미가 저만치 멀어지자 브랜던이 말했다.

"나도 댄스파티 안 간다고 갑자기 발표하면 쟤네들이 날 얼마 동안이나 살려 둘 것 같아? 파티 대신 조나랑 〈스트리트 파이트〉나 밤새 연달아 보겠다고 하면?"

조나가 빈 점심 도시락통을 탁 닫더니 책가방에 넣었다.

"너희 셋은 그렇게 중요하고도 1년에 한 번뿐인 댄스파티에 가고, 나랑 올리비아는 스케이트 타는 거 어때? 그러면 모두가 행복할 것 같은데."

하지만 난 행복하지 않았다. 난 다 하고 싶었다. 그리고 정말 인정하고 싶진 않지만, 에리카의 말에도 일리가 있었다. 나중에 돌아보며 그 무엇도 후회하고 싶지 않았다. 내가 조나 말을 막았다.

"됐어. 나 댄스파티 갈래. 7시 30분에 나 데리러 와. 세 시간 동안 에그 혼자 연습하면 돼. 미리 경고하자면 내 머리랑 화장이 완벽하진 않을 거야. 또 손톱 손질할 시간도 없고."

"찬성. 그리고 넌 어떻게 해도 예뻐."

조나가 나를 위아래로 훑어봤다.

"우리 파티 갔다 조금 일찍 빠져나올까?"

조나가 내 귀에 대고 속삭였다. 온몸에 전기가 흐르는 것 같았다.

"당연하지."

아무래도 최고의 주말이 될 것 같다.

#16

가위, 바위, 보!

"으."

맥의 보자기가 내 주먹을 감싸자 내가 비명을 질렀다.

"내가 화장실 청소 할 테니까 넌 껌을 맡아."

맥이 내 주먹을 꽉 쥐며 말했다.

나는 라텍스 장갑을 끼고 구두칼을 쥔 다음 1번 테이블 아래에 누웠다. 몇 달 내내 테이블 밑에 껌을 붙여 온 멍청이에게 저주를 퍼부으며. 조나의 스케이트날이 일정하게 얼음을 가르는 소리가 링크에 울렸다. 나도 얼음 위에 서고 싶다. 조나와 함께.

씹던 껌 아래에서 한창 공상의 날개를 펼치고 있는데 거대한 등산화 한 쌍이 테이블 옆으로 걸어왔다. 쿵 소리와 함께 더플백이 등산화 옆 바닥에 떨어졌다. 등산화에 연결된 몸이 쭈그리고 앉더니 테이블 밑의 나를 가만히 들여다봤다.

"안녕, 꼬맹이."

"에그! 내일 아침은 돼야 오는 줄 알았는데."

나는 테이블 밑에서 나와 라텍스 장갑을 벗었다.

에그가 나를 위아래로 살펴봤다.

"와, 이게 누구야? 이제 사춘기는 다 끝났네."

"누가 할 소릴? 이제 트라우트 씨 아니면 최소한 스튜어트 오빠라고 불러야 할 것 같은데."

오후가 돼 거뭇거뭇 올라온 에그의 수염을 내가 가리키며 말했다. 드디어 남자 같았다.

"무슨. 그냥 에그지. 난 언제까지나 너의 에그 오빠야."

에그가 나를 안더니 빙그르르 돌렸다.

"알았어. 알았어. 고마워. 나도 보고 싶었다고. 이제 내려 줘."

"와! 이게 누구야!"

맥이 청소 도구를 내려놓고 장갑을 벗었다.

두 사람은 어정쩡하게 옆으로 안았다.

"집에서 지내게 해 줘서 고마워, 누나. 있는 듯 없는 듯 지낼게. 약속."

"뭐야, 트라우트 저택에 왜 안 가?"

트라우트 저택은 버지니아 공대 풋볼팀 전체가 묵을 수 있을 만큼 큰데.

"엄마 아빠는 나 여기 온 거 몰라. 그렇게 하고 싶어. 당분간만이라도."

에그와 맥이 눈빛을 교환했다.

"괜찮아, 스튜어트. 모든 것은 정해진 길로 가게 돼 있어. 가끔은 찬성하는 사람 하나 없어도 네 갈 길을 가야 할 때가 있지."

맥이 에그의 등을 툭 쳤다.

에그가 내 어깨에 한 팔을 둘렀다.

"빙판 위 저 남자애, 내 머리를 뚫어 버릴 기세로 쳐다보는 쟤가 그 유명한 조나구나."

"언니!"

내가 소리를 지르자 맥은 어깨만 으쓱했다.

"어서 옷 갈아입고 바레 연습실로 와. 단 1분도 허비할 수 없어."

"그런데 있잖아…."

드디어 반창고를 확 떼야 할 시간이다.

"나 토요일 저녁에 세 시간만 나갔다 오면 안 될까?"

"올리비아, 안 그래도 토요일엔 개인 레슨도 있고 일반 개장 시간도 피해야 하는데."

"밤늦게 타면 돼. 나도 열쇠 있어. 원하면 해 뜰 때까지도 탈 수 있어. 토요일 저녁에 댄스파티 가고 싶어서 그래."

"글쎄. 시간이 부족하긴 한데."

에그가 아랫입술을 깨물었다.

"나 매일 최소한 두어 시간씩은 훈련했어. 얼음 위에서 하는 기본 테크닉 말고도 심장 강화 운동, 바레도 했어. 올림픽 금메달 수준은 아니지만 나 스케이팅 실력 탄탄해. 오빠는 전문적인 스케이팅 파트너가 필요하고 나는 스케이팅 세계 안에서 나를 되찾고 싶어. 그러니까 해 보자."

"알았어. 토요일 저녁에 특별히 긴 휴식 허락해 줄게."

에그가 불만스럽게 볼을 부풀리고는 말했다.

"10분 있다 만나."

탈의실로 달려가며 몇 달 만에 처음으로 편안한 기분이 들었다.

나는 가장 좋아하는 스케이팅 의상을 입었다. 발목까지 내려오는 검은색 유니타드(상의와 하의가 하나로 연결된 일체형 의상)에 붉은 장식이 불꽃처럼 종아리를 휘감았다. 거울에 비친 내 모습을 확인하자, 에그가 좀 전에 한 말이 피부에 와닿았다. 댄스파티 드레스가 하나도 맞지 않는 이유가 여기에 있었다. 내 사춘기는 완전히 끝났다. 디트로이트 대회 이전엔 이 외상이 이렇게 꽉 쪼이지 않았다. 어쩌면 에그가 약속한 돈을 새 스케이팅 의상을 사는 데 써야 할지도 모르겠다. 운동화를 다시 신고 스케이트를 들었다. 치타 무늬 스케이트 가드를 벗기고 조나가 선물로 준 빨간 가드를 칼날에 씌웠다.

여자 탈의실 밖으로 나오자 에그와 조나가 1번 테이블 옆에서 대화에 열중하고 있는 모습이 보였다. 테이블 아래로는 하염없이 껌을 떼고 있는 맥의 다리가 삐죽 나와 있었다. 나는 스케이트를 테이블 위에 내려놓고 아이스드림 재킷을 입었다.

"콩가루 베이스로 만든 그런 건 쓰레기야. 달걀은 순수 단백질이잖아. 쓰레기 같은 화학 첨가물도 없고."

조나가 나를 등진 채 삶은 달걀로 에그의 단백질 바를 가리켰다.

"그래, 변비 걸리고 싶으면 그런 거 먹어도 되지. 난 근육을 만들고 유지해야 한다고."

에그가 초콜릿과 땅콩버터를 입에 가득 물고 말했다.

"왜? 근육이 늘어나면 속도가 느려지잖아. 바람의 저항도 받고."

"왜냐면 난 스피드가 안 중요하니까. 이건 육중한 근육 없인 못 해."

에그가 단백질 바를 마저 입안에 쑤셔 넣고 나를 향해 곧장 다가왔다. 그러고는 난데없이 나를 휙 안아 올리는 바람에 나는 꺅 비명을 질렀다. 에그는 끙 소리를 내며 나를 허리 높이에서 머리 위로 번쩍 들어 올렸다.

"돕는 척이라도 해 봐, 올리비아."

에그가 약간 균형을 잃고 비틀댔다. 나는 구시렁대며 왼손을 에그의 왼쪽 어깨에 대고 별 모양으로 팔다리를 좍 뻗었다.

"43…, 아니, 이제는 48킬로그램을 들어 올려야 할 뿐 아니라 그 상태로 공중에 떠받치고 있어야 한다고. 무엇보다 계속 스케이트를 타면서."

에그가 나를 조심스레 바닥에 내려놓았다.

"그러니까 고맙지만 난 단백질 바 계속 먹을게."

에그가 내게 고개를 돌렸다.

"너, 살쪘지. 몸이 달라."

맞는 말이었지만 나는 에그의 팔을 주먹으로 쳤다.

조나가 스케이트 끈을 풀어 벗더니 테이블 위 내 스케이트 옆에 놓았다.

"나 리프트 가르쳐 줘."

"아서라, 너 쟤 못 들어."

에그가 코웃음을 쳤다.

그리고 한심한 남자들의 도전이 시작됐다. 조나가 몸을 기울이더니 나를 안았다. 로맨틱할 수도 있었다. 내 엉덩이가 납으로 만들어지지 않았더라면. 에그와 맥이 이 자리에 없었더라면.

"걔가 무슨 역기야? 그런 식으론 머리 위로 못 들어 올려."

에그가 말했다. 이 말에 조나는 보란 듯이 나를 들어 올렸다. 다행인 것은 맥이 절묘한 시간에 테이블 밑에서 나와, 내가 바닥에 떨어지는 걸 막아 주었다는 것이다.

"와! 집어치워, 머저리들아. 올리비아 다치기 전에."

맥이 내 손을 잡아 일으켜 주었다.

"간단한 물리잖아. 뉴턴의 제2법칙. 힘은 질량×가속도."

맥이 누구나 다 아는 얘기라는 듯 말했다. 우리의 멍한 눈을 보자 맥이 이렇게 덧붙였다.

"프레스 리프트(Press Lift, 서로 손을 잡은 상태에서 남자 선수가 후진하며 손을 뻗어 여자 선수를 들어 올리는 기술) 보여 줘 봐."

나는 뒤로 몇 걸음 물러섰다. 에그가 사인을 주자 내가 달려가서 에그에게 뛰어오르며 에그의 손가락에 깍지를 꼈다. 내가 바닥을 박차고 오르자 에그는 팔을 펴고 나를 머리 위로 들어 올렸다. 에그가 천천히 회전하는 동안 나는 다리를 V자로 적당히 벌렸다. 근육이 조금 떨렸지만 전반적으로 비로 이 느낌이었다. 나 같은 느낌. 이것이 나의 평범함이었다.

"올리비아가 달려오면서 가속이 생겼어. 올리비아의 가속에 에그의 힘이 더해져서 올리비아의 엉덩이, 아니 질량이 아래로 끄는 힘을 뛰어넘어서 올리비아를 공중으로 들어 올린 거지."

에그가 사인을 보냈다. 우리는 내 운동화가 바닥에 닿을 때까지 천천히 자세를 낮췄다.

"환상적이었어. 탄탄해. 옛날이랑 똑같아. 너한테 의지할 수 있을 줄 알았어. 넌 여전히 내 넘버원이야."

에그가 나를 부둥켜안았다.

조나의 눈썹에 짙은 굴곡이 생겼다. 나는 에그 품에서 빠져나와 조나 곁으로 갔다.

조나가 목소리를 가다듬더니 말했다.

"어떻게 그렇게 물리를 잘 알아?"

"애 딸린 아이스링크 직원이라고 바보는 아니야."

맥이 톡 쏘자 조나가 움찔했다. 맥은 누그러진 목소리로 말을 이었다.

"나 고등학교 수석 졸업생이야. 애들이 날 싫어했지. 물리 수업이 상대 평가였는데 나 때문에 A 받기 힘들었거든. 난 엔지니어가 됐을지도 몰라. 우리 아빠처럼."

"언니네 아빠가 엔지니어인지 몰랐어."

맥은 우리 가족에 대해 속속들이 다 아는데 나는 맥의 가족에 대해 아는 게 거의 없다는 사실을 깨달았다.

"피오나 좀 크면 다시 학교 다닐 거야. 지금도 엔지니어 될 수 있어."

"엔지니어 하고 싶다고 누가 그래? 그냥 물리를 더럽게 잘한다고만 했지."

맥의 목소리에 다시 서리가 앉았다.

"영어도 잘하고."

조나가 보랭 가방에서 작은 봉투를 꺼냈다.

"엄마가 내 영어 에세이 교정 봐 줘서 고맙다고 이거 주래. 나 95점 받았어. 우리 엄마 울 뻔했어."

"95점? 어떻게 그런 점수를 받았어? 완벽해."

"내 말이. 너무 완벽하잖아. 그래서 일부러 스펠링도 틀리고 오타도 몇 개 냈어. 발두치 선생님이 진짜 내가 썼다고 믿어야 할 거 아니야."

맥이 재수 없다는 듯 양손을 들었다.

"여기."

조나가 맥에게 봉투를 내밀자 맥이 밀어냈다. 조나는 다시 봉투를 건넸다.

"받아. 진짜야. 우리 엄마 95점에 초흥분 상태야."

"싫어."

"그럼 기름값이라고 생각해. 나랑 올리비아 데려다주는."

조나가 맥의 손바닥을 펼치고 그 위에 봉투를 꾹 눌렀다.

맥이 봉투를 청바지 뒷주머니에 넣었다.

"그럼 이제 나 리프트 가르쳐 줘. 발이 얼 것 같아."

조나는 포기를 몰랐다.

"안 돼."

에그가 팔짱을 꼈다.

"왜냐면 난 널 못 믿으니까. 빙판에 올리비아를 떨어뜨리기라도 하면 크게 다칠 수도 있어. 미도리 코치님처럼."

조나가 내게 고개를 돌렸다.

"너희 엄마, 그래서 아픈 거야? 난 교통사고 같은 건 줄 알았어."

속이 울렁거렸다. 그때 난 세 살이었고 엄마 아빠와 함께 올림피언스 온 아이스 투어를 돌고 있었다. 사고 장면을 기억하는 건지 그냥 나중에 아빠에게 들은 얘기를 기억하는 건지는 정확하지 않지만, 나는 엄마의 **추락**으로 쇼 전체가 중단됐던 그날 밤 그곳에 분명히 있었다. 보모와 함께 무대 뒤에서 멋진 인조 치타 털모자와 부츠를 신고 이리저리 돌아다니던 게 생각난다.

"아빠가 엄마를 떨어뜨렸어."

목구멍이 조여 왔다.

"올림픽이 끝나고 몇 년 뒤였고 엄마 아빠는 투어 중이었어. 두 사람은 쇼 직전에 싸웠어. 그래서 평정심을 잃었고 엄마가 얼음 위로 떨어졌어. 그 이후로 엄마 허리는 회복이 안 되고 있어."

엄마가 떨어지던 순간은 기억나지 않는다. 기억에서 차단해 버렸는지 아니면 그날 밤 반짝이던 내 치마에 정신이 팔렸었는지는 잘 모르겠다. 관중석에서 단체로 터지던 비명 소리, 뚝 멈춰 버린 음악은 기억한다. 무대 뒤에 불이 켜지고 보모가 "세상에" 소리를 끝도 없이 하며 나를 어디론가 끌고 가던 것도 기억한다.

"한순간 신뢰를 잃으면 모든 게 끝나."

내 어깨를 감싼 에그의 팔이 나를 암흑의 장소에서 현실로 불러냈다.

"단 한순간에 모든 것이 끔찍하게 잘못될 수 있어. 마이클 케네디 코치님의 제1규칙은 '언제나 파트너를 보살펴라'야. 내가 올리비아의 파트너가 되고도 2년이 지나서야 코치님은 제일 쉬운 리프트를 가르쳐 주셨어. 그러니까 너한테는 그런 일 안 일어날 거야. 미안하지만."

에그가 조나를 무시하듯 말했다. 나는 에그 팔에서 빠져나와 조나의 손가락에 깍지를 꼈다.

"나 조나랑 리프트 할 수 있어. 내가 원하면. 나는 조나를 믿거든. 조나는 날 다치게 하지 않을 거야."

내가 조나를 올려다보며 빙긋 웃었다.

"게다가 난 지금 프리랜서잖아. 오빠가 나 버리고 버지니아 공대에 가 버린 이후로."

"그래, 프리랜서 생활은 어때?"

"좋지."

"확실해? 너 스케이팅 아예 그만뒀다는 말이 있던데."

"아, 아직 파트너 찾고 있어."

내가 말을 더듬었다.

에그가 조나를 노려보며 말했다.

"그래서 넌 〈사랑은 은반 위에〉라도 찍으면서 올리비아의 새 파트너 자리 오디션 보겠다고?"

"뭐? 난 그냥 올리비아랑 스케이트 탈 거야."

조나가 코웃음을 쳤다.

"나도야. 난 우리의 파트너십을 다시 시작할 준비가 돼 있다고."

에그가 내게 손을 내밀어 악수를 청했다.

"나도."

내가 조나를 잡지 않은 손으로 에그의 손을 잡고 흔들었다.

"너희는 연애를 하는 거야, 스케이트를 타는 거야? 그만 떠들고 어서 빙판으로 가."

맥이 우리를 향해 구두칼을 흔들었다.

"나 아직 20분 남았어."

조나가 말했다.

"그래, 내 말이. 나 너희 아빠하고 약속했어. 면접 보러 가신 동안 너, 빈둥대지 않게 잘 감시하겠다고. 5시쯤 돌아오신댔어."

"20분 후면 빙판은 내가 쓴다!"

에그가 조나 뒤에 대고 소리쳤지만 조나는 듣는 척도 안 했다.

"몸 풀어, 올리비아. 15분 뒤에 시작하자."

에그가 나에게 말했다. 나는 바레 연습실 거울로 조나를 지켜봤다. 조나는 다시 스케이트 끈을 조이고 얼음 위에 섰다. 조나가 바레 연습실 쪽으로 점점 다가오더니 보드 앞에 멈추고는 손을 내밀었다.

"와서 나랑 몸 풀자, 리비."

심장이 사르르 녹았다. 에그가 헛기침을 했다.

"우리 준비운동 해야 해, 올리비아."

"난 빙상에서 준비운동 할래."

"맘대로 해."

에그가 어깨를 으쓱했지만 내게 짜증이 난 게 분명했다.

나는 쏜살같이 스케이트를 신고 빙상 위의 조나와 만났다.

"리비라고 부르지 마, 나 열두 살 아니야."

조나가 나를 위아래로 훑어봤다. 내가 스케이팅 의상 입은 모습을 조나가 처음 본다는 걸 잊고 있었다.

"아니지. 아니고말고."

나는 조나의 손에 깍지를 끼고 출발했다. 직선 코스에 도착하자 뒤를 돌아 조나를 마주 본 다음 조나의 양손을 잡았다. 우리의 스케이트날이 동시에 얼음을 가르는 소리가 메트로놈처럼 울렸다.

"토요일의 조나 최가 너무 기대돼. 스킨 슈트 아니면 청바지에 긴팔 티셔츠 말고는 다른 거 입은 건 한 번도 못 봤어."

나는 조나의 짙은 갈색 눈을 가만히 들여다봤다.

"아! 맞다. 엄마가 네 드레스 무슨 색인지 물어보랬는데. 그래야 어울리는 꽃을 산다고."

"자홍색. 맥 언니가 나한테 딱 어울리는 드레스를 찾았어."

"자홍. 자홍색 꽃이 있어?"

조나가 물었지만 나는 어깨만 으쓱했다.

"엄마한테 물어봐야겠다."

"에그한테 우리 기술 보여 줄까?"

"그럼 날 더 밟아 버리려고 할걸?"

"남자들은 왜 매사가 경쟁이야?"

"그럼 넌 스튜어트가 브리트니인지 뭔지 하는 애랑 시시덕거리면서 링크에서 장난치고, 너 탈의실 간 사이 스튜어트랑 맥이 너에 대해 쑥덕거리면 아무렇지도 않겠어?"

"전혀. 아무렇지도 않아."

(망할, 아니!)

"째깍째깍."

우리가 바레 연습실 앞을 지나치자 에그가 말했다. 조나가 이에 대응하여 가운뎃손가락으로 관자놀이를 긁었다. 내가 조나의 장갑 낀 손을 흔들어 다시 집중시켰다.

"자, 우리 기술을 한 단계 업그레이드해 보자. 두 사람의 동작을 하나로 조합하는 거야."

조나가 내 손을 놓고 스킨 슈트 상의 지퍼를 내리자 여자 탈의실에 갑자기 휴지가 떨어졌다고 둘러댈까 하는 생각이 들었다. 스케이트 그만 타고 함께 비품 창고에 갈 수 있도록. 조나가 장갑을 벗어 스킨 슈트 안에 밀어 넣고는 내 손을 흔들어 나를 다시 집중시켰다.

속도가 빨라지자 조나의 얼굴에 환한 웃음이 피어났다. 조나와 나는 우리의 시그니처 동작을 연기했다. 우리의 동작. 동작은 할 때마다 조금씩 나아졌다. 하이드로블레이딩 자세에서 일어서자 조나가 물 흐르듯 내 손을 자신의 오른손에서 왼손으로 넘겼고 우리는 마주 보았다. 나는 뒤로 돌았다. 그리고 고개를 까딱하자 조나와 나는 팔을 쭉 펴고 한 다리를 들어 올려 낮지만 탄탄한 아라베스크 스파이럴을 해냈다.

동작이 완전히 멈추자 에그가 천천히 박수를 쳤다.

"오케이, 완전 엉망은 아니었어. 네 자세는 형편없고 올리비아의 아라베스크도 말도 안 되게 낮았지만 그래도 하이드로블레이딩은 흥미롭네."

"뭐?"

내가 말하자 조나가 나를 끌어당겨 껴안았다. 조나가 내 귓가로 고개를 숙였다.

"완벽했나 봐."

조나의 완벽한 대답에 보상을 하고 싶었지만 아이스드림 정문이 열리더니 조나 아빠가 달려 들어왔다.

"조나! 아들! 엄청난 소식이 있어!"

조나 아빠가 보드 앞까지 달려왔다.

"잭이 햄스트링 부상으로 경기 출전을 포기했대. 우리 유타 출전 허가됐어! 가자. 집에 가야 해. 9시 비행기야."

조나가 "와" 소리를 지르다 멈칫했다.

"올리비아, 나…."

"괜찮아."

내가 조나의 허리에 둘렀던 팔을 풀었다.

"아, 댄스파티."

조나 아빠가 말했다.

겨울 댄스파티는 내가 인생에서 놓친 수없이 많은 행사 중 가장 최근의 일이다. 나는 파자마 파티, 체험 학습, 생일 파티, 친척들과 지내는 명절을 놓쳤다. 사람들은 내가 나타나지 않는 것에 익숙했다.

"그냥 댄스파티인걸, 뭐. 행운을 빌어."

나는 어깨를 으쓱했지만 별안간 눈이 시큰했다.

"고마워. 인간 복제라도 할 수 있다면 정말 그러고 싶다."

조나가 삐져나온 머리를 내 귀 뒤로 넘겼다.

"알아. 금메달 꼭 가져와. 알았지?"

억지로 미소를 지었지만 속이 상했다.

"금메달 말고 다른 것도 있어?"

내가 주먹을 내밀자 조나가 부딪쳤다. 우스꽝스러운 우리만의 넘버원 표시를 한 뒤 조나가 나를 꼭 끌어안았다. 조나 아빠가 헛기침을 했다.

"미안, 아들. 가야 해. 비행기 놓치겠어."

조나는 또 한 번 나를 꽉 안고 내 정수리에 입을 맞춘 다음 출발했다. 에그가 내 곁으로 다가와 말했다.

"기분 진짜 별로지? 그래도 어쩔 수가 없잖아. 이 기분을 예술로 승화시켜 보는 건 어때? 자, 피닉스 넘버 얼마나 기억하는지 한번 해 보자."

"사람들 기억에서 그 모습을 지우려는 줄 알았는데."

"글쎄. 시간이 부족하니까. 예전에 했던 안무 중에서 안 망했던 부분들을 엮어 볼까 싶기도 하고. 아니면 옛날 안무 그대로 시작했다가 갑자기 완전 새로운 거로 넘어갈 수도 있고. 일단 피닉스 넘버로 시작해 보자."

에그가 내 손을 잡았다. 우리는 링크 가운데로 나가 오프닝 포즈를 취했다. 에그가 한쪽 다리를 앞으로 뻗어 몸을 숙이고는 한 손을 쫙 펴서 천장을 향해 들었다. 나는 왼팔을 에그의 어깨에 드리운 다음 에그의 뒤쪽 다리에 내 다리를 걸었다. 에그가 아래쪽 손을 더 아래로 뻗어 완벽한 사선을 그렸다. 알렉세이 코치의 지시 그대로. "열기를 내뿜어 봐. 열정을 느끼라고."

사실 많이 어색했다. 나는 입술을 깨물었다. 왜냐면 난 프로니까.

"준비됐나?"

맥의 목소리가 음향 시스템을 뚫고 울렸다.

에그가 맥을 향해 고개를 까딱했다. 음악의 시작 부분이 링크에 울리는데 조나 아빠가 1번 테이블 옆을 지나갔다. 조나 아빠는 갈등하는 표정의 조나를 문밖으로 몰고 나갔다. 에그와 나는 오프닝 동작을 시작했다. 백만 번은 했던 동작인데 모든 게 어색했다. 얼음. 내 스케이트. 내 몸. 심지어 에그도. 다시 열 살로 돌아간 것 같았다. 그때 엄마 아빠는 난데없이 나를 페어스케이팅 선수로 만들겠다고 마음먹었다. 나는 싱글 선수가 되고 싶었는데. 그랬던 이유는, 맞다, 남자애들이 멍청하다고 생각했기 때문이다. 그리고 파트너가 되고 6개월 동안 에그는 내 생각이 옳다는 걸 매일 여실히 증명했다.

"힘 풀어, 올리비아. 내가 항상 함께 스케이트 타던 그 여자아이로 돌아와. 내일이 없는 것처럼 트리플 더블 점프를 해내던 그 아이."

에그가 알렉세이 코치의 안무에 맞춰 자신의 가슴을 어색하게 어루만지던 내 손을 흔들었다.

안타깝지만 그 여자아이는 지금 없다. 점프 기술도 모조리 함께 가지고 가버렸다. 나는 스로 트리플 러츠 점프를 하다 빙판에 나동그라졌다. 벌떡 일어났지만 안무 내내 우리는 갈팡질팡 헤맸다.

"하, 엉망이야."

마지막 포즈를 취하며 가만히 동작을 멈추었을 때, 내가 말했다.

"괜찮아. 트리플 더블 더블 점프를 시도한 게 어디야. 우리 둘 다 약간 녹슬긴 했지만 해낼 거야. 올리비아스튜어트 팀은 언제나 해내니까."

과거의 악령이 돌아와 나를 사로잡았다.

하지만 난 에그를 향해 웃으며 고개를 끄덕였다.

#17

금요일, 우리의 댄스파티 불참 소식은 나오미의 플랜을 또 한 번 망쳤다.

"미안해."

나는 백 번째 사과를 했다. 몰래 가져온 진통제를 슬쩍 꺼내 목구멍으로 밀어 넣었다. 허리가 아팠다. 종아리가 아팠다. 어젯밤 백 번쯤 나뒹군 트리플 더블 더블 점프 탓에 엉덩이도 아팠다. 아침에 브랜던은 "왜 너한테서 거대한 목캔디 냄새가 나지?"란 말로 나를 맞았다.

"너랑 조나. 나한테 죽었어. 죽었어, 아주."

브랜던이 농담을 던졌다.

나오미와 에리카는 어깨만 으쓱할 뿐이었다. 점심 테이블 기온이 영하로 떨어졌다.

"그냥 댄스파티 한 번이야. 기회가 또 있을 거야."

지난밤, 거울 앞에서 열 번도 넘게 이 말을 연습한 후에야 바보 같은 내 눈에서 눈물이 멎었다. 맥이 찾아낸 완벽한 자홍색 드레스를 옷장 안쪽에 쑤셔 넣은 일이 큰 도움이 되었다.

"조나 없이 너만 와, 그럼."

브랜던이 말하자 나오미 얼굴에 불이 켜졌다.

"스튜어트한테 파트너 해 달라고 해."

"뭐? 싫어. 이상하잖아."

아직 점심시간이 20분은 남아 있었지만 나는 가방을 싸고 반쯤 먹은 점심을 들었다.

"영어 시간에 보자."

"그렇게 달걀을 한 바구니에 몰아 담은 거 후회될 때 없어?"

등 뒤로 에리카의 목소리가 따라왔다.

"아니."

내가 대꾸했다. 하지만 나는 넉 달간 제대로 된 훈련 한 번 하지 않고도 트리플 더블 더블 점프를 할 수 있다고 생각하는 사람이다. 내가 뭘 알겠어?

학교가 끝난 뒤 아이스드림으로 가니 에그가 나를 기다리고 있었다. 까만 운동복에 당당하게 낀 분홍 고무장갑을 보자 웃음이 나왔다.

"맥은 어디 있어?"

늘 울리던 아나운서 선수 소개가 그리웠다. 습관적으로 아이스드림 재킷을 옷걸이에서 내렸다가 다시 걸었다. 오늘 난 스케이트를 닦지도 텅 빈 바비 머리를 사탕으로 채우지도 않는다. 훈련을 할 거다.

"피오나가 아침에 열이 나서 집에 있대."

에그는 양동이 속 거품물에 손을 집어넣더니 기계 부품을 꺼냈다.

"너 기다리면서 얼마나 할 일이 없었으면 내가 이러고 있다."

"내 학업이 크나큰 불편을 끼쳤다니, 미안하게 됐네."

"필요악이지."

"엄마는?"

"아침에 마지막 레슨 끝나고 집에 가셨어. 내가 맥 누나 차로 이따가 너 집에 데려다준다고 말씀드렸어."

에그는 부품의 물기를 닦고는 전등 가까이 들어 깨끗한지 확인했다.

"가서 옷 갈아입어. 그동안 나는 이 탄산음료 기계 다시 조립할게. 왜냐고? 수업 빌 때 나 학교 피자집에서 일해. 식품 취급 자격증도 있어. 이번 오디션이 잘 안 되면 플랜 B가 있어야 할 거 아니야. 봄 학기에 학교 등록 안 할 거니까."

"와."

나는 에그를 빤히 봤다.

"그게 바로 내가 부모님 집에 안 가고 맥 누나 집에 있는 이유지. 엄마 아빠가 찬성할 리 없잖아. 버지니아 공대가 나를 차 버리기 전에 이 망한 실험에서 먼저 손 떼는 게 낫겠어. 장학금 계속 받을 만큼 학점도 안 나오고."

에그가 불필요하게 세게 힘을 주며 기계를 조립했다.

"오해는 말고. 대학교 학위는 받을 거야. 결국엔. 그런데 내가 원하는 때에 하고 싶어. 다른 사람 말고 이번엔 나만 생각할 거야."

점심시간에 에리카가 한 질문이 다시 나를 덮쳤다.

"달걀을 한 바구니에 몰아 담은 거 후회한 적 없어?"

에그는 기계 부품을 오래도록 문질렀다. 내 말 못 들었나?

마침내 에그가 고개를 들더니 사뭇 진지하게 입을 열었다.

"아직 모르겠어. 이번 오디션이 어떻게 되느냐에 달렸어. 피닉스의 피자집에서 최저임금 받으면서 일하는 게 그렇게 멋진 플랜 B는 아니니까."

"부담 주려던 거 아니야."

"미안해. 이건 내 문제지 네 문제는 아닌데."

에그가 고무장갑을 벗었다. 그러고는 카운터 밑에서 가방을 꺼내더니 20달러 지폐 한 뭉치를 카운터에 내려놨다.

"동기부여야. 부담 갖지 마."

에그가 지폐를 내 쪽으로 밀었다.

"다음 주말엔 조나랑 영화관에도 가고 팝콘도 사 줘. 사탕도 사 주던가. 평범한 십 대처럼 살아. 난 한 번도 못 해 봤으니까."

나는 웃었다. 쇼트트랙 시즌의 4분의 3이 지나가고 있는 시점이었다. 다음 주말 조나와 영화관에 갈 확률은 조나가 사탕을 먹을 확률과 비슷했다.

"받아."

에그가 고집을 부리는 바람에 나는 지폐 뭉치를 책가방에 넣었다.

"30분 안에 빙판에서 준비운동까지 마쳐. 20분이면 더 좋고. 그리고 그 트리플 더블 더블 점프 얘기 좀 할게."

"좋아."

에그가 내 엉덩이의 멍을 못 봐서 다행이었다.

"아직 한 번도 성공 못 했잖아, 올리비아. 스로 트리플 러츠 점프도 마찬가지고. 그냥 안무에서 빼자."

에그 말이 맞다. 하지만 자존심이 허락하지 않았다.

"오늘은 성공할 거야. 지난 시즌에 못 해낸 요소들도 이번에 다 집어넣어야 해. 욕하는 사람들한테 틀렸다는 거 보여 줄 거야."

"그 엉덩이로 되겠어?"

"괜찮습니다. 스튜어트 씨."

"그러길 바란다. 일단 5시 반에 어니 아저씨랑 크리스틸이 와서 일반 개장 준비할 때까지 탈 거야. 그다음엔 저녁 먹고 링크 닫을 때까지 빈틈없이 안무를 짤 거고. 너희 엄마가 1시까지만 오면 된다고 하셨어."

"문제없어."

하지만 내 다리는 생각이 달랐다. 오늘 밤을 버틸 만큼이라도 스포츠 테이프가 충분하길 바랐다.

옛날 옛적에, 여섯 시간 훈련에도 눈 하나 깜짝 안 하던 피겨스케이트 선수가 있었다. 그 선수는 지금 어디로 간 걸까.

"더블 더블 싱글로 단계를 내리자."

내가 또다시 얼음 위로 나동그라지자 에그가 말했다.

"싫어."

내가 그르렁대며 다시 일어섰다. 엉덩이가 불타는 것 같았다.

"괜찮아. 음악 다시 시작해."

"진심이야, 올리비아. 이런 식으로 계속하면 다쳐. 현실을 직시해. 너 지난 시즌부터 사춘기 시작이었어. 급격히. 새 몸과 새 무게중심에 맞게 모든 걸 다시 짜야 한다고. 오늘 밤에 너한테 트리플 더블 더블 기대하는 사람 아무도 없어. 중요하지도 않고. 이건 내 오디션이잖아."

"내가 기대해. 오늘 밤에 트리플 더블 더블 해내기를. 그리고 죽어도 오늘 밤에 해낼 거야."

"내가 걱정하는 게 바로 그거야. 오늘은 연습 그만하자."

내가 다시 자세를 잡자 에그가 내 팔을 잡았다.

"괜찮습니다, 스튜어트 씨."

나는 에그의 손을 홱 뿌리쳤다.

"아니, 안 괜찮아. 그리고 그렇게 고집부리다간 평생 가는 부상을 당할 수도 있어. 너 지금 지쳤어. 집에 데려다줄게. 따뜻한 물로 목욕하고 엉덩이에 아이스팩 하고 자. 내일 아침 9시에 데리러 갈게. 일반 개장 전에 두어 시간 연습할 수 있을 거야."

나는 따지고 싶었다. 에그에게 욕을 퍼붓고 싶었다. 하지만 기운이 없었다. 쿡쿡 쑤시는 허리와 물집 잡힌 발 그리고 멍든 엉덩이를 집으로 데리고 간 다음, 사흘 정도는 태아 자세로 웅크린 채 있고 싶었다. 터져 나오는 눈물을 안에 가두려고 입술을 깨물었다.

어떻게 이걸 날마다 했을까? 어떻게 이런 게 평범한 거라고 생각했을까?

옛날 옛적에, 이런 날들이 가끔 있었다. 아무것도 제대로 되지 않는 날. 아빠는 나를 불러내 좌절의 눈물을 닦아 주며 꼭 안아 주곤 했다.

"한 번만, 올리비아. 할 수 있지?"

아빠가 내 귀에 대고 속삭이면 나는 고개를 끄덕이고는 아빠의 재킷에 눈물을 닦았다.

"가서 해치워 버려, 호랑이."

아빠는 마지막으로 한 번 더 나를 안아 주고 얼음 위로 돌려보냈다.

"올리비아? 올리비아? 야!"

에그가 내 얼굴에 대고 손을 흔들었다.

"너 잠깐 멍했어. 기절한 줄 알았잖아."

"나 잠깐만 뭐 좀 생각하고 나서 훈련 마무리해도 돼?"

"빨리 생각해 줘."

에그가 탈의실로 들어가자 나는 마지막으로 링크를 돌았다. 아빠가 내게 트리플 살코 더블 토루프 더블 토루프 점프를 지도할 당시의 기억을 모조리 떠올렸다. 머릿속으로 동작을 몇 번이고 되풀이했다. 왜 안 되지? 자꾸만 너무 급하게 트리플 점프로 뛰어드는 바람에 추진력을 충분히 얻지 못해서 두 번째 더블 점프는 고사하고 첫 번째 더블도 성공하지 못했다. 엉성하게 두 발로 착지하거나 회전이 충분치 않아 얼음 위로 자빠지거나 둘 중 하나였다.

뭐가 무서워서 그래? 가서 해치워 버려, 호랑이. 마지막으로 한 번만 해 봐.

얼음을 지치며 근육에 남은 에너지 한 방울까지 끌어내려 애썼다. 트리플 더블 더블 점프 자세를 잡았다. 점프를 조절할 만한 힘이 남아 있지 않아서 그냥 해 버렸다. 내 근육은 여전히 기억하고 있을 그 동작에 모든 에너지를 내던졌다.

그리고. 나는. 해냈다.

나도 모르게 "와" 소리가 터졌다.

"뭐야, 뭐야, 뭐야!"

에그가 스케이트 바지에 양말 바람으로 탈의실에서 달려 나왔다.

마음 한구석에선 에그가 못 본 게 화가 나기도 했지만 다른 한구석에선 이 작은 승리를 혼자만 간직하고 싶은 마음이 일었다. 적어도 오늘 밤만은.

"미안. 아무것도 아니야. 혹시 가는 길에 마트 들러도 돼?"

나는 빙판 가장자리로 가 스케이트 가드를 쥐었다.

"그래. 왜?"

에그가 운동복 티셔츠를 머리 위로 뒤집어썼다.

"탐폰. 탐폰 사려고."

"어, 그래."

한 시간 뒤 나는 집에서 샤워를 한 다음 호랑이 연고 냄새를 풍기고 있었다. 엄마가 허리에 달고 사는 경피 신경 자극 패드 네 개 가운데 하나라도 붙이고 싶었다. 엉덩이 위에 놓인 냉동 콩 봉지의 위치를 잘 조정하고는 헐렁하게 붕대를 감은 다리 위로 담요를 덮었다. 휴대전화를 들고 아빠에게 문자를 보냈다.

- 드디어 3S-2T-2T 다시 성공.

  아빠랑 같이 이 순간을 나누면 좋을 텐데. 옛날하고 정확히 똑같지는 않지만
  그래도 지금으로선 만족. 사랑해요. 안녕히 주무세요.

나는 솜사탕을 한 줌 뜯어 셀카를 찍은 다음 아빠에게 보냈다.

솜사탕을 반쯤 먹었을 때 내 구닥다리 게임기가 켜졌다. 익숙한 음악을 콧노래로 따라 부르며 좋아하는 캐릭터를 선택했다. 피치 공주. 아빠는 항상 루이지였다.

"엄마한텐 절대 비밀이다. 엄마가 물어보면 샌디 아줌마한테 가서 마사지 받은 거야."

키즈 카페로 들어가며 아빠가 말했다.

"알았어. 이게 마사지보다 백배는 좋아."

"동감. 나는 피자 주문할게. 너는 토큰 바꿔. 지난번에 재시합하기로 한 거 알지?"

아빠가 지갑에서 20달러 지폐를 두 장 꺼낸 다음 내게 한 장을 건넸다.

"알았어, 루이지."

나는 아빠를 짧게 안았다.

"솜사탕 먹어도 돼?"

"풉. 흠. 하려면 제대로 해야지, 안 그럼 뭐 하러 해?"

나는 침침한 불빛과 시끄러운 음악을 뚫고 달려갔다. 누군가 내 이름을 불렀다. 뒤를 돌아봤다. 뜨끈뜨끈한 치즈피자를 들고 나를 쫓아온 아빠가 아니었다. 조나였다. 조나는 뜨끈뜨끈한 호떡 접시를 들고 있었다. 조나에게 다가서자 조나가 다른 팔로 내 허리를 감쌌다. 그리고 화요일 오전 11시 키즈 카페 한복판에서, 그것도 같은 건물 어딘가에 아빠가 있는 상황에서 적절한 일은 아니었지만 나는 조나를 잡아당겨 꽉 안았다. 조나가 호떡 접시를 떨어뜨리자 우리는 어느 키즈 카페에서라도 쫓겨날 만한 애정 행각을 펼쳤다.

쿵 하는 요란한 소리와 함께 나의 애정 행각은 끝이 났다. 입가의 침을 닦다가 바닥에 떨어진 게임기를 발견했다. 무엇보다 나쁜 것은 온몸에 흐르던 짜릿한 느낌이 사라지고 통증이 스멀스멀 다시 찾아왔다는 점이다. 게임기를 끄고 텅 빈 솜사탕 용기를 쓰레기통 쪽으로 툭 던졌다. 빗나갔다. 오늘 일어난 다른 모든 일처럼. 신음을 뱉으며 베개 위로 털썩 누운 다음 반쯤 녹은 콩 봉지를 엉덩이에 댔다. 나의 평범함조차도 더 이상 평범하지 않았다.

한 장면이 떠올랐다. 지난 시즌 중반 즈음이었다. 제대로 되는 게 하나도 없었다. 그전부터 이미 소문이 돌고 있었다. 누가 봐도 올림픽 수준에 못 미치는 팀에게 어째서 피겨연맹이 훈련 기금을 낭비하느냐는 것이었다. 집으로 돌아오자 엄마는 알렉세이 코치가 우리를 맡게 됐고, 그는 모든 걸 처음부터 새로 시작하고 싶어 한다는 말을 전했다. 심장이 쩍 갈라지는 느낌이었다. 너무 늦은 시간이었지만 나는 잠옷 소매로 눈물을 훔치고는 조나에게 문자를 보냈다.

- 보고 싶어.

- 나도 보고 싶어. 그리고 진짜진짜 미안해.

- 괜찮아. 특별한 사람과 소중한 시간 보내고 있어.

나는 조나에게 냉동 콩 사진을 보냈다.

- 나도.

몇 초 뒤 조나도 자기 버전의 냉동 콩 사진을 보냈다.

- 오늘 연습 어땠어?

- 인정사정없었지. 넌?

- 마찬가지야. 드디어 트리플 더블 더블 점프에 성공했어.
  그런데 은반의 신이 내 엉덩이에 대가를 요구했지. 으으으.

- 으으으. 어쩌냐. 그런데 나 트리플 더블 더블이 뭔지 몰라. 그냥 아는 척한 거야. 근데 뭔가 감명 깊게 들려.

- 트리플 살코 더블 토루프 더블 토루프 점프.

- 흠, 나중에 찾아볼게. 이제 자야겠다.

- 잘 자.

- 호떡 맛 키스를 보내며, 잘 자.

#18

여덟 시간을 자고 나니 스케이트가 한결 잘 나갔다. 하지만 트리플 더블 더블은 다시 실패했다. 점프하는 족족 얼음 위로 나동그라졌다.

"젠장!"

주먹으로 빙판을 쾅쾅 내리쳤다.

"그쯤 해 둬, 올리비아."

에그가 손을 내밀었다.

"넘어가자. 점프도 좋지만 올림피언스 온 아이스는 예술성을 본다고. 전국 대회에서 우리에게 엄청난 대가를 치르게 한 바로 그거."

"아니, 우리가 그렇게 된 건 스로 트리플 러츠 점프 때문이야."

마치 나 자신에게 상기하듯 내가 말했다.

"스로 트리플 러츠 때문이 아니야."

"맞아."

"아니라고. 그렇게 네 자존심만 상처 입고 끝난 게 오히려 다행이야. 점프 성공했어도 어차피 시상대에 오를 만한 점수가 안 됐다고."

"가능성 있었어."

"아니, 올리비아, 없었어. 희망을 깨서 미안하지만 우린 가능성 없었어. 수

상권 근처에도 못 갔다고."

내가 따지려는 순간 에그가 말을 잘랐다.

"잘 들어. 옛날 동작 재탕하려고 너한테 그 큰돈을 준 게 아니야. 내가 너한테 그 돈을 준 이유는 지금 당장 나를 돋보이게 해 달라는 거야. 그러니까 고용주로서 하는 지시야. 이제 트리플 더블 더블은 더블 살코 더블 토루프 점프로 바꿔. 그리고 다음번에도 스로 트리플 러츠 성공 못 하면, 그것도 빼고 옛날 영상으로 대체할 거야. 알아들었어? 내 말대로 못 하겠으면 환불해 줘. 크리스털 고용하게. 크리스털이 페어를 안 한 지는 좀 됐지만 난 지금 절박해. 냉정하게 굴어서 미안한데 나는 스케줄대로 일을 진행해야 해. 그 일에 맞는 프로 선수가 필요하다고."

"또 바꿀 안무 있습니까, 트라우트 씨?"

"아니요."

에그가 땀에 젖은 앞머리를 눈 옆으로 쓱 넘겼다.

나는 빈속에서 맹렬히 타오르는 분노의 불길을 끄려고 물을 벌컥벌컥 들이켰다.

하려면 제대로 해야지. 안 그럼 뭐 하러 해? 스튜어트 트라우트, 너는 단체 연기에 만족할지 몰라도 나는 최고가 되고야 말 거야.

월요일부터 제대로 된 파트너를 찾아볼 거다. 스튜어트 트라우트는 금메달 감이 아니다. 이제 잘라 버려야 할 때다.

"그럼, 처음부터 다시 가자."

에그가 휴대전화 녹화 버튼을 누르고 링크 가운데로 갔다.

우리가 오전에 토 픽으로 낸 빙판 구멍들을 이미 일일이 손으로 메운 어니 아저씨가 우리에게 빙판에서 나가지 않으면 정빙기로 들이받겠다고 협박할 때까지, 우리는 고용주의 자세한 지시 사항에 맞춰 새로 짜깁기한 피닉스 넘버를 반복했다.

"안무 난이도를 낮췄는데도 아직 뭔가 부족해."

에그가 녹화 영상을 들여다봤다.

"무슨 소리야? 스로 트리플 러츠도 했잖아. 물론 마지막 건 좀 엉성하긴 했지만 내일까진 완성할게. 약속해."

내가 1번 테이블 맞은편에 앉으며 말했다.

"올리비아, 점프 얘기가 아니야."

에그가 테이블 위로 엎드렸다. 그러고는 머리를 쿵쿵 찧더니 다시 고개를 들었다.

"네 스케이팅은 아직도 꼬맹이 여자애 같아. 성인처럼 탈 수 없을까?"

숨이 턱 막혔다. 에그는 우리 팀의 약한 고리가 나라고 생각하고 있었다.

에그는 땀으로 달라붙은 머리를 쓸고는 볼을 부풀렸다.

"미안. 네가 아직 열일곱 살이란 걸 깜빡했어. 네가 참고할 거라곤 유튜브랑 고등학교 5개월 다닌 게 전부인데. 진짜 인생에 대해 뭘 알겠어."

자기도 대학교 5개월 다닌 게 전부면서 진짜 인생 전문가 행세는.

"스튜어트 씨, 데이트해 본 적 있어?"

에그가 웅얼거리기만 하자 나는 다시 물었다.

"키스해 본 적 있냐고."

"그게 이거랑 무슨 상관이야?"

"그럼 자기가 무슨 소리 지껄이는지도 모르면서 인생에 대해 가르치려 들지 마."

"당 떨어졌지? 가서 좀 쉬어. 뭐 좀 먹고. 낮잠도 자고. 뭐라도 해서 성질 좀 가라앉혀."

에그가 휴대전화와 빈 물병을 들고 쿵쾅대며 매점으로 향하다 덧붙였다.

"너희 엄마한테 전화해서 오늘 밤에 링크 빌릴 수 있는지 물어볼 거야. 시간이 순삭되고 있어. 난 이 프로젝트 꼭 해내야 해. 무슨 수를 써서라도."

나도 내 물병을 홱 집어 들고 탈의실로 향했다. 아, 휴대전화를 깜빡했다. 1번 테이블로 다시 돌아왔을 때 에그는 내게 등을 보인 채 통화를 하고 있었다. 정빙기 소리가 하도 커서 에그는 한쪽 귀를 손으로 막고 있었다.

"부탁 좀 하자, 크리스털. 이 일에는 여자가 필요하다고."

에그가 전화기에 대고 소리쳤다.

"안무 다 외울 필요도 없어. 내 솔로 영상하고 올리비아랑 같이 한 영상 조금씩 잘라 붙일 거야. 올리비아보다 성숙한 사람이 필요해서 그래. 올리비아가 스로 트리플 러츠는 할지 몰라도 너 같은 예술성은 없어. 올리비아도 나이가 들면 언젠가 하겠지. 그래, 뭐, 아닐 수도 있고. 열일곱 살에 볼 장 다 봤다는 사실을 받아들이긴 힘들 테니까. 안 돼, 브리트니는 지금 런던에 있어. 시간 안에 못 와. 제발, 크리스털. 나 절박해. 그럼, 일요일은 어때? 내가 비행기 바꿔서 월요일에 일찍 갈게. 잘됐다! 고마워."

나는 테이블 위의 휴대전화를 몰래 집어 들고 탈의실로 갔다. 옷을 갈아입는 데는 5분밖에 안 걸렸지만 등에 꽂힌 비수를 뽑는 데는 15분이 걸렸다.

"좋은 소식 있어."

에그가 아무렇지 않은 척 말했다. "뭐, 나 대신 크리스털이랑 하기로 했다고?"라고 말하려는 순간 에그가 종이 한 장을 들어 보였다.

오후 7시~10시, 개인 사정으로 문 닫습니다. 불편을 끼쳐 죄송합니다.
- 아이스드림

"너희 엄마가 오늘 밤에 링크 빌려도 된대. 연습 시간을 더 벌었어. 크리스털이 오후에 레슨이 있지만 그 이후엔 우리가 쓰면 돼."

"마르지 않는 돈줄이 있어서 좋겠어. 원하는 건 물건이든 사람이든 다 살 수 있네."

"좌절감 느끼는 건 알겠는데 나한테 화풀이하진 마."

"자기 자신부터 돌아보지그래?"

"500달러 줬잖아. 뭘 더 바라는데?"

"솔직함?"

"뭐?"

"내가 이 일에 부족하다고 생각하면 그냥 그렇다고 말해. 몰래 밖에서 사람 끌어들이지 말고."

내 말에 에그가 움찔했다.

"왜냐면 나는 최고니까. 그래, 좀 들쑥날쑥하다는 건 인정해. 하지만 크리스틸은 스로 트리플 러츠 해 본 적도 없어. 그리고 뭐, 브리트니 샤오? 지금 장난해?"

에그가 1번 테이블에 털썩 앉았다.

"파트너는 원하는 대로 바꿔. 그런데 약한 고리는 내가 아니라는 사실도 받아들여."

나는 에그에게 3도 화상을 입혔다. 디트로이트 대회 이후 가슴속에 지녀 온 내 상처에 맞먹는 것이었다. 에그는 반박하는 대신 이렇게 대꾸했다.

"알아."

에그의 눈이 촉촉해졌다. 에그는 운동 가방을 쥐고 정문 밖으로 뛰쳐나갔다. 나는 터덜터덜 엄마 사무실로 들어가 문을 쾅 닫았다. 쑤시는 어깨에서 스케이트 가방이 미끄러져 내려 바닥으로 쿵 떨어졌다. 가슴에 눈물이 차올랐다. 평범한 십 대도 평범한 스케이트 선수도 될 수 없다면, 나는 누구일까? 문에 이마를 기대고 어니 아저씨가 정빙기 모는 소리를 들었다. 나의 빙판 위로.

가족들 말에 따르면 나는 지구상에서 가장 예민한 아기였다. 빽빽 울어 대는 아기를 차에 태우고 돌아다니는 부모들처럼, 우리 부모님은 나를 정빙기에 태우고 돌아다녔다. 최면을 거는 듯한 윙윙 소리는 언제나 효과가 있었다. 지금까지도. 눈을 감고 귀를 기울였다. 내 안에 휘몰아치던 폭풍이 가라앉기 시작했다.

"있잖아, 여보. 얼음이 좀 울퉁불퉁한 것 같지 않아?"

모든 게 다 지긋지긋하고 불만족스러운 다섯 살배기가 으레 그렇듯, 내가 빙판에 주저앉아 떼를 부리자 아빠가 엄마에게 의미심장한 눈길을 던지며 말했다.

그러자 나 때문에 모든 게 다 지긋지긋해진 것처럼 보이는 엄마가 말했다.

"그러네. 올리비아? 올리비아? 올리비아 미도리 케네디! 흠. 여보, 올리비아 너무 피곤해서 오늘은 정빙기 운전 못 할 것 같대요."

"아니야, 나 안 피곤해! 정빙기 운전할 거야."

다섯 살의 올리비아가 눈앞에 생생했다. 올림머리는 흐트러져 있고, 2주 연속 하루도 빠짐없이 제일 좋아하는 빨간색 반짝이 드레스만 입었다.

"마음을 가라앉히면 정빙기 옆에 타게 해 줄게. 탄탄한 토루프 점프를 보여 주면 운전을 시켜 주고."

아빠가 손을 내밀어 나를 일으켰다.

그리고 나는 해냈다. 살코 점프까지 덤으로. 다섯 살의 나는 꽤 유별났다.

"그래, 이게 우리 딸이지."

아빠가 나를 휙 안아 볼에 차가운 입맞춤을 하고는 어깨 위에 앉혔다.

"조심해, 여보."

엄마는 내가 떨어질까 봐 손을 뻗었다.

"안 떨어뜨려, 여보."

아빠의 목소리는 평소와 달리 단호했다. 왼쪽 어깨에 나를 앉혀 놓고 아빠가 스케이트를 타자 내가 꺅 비명을 질렀다.

"자, 그럼 스케이트 벗고, 가서 정빙기 꺼내 올까? 그리고 이따가 엄마한테 큰 언니들처럼 시트 스핀(sit spin, 한쪽 발을 축으로 하여 앉아 다른 한쪽 발을 앞으로 뻗은 채 회전하는 기술) 하는 거 보여 주자."

웅웅대는 정빙기 소리가 희미해졌다. 눈을 떴다. 고개를 돌리자 엄마 사무실 벽에 걸린 작은 거울 속 내 모습이 눈에 들어왔다.

여전히 에그에게 화가 났지만 많이 가라앉았다. 어니 아저씨한테 정빙기를 운전해도 될지 물어볼까? 약속한다. 에그를 들이받진 않을 거다. 물론 당해도 싸지만. 문을 열었지만 정빙기는 이미 창고로 들어간 뒤였다. 가슴이 내려앉았다. 다시 조용해진 링크에 노래하는 듯한 웃음소리가 울렸다. 크리스털이 학생에게 점프 연습을 준비시키고 있었다. 지금은 크리스털에게 복수할 여력이 없다. 문을 닫고 너덜너덜한 소파로 휘적휘적 걸어가 풀썩 주저앉았다. 조나에게서 문자가 와 있기를 바라며 휴대전화를 꺼냈다. 다시 마음을 추스르는 데 도움이 될 만한 무언가가 필요했다. 하지만 문자는 없었다. 왜냐하면 조나는 금메달 수준의 선수니까. 조나는 그 무엇에도 정신이 흐트러지지 않으니까. 그것이 나라 할지라도.

다리를 당겨 무릎에 얼굴을 묻었다. 왜 이러고 있는 거지? 어차피 에그가 나를 원하지도 않는데. 대신 댄스파티에나 가면 된다. 당장 나오미에게 전화를 하면 분명 반겨 줄 것이다. 에그의 손에 지폐 뭉치를 도로 쥐어 주며 돈으로 나를 살 순 없다고 말하는 장면을 머릿속에 그렸다. 하지만 그 돈으로 살 수 있는 것이 너무나 많았다. 다음번 롤러 더비 경기 티켓, 새 노트북, 학교 갈 때 입을 옷. 게다가 지난밤 벌써 돈을 얼마간 써 버렸다. 갚을 수도 없다.

나는 왜 트라우트 가족으로 태어나지 않았을까? 돈은 결코 문제가 안 되는 집.

배 속이 너무 요란하게 으르렁대는 바람에 소파에서 벌떡 일어섰다. 집 냉장고처럼 텅 비어 있지는 않을 거란 희망을 안고 엄마의 미니 냉장고로 몸을 질질 끌었다. 아무것도 없었다. 물 한 병과 누가 언제 넣어 놨는지 알 수 없는 두 입 분량의 그래놀라 바를 꺼내 소파에 몸을 파묻었다. 퀴퀴한 그래놀라 바를 갉아 먹었다.

옷은 무슨. 먹을 것부터 사야겠다. 스테이크 고기. 브로콜리. 딸기. 빵. 땅콩버터. 우유.

퉁퉁 부은 다리를 올리려고 탁자 위의 잡동사니 뭉치를 옆으로 밀었다. 디브이디 더미가 바닥으로 와르르 무너져 내렸다. 디브이디를 하나씩 다시 탁자 위로 올렸다. 몇 개는 올림피언스 온 아이스 하이라이트 영상이었다. 하나는 '올림픽'이라고 쓰여 있었다. 가슴이 싸했다. 내가 밖에서 평범한 십 대로 사는 동안, 엄마는 자신의 십 대를 되새기고 있었구나. 탁자 아래에서 마지막 남은 디브이디가 고개를 내밀었다.

'올리비아'라고 쓰여 있었다. 올리비아와 스튜어트가 아닌 그냥 올리비아. 빙그레 웃음이 나왔다. 좀 짜증 나는 녀석이긴 하지만 아기 올리비아와 함께 기꺼이 추억 여행을 하고 싶었다. 나는 디브이디를 꺼내 손가락에 끼우고 뱅뱅 돌렸다. '전도유망하지만 기량이 들쑥날쑥한' 다혈질 꼬맹이의 싱글 선수 첫 해 영상일까? 열 살 때였다. 거의 매일 '얼음이 너무 울퉁불퉁'했다. 에그를 내 파트너로 허락해 달라고 에그네 엄마에게 사정한 사람은 우리 엄마였다. 에그의 부모님이 주말마다 세쌍둥이 중 나머지 둘인 스콧과 스티븐의 풋볼팀을 따라 돌아다니는 동안, 맏형 패트릭은 꼼짝없이 열세 살 에그의 보모 노릇을 해야 했다. 주말마다 말 많은 남동생을 떠맡고 싶은 대학생이 과연 있을까? 그래서 패트릭은 토요일, 일요일이면 에그의 의사와 상관없이 항상 에그를 링크에 데려다 놨다.

처음에 에그는 진심으로 나를 놀려 댔다. 친구랑 내 옆에서 스케이트를 타면서, 내가 무슨 점프를 연습 중이건 말도 안 되는 흉내를 냈다. 그 둘의 유일한 차이점이라면, 재수 없는 에그의 친구는 계속 얼음 위로 나자빠지며 본인의 명청한 장난에 웃음을 터뜨렸지만 에그는 제대로 착지하기 시작했다는 것이다. 엄마는 이것을 알아챘다. 에그는 고집불통 딸의 파트너가 돼 주는 대가로 올림픽 메달리스트 두 명에게 공짜 훈련을 받기 시작했다. 그리고 작전은 효과가 있었다. 내 기량이 일정해졌다. 내가 대단히 훌륭해서가 아니라, 어떤 남자애가 나보다 잘하는 꼴을 절대 못 봤기 때문이었다.

내가 엄마 아빠를 완전히 과소평가했던 것이다. 다음에 아빠를 만나면 이 얄팍한 수작에서 아빠는 어떤 역할을 했는지 따져 물어야겠다.

나는 디브이디를 플레이어에 넣고 90살 노인처럼 다시 소파에 기댔다. 아직 화면이 까만 가운데 관중들의 소리가 먼저 들렸다. 숨이 턱 멎었다. 아기 올리비아가 아닌 십 대의 내 얼굴이 불쑥 화면을 채웠다. 화면은 평소처럼 흔들리고 세로로 길었다. 엄마는 사진이나 영상에는 영 젬병이었다.

"스케이트 디트로이트! 넘버원!"

내가 소리치며 치어리더처럼 손가락을 흔들었다. 나는 아직 운동복 차림이었지만 올림머리를 하고 대략 10센티미터 두께의 화장을 하고 있었다. 알렉세이 코치의 모토가 '오버할 수 있는데 왜 적당히 해?'였던 까닭이다.

엄마가 카메라를 아빠에게 향하자 아빠도 응원의 말을 거들었다.

"올리비아, 스튜어트. 나가서 본때를 보여 줘. 가서 해치워 버려, 호랑이."

영상은 갑자기 툭 끊기더니 다시 시작됐다. 이제 에그와 나는 완전히 피닉스 모드였다. 안무와 음악은 새로웠지만 의상은 그대로였다. 재봉사가 새 의상 준비가 어렵다고 했을 때, 알렉세이 코치는 펄펄 뛰었지만 놀랍게도 엄마는 화를 내지 않았다.

(꺼 버려. 너무 늦기 전에 꺼 버리라고.)

내 마음의 소리가 지시했다.

마치 교통사고 같았다. 맞은편에 참극이 기다리는 걸 알면서도 고개를 돌리지 못했다.

"저 의상 딱 질색이야. 열일곱 살짜리한테는 지나쳐."

아빠가 중얼거리는 목소리가 들렸다.

"트리플 더블 더블, 해내야 할 텐데."

아빠는 내가 못 할까 봐 걱정하는 말투였다.

"쉿, 여보."

엄마 목소리가 들렸다. 엄마 맘이 내 맘이었다.

엄마가 카메라를 돌려 알렉세이 코치를 비췄다. 알렉세이 코치는 우리 이름이 호명되기 전 마지막 지시 사항을 전달하고 있었다.

"우리가 저기 있어야 하는데."

아빠가 말했다.

"그래. 그런데 알렉세이 코치는 우리도 문제라고 생각하잖아. 이제 시니어 레벨이야. 이번 시즌은 완전히 물러나서 알렉세이 코치의 지도를 믿어야 해."

디트로이트 스케이팅 클럽 링크에 우리 이름이 울리자 관중 몇몇이 예의 바르게 박수를 쳤다. 에그와 나는 가운데로 나가 오프닝 포즈를 취했다. 나는 오프닝 포즈에 필요하다고 알렉세이 코치가 말한 '섹시한 표정'을 짓고 있었다. 그래놀라 바가 코까지 역류할 뻔했다. 섹시하기는커녕 오리처럼 보였다. 우스꽝스러웠다. 다행히 곧장 음악이 시작됐다. 연기가 진행되자 울렁거리던 속이 가라앉았다. 대단하지는 않아도 엉망은 아니었다.

"아, 이제 스로 트리플 러츠다. 착지. 착지. 착지. 아! 아깝네."

아빠의 안타까운 탄성이 들렸다.

아빠는 내 연기 내내 생생한 해설을 더했다. 완벽하게 딱 맞아떨어진 스핀 콤보에는 엄마의 비명이 터졌다. 이제 플래터 리프트(platter lift, 남자 선수가 여자 선수를 빙판과 평형이 되게 들어 올리는 동작) 차례였다. 에그와 나는 리프트 준비를 했다. 나는 에그의 손목 바로 위 팔뚝을 잡았고 에그는 내 엉덩이뼈를 쥐었다. 얼음을 박차고 올라 에그의 머리 위까지 들려 올라가자 나는 발목을 꼬고 널빤지처럼 몸을 평평하게 뻗었다. 에그가 빙판 위에서 회전을 시작하자 나는 에그의 팔을 놓고 백조처럼 등을 세웠다. 순간 에그의 뒤쪽 발이 울퉁불퉁한 얼음 위를 디뎠고 내 심장은 목까지 튀어 올랐다. 다행인 건 에그의 몸이 뒤가 아니라 앞쪽을 향해 휘청거렸다는 것이다. 반대였다면 나는 엄마처럼 빙판에 고개를 박았을 거다. 에그가 앞으로 고꾸라지자 엄마의 비명과 관중들의 헉하는 소리가 들렸다. 내 얼굴에 공포가 가득했다. 스케이트날이 얼음 위로 내리꽂힐 때의 충격이 그대로 떠오르며 발목이 불타는 것 같았다. 에그는 제1규칙을 지켰다. 나를 놔 버리고 자신을 구하는 대신 나를 더 꽉 붙들었다. 나 때문에 어깨가 탈골되기 직전까지 꺾이며 에그의 셔츠 겨드랑이 아래가 주욱 찢어지던 소리가 떠올랐다. 에그도 나도 부들부들 떨며 휘청댔지만 에그는 우리가 다시 일어서서 연기를 마칠 때까지 나를 놓지 않았다. 마침내 우리는 마지막 포즈로 들어갔고 나는 '그 표정'을 다시 지었다. 고통이 타고 올라와 이번에는 더 엉망이었다.

"올리비아는 괜찮아."

화면 밖에서 아빠가 말했다. 엄마가 훌쩍이는 소리가 들렸다.

엄마가 환호성을 지르며 박수를 치는 바람에 화면이 위아래로 흔들렸다. 나는 얼굴 가득 가짜 미소를 머금고 누군가 토치를 갖다 댄 듯 뜨거운 발목 따위 아무렇지도 않은 척 몇 안 되는 관중을 향해 손을 흔들었다. 처음으로 에그의 표정을 알아챘다. 에그는 늘 창백했지만, 전미 주니어 페어스케이팅 선수권 대회의 전 우승자 스튜어트 트라우트의 얼굴은 확연한 녹색이었다. 에그는 관중을 향해 손을 흔들면서도 웃지 않았다. 서툰 연기였다. 드디어 화면이 검게 변했다. 하지만 여전히 관중들의 소리가 들렸다. 나는 고개를 절레절레 흔들었다. 엄마가 가방 속 풍경을 촬영한 것은 이번이 처음은 아니었다. 디브이디를 꺼내려고 소파에서 몸을 일으키는데 다시 엄마 목소리가 들렸다.

"무서웠어, 여보. 너무 무서웠어."

"올리비아는 괜찮은 것 같아. 그런데 스튜어트는 잘 모르겠어. 스튜어트 아버지하고 올리비아를 떨어뜨린 문제에 대해 얘기해 봐야겠어. 그리고 알렉세이 감독한테 꼭 말할 거야. 스튜어트는 제1규칙을 어긴 벌로 반드시 링크를 돌아야 해."

"여보, 스튜어트가 오른쪽 어깨를 문지르고 있어."

"알았어. 그럼 샌디한테 가 보고 문제없다고 하면 그때 벌을 줘야지."

"심판들이 잘 봐줘야 할 텐데."

"연기는…, 후. 사실 지난 시즌 내내…. 하아, 주니어 레벨에 1년 더 있어야 했나 봐."

"당신 말이 맞아, 여보. 알렉세이 감독 말을 듣지 말았어야 했어. 아직 시니어 레벨 준비가 안 돼 있어."

엄마의 목소리가 울컥했다.

"가 봐야겠어. 30초 후면 올리비아 앞의 현실이 무너져 내릴 거야."

"여보, 이제 그만해야 하나 봐."

"안타깝지만, 내 생각도 그래."

엄마 아빠의 소리가 사라지자 링크에 에그와 나의 비참한 점수가 울렸다.

관중들이 야유를 보내고 아빠가 육두문자를 쏟아 냈다.

"이런, 제기랄, 생각보다 더 형편없군. 피겨연맹 위원이 애들 쪽으로 가고 있어. 저런 연기 후에 좋은 소식을 전할 리 없어."

부스럭거리는 소리가 들리더니 영상은 끝이 났다. 그다음 장면은 볼 필요가 없었다. 똑똑히 기억하니까.

내가 알던 세상이 끝나 버렸다.

#19

정신없이 울었다. 내 몸보다 소파에 수분이 더 많아질 때까지 울었다. 에그와 나의 스케이트 디트로이트 연기에 엄마 아빠가 실망했다는 건 알고 있었다. 하지만 엄마 아빠는 피겨연맹 위원에게 악당 역할을 맡겼다. 사실은 피겨연맹보다 훨씬 전에 우리를 아니, 정확히는 나를 포기했다. 아빠와 알렉세이 코치는 우리가 시니어 무대에 데뷔한 해 후반기 내내 다퉜다. 에그 때문인 적도 있었지만 대부분은 나 때문이었다. 아무리 이런저런 변화를 시도해 봐도 좀처럼 나아지지 않는 내가 문제였다.

나는 무릎을 가슴팍에 꼭 끌어안고 터져 버리지 않도록 버텼다. 약한 고리는 에그가 아니었다. 나였다. 나는 쿠션에 얼굴을 묻고 목이 아파 올 때까지 고래고래 악을 썼다.

내가 경쟁력 있는 인재가 못 된다고 여긴 건 피겨연맹만이 아니었다. 엄마 아빠도 마찬가지였다. 어쩌면 알렉세이 코치와 크리스털, 에그도. 스스로에게 솔직했다면 나 역시 그랬을지 모른다. 나는 엄마와 아빠의 X를 물려받지 못했다. 훌륭한 선수를 올림픽 선수로 만드는 바로 그 마법의 φ수.

조나에게 있는 그것. 그것 때문에 조나를 사랑하면서도 동시에 조나가 미웠다.

다 때려치우자. 집에 가야겠다.

하지만 근육이 너무 땅겨서 소파에서 일어날 수가 없었다. 10분 정도 기다리기로 했다. 그때쯤이면 집까지 걸어갈 만큼은 될 테니까. 걷는다는 생각만으로도 왼쪽 종아리에 경련이 일었다. 더 끔찍한 건, 링크에 울리는 크리스털의 활기찬 목소리였다. 등에 꽂힌 비수가 조금 더 깊이 박히는 느낌이었다.

휴대전화를 꺼내 맥의 번호를 찾았다. 내 인생에도 나 정도면 충분하다고 생각하는 사람이 적어도 한 명은 있었다. 그래, 얼마나 끝내주는 한 쌍인가. 루저들. 완벽한 루저들. 맥에겐 최소한 롤러 더비 팀이라도 있지. 난 조나가 내 편인지도 100퍼센트 확신이 안 든다. 물론 조나가 내 외면을 좋아하는 건 맞지만 내면 역시 충분하다고 생각할까?

맥에게 전화를 거는 대신 조나와 나의 시그니처 동작을 찍은 동영상을 열었다. 100번도 넘게 돌려 본 영상이었다. 몸은 여전히 아팠지만 마음은 가라앉았다. 동영상 보는데 눈꺼풀이 무거워졌다. 휴대전화가 손에서 미끄러져 떨어졌지만 신경 쓰지 않았다. 조나가 내 마음에서 악마를 쫓아 주었으니까.

다시 눈을 떴을 때는 몇 시인지 분간이 어려웠다. 소파에서 기절하듯 잠든 사이 입가에는 침 웅덩이가 고여 있었다. 엄마의 사무실은 칠흑같이 캄캄했고 디브이디플레이어의 빨간 불빛만 조그맣게 빛났다. 그 불빛만으론 전등 스위치를 찾기 힘들었다.

도대체 몇 시야?

문틀 주변을 더듬거리다 겨우 불을 켰다. 망막이 불타는 것 같았다. 휴대전화를 보니 에그에게서 문자 네 개와 음성메시지 두 개가 와 있었다. 무시해 버렸다. 8시가 조금 지나 있었다. 아직 댄스파티에 갈 수 있는 시간이었다. 바로 집에 가서 샤워를 하고 옷을 갈아입은 다음 파티를 즐기면 된다. 평범한 십 대처럼.

다시 소파에 털썩 주저앉았다. 내가 평범한 십 대 생활을 함께하고 싶은 사람은 단 하나였다. 그리고 그 사람은 지금 유타에 있다.

휴대전화를 손전등 삼아 깜깜한 링크를 헤치며 매점으로 간 다음 스위치를 딸깍 올렸다. 매점은 먼지 한 톨 없이 깨끗했다. 맥은 무슨 일이건 대충하는 법이 없었다. 음료수 컵은 똑같은 높이로 차곡차곡 쌓여 있고 냅킨, 빨대, 일회용 소스는 용기 끝까지 가득 채워져 있었다. 뽀득뽀득 윤을 낸 프레츨 온장고의 유리에 내 모습이 비쳤다.

하, 꼴이 말이 아니었다. 삐져나온 옆머리를 눌렀다. 아침에 그렸던 아이라인은 오른쪽은 눈 밑까지 번져 있고 왼쪽은 아예 실종됐다.

프레츨이 짭짤한 소금빛 유혹의 노래를 불렀다. 판매용 음식은 먹지 못하게 돼 있었다. 판매용 음식은 먹으면 안 된다. 꼬르륵. 배 속이 아우성쳤다. 나는 결국 프레츨을 세 개나 먹어 치웠다. 배가 불룩하게 부풀었지만 개의치 않았다. 라지 사이즈 콜라도 한 컵 들이마셨다. 배가 터질 것 같았다.

나는 1번 테이블로 어기적어기적 걸어가 주저앉았다. 너무 허겁지겁 먹어서 정신이 혼미한 탓이었다. 진짜 토할 것 같았다. 휴대전화를 꺼내 나와 조나의 동영상을 다시 보았다. 이번엔 조나만 보지 않았다. 나에게 집중했다. 조나와 내가 우리의 시그니처 하이드로블레이딩을 할 때, 균형을 잡으며 서로를 바라보는 모습에서 잠시 멈춤 버튼을 눌렀다. 내 눈은 감겨 있었지만 얼굴은 환한 미소로 빛났다.

나는 짧은 영상을 다시 틀어 나를 보았다. 내 얼굴, 내 팔, 내 다리, 내 등을 보았다. 엄마의 디브이디 속에서 스케이트를 타던 여자아이와는 아예 다른 사람처럼 보였다. 얘는 누구일까?

나는 허둥지둥 사무실로 돌아가 내 스케이트 가방을 찾았다.

나는 조나와 나의 영상을 마지막으로 한 번 더 보며 스케이트 끈을 조였다. 이제 새로운 나를 찾아 밖으로 꺼낼 시간이었다. 나는 스케이팅 음악 플레이리스트를 열고 블루투스 이어폰을 귀에 꽂았다. 에픽 데인저의 '스테이 위드 미(Stay with me)'가 흘러나왔다. 아름다운 멜로디에 마음이 일렁였다.

오래전부터 이 노래를 좋아했지만 이제 가사가 전혀 다른 의미로 다가왔다. 휴대전화를 테이블에 올려놓고 가장 매끈한 얼음 위로 향했다. 지난 몇 년의 시간 그 어느 때보다 마음이 가벼웠다. 호주 선수들의 예술성과 영국 커플의 열정을 떠올렸다. 남자 선수의 단단한 팔이 스팽글이 반짝이는 여자 선수의 허리를 감쌌다. 나는 눈을 감고 조나를 머릿속에 그렸다. 내 손을 꼭 쥔 조나의 손이 느껴졌다. 조나와 내가 완벽한 평형을 이룰 때 팔이 당겨지는 그 느낌. 차가운 공기 속에서도 우리 둘 사이를 흐르는 열기. 단단한 마음. 굳게 뿌리내리는 느낌. 균형감. 행복. 모든 것이 그대로 다가왔다.

갑자기 눈물이 볼을 타고 흘렀다. 나는 팔을 뻗어 조나와 함께 있는 것처럼 동작을 시작했다. 반쯤 지났을까, 나는 에그가 짜깁기 한 안무를 통째로 버리기로 했다. 음악을 다시 시작한 다음 조나와 나를 위한 새로운 안무를 짰다. 기적처럼, 나의 상상 속 조나도 이 안무를 알고 있었다. 우리의 케미는 줄곧 빛났고 심판들도 알아보았다. 나는 '스테이 위드 미'를 세 번 더 반복하며 머릿속으로 상상의 날개를 펼치다 현실을 깨달았다. 조나가 쇼트트랙 금메달을 향해 달리고 있지 않다 하더라도, 당장 내 수준이 될 수는 없었다. 조나와 나는 파트너가 될 수 없었다.

음악이 끝나 갈 무렵, 나는 마음이 가는 대로 마지막 포즈에 변형을 주었다. 나는 여전히 스케이트가 타고 싶었다. 하지만 내 방식대로 하고 싶었다. 다른 누구의 연기가 아닌 나의 이야기를 보여 주고 싶었다. 에그처럼 나도, 내게 가장 중요한 것을 찾아야 했다. 어쩌면 이제는 솔로 선수로 돌아가야 할 때일지도 모른다.

짝. 짝. 짝. 느릿느릿한 박수 소리가 정신을 흩어 놓았다. 홱 뒤를 돌아보니 에그가 1번 테이블에 서 있었다. 내가 보드로 다가가자 에그가 시선을 떨구었다. 나도 에그를 쳐다보지 못했다. 그러다 늘 그랬듯 우리는 동시에 고개를 들고 말했다.

"미안해."

나는 얼음 밖으로 나와 에그 앞에 서서 말했다.

"오늘 일은 없었던 일로 해 줄래?"

"그래, 그런데 전화 안 받은 건 아직 화 안 풀렸어."

"알았어. 앞으로는 프로답게 행동할게. 약속해. 시간 까먹은 만큼 환불도 해 줄게."

에그는 어리둥절한 표정을 짓더니 허탈한 웃음을 지었다.

"무슨 말이야. 난 네가 납치를 당했거나 차에 치였거나 아무튼 집에 가는 길에 무슨 일 난 줄 알았단 말이야. 다 내 잘못이야. 오디션이 뭐라고, 우주 최강 찐따 짓을 했어. 케네디 코치님의 제1규칙을 잊어버렸어. 미안해."

나는 에그를 부둥켜안고 가슴에 얼굴을 묻었다. 그렁그렁 차오르는 눈물을 보이기 싫어서였다. 엄마는 소파에 곯아떨어져 있을 거다. 아빠는 어딘가에서 사람들의 관심에 한껏 취해 있겠지. 엄마 아빠는 언제쯤 내가 사라진 걸 알아챌까? 눈물샘이 완전히 터져 버렸다.

"뭐야? 뭐야? 왜 이래?"

에그가 나를 꼭 끌어안자 나는 어깨에 대고 흐느꼈다. 에그는 내가 남김없이 감정을 토해 낼 수 있도록 가만히 기다려 주었다. 몇 분이나 지났을까, 마침내 나는 울음을 멈추었다.

"말해 봐, 올리비아. 우리가 파트너로 지낸 시간이 얼마야. 어떨 땐 친형제들보다 네가 더 가깝게 느껴졌어. 사실 네가 내 동생이 되면 좋겠다고 생각한 적도 많아. 오늘 같은 일이 있었지만 우리는 지금껏 만난 그 누구보다도 잘 맞아."

"미안해. 나도 알아. 내가 약한 고리라는 거. 오빠가 아니라 나야."

나는 코를 훌쩍이며 어깨로 눈물을 닦았다.

"피겨연맹에서 후원을 중단한 것도 나 때문이야."

"아니야."

"피닉스 대참사 전에 나랑 헤어지지 그랬어. 내가 짓누르지 않았으면 지금쯤 훨씬 잘나갔을 텐데."

"무슨 소리야. 너, 나 안 짓눌렀어. 나를 들어 올려 줬지. 우리 중에 진짜 재능 있는 사람은 너야. 누군가 오래전에 나를 이 고통에서 꺼내 줘야 했어. 네 말이 맞아. 난 금메달감이 아니야. 그랬으면 좋겠지만, 아니야."

"아니야, 내가 정신이 나갔었나 봐. 취소할게."

"하기 힘든 말이지만 진실이야. 그리고 때로 진실은 아픈 법이야. 그래서 이번 오디션이 나한테 그렇게 중요한 거야, 올리비아. 난 올림픽 선수감은 아닐지 모르지만 그래도 스케이팅이 좋아. 더 이상 땜빵용 선수로 살기 싫어. 돈 받고 브리트나 다른 얼음 공주들을 맞춰 주는 일은 하기 싫어. 난 내 방식대로 타고 싶어. 스튜어트로 살고 싶어. 전 세계를 돌아다니고 싶고 사랑에 빠지고 싶어. 최대한 많은 기억을 내 머릿속에 넣은 다음, 자리를 잡고 어른이 되고 싶어."

"나도."

에그에게 전부 다 말해야 했지만 그럴 수 없었다. 아직은 아니었다. 내 꿈을 입 밖으로 꺼내기가 두려웠다. 너무 급작스럽기도 하고. 대신 조금 더 솔직해지기로 했다.

"어떻게 해야 평범한 아이로 살 수 있는 건지 모르겠어. 지난 5개월 동안 계속 노력했는데도, 난 글렀어."

에그가 웃으며 내 어깨를 감쌌다.

"나도 그래. 그러니까 내가 아닌 다른 사람이 되려고 애쓰지 말고 제일 잘하는 걸 하자. 어떻게든 되겠지."

"나, 알렉세이 코치님 안무 하기 싫어. 나, 다른 아이디어가 생각났어."

내가 휴대전화를 들어 올려 에그에게 노래를 들려줬다.

"이 노래? 네가 아주 날 울릴 작정이구나?"

에그가 흑흑대는 시늉을 하는 바람에 우리는 함께 웃음을 터뜨렸다.

"좋았어, 꼬맹이. 우리의 이 분노를 예술로 승화시켜 보자고."

"알았어. 그런데 에그, 왜 나 오프닝 표정 안 말렸어? 완전 바보 같던데."

"그래. 과거로 돌아가서 바꾸고 싶은 게 몇 가지 있긴 하지."

에그가 극적인 포즈를 취하더니 '그 표정'을 지었다. 웃음이 났다.

"그래도 네가 내 파트너란 사실엔 변함이 없을 거야."

마음이 따뜻해졌다. 성숙한 어른인 척하는 연기는 이제 그만둘 거다. 지금 내 모습 그대로 열정으로 똘똘 뭉친 성숙한 십 대를 보여 줄 거다.

마침내 연습을 끝마쳤을 때는 자정이었다. 발은 쑤시고 허리는 욱신대고 손은 꽁꽁 얼었지만 마음은 충만했다. 새로운 안무가 결정됐다. 나의 안무. 나의 예술. 나의 표정. 조나를 향한 나의 사랑 노래. 조나에게 얼른 보여 주고 싶은 마음을 참기가 쉽지 않았다.

#20

일요일에는 연습을 늦게 시작하기로 했다. 에그가 엄마에게 감사 인사를 하겠다며 밖에서 이른 저녁을 산다고 고집을 피웠기 때문이다. 나는 링크 폐장 시간만 눈이 빠지게 기다렸다.

"우리 새 안무 엄마한테 보여 주고 싶어 죽겠어."

우리 가족 단골 일식당으로 들어서며 내가 엄마에게 말했다.

"이라샤이마세(어서 오십시오)!"

주방장이 고개도 들지 않고 일본어로 소리쳤다.

"사토 상, 오히사시부리데스(사토 씨, 오랜만이에요)."

엄마도 일본어로 대꾸했다.

"미도리 상!"

중년의 남자가 하던 일을 내려놓고 문 앞으로 달려 나왔다.

"다시 만나서 반갑습니다. 사랑스러운 따님도요. 남편분은 오늘 어디 계신 가요?"

"휴스턴일 거예요, 아마도."

"들어오세요."

사토 씨가 뒤쪽 칸막이 자리로 안내했다.

"항상 앉으시는 자리입니다. 스카일러가 곧 와서 주문 도와드리겠습니다. 메뉴에 없는 거라도 원하시는 거 있으면 알려 주세요, 미도리 상."

"정말 친절하세요."

엄마는 최근 들어 가장 밝은 표정을 지었다. 하지만 사토 씨가 자리를 뜨기 무섭게 가면이 벗겨졌다. 엄마는 이 사이로 고통스러운 숨을 내쉬더니 허리를 주물렀다. 실제 바깥세상, 초대형 사이즈 세상에 나와서 보니 두어 달 사이 엄마가 얼마나 살이 많이 빠졌는지 알 수 있었다. 엄마는 원래도 마른 체형이었지만 이제는 뼈만 남은 것 같았다.

"밥 먹을 땐 휴대전화 보지 말자, 스튜어트."

엄마가 말하는데 긴 갈색 머리에 키가 큰 백인 십 대 여자아이가 우리 테이블로 왔다.

"이라샤이마세."

여자아이는 꼭 사토 씨처럼 말했다. 그러고는 라벤더 색 앞치마에서 주문용지를 꺼냈다.

"저는 스카일러입니다. 오늘 저녁 고객님의 서빙을 담당하게 되었습니다. 사토 씨께서 음식은 무료이고 원하는 건 무엇이든 주문하라고 말씀하셨습니다."

나의 혀는 돈가스를 원했지만 돼지고기 튀김이 스케이트 탈 때 배 속에 돌덩이처럼 내려앉으리란 걸 나의 뇌는 알고 있었다. 나는 차가운 메밀국수와 연어 데리야키를 주문했다. 에그는 새우튀김과 채소를 곁들인 도시락 세트를 시켰다. 나중에 후회할 텐데.

"오차즈케(녹차에 밥을 말아 명란, 김, 매실장아찌 등을 곁들여 먹는 일본 음식)를 부탁드려도 될까요? 오늘 몸이 좀 안 좋아서요. 훌륭한 주방장님께 이런 부탁이 결례인 줄은 알지만, 내 소울푸드거든요."

엄마가 말했다. 스카일러는 우리를 한 명 한 명 보면서 주문을 다시 읽었다. 그러더니 나를 다시 쳐다봤다.

"혹시 올리비아?"

스카일러의 말에 나는 눈을 깜빡였다.

내가 고개를 까딱했다.

"내 여동생이 너한테 스케이팅 배워."

내게 남은 두 명의 제자는 모두 백인이 아닌데. 멍한 눈으로 쳐다보자, 스카일러가 덧붙였다.

"리나 기타가와. 나랑 아빠가 달라. 걔가 입만 열면 네 얘기거든. '올리비아 선생님이 이랬는데, 올리비아 선생님이 저랬는데'. 리나한테는 네가 아이돌이야. 그리고 자기처럼 혼혈이어서 리나 눈에는 더 멋져 보이나 봐."

"저런. 뭐, 누구나 마음속에 자기만의 팬클럽 하나쯤은 있는 법이니까."

내가 농담을 했다.

스카일러가 뒤를 돌아보더니 휴대전화를 꺼냈다.

"사진 한 장 같이 찍어도 돼? 리나가 진짜 좋아할 거야."

이런 일은 아주 오랜만이었기 때문에 나는 기쁜 마음으로 승낙했다. 스카일러는 나보다 키가 훨씬 커서 나는 스카일러의 겨드랑이에 딱 들어갔다. 다른 포즈로도 몇 장을 찍은 다음 스카일러는 얼른 자리를 떴다.

"아, 쌍둥이들이랑 버지니아 공대에 있을 때의 일상이 여기서도 펼쳐지네. 스튜어트 누구시라고요? 존재감 제로 씨?"

에그가 웃으며 말했지만, 나는 에그가 상처받았다는 걸 알 수 있었다.

"진심으로 하는 말인데 가끔은 세상 사람 모두가 내가 누구인지 다 잊어버렸으면 좋겠어. 그리고 나한테 일어난 일도."

테이블 위의 양초 장식을 만지작거리며 엄마가 말했다.

"저희, 알렉세이 코치 안무 안 하기로 했어요. 우리 같지가 않아서요."

에그가 엄마를 다시 현실로 불러냈다.

"너희한테는 너무 어른스러웠지."

"그런 게 아니야. 이번 새 안무는 진짜 나, 진짜 에그를 더 반영했어. 우리의 경험 대 알렉세이 감독님의 경험 같달까."

"내일까지 어떻게 기다리지? 너희 안무는 정말 특별할 거야."

엄마 말에 에그는 미소를 지었지만 나는 엄마를 안다. 이 말은 칭찬이 아니다. 엄마는 내가 해낼 거라고 생각하지 않는다. 엄마는 나의 넘버원 팬이 아니니까.

"맥 언니가 오늘 밤에 촬영해 줄 거야."

내가 말했다. 그리고 내 나름의 한 방을 얹었다.

"그러면 실제로 쓸만한 영상인지 아닌지 알 수 있겠지."

내 말에 엄마가 미간을 찌푸렸다. 에그가 수습에 나섰다.

"저희는 코치님께 피드백을 받고 싶어요. 안무가 완성되면요. 코치님이야말로 전문가잖아요."

"그래야지. 우린 최고가 아니면 못 보내… 물론 할 수 있는 한에서지만."

제대로 폭발하려다 겨우 참았다. 스카일러가 음식을 가지고 왔기 때문이다. 엄마도 나도 키스 앤드 크라이 존(Kiss and Cry zone, 피겨스케이팅 선수들이 경기를 마치고 점수가 발표되기를 기다리는 장소) 미소를 지었다.

스카일러가 엄마 앞에 오차즈케 그릇을 놓았다. 그리고 내 앞에 국수를 내려놓으며 물었다.

"사진, SNS에 올려도 돼?"

"그럼, 당연하지."

엄마가 내 계정을 비공개로 돌린 걸 떠올리며 이렇게 덧붙였다.

"아이스드림도 태그해 줄래?"

"그래."

스카일러는 에그의 도시락 정식을 가지러 다시 주방으로 갔다.

나는 젓가락을 쥐고 조나의 생일 파티 이후 최고의 식사를 하기 시작했다.

에그는 식사를 하며 엄마에게 따끈따끈하고 시시콜콜한 스케이팅계 뒷얘기들을 전했다. 시니어 레벨 세상에서 이야기는 끝도 없고, 사실인지 아닌지는 중요하지 않다.

"아직도 우리 얘기 떠들어 대?"

나는 그게 알고 싶었다. 에그가 애매한 소리를 냈지만 나는 대답이 '응'이란 걸 알았다.

"스케이트 디트로이트는 몇 달이나 지난 일인데 말이야. 더 볼 게 뭐가 있다고."

에그가 입안 가득 밥을 물고 말했다.

"시간을 줘. 실컷 떠들고 나면 곧 잠잠해질 거야."

엄마가 녹차를 홀짝였다.

하지만 나는 사람들이 다시 우리에 대해 시끄럽게 떠들게 되길 바랐다. 좋은 얘기를.

"올리비아, 네가 마저 먹어. 엄만 배부르네."

엄마가 반쯤 남은 오차즈케 그릇을 내게 밀었다.

에그가 휴대전화로 시간을 확인했다.

"가야겠어요. 아이스드림 문 닫을 시간이에요."

엄마는 계산을 하려고 했지만, 사토 씨는 돈을 안 받겠다고 버텼다. 결국 엄마는 빈털터리 지갑을 도로 가방에 넣고는 과장되게 감사 인사를 했다.

"잠깐만요!"

스카일러가 조그마한 쇼핑백을 들고 달려 나왔다.

"오늘 만든 거예요."

스카일러는 고개 숙여 인사를 하는 엄마에게 쇼핑백을 건넸다. 쇼핑백 안에서 익숙한 냄새가 풍겨 나왔다.

"멜론빵!"

냄새와 동시에 달콤하고 산뜻한 맛의 동그란 빵이 떠올랐다.

"캘리포니아에 갈 때마다 외할아버지가 사 주셨는데."

물론 오래전 일이다. 하지만 내게는 여전히 좋은 기억으로 남아 있다.

"감사합니다. 두 분 모두."

엄마의 눈이 반짝였다.

주차장으로 가는 길에 엄마는 에그에게 열쇠를 주며 집에 데려다 달라고 했다. 아이스드림의 현직 여왕은 다시 유약한 평소 모습으로 돌아갔다.

"외식하자고 해 줘서 고맙다, 스튜어트. 몸은 힘들었지만 기분이 한결 가벼워졌어."

엄마가 에그의 팔에 손을 올리자 에그가 엄마 손 위에 자기 손을 얹고는 꼭 쥐었다.

"저도 기뻐요. 그동안 저한테 해 주신 게 얼만데 이 정도는 당연하죠. 게을러터진 형이 주말마다 아이스링크에 버리고 간 녀석한테 코치님이 기회를 안 주셨다면, 지금의 저는 없었을 거예요."

"너는 우리에게 선물과 같은 존재야. 진짜야."

엄마의 말이 내 명치에서 지글거렸다. 엄마 눈에 나는 여전히 울퉁불퉁한 빙판이다. 엄마가 틀렸다는 걸 증명해 보이고 싶어 안달이 났다. 멜론빵을 들고 뒷자리에 탔다. 내 몫은 조나가 돌아올 때까지 남겨 둘 거다.

#21

링크에 도착했을 때, 맥은 시간을 칼같이 지키는 사람답게 벌써 와서 촬영 준비를 하고 있었다. 정말 대단한 언니다. 나는 맥이 강력하게 밀어붙인 반짝이 아이라인과 빨간 립스틱을 다시 확인했다. 맥은 '무시무시하게 보이도록' 옆머리를 뒤로 쫙 넘겨야 한다고 했다. 처음엔 확신이 없었는데 갈수록 마음에 들었다. 맥의 미적 감각은 아무도 못 따라올 거다. 이제 나는 어딜 봐도 어린애 같지 않았다.

"올리비아와 스튜어트 버전 2.0, 준비됐어?"

준비운동으로 링크를 돌면서 내가 에그를 한 바퀴 차로 제치자 에그가 말했다. 나는 완벽한 트리플 살코 점프로 답했다.

"그렇다는 뜻으로 받아들일게."

"고고고, 힘내!"

맥이 소리쳤다.

"아, 잠깐. 아직 카메라 안 켰어. 됐어. 이제 시작해 볼까?"

나는 보드로 가서 재킷을 벗고 피닉스 의상의 주름을 반듯하게 폈다. 솔기가 압력을 잘 버텨 주길 바라며 중얼거렸다.

"이 의상을 선택한 거, 잘한 걸까?"

오프닝 포즈를 취하며 에그가 말했다.

"잠깐만. 잠깐만 기다려. 옷이 들려 올라가."

에그는 허리에 윗도리를 잘 찔러 넣었다. 마지막으로 함께 스케이트를 탄 이후 우리는 둘 다 몸집이 커졌다. 이제야 드디어 성인처럼 보였다. 실제로는 둘 중 하나만 성인이었지만.

에그가 몸을 쭉 펴고 서서 포즈를 취했다. 맥이 환호성을 질렀다. 나는 고개를 저으며 에그와 다리를 교차했다.

오늘 밤 촬영한 영상만으로도 맥은 한 시간짜리 특집 방송을 만들 수 있을 것 같다고 했다. 9시가 되자 에그는 맥이 편집을 하도록 집으로 보냈다. 이미 솔기가 해지기 시작한 의상도 함께. 맥의 할머니가 수선해 줄 거다. 우리는 안무를 디테일하게 조정했다.

"아파서 결석한다고 내일 학교에 전화해야겠어. 그래야 계속 영상 찍지."

나는 검정 스케이팅 상의와 요가 바지 위에 아이스드림 재킷을 걸쳤다. 아이라인과 립스틱을 지우고 나니 기분이 좋았다. 맥이 덕지덕지 발라 놓은 어마어마한 양의 헤어젤 덕에 머리는 절대 평범한 상태로 안 돌아오겠지만.

에그가 1번 테이블에 앉아 안도의 한숨을 내쉬며 스케이트 끈을 풀었다.

"마지막 스로 트리플 러츠 점프에다 다른 요소를 이어 붙여서 마무리하면 어떨까?"

에그가 호랑이 무늬 가드를 칼날에 씌우고 칼날 닦는 수건을 가방에 툭 던졌다.

"생각해 보자. 어쨌든 수정은 해야 해. 내일은 엄마가 촬영해 줄 거야. 집에 가는 길에 삼각대 하나 사야겠다."

나는 에그의 팔을 끌며 말을 이었다.

"스케이트 다시 신어. 스로 트리플 러츠 몇 번만 더 하고 끝내자. 내일이면 완벽하게 될 거야."

에그가 신음을 뱉으며 테이블에 털썩 엎드렸다.

"차라리 날 죽여라."

"어리광 피우지 마."

나는 스케이트 가드를 벗고 다시 얼음 위에 섰다.

하지만 에그는 휴대전화만 만지작거렸다. 그러더니 잠시 뒤 불쑥 정문을 향해 걸어갔다.

"에그, 딱 15분만. 중간에 한 부분 고치고 싶어서 그래. 버터플라이 스핀에서 백 시트 스핀으로 가는 부분. 버터플라이에서 백 카멜로 가면 어때? 그럼 전체 시퀀스가 훨씬 매끈할 거야."

에그는 대답 대신 링크 전등의 반을 꺼 버렸다.

"에그! 스튜어트 트라우트! 프로의식이 꽝이야."

나는 시트 스핀을 연습하려고 불빛이 비치는 곳으로 움직였다. 빙글빙글 돌면서 팔로 몸을 바짝 감쌌다. 회전이 빨라질수록 링크가 뿌옇게 흐려졌다. 자세를 낮춰 웅크려 앉으며 시트 스핀을 했다. 다시 일어섰을 때는 더욱 빨리 회전했다. 원심력을 이용해 과거의 올리비아를 남김없이 밀어내려는 것처럼. 마침내 나는 모든 것을 밀어내고 얼음 위에 토 픽을 꽂았다.

"에그, 스피드 봤어? 에그?"

나는 어두침침한 링크를 살피며 에그를 찾았지만 에그는 없었다. 대신 빙판 가장자리 한 줄기 빛 아래, 한 손에는 커다란 장미 꽃다발을, 다른 손에는 내 스케이트 가드를 든 형체가 서 있었다. 조나였다. 내 스케이트가 급히 멈추자 반짝이는 까만 정장 구두 위로 온통 얼음 눈이 내렸지만, 조나는 꼼짝도 하지 않았다. 나는 조나를 위아래로 살폈다. 로열블루 색 셔츠에 진회색 정장 바지를 입은 조나는 상상에서보다 훨씬 멋졌다. 조나에게 팔을 둘렀다. 조나의 입술에서 불꽃이 일었고, 내 지친 몸은 다시 활활 타올랐다.

"주말 일은 미안해. 화내지 마."

드디어 우리의 입술이 떨어진 순간 조나가 내게 꽃을 내밀었다.

나는 스케이트 가드를 끼우고 자홍색 장미를 받았다. 세상에 존재하는 꽃 중에 가장 아름다운 꽃 같았다. '12달러 99센트'라고 적힌 마트 가격표가 붙어 있긴 했지만.

"고마워. 집에 돌아와서 기뻐."

나는 조나의 손가락에 내 손가락을 걸고 조나를 1번 테이블로 이끌었다.

조나가 나와 꽃다발을 조심스레 안았다.

"잠깐만, 조나. 에그는 어디 있어?"

"주차장에서 아빠를 막아 주고 있어."

"멋진데? 너도 멋지고."

조나의 옷차림은 완벽했다. 조나의 머리 스타일은 완벽했다. 조나의 미소도 완벽했다.

"진짜 케이팝 아이돌처럼 멋져."

"고마워. 올림픽 선수로 잘 안 풀릴 때를 대비해 플랜 B가 필요하니까."

조나가 나를 더 꼭 끌어안았다. 순간 두꺼운 천이 몸에 닿았다. 눈이 반짝 떠졌다. 빨강, 하양, 파랑 줄무늬 끈이 셔츠 깃 아래 드러났다. 그리고 금메달이 조나의 살갗 위에서 빛났다.

"1,000미터에서도 똑같은 걸 땄지만 두 개 다 거는 건 너무 허세 부리는 것 같잖아. 아무래도 케이팝계에 진출하려면 한참 기다려야 할 것 같아."

나는 조나의 목에 팔을 두르고 꼭 끌어안았다.

"축하해."

"용서했다는 뜻이야?"

"응. 집중할 땐 다른 건 다 마음속에서 사라지니까. 사실 그래야 하고. 경기할 때 딴 데 정신 팔면 안 되지."

"어, 나 딴 데 정신 팔았는데. 이런 걸 보고 어떻게 집중할 수 있겠어?"

조나가 뒷주머니에서 휴대전화를 꺼냈다. 심장이 딸꾹질했다. 피닉스 의상 사진이었다. 안 돼. 심지어 나는 '그 표정'을 짓고 있었다. 저 사진을 없앨 수만 있다면.

"이거 어디서 났어?"

"인터넷. 이 의상이 피겨스케이팅계에 제법 파문을 일으킨 모양이던데."

사진을 확대하는 조나의 한쪽 눈썹이 치켜 올라갔다.

"왜 그런지 알겠어. 배경화면으로 딱이야."

"이 사진 아무한테도 보여 주지 마. 절대로. 농담 아니야."

"왜? 인터넷에 있는 사진이야."

조나와 나는 휴대전화를 놓고 몸싸움을 벌였다. 내가 조나 손에서 휴대전화를 빼앗아 테이블에 탁 놓았다.

"곧 알게 될 거야. 쇼핑백 속엔 뭐야?"

"네 선물."

조나가 빛나는 검은색 커다란 쇼핑백을 내 무릎에 툭 올렸다.

묵직한 구두 상자가 쇼핑백 속에서 나왔다. 까만색 피겨스케이트였다.

"어, 이건 남자 스케이튼데."

"맞아. 사실은 내 거야. 아빠랑 거래를 했거든. 유타에서 금메달을 하나 따면 너랑 크로스트레이닝 시간을 한 시간 늘리기로. 금메달을 두 개 땄더니 아빠가 오늘 아침에 가게 문 열자마자 피겨스케이트를 사 줬어."

조나가 스케이트를 테이블 위에 올렸다.

"같이 타자."

"지금?"

"응, 조금만."

잠시 뒤 조나가 얼음 위로 걸어와 나의 세상으로 들어왔다. 나의 새로운 평범함 속으로.

"아, 느낌이 어색해."

조나가 토 픽으로 걸어와 나와 충돌했다.

"나 스케이트 탈 줄 알아. 맹세해. 진짜야."

나는 조나가 다시 균형을 찾을 때까지 조나를 양팔로 감쌌다.

"괜찮아. 익숙해져야지. 계속 타. 균형을 잡아 봐."

몇 분이 흘렀다. 조나는 이내 나와 손깍지를 낄 만큼 균형을 잡았다. 조나와 나는 빛과 그림자 사이를 지나며 링크를 활주했다. 두 번째 바퀴를 도는데 조나가 불쑥 왼쪽으로 꺾으며 링크의 가장 어두운 곳으로 나를 끌었다. 조나의 팔이 나를 감싸더니 뒤로 밀었다. 곧 나는 안전 패딩을 덧댄 보드와 조나 사이에 끼었다. 내가 조나를 더 가까이 끌어당기자 우리의 스케이트 날이 엉켰다. 금메달이 내 살에 닿았다. 조나와 나는 정신없이 완벽한 연기를 펼쳤다.

근데 난데없이 불이 반짝 켜졌다.

"허, 이거 참 민망하네."

에그가 전등의 반을 다시 껐다.

"환영 행사 방해해서 미안한데, 나 너무 피곤해. 이쯤에서 정리하면 안 될까? 아빠 기다리서, 조나."

내 볼은 불탔지만 조나는 웃었다. 조나가 내 손에 깍지를 끼고 1번 테이블 옆으로 나를 끌었다.

"문단속하고 5분 뒤에 주차장으로 와, 올리비아."

에그가 말했다.

스케이트를 벗고 굿나잇 키스를 마무리하기까지 10분이 걸렸다. 내가 느디어 차 조수석에 앉자 에그가 나를 요상한 눈으로 쳐다봤다.

"뭐?"

"부담은 갖지 말고, 그 열정 내일 우리 연기에 좀 쏟아 줘. 그리고 내일 진짜 결석해도 괜찮아? 여기에 삼만 년 동안 앉아 있으면서 생각해 봤는데 네 말이 맞아. 버터플라이에서 백 카멜로 가는 게 낫겠어."

에그는 계속 떠들었지만 나는 조나 생각에 정신이 산란했다. 에그가 내 어깨를 툭툭 치며 나를 현실로 복귀시켰다.

"에헴. 너의 오빠 대행으로서 내가 내일 그 스케이트남하고 남자 대 남자로 얘기를 좀 해야겠어. 내 동생 아프게 하면 가만 안 놔둘 거라고."

"조나랑은 리프트 안 해. 걱정 붙들어 매셔."

"고맙다. 하지만 제1규칙은 얼음 밖에서도 유효해."

#22

- 오늘 학교 안 와?

점심시간에 조나가 문자를 보냈다.

나는 해가 뜨고나서부터 줄곧 링크에 있었다. 오늘 학교 빠지고 에그를 돕겠다고 엄마에게 허락을 받는 건 문제도 아니었다. 어제 찍은 영상을 보고는, 오히려 엄마가 에그더러 아침에 와서 자신과 나를 링크에 데려다 달라고 했다. 심지어 맥까지 어제 영상을 편집하려고 일찍 나왔다. 마치 가족 모임 같았다. 아빠만 있으면 완벽한데. 그리고 금메달리스트 스케이트남 한 명까지 있다면.

나는 조나의 문자에 답장을 했다.

- 내일은 갈 거야. 오늘 오디션 영상을 마무리해야 해.

- 보고 싶어.

- 나도 보고 싶어.

- 그리고 나 지금 댄스파티 사진 300장째 보고 있어.
  평범함은 과대평가됐다니까. 내 주말이 백만 배 나아.

속이 쿡 찔렸다. 조나가 곧장 문자를 또 보냈다.

- 물론 제일 마지막 부분이 최고였고. 스튜어트가 끼어들기 전까지.
  다시 한 번? 최대한 빨리?

- 좋아! 날짜랑 장소만 말해.

- 장소는 우리 집. 시간은… 다음 주? 스케이팅 일정 보고 다시 연락할게.

별안간 내 손에서 휴대전화가 휙 날아갔다.
"스케이트 탈 거야, 말 거야? 사생활은 잠시 접어 두고 프로 선수가 돼 보는 건 어때?"
에그가 내 휴대전화를 자기 머리 위로 들었다.
"나 프로 스케이트 선수 맞아."
아주 오랜만에 말하는 진심이었다.
"안 흔들리고 스로 트리플 러츠 성공하면 돌려줄게."
에그가 내 휴대전화를 자신의 운동 가방에 넣었다.
"알았어."
"스튜어트, 올리비아. 나 준비됐어."
엄마가 카메라가 놓인 삼각대 뒤 스툴에 앉아서 말했다.
나는 얼음 위로 가다 말고 멈춰서 렌즈 뚜껑을 열고는 엄마에게 건넸다.
"나도 알아."

"두 번째 버튼이야."

"안다고."

"그리고 줌인, 줌아웃 그런 거 하지 마. 그냥 가만히 놔둬."

"나도 카메라 쓸 줄 알아, 올리비아 미도리 케네디."

논란의 여지가 있었지만, 엄마의 형편없는 촬영 기술이 이번 주말 나의 인생을 바꿔 놓았으므로 너무 몰아붙이지는 않았다.

"알았어."

내가 엄마를 살짝 안았다. 엄마는 움찔하면서도 빙긋 웃었다.

"이제 가서 제대로 한번 보여 줘. 스로 트리플 러츠 할 때 흔들리지 말고. 착지한 다음 딱 고정하고 에너지가 다 흘러나갈 때까지 놓으면 안 돼."

"네, 코치님."

"그렇지!"

여기저기 수정하면서 오후가 쏜살같이 지나갔다. 휴대전화를 되찾을 자격은 오래전에 얻었지만 연습을 중단하고 찾아오지는 않았다. 나는 몰입했다. 비로소 나는 집으로 다시 돌아왔다.

"끝내줬어. 역시 우리가 해낼 줄 알았어."

마지막 촬영 뒤 에그가 나를 꼭 안았다.

"다른 각도에서 한 번 더 찍자."

맥이 말했다.

"이 정도면 충분해, 맥. 무리 안 해도 돼."

엄마가 카메라 렌즈 뚜껑을 덮었다.

"마지막으로 딱 한 번만요. 맹세해요. 그다음엔 손 뗄게요."

"나 쉬고 싶어."

에그가 빙판 밖으로 나가 맥 옆에 털썩 앉았다.

"뜨거운 차 좀 내올게."

엄마가 스툴에서 일어나 매점 쪽으로 절룩이며 걸어갔다.

나는 얼음 위에 드러누웠다. 이러면 화끈거리는 등을 식히는 동시에 낮잠도 잘 수 있다. 맥과 에그가 카메라 쇼트에 대해 상의하는 소리를 10초쯤 들었을까, 말소리가 귀에서 점점 멀어졌다. 내 의견을 묻지 않아 다행이었다. 토막잠이 혼수상태로 변질됐으니까.

"올리비아? 괜찮아?"

어깨에 닿은 따스한 손길이 나를 깨웠다.

납덩이같은 눈꺼풀을 가까스로 떴다. 아름다운 얼굴 하나가 또렷하게 들어왔다. 내가 미소 짓자 그 얼굴에 잡혔던 미간의 주름이 스르르 풀렸다.

"깜짝 놀랐잖아. 다친 줄 알았어."

조나였다.

"다쳤으면 얼음 위에 그냥 내버려 뒀겠냐? 제1규칙이야, 친구. 제1규칙."

1번 테이블에서 에그의 목소리가 와락 쏟아졌다.

나는 팔꿈치를 괴고 상체를 일으켰다. 마음은 따뜻했지만 몸은 아니었다. 조나가 손을 내밀어 나를 일으켰다.

"얼어 죽겠네."

내 말에 조나가 후드 점퍼의 지퍼를 내리더니 다가와 점퍼로 우리 둘을 모두 감쌌다. 나는 조나의 발 사이로 쏙 들어가 얼음장 같은 손을 조나의 뒷주머니에 찔러 넣었다.

조나의 따뜻한 숨결이 내 목을 쓸었다. 조나가 귀에 대고 속삭였다.

"너희 엄마가 쳐다보고 계시지?"

나는 조나의 어깨너머로 고개를 내밀었다. 엄마는 생각에 잠긴 듯한 미소를 머금고 우리를 보고 있었다.

"전혀 아닌데."

"잘됐다."

내 입술을 부드럽게 누르는 조나의 입술이 혈관에 다시 불을 질렀다. 덜덜 떨리던 이가 바로 멈췄다. 다시 지상으로 내려온 다음 엄마를 또 봤다. 엄마가 엄지손가락을 들어 올렸다.

"올리비아, 차 준비됐어."

엄마가 매점에서 소리쳤다.

나는 조나와 손을 잡고 당당하게 매점으로 들어갔다. 엄마가 머그컵에 꿀레몬차를 담아 카운터 위로 건넸다.

"조나, 오늘 학교 빠진 거야?"

엄마가 조나를 나무랐다.

"아니에요. 음, 네. 그런데 7교시만 빠졌어요. 올리비아가 스케이트 타는 거 보고 싶어서요."

조나는 엄마와 눈을 못 마주쳤다.

엄마는 쯧쯧 혀를 차다가 바로 포기했다. 엄마는 마음이 너무 약했다.

"알았어. 그래도 촬영 중에는 말하지 마."

"말은 엄마가 하지 말아야지. 오늘 엄마가 꺅꺅대는 바람에 몇 번이나 망했잖아."

"쉿, 우리 아기 스케이트 타는 모습 보는 게 너무 좋아서 그랬지. 이제 아기는 아니지만."

엄마의 눈이 촉촉이 빛났다. 엄마가 큼큼 목소리를 가다듬었다.

"맥 말대로 다른 각도에서 한 번 더 찍어야겠어. 일단 차부터 마셔."

우리는 차를 들고 1번 테이블로 향했다. 조나가 맥 맞은편에 앉자 나는 조나 무릎에 앉았다. 이제 우리는 공식 커플이니까. 조나가 나를 감싸 안았다.

"탈출해야만 했어. 나의 평범함으로 돌아오고 싶었어. 그래도 이삐기 몰으면 같이 인라인 타고 온 거다."

차를 홀짝이는 내게 조나가 말했다.

"알았어. 그럼 내 평범함도 볼래?"

"당연하지."

모두가 우리를 쳐다보는데도 나는 조나에게 짧게 입을 맞췄다.

"이걸로 네가 나에게 영감을 불어넣어 줬어. 내게 불을 붙여 줬어."

"토 나와."

에그가 이렇게 말하며 보드에 스케이트 가드를 놓고 빙판으로 향했다.

"올리비아 떨어뜨리면 가만 안 둘 거야. 알아들어, 터프가이?"

조나가 말하자 에그가 무례한 손동작을 하며 멀어져 갔다.

"진짜야, 올리비아. 조심해. 내 헬멧 빌려줄까?"

"괜찮아, 조나."

"정말이야?"

조나가 내 뒤를 따라왔다.

"그래, 나 이거 두 살 때부터 했어."

내가 주먹을 내밀었다. 우리는 주먹을 맞부딪치고 넘버원 표시를 했다.

"즐겁게 감상해."

"비켜, 최."

맥이 카메라를 들고 얼음으로 나오며 말했다. 맥은 조심조심 링크 가운데를 향해 걸어갔다.

나는 에그와 함께 링크 한가운데로 가서 우리의 오리지널 오프닝 포즈를 취했다. 알렉세이 코치의 안무에서 유일하게 살린 동작이었다. 여전히 우스꽝스러웠지만 그래도 우리 역사의 일부분이었다. 그리고 새로운 우리 이야기의 일부분. 에그가 몸을 앞으로 기울이고는 한 손을 쫙 벌려 천장을 향해 뻗었다. 풉, 코웃음 소리가 들렸다. 의심할 것 없이 조나였다. 나는 왼팔을 에그의 어깨에 드리우고 에그의 뒤쪽 다리에 내 다리를 교차했다. 에그는 아래쪽 손을 아래로 뻗어 완벽한 사선을 만들었고 그러려면 안타깝게도 내 엉덩이를 쥐어야 했다.

"열기를 뿜오 봐. 열정을 느꾜 봐."

에그가 최악의 러시아어 억양으로 알렉세이 코치 흉내를 냈다.

나는 눈을 감고 지난밤 어둠 속을 떠올렸다. 명치가 찌르르했다. 가짜로 격정적인 표정을 지을 필요가 없었다. 진짜를 불러내면 된다.

"그럼, 음악 큐. 음악 큐! 음악이요, 사장님!"

맥이 외쳤다.

"미안!"

"그럼…, 액션."

에그와 나는 이전 안무에서 재를 걸어 낸 새로운 연기를 펼치기 시작했다. 나는 뇌를 끄고 몸이 빚어내는 예술적인 움직임과 회전 그리고 점프에 모든 것을 맡겼다. 동작 하나하나가 딱 떨어졌다. 아침에도 줄곧 깨끗하게 동작을 해냈지만 조나를 관객으로 두고 있으니 연기가 다음 단계로 올라섰다. 에그와 깍지를 끼자 에그가 나를 머리 위로 들어 올렸다. 공중에서 자연스럽게 회전하며 조나와 눈이 마주쳤다. 조나의 턱은 보드에 떨어져 있었다. 내 의상 탓은 아닌 것 같았다. 이것이 금메달 수준의 올리비아 케네디, 과거 스케이팅 인생을 태운 잿더미에서 다시 태어난 피닉스, 불사조다. 음악이 고조됐다. 눈을 감고 에그의 몸에 조나의 얼굴을 겹쳤다. 우리는 각각 회전하다 가까이 더 가까이 스파이럴로 다가오며 클라이맥스를 준비했다. 내 머리카락이 얼음을 스치는 소리가 들릴 정도로 에그가 나를 빙판 가까이 눕혀 데스 스파이럴(Death Spiral, 남자 선수가 축이 되고 여자 선수가 주위를 도는 기술)로 회전하자 조나의 탄성이 링크에 울렸다. 내가 일어선 뒤, 우리는 서로 끌어안고 마지막 스핀 콤보를 했다. 나는 조나의 피부에 흐르던 열기를 떠올렸다. 조나의 몸이 내게 겹쳐지던 느낌. 조나의 입술이 내 피부 위를 여행할 때 척추에서 치솟던 불꽃. 에그와 나는 더 가까이 끌어안고 한층 더 빠르게 회전했다.

음악이 최고조에 다다랐다. 혈관을 따라 쿵쿵대는 맥박과 배 속을 흐르는 찌릿함이 몸의 신경 하나하나로 번졌다.

셋…, 둘…, 하나.

에그가 얼음에 토 픽을 꽂아 회전 속도를 줄였다. 감았던 몸을 풀고 에그가 나를 뒤로 젖히며 마지막 포즈를 했다. 나는 몸을 일으켜 에그의 얼굴을 어루만졌다. 우리는 서로의 눈을 바라보며 우리 사이에 변화가 일어난 것을 깨달았다. 우리가 한 번도 갖지 못했던 그것이었다. 우리에게 빠져 있던 요소. 바로 케미, 화학작용이었다. 음악이 잦아들며 에그의 따뜻한 숨결이 내 얼굴을 스쳤다. 에그가 내게 몸을 기울였다. 키스하는 척하는 동작이었다. 다만 이번에는 우리의 입술이 실제로 닿았다.

에그가 화들짝 자세를 바로잡았다.

"음…, 컷!"

맥이 소리쳤다.

"바로 이거야! 화들짝 엔딩만 빼고. 그 부분은 편집하면 되니까, 뭐."

"뭐야?"

내가 조그맣게 말했다.

"뭘? 네가 키스했잖아."

에그가 낮은 소리로 대꾸했다.

"무슨 소리야."

"영상 확인할까?"

"됐어."

마음 한구석에 내가 에그에게 키스했을지 모른다는 두려움이 있었다. 그것도 의도적으로. 어떤 느낌인지 알고 싶어서.

나는 불타고 있었다. 노력해서 된 것이 아니었다. 에그는 정리운동으로 링크를 몇 바퀴를 돌고 있었다. 내가 빙판에서 나와 스케이트 끈을 풀 때까지 조나의 턱은 아직 보드 위에 떨어져 있었다.

"와, 저건, 와, 그냥…, 와."

"내가 스케이트 좀 탄다고 했지? 드디어 믿게 돼서 기쁘다."

내가 활짝 웃었다. 가끔은 입을 닫고 행동으로 보여 줘야 한다.

"엔딩 죽이던데?"

에그가 지나가자 조나가 말했다.

속이 움찔했다.

"연기야, 연기. 멀리 있는 좌석까지 전달해야 되니까. 그치, 올리비아?"

에그가 부자연스럽게 웃으며 말했다.

"맞아. 연기야."

"그럼 이제 다 끝났어?"

조나가 물었다.

에그와 내가 "응" 하고 대꾸하자마자 맥이 말했다.

"어…, 한 번만 더 하자."

"싫어!"

에그와 내가 말했다.

"그렇다면."

조나가 배낭 지퍼를 열었다. 그러곤 금메달 두 개를 목에 건 자기 사진이 담긴 액자를 꺼냈다.

"와, 조나! 축하해! 이거 우리 명예의 벽에 걸어도 돼?"

엄마가 말했다.

"그럼 좋죠."

이번엔 조나가 활짝 웃을 차례였다.

"내가 걸게, 엄마. 엄마는 좀 쉬어."

나는 스케이트날을 닦고 가드를 씌운 다음 운동화를 신었다.

"의상 죽이는데?"

스케이트 대여소로 나를 따라오며 조나가 말했다.

나는 조나의 사진으로 엉덩이를 가렸다.

"옷부터 갈아입어야겠다."

"꼭 그래야 해?"

나는 사진을 치웠다. 나는 죽지 않는 피닉스다. 이것이 새로운 올리비아다. 반짝이는 새 깃털과 함께 더 강하고 여성스러운 몸매를 얻었다. 조나가 나와 함께 카운터 뒤로 들어왔다. 쪼그리고 앉아 망치를 찾았지만 망치는 늘 있던 곳에 없었다. 내가 일어서자 조나가 다가와 내 허리에 팔을 감았다.

"망치를 못 찾겠어. 못도 없는 것 같아."

내가 말하는 사이 조나가 입을 맞췄다.

조나가 내 머리 뒤로 손을 뻗어 명예의 벽에서 사진 하나를 내렸다. 그러고는 자신의 새 사진을 더듬더듬 벽에 걸었다.

"문제 해결."

조나가 내 얼굴을 기울여 조심스럽지도 부드럽지도 않은 키스를 했다.

링크의 누구도 우리가 사라진 걸 알아채지 못했다. 어쩌면 일부러 둘만 남겨 두었을지도.

"우리 아들 여기 있나?"

조나 아빠의 목소리가 링크에 울렸다. 조나의 두 다리는 벌떡 일어섰지만 내 다리는 꼼짝을 안 했다. 종아리의 콕콕 저리는 느낌과 배 속의 윙윙 진동하는 느낌이 경쟁을 벌였다.

"아니, 여기도 망치 없는데. 쓰고 나면 제자리에 둬야지."

조나가 큰 소리로 말했다.

조나가 몸을 기울여 명예의 벽에 걸린 자신의 새 사진을 바로잡았다. 나는 다리에 다시 피가 밀려드는 동안 카운터를 붙잡고 균형을 잡았다. 카운터 위에는 조나가 내려놓은 나와 에그의 사진이 놓여 있었다. 우리의 마지막 금메달 연기. 이 사진은 새로운 내 사진으로 교체될 때까지 벽에 남아 매일매일 내게 그만 뭉그적대고 이전 인생으로 돌아가라고 일깨워야 한다.

"이 사진은 내리면 안 돼."

나는 조나의 금메달 사진을 내리고 내 사진을 도로 걸었다.

"그건 옛날 거잖아. 이건 새 메달이고."

조나가 자기 사진에 손을 뻗자 나는 조나의 사진을 다른 쪽 벽에 기대어 놓았다.

"다음에 어니 아저씨 만나면 망치 어디 있는지 물어볼게."

그러고는 쌩하니 밖으로 나갔다. 나는 의상 뒤쪽을 더듬으며 노출 사고라도 생긴 건 아닌지 확인했다.

조나의 아빠가 나를 보고는 흠칫 놀랐다. 조나까지 입술의 시뻘건 립스틱을 손등으로 닦으며 나오자 조나 아빠의 미간에 주름이 잡혔다.

평범한 십 대 버전 올리비아가 여자 탈의실에서 나왔을 때, 조나는 벌써 준비운동으로 링크를 돌고 있었다.

"됐어, 누나. 충분히 훌륭해. 그 정도로 하고 이제 저장해. 나 이거 밤 11시 59분까지 업로드 해야 한단 말이야. 비행기는 9시 30분 출발이고."

에그가 컴퓨터 화면을 가리키며 말했다.

"에그, 우리 집에 계속 있어도 돼."

맥이 내가 뒤에 있는지 모르고 얘기했다. 에그는 제안을 진지하게 받아들이는 듯 애매한 소리를 냈다.

"나 7시에 끝나. 집에 가는 길에 포장 음식 좀 사서 가자. 빨리 수정해서 8시까지 올리면 돼."

"그래, 그럼."

에그가 맥의 어깨를 쥐었다.

"그리고 이거 진짠데, 스튜어트. 할머니가 너 원하는 만큼 우리 집에 있어도 된대."

맥이 노트북을 챙겼다.

"진짜? 그럼 며칠 더 있을까? 어차피 이미 결석 허가 일수 초과인데 돌아간다고 무슨 의미가 있겠어."

내가 헛기침을 했다.

"그래서 나 필요해? 아님 이제 엄마랑 집에 가도 돼?"

"아, 괜찮아. 이젠 안 도와줘도 돼. 고맙다."

에그가 나를 안으려다 말고 팔을 내렸다.

"어, 필요한 거 있으면 전화할게."

"알았어. 가서 숙제나 해야겠다. 결과 나오면 바로 전화해."

내가 운동 가방을 어깨에 둘렀다.

"당연하지. 꼬맹이."

에그가 하이파이브를 하려고 손을 내밀었다.

에그는 단 한 번도 나와 하이파이브를 해 본 일이 없다. 나는 에그의 손을 그냥 두었다. 키스가 실수였다. 작은 실수.

"올리비아! 잠깐만!"

조나가 보드를 휙 뛰어넘었다.

"토요일 오후에 나 개인 레슨 끝나면 같이 놀까?"

나의 반쪽은 "와, 좋아!" 하고 외치고 싶었고 다른 반쪽은 사진 일로 아직 짜증이 나 있었다.

"스케줄 확인하고 알려 줄게."

"아."

예상치 못한 반응인 듯 조나가 고개를 갸웃했다.

"그래. 네가 나 어디 있는지 아니까."

#23

화요일이었다. 조나가 에그의 오디션 영상 최종 버전을 아이들에게 보여 줘야 한다고 우겼다. 맥이 어젯밤 내게 이메일로 영상을 보내 준 이후 나는 이미 100번 가까이 봤지만, 점심 테이블 한가운데서 조나의 휴대전화로 보니 사뭇 느낌이 달랐다. 맥이 이렇게 훌륭한 영상 전문가인 줄 누가 알았을까? 장면 장면이 물 흐르듯 연결됐다. 마지막 키스까지도. 화들짝 엔딩은 사라졌다. 대신 키스 장면은 에그의 이메일 주소, 휴대전화 번호, SNS 정보가 깔린 에그의 단독 얼굴 사진으로 스르륵 전환됐다.

"와, 엄청나다."

나오미가 탄성을 쏟았다.

"이 사람 공연은 돈 주고도 보겠어."

에리카가 말했다.

잔뜩 부푼 내 머리에서 픽 하고 바람이 빠졌다. 그래, 이건 에그의 오디션 영상이다. 대부분의 장면이 에그를 찍은 것이거나 에그를 전면에 두고 나는 배경에 둔 것이다. 그래도 그렇지. 아이들은 에그이 변신만 알아보고 나는 안중에도 없었다.

브랜던이 조나의 휴대전화를 가져가 영상을 뒤로 돌렸다. 그러고는 내가 정면 가운데에 있는 유일한 장면에서 멈추었다. 마침내 알아보는 사람 등장.

"너 비키니 입었어?"

브랜던이 휴대전화를 얼굴 가까이 가져갔다.

"아니, 아니야."

조나가 브랜던의 손에서 휴대전화를 뜯어냈다.

"그런데 나 어젯밤에 영어 성적 미달 통보받았어."

조나가 배낭에서 헤드폰을 꺼내 휴대전화에 연결하며 말했다.

에리카와 나오미는 조나가 "나 어젯밤에 은행 털었어"라고 말하기라도 한 듯 조나를 봤다.

"별일 아니야. 해마다 이맘때면 항상 성적이 떨어져. 스케이팅 시즌 끝나면 학교에 신경 쓸 시간이 생기겠지."

조나가 자신 있게 말했다.

"그래서 말인데, 너희 둘 다 봄방학 동안 나랑 같이 아동복지 센터 가서 봉사 활동 하는 거 어때? 매일 여섯 시간이면 돼."

현재 수석 졸업이 확실시되는 에리카가 말했다.

"나 애들 별로 안 좋아하는데."

조나가 한발 뺐다.

"나도 그래. 그래도 서른 시간 쉽게 채울 수 있잖아. 하는 일이라곤 코 닦아 주고, 책 읽어 주고, 장난감으로 서로 머리 못 때리게 말리다가 집에 가는 게 다야."

에리카가 내게 고개를 돌렸다.

"올 거지, 올리비아? 너 애들 잘 다루잖아. 게다가 대입 지원서 내용을 좀 더 다양화할 필요도 있어 보이고."

"다양화?"

조나가 말했다.

"어, 누구나 운동선수 카드를 쓸 수는 없단다, 브라더. 나도 1학년 때부터 학교 골프팀에 있었지만 금메달은 가망 없어 보여."

브랜던이 대꾸했다.

"네가 골프 좋아하는 줄은 몰랐네."

나는 아이들이 공부 외에 다른 것도 한다는 걸 잊고 있었다.

"휴. 우리 아빠가 미래의 CEO한테 필요한 기술이래."

"나도 다양화하고 더 다듬어야 해. 그래서 말인데."

에리카가 말을 멈추고 나오미를 보자 나오미가 격려의 뜻으로 고개를 끄덕였다. 에리카가 말을 이었다.

"나 학교 뮤지컬 오디션 보려고. 그냥 그렇다고. 나도 알아. 주인공은 못 맡을 거야. 뭐 태어날 때부터 무대에 오른 그런 애들하고는 경쟁이 안 되니까. 그래도 자존심 안 상해. 나무 역을 하건 세트를 만들건 순서지를 나눠 주건 뭐든지 할 거야. 그래도 너희는 올 거잖아, 그치?"

나오미와 브랜던은 봄맞이 뮤지컬이라는 이 평범한 고등학교 이벤트에 즉각 충성을 맹세했지만, 나는 조나가 나만큼이나 애매한 반응인 걸 눈치챘다. 조나는 언제나 스케이팅이 우선이기 때문일까? 아니면 나처럼 갈등이 되는 걸까? 인생에 대한 브랜던의 기이하고도 솔직한 의견이 진심으로 재미있었지만, 나는 종종 이 테이블에 소속되지 않는 느낌이 들었다. 물론 나는 반쪽 동양인이고 비슷한 사람들끼리는 끌리는 법이다. 그렇지만 그것만으로 진정한 우정을 쌓을 수 있을까? 조나와 내가 매일 이 자리에 앉는 일을 끝낸다면 어떻게 될까?

"에리카 빼고 나를 포함한 나머지는 장학금을 받으려면 스펙을 더 쌓아야 해. 넌 어떻게 대학들 눈에 들 거야, 올리비아?"

나오미가 말했다.

음, 트리플 더블 더블이나 몇 번 할까?

"스케이트 타잖아. 다들 봤잖아. 올리비아는 재능 넘치는 페어스케이팅 선수야. 금메달감."

조나가 나 대신 대답했다.

"에그랑 나, 전미 주니어 페어 챔피언이었어."

내가 뻔뻔하게 떠벌렸다.

에리카가 사뭇 진지하게 물었다.

"좀 더 최근 건 없어?"

젠장, 지금 장난해?

"올리비아, 우리랑 같이 자원 봉사 하자. 좋은 대학 갈 확률이 높아져."

나는 거의 입도 안 댄 음식이 놓인 쟁반을 옆으로 밀었다. 긴 주말 이후 너무 피곤해서 관심 있는 척할 기운도 없었다.

"학교 제대로 다닌 첫 학기니까 앞으로 잘 준비하면 되지 않을까?"

"대단하다. 진짜 대단들 해."

조나가 고개를 저었다.

"우리에게 필요한 게 뭔 줄 알아? 페이스트리. 맛있는 빵은 언제나 상황을 아름답게 만들지. 애플파이 할까? 아니다, 레몬 머랭이 낫겠다. 아니야, 키라임 머랭으로 할까?"

브랜던이 티셔츠 목을 잡아당기며 말했다.

종이 울리자 모두 영어 교실로 이동하고 조나는 나와 함께 쓰레기통으로 향했다.

"진짜 할 거야?"

조나가 물었다.

"자원 봉사?"

"아니. 스튜어트랑 다시 페어스케이팅 할 거냐고."

"왜? 질투 나?"

내가 시시덕대는 미소를 날렸다.

조나는 어깨를 으쓱했다. 질투가 맞았다. 이런.

"조나, 에그는 친오빠나 마찬가지야, 응?"

"내가 외동이긴 하지만 그래도 난 누나나 여동생하고 그렇게 키스할 수 있을 것 같진 않아."

"연기라니까. 에그랑 나는 얼음 밖에선 한 번도 커플인 적이 없었어. 앞으로도 없을 거야. 에그가 공연 일 하게 되면 얼음 위에서도 커플이 될 일 없을 거고."

"알았어. 고마워."

조나가 내 배낭을 가져가 다른 쪽 어깨에 걸쳤다.

"고맙긴. 그리고 가방 안 들어 줘도 돼."

"알아. 웨이트트레이닝이야. 그런데 가방에 뭘 넣고 다니는 거야? 볼링공이라도 들었어?"

조나가 연달아 런지 동작을 하며 카페테리아를 나왔다.

"그만해. 애들이 우리 이상하게 생각해."

내가 조나를 잡아 세웠다.

"우리는 이상한 게 아니야. 좀 유별난 거지."

"완전 유별나지. 평범하게 살 생각도 없고."

"가자. 영어 수업 늦겠다."

나는 조나의 손을 꼭 쥐었다가 놓았다. 카페테리아 밖 복도에는 늘 교장 선생님이 지키고 서서 공공장소 애정 행각을 단속하고 있었다. 그런 이유로 학교 끝나고 남아서 벌을 받을 순 없었다. 난 스케이트를 타야 하니까.

"스케줄 확인해 봤어? 토요일 저녁에 시간 돼?"

영어 교실로 향하며 조나가 물었다.

복도를 둘러봤다. 늘 있던 자리에 교장 선생님이 없었다. 그러고 보니 복도에 다른 선생님이나 직원도 없었다. 별일이군. 그렇다고 불만이라는 뜻은 아니고. 나는 조나 앞으로 휙 돌아서서 조나 손에 깍지를 꼈다.

"응, 시간 돼. 너희 집에서 놀아도 돼? 네 방 어떤지 보고 싶어 죽겠어."

나는 마치 빙판 위에 있는 것처럼 조나와 걸음을 완벽히 일치시키며 미끄러지듯 걸었다.

들킬 위험이 없는 걸 확인하자 나는 걸음을 멈추고 발뒤꿈치를 들었다. 내 입술이 조나의 입술에 근접한 순간, 느닷없이 비상 사이렌이 울렸다.

"안내 말씀드립니다. 학교를 폐쇄합니다. 침입자가 발생하여 학교를 폐쇄 조치합니다. 다시 말씀드립니다. 침입자가 발생하여 학교를 폐쇄 조치합니다. 다시 말씀드립니다."

재난 대피 훈련 때도 늘 거슬릴 정도로 발랄한 교직원 월터스 씨의 목소리가 팽팽하고 단조로웠다.

2,500명이 넘는 아이들을 단 2초 만에 움직이게 하려면 지금처럼 방송을 하면 된다. 일순간 끼익 의자 끄는 소리, 쿵쿵대는 발소리가 터져 나왔다.

"거기서 뭐 해? 들어와!"

디아즈 선생님이 스페인어 교실로 조나의 책가방 끈을 휙 잡아끌었다.

조나와 손을 잡고 있던 나는 휘청대며 조나 뒤를 따라 교실로 들어갔다. 디아즈 선생님은 문을 쾅 닫은 다음 잠갔다.

"저쪽에 가서 다른 애들이랑 같이 있어. 얼른."

디아즈 선생님이 불을 껐다. 나는 어둡고 낯선 교실의 가장자리를 따라 앞이 안 보이는 채 걸었다. 누군가 허둥지둥 던져 놓은 가방에 발이 걸렸다. 바닥으로 고꾸라지려는 나를 조나의 단단한 손이 잡아 줬다.

"고마워."

내가 나지막이 말했다.

비상 사이렌이 다시 울렸다. 아이들 몇몇이 비명을 질렀다.

"조용히 하세요."

디아즈 선생님이 톡 쏘았다.

월터스 씨는 같은 간청을 되풀이했고 목소리는 갈라져 있었다.

"알려 드립니다. 침입자가 발생하여 학교를 폐쇄합니다. 다시 말씀드립니다. 침입자가 발생하여 학교를 폐쇄합니다."

교실 여기저기서 숨죽여 훌쩍이는 소리가 터졌다. 나는 조나 옆에 무릎을 꿇고 앉았다. 내가 조나의 손에 깍지를 끼자 조나가 손을 꽉 쥐었다. 복도에 발소리가 울렸다. 누군가 뛰고 있었다. 발소리가 가까워지자 훌쩍이는 소리가 커졌다.

제발 멈추지 마. 제발 멈추지 마.

발소리가 문 가까이 다가오자 조나가 나와 잡지 않은 손을 목으로 가져갔다. 조나가 티셔츠 속에서 줄이 가는 목걸이를 꺼내는 것이 어두침침한 불빛 사이로 보였다. 조나의 손이 십자가 펜던트를 감싸 쥐었다. 발소리는 우리 교실 문을 지나쳐 긴 복도를 계속 걸어갔다.

몇 명이 크게 한숨을 쉬었다. 디아즈 선생님이 쉿 하는 소리를 냈다. 그때 아이들의 휴대전화가 한꺼번에 울렸다. 수업 시간에는 전화를 꺼야 한다는 학교 규칙을 따르지 않는 아이들, 즉 거의 모든 아이들의 전화가. 학교 재난 문자가 모두의 무음 설정을 무시하고 학교가 폐쇄 상황임을 알렸다. 5초도 지나지 않아 모든 아이의 휴대전화가 다시 울렸다. 아마도 학교 재난 문자에 머리가 하얘진 부모들이겠지.

"휴대전화 꺼!"

선생님이 단호하게 말했다.

책가방을 뒤적였다. 재난 문자 말고는 온 게 없었다. 조나가 정신없이 문자를 보냈다. 나는 조나의 어깨너머로 휴대전화를 들여다봤다. 조나의 엄마가 30초도 안 된 시간 동안 문자 다섯 개를 보냈다.

- 나 괜찮아. 사랑해요.

조나가 엄마에게 답장을 보냈다.
내 휴대전화를 봤다. 아무것도 없었다.

- 나 괜찮아. 사랑해.

나는 엄마, 아빠에게 한꺼번에 문자를 보냈다.
답장은 없었다.
복도에 다시 발소리가 울렸다. 타다닥 침묵. 타다닥 침묵. 소리가 가까워
오자 이유를 알았다. 문마다 일일이 확인하는 것이었다. 디아즈 선생님이 문
을 잠그는 걸 봤지만 심장이 두방망이질했다. 교실 문손잡이가 덜거덕거렸
다. 조나 옆 아이는 결국 참지 못하고 울음을 터트렸다.
"엎드려!"
축구 유니폼을 입은 여자애가 교실을 가로질러 와 조나 옆 아이를 부둥켜
안자 디아즈 선생님이 말했다. 둘은 꼭 붙어 앉아 흐느낌을 꾹꾹 눌렀다.
내 휴대전화가 진동했다. 엄마는 아니었다. 맥이었다. 당연히 맥이었다.

- 괜찮아? 티브이고 뭐고 다 난리 났어. 제기랄, 올리비아 무사해야 해.
 당장 문자 해. 괜찮다고 해!!!

조나가 나를 자기 앞으로 끌어당기는 바람에 휴대전화가 떨어졌다. 조나
의 긴 팔다리가 나를 감쌌다. 조나는 나를 품 안에 완전히 가두고 자기 몸
으로 나를 막았다. 그러고는 내 어깨에 턱을 기댔다. 나는 조나의 손 위에 내
손을 포개고 조나에게 최대한 몸을 밀착했다. 교실 문손잡이가 다시 덜거덕

거렸다. 조나도 나도 숨을 멈췄다. 등 뒤에서 쿵쿵대는 조나의 심장 박동이 느껴졌다. 가슴을 뚫고 터져 나가려는 내 심장 소리와 똑같았다. 발소리가 이동했다. 우리는 동시에 숨을 내쉬었다. 나는 바닥을 더듬어 휴대전화를 찾았다.

손이 떨려서 맥에게 답장을 쓰기가 힘들었다.

- 괜찮아. 조나랑 같이 있어.

휴대전화가 진동했다.

- 하느님 감사합니다!!!!!

나는 내가 쓰는 문자를 조나도 볼 수 있도록 전화기를 들었다.

- 무슨 일이 일어난 거야? 우린 몰라.

- 스튜어트 말로는 뉴스에서도 확실치 않다고 했대. 누구는 폭력조직 사건이라 그러고, 누구는 학교 폭력 피해자가 아빠 총을 들고 들어왔다고 하고. 실연당한 남자애가 전 여친을 살해했다는 사람도 있어. 정확히 아는 사람이 아무도 없어. 경찰이 현장에 출동했어. 학교 주변에 바리케이드를 쳤어.

비상 사이렌이 울렸다.
"학생, 교사, 직원 여러분, 안내 말씀드립니다."
이번엔 교장 선생님이었다.
"비상경보를 해제합니다. 다시 말씀드립니다. 비상경보를 해제합니다. 1교시 교실로 돌아가 출석 체크를 한 다음 귀가하시기 바랍니다."

디아즈 선생님이 딸깍 전등을 켰다. 교실에 있던 아이들이 눈물을 닦았다. 조나는 정신없이 문자를 보냈다.

"여러분, 각자 1교시 교실로 곧장 가세요. 화장실 들르지 말고, 중간에 친구랑 얘기하지 마세요. 지금 바로 가세요."

"가자, 조나."

내가 조나의 손을 잡고 교실 밖으로 이끌었다.

"올리비아! 조나!"

에리카가 복도를 전력 질주해 달려왔다. 나오미와 브랜던도 그 뒤를 바짝 따라왔다. 세 아이들은 우리를 끌어안고 바닥에 눕히다시피 했다.

"세상에, 걱정돼 죽는 줄 알았잖아."

에리카의 눈 화장은 번져 있었다.

"너희 둘이 어디 있는지 아는 사람이 있어야지."

나오미가 나와 조나의 등에 손을 얹었다.

"하아, 브라더."

브랜던이 심호흡을 하며 손으로 머리를 쓸었다.

"당장 스트레스 해소용 제빵을 해야겠어. 마카롱. 에클레르. 빅토리아 스펀지케이크. 내일 몰아닥칠 당 사태에 대비들 하라고."

"그만 떠들고 어서 가."

디아즈 선생님이 우리를 복도에서 쫓았다.

1교시 교실에서 나는 혼자였다. 모두가 휴대전화를 붙들고 있었다. 선생님까지도. 그래서 나도 전화를 꺼냈다. 조나가 보낸 문자가 하나 있었다.

- 사랑해. 더 일찍 말했어야 했는데. 다음에 만나면 얼굴 보고 말할게.

인생 최악의 경험과 최고의 경험이 30분 동안 동시에 벌어질 수 있다니 놀라웠다.

가슴 한가운데 따뜻한 기운이 흘렀다.

- 나도 사랑해.

- 아빠가 오늘은 학교 끝나고 바로 집으로 간대. 엄마 명령이야.
  늦게라도 링크에 가도록 해 볼게.

영원의 시간이 흐른 뒤, 우리는 오늘 일어난 일에 대해 떠들어 대지 말라는 경고와 함께 공식적으로 귀가 조치되었다. 오늘 발생한 사건에 대한 정확한 내용은 추후에 알려 줄 거라고 했다. 하지만 아무도 명령을 따르지 않았다. 선생님까지도.

- 나 데리러 와 줄 수 있어? 할 말이 있어.

나는 엄마에게 문자를 보냈다.

주차장에 45분 동안 서 있었다. 엄마는 나타나지도, 내 문자에 답하지도 않았다.

#24

"여긴 뭐 하러 왔어?"

엄마를 포기하고 아이스드림으로 가자, 맥이 말했다.

"일하러 왔지."

나는 아이스드림 재킷을 옷걸이에서 내리고 책가방을 1번 테이블 위로 던졌다.

"너 오늘 죽을 뻔했어. 제일 먼저 생각난 게 일하러 오는 거야?"

"난 여기가 집이야, 언니. 내 걱정 제일 많이 하는 사람들도 다 여기 산다고 봐야 하고. 엄마는 어디 있어? 종일 문자에 답이 없어."

"여기 안 계셔. 내 전화도 안 받고 문자 해도 답이 없어. 스튜어트가 너희 집에 가서 엄마 확인해 본다고 했어. 조나는 오늘 엄마가 링크 못 가게 한다고 문자 했고."

"거봐, 내 걱정 제일 많이 하는 사람들은 다 여기 있잖아."

뺨에 흐르는 눈물을 보이기 싫어 스케이트 대여소로 뛰어갔다.

"야, 야! 올리비아!"

맥이 뒤를 따라와 내 팔꿈치를 잡았다.

맥과 눈을 마주칠 수가 없었다. 엉엉 우는 모습이 너무 창피했다. 얼음 공주 같은 나의 겉모습이 완전히 녹아내렸다. 맥은 꺽꺽대는 나를 끌어당겨 꼭 안았다. 엄마 아빠 침대 위 거위털 이불처럼 맥의 품이 부드럽게 마음을 달래 줬다.

"괜찮아. 다 괜찮을 거야. 이제 안전해. 여기선 다칠 일 없어."

맥이 떨리는 목소리로 말하며 나를 더 꼭 안았다.

나는 더 격하게 흐느꼈다. 그 말도 사실이 아니었으니까.

"너무 속상하다, 올리비아. 부모들은 진짜 재수가 없어. 내가 그걸 어떻게 아는지 물어봐 줘."

비로소 호흡을 조절할 수 있게 되었을 때 내가 물었다.

"어떻게 아는데?"

우리는 1번 테이블 긴 의자에 나란히 앉았다.

"올리비아, 나 할머니하고 살잖아. 좀 이상하지 않아? 내가 용기를 내서 엄마 아빠의 뜻을 거절한 날부터 부모님과 나 사이는 하강 곡선을 그리기 시작했어."

"뭐?"

나는 코를 훌쩍이고는 눈물을 닦았다.

"내가 태어난 그날부터 엄마 아빠는 내가 스탠퍼드 대학에 갈 거라고 통보했어. 우리 아빠 모교. 스탠퍼드에 가서 의사가 되든지, 변호사가 되든지, 엔지니어가 되든지 셋 중에서 고르면 된대. 그리고 난 어린이집을 다닐 때부터 12학년까지 그 방침을 따랐지. 그래서 어떻게 됐게? 수석 졸업생에 학생회장을 해도, 눈곱만큼도 관심 없는 곳에서 봉사 활동 하느라 자유 시간을 포기해도, 아주 세세한 스펙까지 꼼꼼히 챙겼다고 해도, 그래도 스탠퍼드에 간다는 보장은 없어. 왜? 다른 지원자들도 모조리 수석 졸업에, 학생회장에, 운동도 하고, 학교 뮤지컬 주인공도 맡고, 국회의원 사무실에서 봉사 활동도 하고, 잠은 언제 자는지 커피를 달고 살고, 그러다 한 번씩 불안감이 하늘을 찌르면 부모님 약장에서 몰래 항불안제를 꺼내 먹으니까. 그리고 마침내 스탠퍼드에서 불합격 통지서가 도착하는 날 인생이 알려 주지. 사실 너는 부모님이 입만 열면 말하던 빛나는 영재가 아니라는 걸. 너는 특별하지 않다는 걸. 사실 평균에도 못 미친다는 걸. 단지, 유난을 떨었을 뿐이라는 걸. 그런데 이미 시간은 지나가 버렸고 되돌릴 수는 없지."

맥이 비로소 숨을 길게 들이쉬었다. 그동안 한 번도 내비친 적 없는, 맥의 깊은 상처가 생생한 눈길로 나를 쳐다보았다.

"부모님이 날 속였어."

맥의 목이 메었다.

"스탠퍼드가 금메달이라고 했어. 난 고등학교 내내 끔찍한 시간을 보냈어. 그런데 지금 남은 게 뭐야? 그뿐인 줄 알아? 스탠퍼드만 떨어진 게 아니라 엠아이티, 버클리도 떨어지고 나머지 수많은 일류 대학들에서는 대기자 신세가 됐지. 우리 부모님은 돈으로 대학에 넣어 줄 형편은 안 됐어. 그런 건 1퍼센트의 사람들이나 하는 거니까. 입학 상담 선생님이 그러더라. '그래도 애리조나 주립 대학은 됐잖아.' 마지막 불합격 통지서를 받고 상담실에서 울고 난 다음이었어. 그건 마치…"

맥은 마땅한 비유를 찾으며 손을 저었다.

"전미 주니어 페어 챔피언을 한 다음에 올림피언스 온 아이스에서 단체로 스케이트 타는 거?"

"그래! 아니. 어, 맞아. 그런데 스튜어트한텐 그런 말 하지 마. 난 애리조나 주립 대학에 가느니 차라리 1년 쉬겠다고 했어. 아빠 친구가 운영하는 엔지니어링 회사에서 일하고, 중국어도 유창하게 만들고, 주말마다 노숙자 시설 가서 봉사도 해서, 스탠퍼드한테 내가 충분히 자격 있다는 걸 증명할 생각이었어. 스탠퍼드가 틀렸다는 걸 보여 주겠다고 했지."

"그런데?"

"의욕이 사라졌어. 하던 일을 그만두고 집에만 있으니까 엄마 아빠가 내쫓더라. 사실 일을 찾을 때까지 몇 주만 할머니 집에 있을 계획이었어. 그러다 이 일을 찾았고, 그러다 임신한 걸 알았고, 그러다 여기까지 왔네."

"난 언니가 여기서 일해서 좋아."

나는 머리를 기울여 맥의 어깨에 기댔다.

"나도. 아빠는 이런 건 경력에 못 넣는 일이라지만 난 여기가 좋아. 테이블 바닥에 붙은 껌 떼는 거랑 화장실 청소는 미치겠지만 나머지는 그렇게 나쁘지 않아. 언젠간 다른 데로 옮겨야겠지만 지금은 여기가 내 집이야. 여기 말고는 있고 싶은 데가 없어."

우리는 말없이 앉아 중심을 잃고 쏟아져 나오는 말들이 멈추고 마음이 다시 균형을 찾기를 기다렸다.

"됐어. 드라마는 여기까지. 가서 옷 갈아입어. 스케이트 타야겠다."

맥이 나를 멀리 떠밀었다.

45분 뒤, 우리는 땀범벅인 채로 끙끙대며 빙판 밖으로 나왔다.

"고마워. 이런 게 필요했어. 물 마실래?"

내가 숨을 헐떡이며 벤치에 주저앉자 맥이 말했다.

"응. 고마워."

나는 스케이트를 벗고 벤치에 드러누웠다. 땀방울이 얼굴 옆으로 흘러 귀에 고였다. 깜빡 잠이 들기 2초 전, 맥이 인상적인 욕 폭풍을 쏟아 냈다.

"911 불러야 하는 상황이야?"

내가 벤치에서 소리쳤다.

"스튜어트가 티브이 틀고 12번 보래."

맥이 매점 티브이를 켰다. 기자의 이야기는 이미 한창 진행 중이었지만 화면에 비친 것이 우리 학교라는 것은 단박에 알 수 있었다. 속이 울렁거렸다.

화면 속 기자는 아무 감정 없는 목소리로 말했다.

"이 학교는, 오늘 경찰이 상황을 진압하는 약 30분 동안 폐쇄됐습니다. 워런 그린 교장은 학생들이 위험 상황에 놓이진 않았지만 최근 벌어진 학교 총기 사건들로 인해 표준 절차에 따라 폐쇄 조치를 내렸다고 했습니다. 그린 교장은 카메라 인터뷰를 거절했습니다. 하지만 소식통에 따르면, 그린 교장은 폐쇄 조치를 불러일으킨 언쟁과 관련이 있는 것으로 밝혀졌습니다."

화면에 폴로셔츠를 입은 백인 중년 남자 상반신 사진이 나왔다. 카페에 줄에 서서 더블 샷 두유 라테를 주문하는 남자, 혹은 일요일 아침 8시 30분에 인라인스케이트를 타고 자기 집 앞을 지나는 학생에게 손을 흔드는 남자 같은 평범한 얼굴이었다.

기자의 목소리가 계속 흘러나왔다.

"44세의 랜들 콜린스는 학교로부터 침입자로 신고를 당해 경찰 출동 직후 체포됐습니다. 소식통에 따르면 콜린스 씨는 학교 행정실에서 심하게 언쟁을 벌였고, 그 때문에 학교에 폐쇄 조치가 내려졌다고 합니다."

콜린스. 콜린스. 콜린스. 제러마이아 콜린스? 영어 시간에 내 앞에 앉는 아이? 에리카 말에 따르면 유일하게 에리카를 제치고 수석 졸업할 가능성이 있다는 그 아이?

"어, 나 저 남자 아들 알아."

내가 말하자 맥이 쉿 하고 내 말을 막았다.

화면에 다시 기자가 나타났다.

"자녀의 시험 성적에 불만을 품은 콜린스 씨는 자녀를 자퇴시키기 위해 학교에 왔다고 합니다. 경찰은 콜린스 씨가 학교 구내에서 그린 교장 및 청원경찰 한 명과 대치를 벌인 후 난폭 행위로 체포되었다고 공식 발표했습니다. 알려진 것과는 달리 현장에 총기는 없었다고 경찰은 전했습니다. 이 소식은 학부모들을 그다지 안심…"

화면이 바뀌고 농구 유니폼을 입은 아들을 향해 달려가 갈비뼈가 부러질 듯 끌어안는 엄마의 모습이 나타났다. 나는 다시 목이 메어 왔다.

"어, 저기 뒤에 조나 아빠다."

맥이 말했다.

흐릿하지만 조나 아빠가 조나의 팔을 잡고 자동차 조수석에 밀어 넣는 모습이 보였다. 현장의 기자는 농구팀 아이 엄마를 인터뷰하고 있었지만 그 너머로 차 안의 조나 아빠가 조나를 꼭 껴안는 것이 보였다. 조나의 등이 움직이고 있었다. 조나는 등을 들썩이며 흐느끼고 있었다.

- 괜찮아?

아나운서가 다음 소식으로 넘어가자, 나는 조나에게 문자를 보냈다.

- 응.

조나가 답장을 했다.

- 진짜?

아빠에게 기대어 흐느끼는 조나의 모습이 뇌리에서 떠나지 않았다.

- 오늘 스케이트 탈 수 있으면 좋은데.

- 나노 네가 왔으면 좋겠다. 보고 싶어.

- 학교 계속 다닐지 말지 가족회의 중이야. 엄마는 내가 아빠랑
  홈스쿨링 하면 좋겠대. 아빠가 지난주에 면접 본 자리 거절했거든.

심장이 철렁 내려앉았다. 조나를 학교에서 만나고 싶었다.

- 안 돼!!!! 너 있어야 해. 너 때문에 학교가 견딜 만하단 말이야. 사랑해.

- 정말 다정하구나, 올리비아. 우리 조나는 내일 아침에 휴대전화를
  돌려받을 예정이란다. 물론 태도를 고치고 공손하게 말한다면.
  이해해 줘서 고맙다. 조나 엄마가.

얼굴이 확 달아올랐다. 그러곤 공황 상태가 됐다. 조나가 우리 문자를 주
기적으로 지웠기를 바랄 뿐이었다. 특히 늦은 밤 주고받은 것들. 이런. 다시
는 조나 엄마와 눈도 못 마주칠 거다.

"오늘은 조나도 안 오고, 생일 파티도 없고, 저녁때 개인 레슨도 없으니까
일찍 끝내자."

맥이 컵에 물을 가득 담아 내 앞으로 밀었다. 나는 벌컥벌컥 들이켰다.

"할머니가 오늘 동네 합창단 연습 가신대. 그래서 스튜어트랑 나는 중국
음식 포장해 가서 먹고 피오나 재운 다음에 드라마 몰아서 볼 거야. 같이 갈
래?"

"싫어. 됐어. 나 숙제도 해야 해."

"진짜? 오늘 그런 일을 겪고도?"

"숙제 때려치우고 그럼…, 어…."

그럼 뭘 해야 할까? 내가 하는 일이라곤 학교 가고, 스케이트 타고, 맥이나
조나랑 어울리는 게 전부다. 다른 취미도 없다. 다른 데 관심 둘 시간도 없

다. 브랜던처럼 스트레스 해소용 제빵을 하지도 않는다.

"천천히 목욕이나 하고 잘래. 내일은 오늘보다 나아야 하니까."

"어, 우리 강아지. 일찍 왔네."

엄마가 소파 위 늘 눕는 자리에서 말했다. 엄마의 등과 엉덩이에 붙은 치료기들이 통증을 줄여 주는 전기 자극을 근육으로 보내고 있었다.

"오늘 잘 지냈어?"

(지금 장난해?)

"잘 지냈어."

나는 오늘 온 우편물을 문가의 거대한 우편물 더미 위로 던졌다. 새빨간 글씨로 '최종 통보서'라고 쓰인 편지가 바닥에 떨어졌다. 편지를 주워 이미 전기 요금 독촉장과 아마도 수도 요금 독촉장까지 들어 있을 우편물 더미 위에 올렸다.

"다행이다. 저녁 먹을래? 캐리가 엠알아이 찍고 집에 데려다주면서 밥을 해 줬어."

나는 중국 요리가 들어 있는 통을 들어 보였다. 나더러 살이 너무 빠졌다며 맥이 억지로 들려 보낸 것이었다. 살이 빠진 게 아니라 몸매를 유지하는 건데. 하지만 따뜻한 음식을 거절할 만큼 자존심을 세우진 못했다.

"아, 그래. 따뜻할 때 맛있게 먹어, 그럼."

나를 보려고 몸을 뒤척이는 엄마의 얼굴에 고통이 스쳤다.

"난 나중에 오차즈케 먹을게. 병원에서 준 약 때문에 속이 메스껍네."

"내 문자 못 봤어?"

다시 목이 메어 왔다.

"저런. 아침에 이층에 전화기를 두고 내려왔는데 다시 올라가질 못했네. 중요한 일이었어? 스튜어트도 아까 집 앞에 쪽지를 붙여 놨던데. 그냥 전화 달라고만 써 놨더라. 나 대신 네가 전화 좀 해 줄래?"

입을 열면 울음이 터져 나올 것이다. 응어리진 마음도. 나는 고개를 저었다. 그러고는 중국 음식과 구멍 난 가슴을 안고 이층으로 올라갔다.

"한 시간쯤 있다 나 좀 깨워 줘. 얘기 좀 하자."

엄마가 내 등에 대고 말했다.

나는 대꾸하지 않았다.

한 시간 뒤, 뜨거운 물로 긴 목욕을 마치고 나오자 전화가 울리고 있었다. 마음이 날아올랐지만 안타깝게도 조나가 아니었다. 아빠였다.

"세상에, 올리비아. 방금 네 문자 보고 뉴스도 봤어. 괜찮니?"

"응."

"귀염둥이, 미안하다. 집으로 당장 순간 이동 할 수 있으면 좋겠구나."

"나도."

"엄마한테 얘기는 했어?"

누구 엄마인지는 모르겠지만 오늘 어떤 엄마 한 명과 말을 하긴 했다. 이것도 쳐주나?

"응."

그렇게 대답하기로 했다. 아빠는 일 때문에 받는 스트레스에 링크 운영 문제, 엄마의 건강 문제, 거기다 늘어만 가는 채권 추심장 더미까지 다 짊어지고 있으니까.

"그래. 그럼 이제 루저 같은 기분에서 좀 빠져나올 수 있겠다."

아빠의 목소리는 패잔병처럼 지쳐 있었다.

"아빠가 왜 루저야. 올림픽 금메달리스트 마이클 케네디잖아."

내가 와 하고 관중들의 환호 소리를 냈다. 아빠가 껄껄 웃었다.

"스튜어트가 드디어 시동 걸고 올림피언스 온 아이스 오디션을 본다며."

나는 침대에 드러누워 이불 밑에 몸을 파묻었다.

"응. 진짜 잘될 것 같아. 아빠도 영상 봐야 하는데."

"벌써 봤어. 맥이 오늘 아침 일찍 이메일 했어."

"그런데?"

"스튜어트 잘하더라."

"그리고?"

"스튜어트랑 같이 타는 매력적인 젊은 여자는 누군지 도통 모르겠더라."

"아빠 딸, 아니었을까?"

"아니야. 우리 딸은 꼬불꼬불 갈래머리를 한 다섯 살짜리인걸."

"아빠!"

"알아, 알아. 네가 하도 빨리 자라서 따라잡기가 힘드네. 그리고 그 의상은 여전히 질색이야. 스튜어트한테는 오프닝 포즈 새로 짜라고 해. 네 엉덩이에 손 안 대는 거로."

이번에는 내가 웃었다.

"아빠, 나 스케이팅 다시 하고 싶어."

"잘됐구나. 아이스드림에 가서 몸을 던져 봐."

아빠가 말하고는 바로 정정했다.

"물론 비유적 표현이다."

"아니, 제대로 하고 싶다고."

"아."

아빠는 한참 말이 없었다.

"안 된다고는 안 할게. 그런데 이해해 주길 바란다. 예전이랑은 많이 달라진 거, 너도 알지? 신체적으로도 재정적으로도. 과거로 돌아가 되돌리고 싶지만 그럴 수가 없네."

엄마 아빠의 가혹한 비판이 다시 떠오르며 눈물이 그렁그렁 차올랐다.

"내가 별로라고 생각하는 거 알아. 그래도 다시 해 보고 싶어."

"뭐?"

"나 변했어. 부족한 게 뭔지 찾았다고. 이젠 테크닉에 어울리는 열정이 있어. 새로운 내 몸에 맞춰 타는 법도 배우고 있고."

"올리비아, 늦었다. 집에 가면 그때 얘기하자."

"그게 언젠데?"

"글쎄."

"아빠, 나 정말 하고 싶어."

"올리비아, 아가, 이성적으로 생각해. 너무 늦었어."

"이번 올림픽 얘기라면 늦은 게 맞아. 그런데 나 겨우 열일곱 살이야. 벌써 한물간 퇴물이 될 순 없어."

"아가, 스케이팅은 정말 돈이 많이 드는 운동이야."

"그거 알아? 아냐, 됐어. 끊어."

나는 전화를 끊었다.

아빠가 다시 전화를 걸어 내 머릿속을 돌아다녔던 계획을 몽땅 말해 달라고 사정하기를 기다렸다. 하지만 아빠는 전화하지 않았다. 맥의 말이 맞았다. 부모들은 가끔 재수가 없다. 아니, 어쩌면 항상.

#25

다음 날 아침, 조나에게 여러 번 문자를 보냈지만 답이 없었다. 마음이 무거웠다. 출석 체크 후, 학교에 나온 아이들은 모두 특별 조회를 하기 위해 터덜 터덜 강당으로 향했다. 나타나지 않은 아이는 조나뿐만이 아니었다. 휴대전화를 집어넣으라는 지시가 있었지만, 교장 선생님이 말하는 동안 아이들은 모두 자기 휴대전화만 들여다봤다.

"여러분의 안전이 언제나 최우선이라는 것을 이해해 주기 바랍니다."

교장 선생님이 시퍼렇게 멍든 한쪽 눈을 자랑스럽게 내보인 채 무대 위를 왔다 갔다 하며 말했다.

"정규 상담 교사를 보조하기 위해 사회 복지사 몇 분을 별도로 채용했으니 도움이 필요하면 찾아가길 바랍니다. 도움의 문은 언제나 활짝 열려 있습니다. 언제든, 어떤 일이든 상관없습니다. 학교는 여러분을 도울 준비가 돼 있습니다."

교장 선생님이 상담 교사 한 명을 단상 위로 불렀다. 상담 교사는 스트레스 조절법, 특히 충격적인 사건 이후의 대처법을 알려 주었다. 내 휴대전화 진동이 울리자 옆에 앉은 남자애가 나를 째려봤다. 나는 무음으로 바꾸고 단체 문자를 힐끔거렸다.

- 브랜던 박: 어떻게 하면 내 스트레스가 풀리는지 알지?
  다음 주 목요일 〈스트리트 파이트 6〉 심야 상영. 같이 갈래?

- 나오미: 응!

- 에리카: 그날 기분 봐서.

- 나오미: 어제 또 공황 발작 왔어?

- 에리카: 응. 그런데 다른 때처럼 그렇게 심하진 않았어.
  새 약이 잘 들어. 종일 침대에 우리 강아지들 데려다 놓고
  유튜브만 봤지만.

- 브랜던: 올리비아랑 조나는?

- 나: 조나는 엄마가 휴대전화 가져갔어. 조나 홈스쿨링 하게 될지도.

- 브랜던: 뭐? 이런!

- 나오미: 안 돼!!!! 조나랑 같이 다니는 게 좋단 말이야.

- 에리카: 나도. 항상 의견이 맞는 건 아니지만.
  조나는 이의를 제기하고 생각할 거리를 주거든.

- 브랜던: 그래, 올리비아랑 조나는 별나. 그래서 재미있어.

네가 없으면 화학 시간이 전 같지 않을 거야, 올리비아.

- 나오미: 점심시간도!

- 에리카: 그만하고. 그냥 심야 영화 다 같이 보러 가자.
  인생 한 번 살지 두 번 사냐?

가슴속 뻥 뚫린 구멍이 메워지기 시작했다. 몇 자리 건너 앉은 브랜던이 몸을 숙이고 가방에서 플라스틱 통을 꺼내는 것을 보자 더더욱 그랬다. 잠시 뒤 상담 교사가 단조로운 톤으로 웅웅 대는 동안, 가운데에 바닐라 버터크림을 채운 완벽한 파스텔 색 마카롱 통이 우리 줄 사이를 떠다녔다. 모두가 하나씩 집었다. 나까지도. 불쑥, 교장 선생님이 줄 뒤로 나타났다. 교장 선생님은 마카롱 통을 본인 자리로 가지고 갔지만 달콤한 순간은 즐기도록 허락해 줬다.

드디어 물을 많이 마시라는 마지막 충고와 함께 우리는 자리를 뜰 수 있게 되었다. 충분한 수분 섭취가 정말 도움이 될 거라고 믿는 눈치였다. 어쨌든 나는 꿀꺽꿀꺽 물을 마셨다. 상담 교사는 문 앞에 서서 아이들의 팔을 토닥이며 격려의 말을 건넸다. 눈을 안 마주치려고 애를 썼지만 상담 교사는 내 팔에 손을 얹었다.

"이런 일 전부 처음이지, 올리비아. 그래도 언제든 내가 도와줄게."

상담 교사가 목소리를 낮춰 말했다.

2,500명의 학생들 가운데 내 이름을 알고 있다는 게 우쭐댈 일인지 겁먹을 일인지 판단이 서지 않았다. 나는 고개를 끄덕이고는 상담 교사와 다시는 말하지 않겠다고 마음먹었다. 일본어 교실 근처에 왔을 때 나오미와 에리카가 뒤에서 달려왔다.

"괜찮아?"

나오미가 내 팔에 손을 올리며 나를 멈춰 세웠다.

나는 어깨를 으쓱하며 말했다.

"어젯밤에 잠을 못 잤어."

"나도. 오늘 아침엔 컨실러를 5센티미터는 발랐나 봐."

에리카가 푸석한 눈을 가리켰다.

"브랜던이랑 심야 영화 보러 가자. 인생 진짜 짧아."

나오미가 애원하듯 말했다.

"플라워데이 대참사, 결국 용서한 거야?"

내가 묻자 나오미는 어깨를 으쓱해 보였다.

"괜찮아. 브랜던은 곧 내 남자친구가 될 거야. 이미 결심했어."

아무리 맘먹은 건 다 이루고야 마는 사람이라도 이런 일은 장담 못 하는 거 아닌가? 하지만 이런 생각을 입 밖으로 내지는 않았다. 나 역시 나의 관계를 위해 좀 더 노력해야 할지도 모르니까.

"그래. 가자. 누구 나 좀 데려다줄 수 있어?"

내가 묻자 에리카가 대답했다.

"우리 엄마가 데려다줄 수 있을 거야."

나오미가 나와 에리카의 어깨에 팔을 둘렀다.

"영화 본 다음에 너희 둘 다 우리 집에 와서 자도 돼. 파자마 파티하자."

파자마 파티는 한 번도 가 보지 않았다. 사실 안 갈 핑계를 만들고 싶었다.

"진짜 가고 싶어."

하지만 이렇게 대꾸했다. 100퍼센트 진심은 아니었지만. 아직은.

교실 문이 가까워질수록 점점 더 들어가기가 싫었다. 나는 일본어 수업을 좋아한다. 모리나카 선생님은 엄격하지만 친절했다. 그래도 오늘은 여기 있고 싶지 않았다. 집에 가고 싶었다.

"모리나카 선생님한테 나 몸이 안 좋다고 좀 해 줄래?"

내가 문을 막아서고 말했다.

"상담 선생님한테 가야 하는 거 아니야? 그 선생님 최고야. 아까 상담 선생님이 널 옆으로 따로 불러 세우는 거 봤어. 필요하면 수업 빠지고 상담실 와도 된다고 했잖아."

에리카가 말했다.

"응."

이것이 지금으로선 최선의 대답이었다.

에리카와 나오미가 과하게 응원하는 포옹으로 나를 질식시키는 사이, 요리교실로 향하던 브랜던이 옆을 지나쳤다.

"야, 날 빼먹으면 어떡해."

브랜던이 우리를 얼싸안고 있는 힘껏 끌어안는 바람에 모두 바닥으로 쓰러질 뻔했다.

종이 울리자 브랜던이 전속력으로 복도를 달렸다. 그사이 나오미는 우두커니 서서 얼굴 가득 바보 같은 미소를 지었다.

"다이조부데스카(괜찮아요)?"

모리나카 선생님이 문 앞에서 물었다.

"다이조부데스(괜찮습니다)."

나오미가 이렇게 대답하고는 다시 영어로 말했다.

"올리비아가 어제 일로 상담 선생님을 만나고 싶대요."

꼭 그렇지는 않았지만 정정하지도 않았다.

모리나카 선생님이 상담 허가증을 주머니에서 꺼내 내게 건넸다.

"올리비아. 나도 여기 계속 있으니까 원한다면 점심시간에 찾아와. 교실 열려 있어."

100퍼센트 정직하지 못한 것에 마음이 무거웠지만 솔직해져도 다들 이해

하지 못할 것이다.

"도모 아리가토 고자이마스(정말 감사합니다)."

나는 감사 인사를 하고 허가증을 받았다.

허가증을 주머니에 넣으며 상담실을 지나쳐 정문을 걸어 나왔다. 나오미가 남자친구에 대한 계획을 만천하에 공개했다면 나도 나의 꿈을 만천하에 드러낼 거다. 조나에게 문자를 보냈다.

　－ 문자 보면 아이스드림으로 와.
　근육 안 불리고 상체 힘 기르는 웨이트리프트 좀 가르쳐 줘.
　이전하고 다른 몸으로 트리플 트리플 콤보를 하려면
　점프할 때 추진력을 높여야 해.
　너랑 '물리가 제일 쉬웠어요' 언니가
　이 문제를 해결해 줄 수 있을 것 같아.

#26

나의 훈련은 사실상 오늘부터 시작됐다. 비록 혼자 하는 훈련이지만. 내일부터는 새벽 4시 30분에 일어나서 학교 가기 전까지 운동을 할 생각이다. 조나부모님이 결국 조나를 홈스쿨링 시킨다면 아침마다 조나가 뛸 때 안전을 위해 나도 함께 뛰게 해 주실지도 모른다. 아니라면 그냥 우리끼리 뛰면 되고.

인정하기 싫지만 아빠 말이 맞다. 스케이팅은 돈이 무척 많이 드는 운동이다. 하지만 조나는 올림픽 메달 없이도 자동차 대리점에서 후원을 받았다. 나도 분명 그럴 수 있을 거다. 엄마 아빠 사진을 벽에 걸어 둔 지역 사업체들이 나를 도와줄지도 모른다. 사토 씨의 식당에서 나를 후원해 주지 않을까? 맥이 재미있는 광고나 모금 행사를 마련해 줄 수도 있다. 올해부터 부지런히 준비하면 다음 시즌 경비를 감당할 만큼 충분한 돈을 모을 수 있을 거다.

얼음 위에서 스케이트날을 더 깊숙이 기울이는 연습을 하는데 난데없는 새된 소리가 링크의 정적을 갈랐다.

"쉬, 쉬, 괜찮아. 그냥 공갈 젖꼭지가 떨어진 거야."

맥이 피오나의 유아차를 밀면서 매점으로 들어왔다.

유아차를 1번 테이블로 밀고 가자 피오나의 비명은 숨죽인 훌쩍임으로 변했다. 맥은 벤치에 주저앉더니 양팔로 머리를 감쌌다.

"언니."

내가 부르자 맥이 나를 쳐다봤다.

"얼굴이 썩었어."

"어, 피오나 이가 나려고 하나 봐. 사흘 동안 두 시간도 제대로 못 잤어. 할머니랑 스튜어트랑 나랑 온갖 방법을 다 써 봤는데 소용없어."

맥의 말과 동시에 피오나가 공갈 젖꼭지를 쏙 뱉어 버리고는 울부짖었다. 맥이 테이블에 머리를 쿵쿵 찧었다.

"나한테 보내 봐."

내가 손을 뻗었다.

"말도 안 돼. 우리 아기 얼음 위에 떨어뜨리려고?"

"안고 한 바퀴 돌 거야. 트리플 점프라도 할 줄 알고? 어휴, 저를 믿으세요."

맥이 유아차에서 피오나를 꺼내 담요로 단단히 감쌌다.

"떨어뜨리기만 해, 죽여 버린다."

"에그가 항상 말하잖아. 스케이트 제1규칙."

나는 피오나를 가슴에 꼭 끌어안고 링크를 천천히 돌았다. 피오나의 울부짖음은 딸꾹질로 잦아들었다. 두 번째 바퀴에는 피오나의 갈색 머리칼 한 줌이 바람에 나부끼도록 속도를 높였다. 나는 피오나를 안고 조금 더 돌았다. 차가운 공기가 피오나의 얼굴을 두드렸다. 피오나가 나를 올려다보며 커다란 파란 눈을 깜빡였다.

"재밌지? 우리 피오나 다 컸어요. 올리비아 이모랑 스케이트도 타요."

내 목소리에 맥이 코웃음을 쳤다.

"진통제 같은 거 있어요, 이모? 나 머리가 터질라 그래요."

맥이 내 흉내를 내며 말했다.

"엄마 사무실에서 본 것 같아."

"금방 올게."

맥이 등을 돌리기 무섭게 나는 피오나를 안고 짧게 스핀을 했다. 피오나의 눈이 휘둥그레지더니 앙증맞은 분홍 입술이 동그랗게 오므라들었다. 두 번째 스핀을 하자 피오나가 똑같은 표정을 지었다. 세 번째에는 신이 나서 꺅 소리를 질렀다.

"우리 피오나, 피겨스케이트 선수 할까?"

피오나에게 속삭이고는 한 바퀴를 더 돌며 중간중간 아무렇게나 스핀을 했다. 피오나의 웃음소리가 까르르 링크에 울렸다. 문득 나의 얼음도 그렇게까지 울퉁불퉁하진 않은 것 같았다.

"계십니까."

클립보드를 든 중년의 흑인 남자가 불쑥 1번 테이블 앞에 나타났다.

"매킨토시 씨 계신가요? 여기서 만나기로 했는데."

나는 보드를 향해 갔다. 입을 열려는 순간, 맥이 약병을 손에 들고 달려 나왔다.

"러셀 씨인가요?"

맥이 약병을 내려놓고 손을 내밀었다. 그리고 보니 맥은 교복인 건스 앤 로지스 티셔츠에 청바지가 아니라 진청색 셔츠에 면바지를 입고 머리를 동그랗게 틀어 올리고 있었다.

"네. 한번 둘러봐도 될까요? 몇 가지 적어도 괜찮겠죠?"

러셀이 클립보드를 슬쩍 흔들었다.

"물론이죠. 둘러보세요. 궁금한 거 있으면 편하게 물어보시고요."

맥이 최대한 어른스러운 목소리로 말했다.

"감사합니다."

러셀이 멀어지자 내가 눈썹을 치켜뜨고 맥의 목소리를 흉내 냈다.

"궁금한 거 있으면 편하게 물어보시고요. 어, 나 궁금한 거 있어. 저 사람 도대체 누구야? 머리는 왜 틀어 올렸고? 그리고 그거…, 설마 면바지야?"

"말조심해라, 올리비아."

맥이 피오나 쪽으로 턱짓을 했다.

"부동산 감정 평가사인가 그렇대. 나도 잘 몰라. 너희 아빠가 오늘 아침에 나더러 문 열어 주라고 그랬어."

맥이 허리에 손을 얹더니 말을 이었다.

"왜냐면 너는 학교에 있을 시간이니까. 그리고 이건, 말하자면 프로다운 복장이랄까?"

"왜 이래. 여기 오는 대신 더 나쁜 곳으로 갈 수도 있었다고."

"맞는 말이야. 그런데 보통 땡땡이는 친구와 함께 아닌가?"

"알잖아. 나 평범한 십 대는 포기한 지 오랜 거."

"그건 그래. 하긴 나도 땡땡이 친 적은 한 번도 없어."

"진짜?"

"수석 졸업, 잊었어?"

아무도 관심을 두지 않자 피오나가 빽 울음을 터뜨렸다. 맥이 한숨을 내쉬고는 내게 팔을 뻗었다.

"잠깐만. 이것 봐."

내가 피오나를 안고 스핀을 돌자 우리 셋 모두 깔깔 웃음을 터뜨렸다.

러셀이 우리 옆을 지나쳐 매점으로 향하자 맥이 헛기침을 하며 똑바로 섰다. 나는 피오나를 안고 천천히 시트 스핀을 했다. 처음엔 피오나도 웃었다. 하지만 내가 빙글빙글 돌며 다시 일어서자 그 웃음은 트림으로 변하더니 결국 피오나는 내 가슴에 왈칵 토했다. 맥의 웃음이 더 커졌다.

"매킨토시 씨, 이쪽으로 와서 이 기계에 대해 설명 좀 해 주실래요?"

"네."

맥이 매점으로 달려가자 피오나와 나도 얼음 밖으로 나왔다.

내가 윗도리를 닦아 내자마자 피오나의 기저귀가 묵직해졌다. 안 돼. 이건 내 능력 밖이야. 나는 악취를 피해 한 발짝 물러났다.

"감사합니다. 감정 결과는 하루 이틀 내로 케네디 씨께 보내겠습니다. 링크 매매가 잘 이뤄지길 바랍니다."

러셀이 맥과 악수를 했다.

심장이 쿵 내려앉았다. "뭐?" 하고 튀어나오는 소리를 막으려 입술을 깨물었다.

맥은 마지막 사교적 멘트를 건네며 어른스럽게 러셀을 배웅했다. 하지만 1번 테이블로 돌아오며 입술의 피어싱 고리를 씹었다.

"링크 판다고 왜 얘기 안 했어?"

맥이 말했다. 파란 눈에 상처 입은 눈빛이 스쳤다. 그러다 피오나에게서 풍기는 악취의 벽에 부딪히자 외쳤다.

"와, 잠깐만 있어 봐."

"왜냐면 바로 1분 전까지 나도 몰랐으니까. 그렇지만 곧 알아볼 거야."

나는 스케이트 가드를 씌우고 책가방에서 휴대전화를 꺼냈다.

맥이 기저귀를 가는 동안 나는 아빠에게 문자를 했다. 잠시 뒤 휴대전화가 울렸다.

- 걱정하지 마, 올리비아. 그냥 정보 수집하는 거야.
  그래야 제대로 알고 결정할 수 있으니까.

- 링크 파는 결정?

- 아니. 현재 자산으로 엄마 수술 빚을 얼마나 감당할 수 있는지.
  걱정은 내게 맡기렴. 그리고 엄마한테는 말하지 말고. 엄마 마음 복잡하니까.
  너랑 맥 둘 다 아무 말 하지 마.

- 또 놀라게 하면 안 돼!

아빠가 새끼를 안아 주는 수달 움짤을 보냈지만 기분이 조금도 나아지지 않았다. 나는 메시지를 맥에게 전달했다.

"언니랑 스케이트 타고 싶다."

내가 맥을 향해 고개를 까딱했다. 맥은 깨끗한 상태로 깜빡 잠든 피오나를 안고 있었다.

"나도."

맥은 피오나의 머리 위로 담요 끝을 끌어당겨 덮으며 말을 이었다.

"근데 가야겠다. 여긴 피오나한테 너무 추워. 그리고 가서 이 바지도 불 질러 버릴 거야. 졸업하면서 내가 다시는 면바지나 녹색 체크는 쳐다도 안 본다고 맹세했는데 또 입었어."

맥이 틀어 올린 머리를 풀고 진분홍색이 섞인 금발을 부풀렸다.

"오후에 다시 올게. 너도 집에 가. 아무도 없는 데서 스케이트 타면 안 돼."

"조나 올 수 있나 물어볼게."

맥에게 전화를 흔들며 말했다.

"그런 일은 안 일어날걸."

"약속할게. 비품 창고에는 안 들어가."

아니면 최소한 나중에 정리는 할게.

"아니, 어, 그래. 그런데 조나 지금 벌 받고 있어."

"알아. 엄마한테 건방지게 굴어서 어젯밤에 걔네 엄마가 전화 압수했어."

"어, 그러고 나서 엄마한테 아주 박살이 났지."

"왜?"

"설리 걸스랑 공원에서 지상 훈련했다고."

"뭐야? 조나가 공원에서 계속 지상 훈련했어?"

"응. '우연히 공원에서 맥을 만났는데 자꾸 부탁하는 바람에' 이 작전으로 나가고 있었는데, 바나클 바브가 산통을 다 깼어. 너랑 조나랑 같이 경기 보러 와서 재미있었다고 부는 바람에. 얼마 동안 전화기 못 돌려받을 거야."

맥이 의자에서 일어나 피오나를 다시 유아차에 눕혔다.

"다 짜증 나."

"평범한 십 대 세계에 오신 걸 환영합니다. 부모님과의 끊임없는 밀당이 기다리고 있죠. 철 좀 들어라, 나이가 몇인데, 좀 어른스럽게 굴어라, 그렇지만 내 집에 사는 한 내 규칙에 따라야지. 그리고 이것도 있어. 그 휴대전화 내가 돈 내는 거야. 추적 장치 다는 건 내 맘이야."

맥이 기저귀 가방을 어깨에 걸쳤다.

"하여간 부모들이란…."

"부모가 뭐?"

엄마가 절뚝거리며 매점으로 향했다. 맥과 내가 서로 마주봤다.

"부모님은 자식들 돌보기 위해서 열심히 일하고 희생하죠. 여기 그런 자식 1호가 있고요."

맥이 피오나를 가리켰다.

엄마가 피오나의 유아차 곁에 겨우 무릎을 굽히고는 엄지손가락으로 피오나의 뺨을 쓸었다. 진짜 미소가 엄마 얼굴에 번졌다.

"그렇지. 둘 다 일찍 왔네. 무슨 일이야?"

엄마가 인상을 쓰며 다시 일어섰다.

"이가 나고요. 잠을 못 잤고요."

맥이 피오나를 가리키고는 다시 자신을 가리켰다.

"나도 그런 때가 있었지. 좋은 기억은 아니야."

엄마가 웃으며 위로하듯 맥의 팔에 손을 올렸다.

"견디려면 이것저것 뭐라도 해야 하는 시기가 있어. 전문가 말이 전부는 아니란다."

"네, 환경을 바꾸니까 피오나도 저도 좀 좋아졌어요. 다행히 효과가 있었어요. 2분만 더 울었으면 정빙기 꺼낼 뻔했다니까요. 올리비아가 성질낼 때 사장님이 그랬던 것처럼요."

"하아, 진짜 올리비아 성질 대단했어, 아주."

엄마와 맥은 내가 함께 서 있는 건 잊어버린 듯 같이 웃었다.

"지금도 그래."

두 사람의 말을 그대로 증명하듯 내가 말했다. 뭐 어쩌라고.

엄마가 1번 테이블에 앉아 주먹으로 허리를 문질렀다.

"올리비아, 물 한 잔 갖다줄래?"

"사장님. 나중에 봬요."

매점으로 가는데 맥이 엄마에게 인사하고는 나를 따라왔다.

"소식 들으면 알려 줘. 알지?"

맥이 속닥거렸다.

"그럴게. 언니도."

내가 같이 속닥이자 맥이 고개를 끄덕였다.

내가 물을 가져다주자 엄마는 진통제 여섯 알을 입속에 털어 넣었다.

"고마워, 아가."

"나 아기 아니야."

"알아."

엄마가 내 손 위에 엄마 손을 얹었다.

"그리고 어제 있었던 일도 알아. 아빠가 아침에 전화했어. 그래서 지금 학교 안 가고 여기 있는 거지? 미안해. 어떨 땐 내 건강 문제에 완전히 정신이 팔려서 너한테 내가 필요하단 걸 잊어버려. 더 노력할게. 약속해. 그런데 일단, 개인 레슨 세 개가 연달아 있고 게다가 세 번째는 새로 온 학생이야."

엄마는 반쯤 일어서다 말고 통증 때문에 다시 주저앉았다. 엄마는 눈을 감고 심호흡을 몇 번 했다.

"크리스털한테 전화해야겠다."

엄마가 눈물이 고인 눈으로 말했다.

"왜? 내가 있잖아. 내가 할게."

"그게…."

"그 리뷰 틀렸다는 거 증명할 거야. 나, 전보다 잘해. 엄마도 오디션 영상 봤잖아."

엄마가 내 손을 툭툭 두드렸다. 엄마는 여전히 확신이 없는 눈치였지만 동시에 우리는 벼랑 끝에 몰려 있었다.

"그래. 그렇지만 오늘만이야. 그리고 누가 물어보면 너는 교습 기술 배우는 중이고 내가 여기서 줄곧 감독할 거라고 해."

튀어나오는 말을 참기 위해 혀를 물었다. 아무리 힘들어도 링크에 있는 게 학교에 있는 것보다 나으니까.

"가서 좀 프로다운 옷으로 갈아입어. 티셔츠 앞에 얼룩이 크게 졌네. 사무실에 맞는 옷이 있을 거야."

결국 폭발하려는 순간, 엄마가 덧붙였다.

"아빠 말로는 리나 기타가와 부모님이 최근에 우리한테 별 다섯 개짜리 리뷰를 남겼대. 리나 엄마가 구구절절 네가 얼마나 훌륭한지, 아이스드림에서 보낸 지난 몇 달이 얼마나 멋지게 '모든 걸 탈바꿈시킨 경험'이었는지 마구 늘어놨대. 네가 스케이팅을 다시 즐거운 일로 만들어 줬다나. 다른 링크에서는 코치나 다른 학부모들이나 지나치게 경쟁적이어서 자기 딸이 툭하면 울면서 링크를 나왔대. 그래서 여기로 옮긴 거래. 지금 리나는 매주 레슨 끝나고 활짝 웃으면서 나온대. 유일한 불만이라면 올리비아 선생님이 그룹 레슨을 안 한다는 거라나. 개인 레슨은 비싸니까."

따뜻한 기운이 가슴으로 번졌다.

"그럼 간단한 '스케이팅 초보자' 수업을 해 보면 어때? 추가 수입을 만들 수 있을 거야."

"귀염둥이, 엄마는 개인 교습만으로도 힘들어."

"아니. 내가 가르친다고. 내가 우리 링크를 위해 돈을 더 벌 거라고. 나도 우리 링크의 자산이 되고 싶어."

아빠의 비밀이 혀끝에서 뱅뱅 맴돌았다.

고개를 이쪽저쪽으로 갸웃거리며 내 아이디어를 진지하게 생각하는 엄마 모습에 마음이 한껏 부풀어 올랐다.

"아빠 오실 때까지 기다렸다가 아빠 생각도 들어 보자. 내 수업에서 실력이 좀 떨어지는 아이들만 추려서 네 쪽으로 보낼 수도 있고."

심장이 다시 불구덩이 속으로 처박혔다. 부모들이란 정말 재수가 없다. 그다지 평범하지 않은 부모마저도.

#27

이것이 나의 새 평범함이 될 수 있을 것도 같다. 에그한테 스포트라이트를 완전히 빼앗기긴 했지만.

"파트너 스케이팅 재미있었니, 엘라?"

오늘의 세 번째 개인 레슨 학생에게 엄마가 물었다. 가능성이 보이는 열세 살짜리 신입 학생이었다.

엘라가 열정적으로 고개를 끄덕였다. 당연히 그렇겠지. 30분 동안 아이스 드림 상주 유니콘의 전적인 관심을 받았는데, 재미없을 수가 있나? 스튜어트 트라우트는 자산이다. 덕분에 새로운 고객 한 명을 확보한 것 같다. 게다가 직접 만든 라자냐까지 가지고 왔다. 나는 브랜던의 마카롱 말고는 먹은 게 없었다. 그래서 불쑥 아이스드림에 나타나 개인 레슨에서 나를 밀어낸 것에 대해 퍼부어 주고 싶었지만, 이번만 그냥 넘어가기로 했다.

"파트너 스케이팅 선생님이신가요?"

엘라의 엄마가 에그에게 말을 걸자 에그는 옆집 청년 같은 순수한 미소를 지었다. 엘라 엄마는 지갑을 꺼냈다.

"풀타임은 어렵지만…."

엄마가 말하자 엘라 엄마가 지갑을 거뒀다.

"그래도 스튜어트 선생님은 피닉스 집에 올 때마다 개인 레슨을 할 수 있어요. 정말 다행이죠."

엄마가 에그에게 애원하는 눈빛을 보내자 에그가 저 멀리 값싼 좌석까지 전달되는 연기를 펼쳤다.

"맞아요. 저 피닉스에 자주 오거든요. 아이스드림 돕는 일도 진짜 좋고요."

내가 에그를 노려봤다. 엄마가 말했다.

"저희가 엘라의 파트너를 찾아드릴 수 있어요. 시간은 좀 걸리겠지만요. 그 동안은 싱글 훈련을 계속 진행하고요. 스튜어트 선생님에게 페어 훈련을 따로 예약하고 싶으시면 개인 레슨 학생에게 우선권을 드릴 거예요."

매점에서 맥이 손을 흔들며 내 시선을 끌었다.

"왜?"

내가 입 모양으로 물었다.

"쥐."

언니 역시 입 모양으로 답하며 문을 가리켰다.

엄마가 내 팔에 손을 올리며 말을 이었다.

"올리비아, 신규 학생 안내 자료 좀 갖다 드릴래?"

"네, 잠깐만요."

내가 스케이트를 갈아 신는 동안, 엄마는 엘라 엄마에게 그들의 반짝반짝 빛나는 꿈나무 딸에게 어떤 파트너가 좋겠냐고 물었다. 엘라네 집 문 앞에 별안간 남자애들이 줄지어 늘어서기라도 한 것처럼. 아니야. 이건 아니야.

나는 사무실로 달려가 안내 자료를 가져왔다.

"올리비아, 그거 갖다 드리고, 와서 쓰레기 좀 밖으로 내놓을래?"

맥이 내 등에 대고 말했다.

"언니가 벌써 했잖아."

"아, 더 있어. 와서. 좀. 하라고."

"아, 아아. 그래."

우리의 짜고 치기 기술은 형편없었다.

에그 덕분에 엘라 가족은 내 존재를 기억도 못 하는 듯했으므로, 나는 엄마에게 안내 자료를 건넨 다음 맥에서 4분의 1밖에 안 찬 쓰레기봉투를 넘겨받았다. 문밖으로 나가자마자 조나가 한 손으로는 쓰레기봉투를 쥐고 다른 손으로는 내 손을 잡아 건물 뒤 쓰레기장으로 이끌었다. 쓰레기봉투가 수거통 바닥에 채 닿기도 전에 조나의 입술이 내 입술에 닿았다.

"사랑해."

마침내 우리의 입술이 떨어졌을 때 조나가 말했다. 조나와 나는 둘 다 숨을 깊게 들이쉬고 참았다. 악취를 견디기 힘들었다.

"나도 사랑해. 그런데 로맨틱 따위 개나 줘 버리는 고백으로는 금메달이야."

"나 돌아오면 더 로맨틱한 장소에서 다시 해도 돼?"

조나가 나를 다시 몇 발짝 끌어당겼다.

"돌아와? 어디서?"

"솔트레이크시티. 유타 올림픽 측에서 나를 훈련팀 선수로 선발하려고 고려하고 있대."

"어…, 잘됐다."

배 속에서 보글거리던 거품들이 별안간 고슴도치처럼 느껴졌다.

"응, 그렇지. 유타에 가서 살아야 한다는 것만 빼고."

"그래도 항상 바랐던 일이잖아. 올림픽을 향해 한 걸음 다가가는 일이고."

"그래. 그랬지. 지금도 그렇고. 그런데 뭐, 누가 알겠어? 그쪽에서 선발 안 하면 다 소용없는 일이야."

조나가 손으로 머리를 쓸었다. 나는 조나에게 팔을 감았다.

"당연히 선발하지. 너를 한동안 유타랑 나눠 가지는 건 힘들겠지만 그래도 돌아오면 더 애틋할 거야."

"10개월이야. 아빠랑 나랑 10개월 동안 가 있어야 해."

조나의 팔이 나를 단단히 안았다.

고슴도치가 시멘트 벽돌로 변했다. 나는 말을 잃었다.

조나의 손가락이 내 턱을 살짝 들어 올렸다. 나는 다시 조나의 눈을 바라보았다.

"몇 달 전이라면 고민도 안 했을 거야. 벌써 짐 싸 들고 유타로 가는 차 안에 앉아 있겠지. 피닉스를 벗어날 수만 있다면 뭐라도 했을 테니까. 그런데 그러다 너를 만났고, 이제는 365일 24시간 스케이트 세상 속에서만 살고 싶지는 않아. 이렇게 바깥세상에서 너랑 함께 있고 싶어. 어, 쓰레기 수거통 옆은 아니고."

우리는 뒤로 몇 걸음 더 물러났다.

"템피 뷰트가 좋겠어."

내 말에 조나가 어리둥절한 표정을 지었다.

"너 유타에서 돌아오면 같이 템피 뷰트 산 정상에 올라가고 싶어. 정상에서 네가 큰 소리로 아주 여러 번 사랑한다고 말하는 거야. 초콜릿은 선택 사항이지만 꽃은 반드시 있어야 해. 금메달급 사랑 고백이 될 거야. 어때?"

"좋아."

조나가 주먹을 내밀어 나와 맞부딪쳤다.

어김없이 엄지손가락이 올라갔다.

"나, 들어가야겠어. 외출 금지 풀리면 링크 도착하자마자 스케이트만 타기로 엄마 아빠랑 약속했거든. 아빠도 올 거야."

조나가 마지막으로 한 번 더 키스하고 내 손가락에 자기 손가락을 걸었다.

우리는 건물 앞쪽으로 돌아가서 조나의 장비를 챙겼다. 조나는 다시 내 손을 잡았다. 가슴이 찢어지는 것 같았다. 조나가 없으면 아이스드림은 지금처럼 빛나지 않을 것이다. 그리고 전기 요금은 어떡하지?

"너희 엄마나 스튜어트한테는 말하지 말아 줘. 맥 누나한테도."

나는 고개를 끄덕였다. 하지만 나는 괜찮지 않았다. 아무것도.

"아직 휴대전화는 못 돌려받았어."

조나가 문을 열어 주며 말을 이었다.

"기억할 점. 엄마한테 제대로 말 안 하다가 걸린 경우, 평범한 십 대처럼 행동하라고 했던 건 엄마라는 사실을 엄마에게 상기시킨다…는 건 좋은 생각이 아니다. 특히나 다른 엄마들이 옆에 있을 때는. 내가 설리 걸스 앞에서 엄마를 망신 준 거지. 지금 대가를 톡톡히 치르고 있어."

부모들이란. 아이스드림으로 들어가면서 나는 엄마 아빠 포스터에 손가락 키스를 하지 않았다.

마침 엘라 가족이 우리를 지나쳐 밖으로 나갔다. 엘라의 눈이 조나를 따라갔다. 봤지? 골드메달아이스는 우리랑 비교도 안 된다니까.

"힘찬 박수로 맞이해 주세요. 조나 퀵실버 최애애!"

맥이 링크를 가로질러 소리쳤다.

"뭐야, 난 오늘 소개 멘트 없어?"

내 말에 맥이 습관적으로 컵을 꺼내며 대꾸했다.

"없어. 넌 지금까지 내가 이름을 지어 주는 족족 콧방귀 뀌었잖아. 그리고 현재 나는 뇌세포를 딱 여섯 개만 가동 중이야. 피오나 덕분에. 그래서 너한텐 '다시 돌아온 걸 환영해, 올리비아'가 전부야. 쓰레기는 잘 버렸고?"

조나와 내가 서로 쳐다봤다. 조나의 입가에 괄호가 생겼다.

"됐어. 알고 싶지 않아."

맥이 물이 가득 담긴 컵을 카운터 위로 밀었다.

"고마워, 누나."

조나가 물을 들이켰다.

"가서 옷 갈아입어야겠다. 쉬는 시간에 같이 탈래, 올리비아?"

"당연하지."

지금으로선 선물 같은 시간이다.

조나가 탈의실로 들어가고 난 뒤 에그와 엄마가 매점으로 들어왔다. 맥은 에그에게는 물 한 컵, 엄마에게는 꿀을 넣은 뜨거운 차 한 잔을 건넸다.

"어떻게 생각해, 스튜어트? 조나 아버지 말로는 조나가 며칠 유타에 간다니까 윈윈 상황이 될 것 같은데."

엄마가 에그를 향해 휴대전화를 흔들었다.

"네, 뭐라도 해야죠. 학교로 돌아갈 순 없지만 그렇다고 맥 누나 집에 계속 숨어만 있을 수도 없으니까요."

"애처럼 굴지 말고 부모님께 말씀드려. 나라면 처음엔 화가 나겠지만 그래도 궁금할 것 같아."

엄마가 차를 홀짝였다.

"그럴게요. 혹시 맥 누나가 얘기했어요? 저 어제 코스트코 갔다가 엄마 피해서 냉동칸에 숨어 있었잖아요. 언제까지 피해 다닐 수도 없고 곧 다 털어놔야죠. 일단 올림피언스 온 아이스 결과 먼저 확인하고요."

"그럼 일단 알바 한다고 생각하고, 수강료는 50 대 50으로 나누자. 옛날 수강생들한테도 이메일 돌려야겠다."

"엄마, 에그 그런 식으로 뜯어먹지 마."

"뜯어먹기는. 최저임금 받고 피자 만드느니 꼬맹이 얼음 공주들 파트너를 하라면 하루 종일이라도 하겠어. 어차피 지금 나한테 돈 버는 재주는 그렇게 두 개밖에 없는데."

나는 부동산 감정사가 찾아왔던 일을 떠올리며, 우리 앞에 어떤 길이 펼쳐질까 생각했다. 특히 조나까지 유타로 떠나고 나면.

"난 '스케이팅 초보자' 수업을 반드시 개설해야 한다고 생각해."

내 말에 엄마가 차를 한 모금 마시며 대꾸했다.

"한 번에 하나씩, 올리비아. 일단 스튜어트 수업부터 시작하자. 이건 확실하니까."

내가 빈 물컵을 탁 내려놨다.

"항상 그렇지. 나는 확실하지가 않지."

"그런 말이 아니잖아, 올리비아."

그때 아이스드림 정문이 열리더니 조나 아빠가 들어왔다.

"저는 가서 여자 탈의실 청소하겠습니다. 아까 해야 했는데 까먹었네요."

맥이 탈의실을 향해 전속력으로 달렸다.

아니, 거짓말이다. 맥은 뭘 까먹는 법이 없다.

"전 남자 탈의실 치울게요."

에그가 맥을 두 걸음 뒤에서 쫓아갔다.

"그 얘기는 나중에 다시 하자, 올리비아."

엄마의 도끼눈이 완벽한 '키스 앤드 크라이' 미소로 스르르 바뀌었다.

"안녕하세요? 이메일 받았어요."

"그러든지 말든지."

나는 엄마에게 쏘아붙이고 스케이트 대여소로 향했다.

"아이들이란…."

조나 아빠 말에 엄마는 고개를 저었다.

"훈련 교본에 이런 건 왜 안 집어넣나 몰라요."

두 사람은 부모끼리의 은밀한 웃음을 주고받았다. 으.

"얘기 들었어요. 다시 한번 사과 드릴게요. 맥이 두 분 허락을 안 받은 줄은 몰랐어요."

"그렇게 말씀해 주시니 감사합니다. 조나 엄마도 곧 풀릴 거예요. 애들은 1센티미터를 허락하면 1킬로미터를 가 버리네요. 그것도 오늘로 끝이지만요.

최소한 조나는요."

조나 아빠의 목소리가 휑한 링크에 울렸다.

스케이트 대여소 앞에서 조나를 만났다. 조나는 인상을 쓰고 있었다. 두 사람의 대화를 엿들은 게 분명했다.

"괜찮아, 조나. 우리 괜찮을 거야."

내 말에 조나가 고개를 끄덕였다.

"나 괜찮을 거야."

조나가 빙판을 향해 나서자 내가 속삭였다.

#28

학교에 가지 않고 차라리 엄마에게 다시 개인 레슨을 받고 싶었다. 하지만 엄마는 결석을 허락하지 않았다.

학교는 재앙이었다. 기하 시간에는 잠이 들었다. 까맣게 잊어버린 일본어 시험은 결국 통과하지 못했다. 화학 실험 시간에는 버너로 브랜던에게 불을 지를 뻔했다.

"야, 야, 야!"

불꽃이 공중으로 확 치솟자 브랜던의 머리카락이 그슬렸다.

"올리비아, 오늘 뭔 일 있어?"

"없어."

나는 얼른 가스를 줄였지만 여전히 머리카락 탄내가 났다.

브랜던이 불꽃 꼭대기에 비커를 놓았다.

"너 조나랑 싸웠어? 조나가 영영 안 돌아온대?"

"아니야, 그냥… 좀 복잡해."

베르네 선생님이 우리 작업대에 멈춰 서더니 희끗희끗한 콧수염 사이로 버럭 소리를 질렀다.

"올리비아 케네디, 브랜던 박. 안전 수칙 미이행으로 10점 감점이다."

"네, 네, 네?"

브랜던이 더듬거렸다.

"보안경 미착용으로 올리비아 5점 감점. 올리비아에게 보안경 쓰라고 알려 주지 않았기 때문에 브랜던 5점 감점."

베르네 선생님이 나뭇가지 같은 손가락으로 내 보안경을 가리켰다.

나는 곧장 보안경을 썼지만 이미 물은 엎질러졌다. 나는 파트너를 실망시켰다. 제1규칙을 어겼다. 베르네 선생님이 코를 킁킁댔다. 머리카락 태운 일로 또 감점을 당하기 전에 브랜던이 바닥에 연필을 떨어뜨렸다. 선생님이 다른 곳으로 이동하자 브랜던이 다시 일어났다.

"미안해. 오늘 좀 정신이 없어."

"잠깐! 뭐 하는 거야?"

브랜던이 내 손을 덥석 잡았다. 내가 비커에 용액을 잘못 넣어서 실험도, 우리 학점도 망쳐 버리기 직전이었다.

베르네 선생님이 다시 우리 실험대를 지나가며 온도가 너무 높다고 소리쳤다. 선생님이 실험실의 비품 창고로 사라지자, 브랜던이 내 쪽으로 몸을 기울였다.

"토요일에 우리 집에 올래? 같이 피자 먹자. 게임도 하고."

브랜던이 나를 봤다. 보안경 때문에 얼굴이 뒤틀려 보였다.

"데이트 아님. 나오미랑 에리카도 올 거야. 같이 놀자. 넌 애들하고 어울리질 않더라. 그거 평범한 거 아니다."

최소한 다음 주까지 조나는 유타에 있을 테니까 나도 가슴의 거대한 구멍 말고 정신을 쏟을 다른 일이 필요하다. 하루 24시간 링크에만 처박혀 있을 순 없으니까.

"맞아. 그런데 나 토요일 오후에 4시까지는 일해야 돼."

"그럼 5시에 만나서 쭉 노는 건 괜찮지?"

내가 대답하기 전에 브랜던이 재빨리 덧붙였다.

"용액 끓는 동안 영어 숙제 좀 보여 줘. 1번 못 했어. 2번도. 사실 다. 그렇지만 어제 분더바페가 생겨서 시노누마에서 웨이브 30개를 얻었지."

"와, 대단하다. 난 어제 트리플 러츠 트리플 토루프를 거의 성공했고 한 손비엘만은 끝내줬어."

브랜던 역시 내가 무슨 말을 하는지 감도 못 잡은 게 뻔했지만 어쨌든 대답했다.

"대단한데."

점심 테이블로 가는 동안 브랜던은 평범한 십 대 남자아이들의 삶을 내게 설명하려 했다.

"원더 와플이 아니라니까. 분더바페라고 게임 용어야."

그 말이면 모든 것이 설명되는 듯 브랜던이 말했다.

"일단 토요일에 와. 내가 보여 줄게."

브랜던과 내가 핫도그, 감자튀김, 당근을 곁들인 양상추 샐러드 그리고 사과 한 알을 들고 테이블로 가자 에리카와 나오미는 이미 와 있었다. 나오미의 도시락을 봤다. 문어 모양으로 칼집을 낸 미니 소시지와 한입 크기 브로콜리 그리고 동그랗게 잘린 삶은 옥수수가 해님처럼 누워 있었다. 다른 조그만 통에는 깎은 사과가 부채꼴로 쫙 펼쳐져 있고 가운데에는 장식이 달린 이쑤시개가 놓여 있었다.

"너희 집에서 나 좀 입양해 주면 안 돼?"

내가 나오미의 도시락을 턱으로 가리켰다.

"너희 엄마 혹시 내 도시락도 싸 주실 수 있어?"

브랜던이 내 옆에 앉았다.

"내가 가끔 도시락 싸다 줄게. 그렇게 안 어려워."

나오미가 시선을 떨구었다.

"진짜? 신난다."

나오미의 얼굴이 환해졌다. 보답으로 뭔가를 만들어 주라고 브랜던에게 알려 줘야지. 나오미만을 위한 무언가를.

"조나는 어떻게 된 거야? 학교에 다시 오기는 와?"

에리카가 치킨 샐러드 샌드위치를 야금야금 먹었다.

"우리 브라더는 아이슬란드에서 훈련 중이거나 올림픽 대표팀하고 브런치 중이거나 아니면 우리같이 미천한 것들은 이해 못 하는 뭔가를 하고 있겠지. 올리비아는 이해하겠지만, 우리는 너무 평범해서 이해를 못 한다."

브랜던이 말했다.

"조나는 유타에서 스케이트 타고 있어. 그리고 너희가 어디가 평범해?"

"아니야, 난 평범해. 내가 뭘 한들 금메달을 따겠어. 그건 확실하잖아."

"게임에서 메달 받으면 되지."

브랜던이 웃음을 터뜨렸다.

"야, 나 게임 더 열심히 해야겠다. 토요일. 5시. 우리 집. 피자랑 게임. 올 사람?"

"나."

나오미가 대답했다.

"다들 잊지 마. 중간고사가 다음 주야."

에리카가 말했다.

"그래도 잠깐 쉴 시간은 있잖아."

나오미가 톡 쏘았다.

나는 토요일 저녁을 조나와 보내고 싶었지만 좀 더 노력해 보기로 했다.

"나도 갈래. 누가 링크로 데리러 올 수 있으면. 4시 이후면 아무 때나 괜찮은데."

우리 집에 아이들을 오게 할 수는 없다.

"그래, 생각해 보자. 일단 영어 숙제부터 해결해야 해. 이번에도 B 받으면 엄마 아빠가 게임기 압수할 거야. 그럼 내 인생은 끝이야."

브랜던이 영어 숙제를 꺼냈다.

"난 게임기는 압수당해도 되는데 전화는 안 돼."

나오미가 공포에 질린 척하며 휴대전화를 와락 가슴에 끌어안았다.

"게임기도 전화도 괜찮은데 우리 강아지들한테 손대면 그땐 전쟁이야."

에리카가 포크를 휘두르자 우리는 웃음을 터뜨렸다.

"넌 어때, 올리비아?"

나는 거짓말을 하고 싶었다. '키스 앤드 크라이' 미소를 띠고 나도 휴대전화 라고 말하고 싶었다. 그편이 더 편했다. 더 이상의 질문을 받지 않아도 되니까. 평범하니까. 진실이 혀끝에서 맴돌았다. 브랜던을 쳐다봤다. 그러지 말아야 할 순간에도 언제나 진실만을 말하는 브랜던. 그다음엔 에리카. 아무도 동의하지 않아도 자신의 주장을 고수하는 에리카. 그리고 나오미. 우리 그룹의 평화 유지군. 하지만 선을 넘으면 나오미도 나를 밀쳐 내지 않을까?

"게임기, 휴대전화 다 가져가도 돼. 강아지는 있었던 적이 없고, 집도 가져가라 그래."

나는 심호흡을 하고 눈을 깜빡이며 눈물을 삼켰다. 목소리가 떨렸다.

"하지만 아이스크림은 못 뺏어 가. 절대로. 그럼 전쟁이야."

점심 테이블 위로 어색한 침묵이 내려앉았다. 나오미와 에리카가 서로 쳐다봤다. 브랜던이 내 팔에 손을 올렸다.

"너도 조나도 링크도 다 무슨 일인지는 모르겠지만, 우리한테 말해. 우리가 해결할 수 있을지는 모르지만, 털어놓고 싶으면 열심히 들어 줄게."

처음으로 브랜던의 목소리가 진지했다.

마음에 있는 걸 이야기하면, 내 마음을 찢어 놓는 게 무언지 말하면, 눈물이 쏟아질 거다. 나는 이 아이들이 그 정도의 솔직함을 받아들일 준비가 돼 있는지 확신이 없었다.

"고마워. 정말 고마워."

내가 코를 훌쩍이고는 덧붙였다.

"나 토요일에 베이킹 가르쳐 줄 수 있어? 마지막으로 기억하는 레시피는 10년 전쯤 우리 아빠 생일에 브라우니 믹스로 구운 게 다야."

"브라우니를 믹스로?"

브랜던이 꽥 소리를 지르더니 가슴을 쥐어뜯으며 쟁반에 털썩 엎드렸다. 그러고는 한쪽 눈을 반짝 뜨더니 말했다.

"밀크 초콜릿? 다크 초콜릿? 저먼 초콜릿? 화이트 초콜릿?"

"난 몰라. 네가 전문가잖아."

"음, 밀크 초콜릿 브라우니에 솔트 캐러멜로 띠를 둘러야겠다."

"다크 초콜릿에 땅콩버터는 어때?"

에리카가 말하자 나오미도 거들었다.

"아니야. 저먼 초콜릿 위에 코코넛을 얹어."

"난 아무거나 괜찮아."

입안 가득 침이 고인 채 내가 말했다.

"그럼 지금 말한 거 다. 올 때 앞치마 가져와."

브랜던이 함박웃음을 짓고는 아나운서 목소리로 말했다.

"이번 주 베이킹 대결의 주제는 초콜릿입니다. 토요일, 참가자들은 자신만의 완벽한 홈메이드 브라우니로 코코아에 중독될 예정입니다. 브라우니 믹스 따위는 거들떠볼 시간이 없어요. 자, 선수들 모두 제자리에. 준비. 구우세요!"

우리가 정신없이 웃어 대자 지나가던 아이들이 우리를 빤히 쳐다봤다.

"너희는 나를 특별한 사람으로 봐 주는 것 같아. 그래서 고마워."

내가 눈가를 닦으며 말했다.

"짜식, 원래 친구는 그런 법이랍니다."

브랜던이 고개 숙여 인사하는 시늉을 했다.

스케이트 세상이 좋긴 하지만 가끔은 이런 바깥세상도 좋다.

"그럼, 이제 누가 이 망할 영어 숙제 좀 도와주라."

브랜던이 말했다.

#29

"아이스드림의 간판스타 노릇, 아직 할 만해?"

토요일 오후, 다섯 번째 개인 레슨을 마친 에그에게 물었다.

〈전미 주니어 페어스케이팅 챔피언 스튜어트 트라우트와 함께하는 1:1 파트너 강습. 인원이 한정돼 있으니 서두르세요.〉 맥은 이 홍보 문구를 에그의 올림피언스 온 아이스 데모 영상 몇 장면과 함께 우리 홈페이지와 SNS에 올렸다. 금요일 아침이 되자 이번 주말 수업이 몽땅 차 버렸다. 심지어 골드메달아이스에서 온 선수도 있었다. 엄마는 맥에게 보너스로 100달러를 주었다.

"간판스타 돈 긁어모으느라 바쁘시다."

에그가 어깨를 빙빙 돌리며 목을 우두둑 꺾었다. 그러고는 주머니에서 종이 한 장을 꺼냈다.

"거기다 전화번호 수집까지. 엄마들이 날 너무 원해."

경악하는 표정이 내 얼굴에 그대로 나타났나 보다.

"너, 질투 나서 그러지? 나한테 모든 관심이 집중되니까."

"뭔 소리? 아니거든!"

맞다. 끔찍할 정도로.

"맞아. 너 질투하는 거야."

"나한테서 파트너 빼앗아 가는 사람들한텐 이골이 나 있다고. 망할 브리트니 샤오처럼."

"그래서 내가 생각을 해 봤는데,"

에그가 목소리를 낮췄다.

"올림피언스 온 아이스에서 연락이 없으면 나 이 일 제대로 시작해 볼까? 올림픽 무대에서 거물들하고 경쟁은 못 해도 동네 아이스링크 보통 사람들 사이에선 왕이 될 수 있을 것 같아. 이번 주말에 내 스케줄 꽉 찬 거 봤지? 나 완전 핫해."

마음이 내려앉았다.

"오빠의 플랜 B는 나랑 올림픽 도전하는 건 줄 알았는데."

"그런 몽상에 4년을 또 투자해야 하는 건지 스스로 납득이 안 됐어. 여기까지가 끝이면 어떡해? 최소한 지금은 그래."

"알았어. 이 일은 계속할 수 있겠지. 하지만 그래도 우리를 포기하진 말아 줘."

"널 포기하지 말라는 뜻이지?"

에그가 나를 안았다.

"내 인생을 걸고 맹세해. 내가 혹시라도 올림픽에 도전하기로 마음먹는다면 내 유일한 파트너는 너야."

"그런데 혹시, 나 혼자선 안 될까? 싱글로 나서기엔 부족해?"

나는 울지 않으려고 눈을 질끈 감았다.

"결정하기 전에 한번 시도라도 해 보면 어때?"

그때 에그가 내 정수리 너머를 넘겨다봤다.

"죄송합니다. 아직 일반 개장 전입니다."

"아, 네. 나중에 다시 올게요."

귀에 익은 여자 목소리였다.

"야, 이거 봐, 조나다."

뒤를 홱 돌아보자 브랜던이 조나의 최근 사진을 들고 있었다. 조나와 내가 다퉜던 그 사진.

"여긴 어쩐 일이야?"

아이들은 아이스드림 밖에서 만날 계획이었다. 나의 스케이트 세계 안에 아이들이 침입하는 게 싫었다.

"여기로 데리러 오라며. 우리, 에리카 표준시 따르잖아. 즉, 늘 20분 먼저 도착해야 한다는 뜻이지."

브랜던이 조나 사진을 다시 벽에 기대어 놓았다.

"난 늦는 거 딱 질색이야."

에리카가 말했다.

"내가 그러자고 했어. 네가 전에 한 말이 계속 생각나서. 네가 싸워서라도 지키고 싶다고 했던 그 링크, 보고 싶더라."

나오미가 링크를 두리번거렸다.

"안녕, 스튜어트."

에리카가 에그 곁으로 다가섰다.

"이 사진 말이야. 너 뭘 입고 있는 거야?"

브랜던이 내 마지막 금메달 사진을 가리켰다.

나오미가 내게 팔짱을 꼈다.

"구경 좀 시켜 줘, 올리비아. 너의 세상에 잠시 들어가고 싶어."

"나도. 이곳 스케이팅 세상은 어떤가요?"

브랜던이 나오미의 팔짱을 꼈다.

"추워."

내가 대꾸했다.

"재킷 가져올걸."

나오미의 말에 브랜던이 재킷을 벗어 나오미에게 건넸다.

"여기."

나오미의 미소를 전기로 바꿀 수 있으면 얼마나 좋을까. 그럼 링크 전체를 밝힐 수 있을 텐데.

"투어 부탁해. 전부 다 보여 줘. 너와 조나의 비밀 클럽으로 들어가 보자고. 에리카! 그만 들이대고 이리 와."

브랜던이 다시 나오미에게 팔을 걸었다.

에리카가 새빨간 얼굴로 달려와 내 팔을 잡았다.

"저거 발레 바야?"

전부 다 보여 달라는 말은 장난이 아니었다. 시작은 바레 연습실이었다. 에리카와 나오미가 여덟 살 때 배운 발레 기본 동작을 기억해 내려 애쓰는 사이, 브랜던은 조나의 최신 러닝머신 위에서 얼빠진 걸음걸이와 댄스 동작을 하면서 내게 영상을 찍으라고 했다.

"조나한테는 안 보여 주는 게 낫겠다. 조나는 스케이트랑 장비를 무척 진지하게 생각하거든."

내가 영상을 돌려 보며 웃었다.

"다른 데도 보여 줘."

브랜던이 러닝머신에서 폴짝 뛰어내리며 말했다.

"여기는 스케이트 대여소입니다. 제가 스케이트 소독이라는 아름다운 일을 하는 곳이죠. 그리고 여러분의 왼쪽에는 올림픽 금메달리스트 미도리 나카시마의 사무실이 있습니다."

내가 최대한 가이드 같은 말투로 말했다.

우리가 지나가자 사무실에서 엄마가 고개를 내밀고 말했다.

"새 친구들 소개 안 해 줄 거야, 올리비아?"

"새 친구?"

브랜던이 말했다.

"새 친구 아니야?"

엄마가 다리를 절룩이며 사무실에서 나왔다.

"너, 엄마한테 우리 점심 멤버 얘기 한 번도 안 했어?"

엄마가 '키스 앤드 크라이' 미소를 장착하더니 말을 이었다.

"당연히 했지. 입만 열면 너희 얘기란다. 미안. 오늘 일이 많아서 이름이 기억이 안 나네."

"브랜던, 에리카, 나오미."

내가 한 명씩 차례로 가리키며 말했다.

"아, 맞다."

엄마는 거짓말을 했다.

"저, 나카시마 씨. 사진 한 장 같이 찍어도 돼요?"

에리카가 쿡쿡 찌르자 나오미가 말했다.

"엄마가 정말 팬이에요. 고등학교 때는 머리도 똑같이 따라서 잘랐대요."

"미안해서 어쩌나. 그땐 그게 멋있는 줄 알았는데 지금 생각하니까…, 어휴. 그럼 보상을 해 드려야지. 올리비아, 우리 사진 좀 찍어 줄래?"

처음 있는 일은 아니다. 스케이팅 세상에 들어온 사람들은 모두 나의 부모가 누구인지 알았다. 미도리 나카시마와 마이클 케네디는 10분 뒤 나의 경쟁자가 될 선수들에게도 사인을 해 주고 함께 사진을 찍었다. 하지만 오늘은 기분이 이상했다. 나의 두 세상이 충돌하고 뒤섞여서 새로운 무언가가 된 것 같았다. 조나가 있으면 좋겠다. 조나는 내가 균형을 잡게 해 준다.

엄마는 예전에 사인해 둔 올림픽 사진을 기어이 나오미에게 들려 보냈다. 본인 사인 위에 "머리 일은 미안해요, 유키코!"라고 덧붙이기까지 했다.

"다들 일반 개장 전까지 있을 거지? 물론 공짜야."

엄마가 말했다.

"오늘은 안 돼. 다음 주에 조나 오면 다 같이 타든가."

일단 균형을 잡으려면, 내겐 시간이 더 필요했다.

"그래, 그때면 겨울방학이니까."

에리카가 말하자 브랜던이 휴대전화를 흔들었다.

"아빠가 주차장에 도착했대. 브라우니 재료 사서 오셨어."

"오늘 저녁에 브라우니 만들 거야? 우리 집에서?"

공포에 질린 표정이 엄마 얼굴에 스쳤다.

"브랜던네 집에서."

"아, 그렇구나. 재밌게 놀아. 난 어니랑 크리스털이 오면 바로 집에 가야겠다."

엄마가 허리를 주물렀다.

"스튜어트한테 같이 갈 거냐고 물어보자."

에리카가 말했다.

"에그는…, 바빠. 맥 언니랑 계획도 있고."

"맥 누나도 같이 가. 네 친구면 내 친구지, 뭐."

브랜던이 말했다.

"다음에."

나의 스케이트 세상이 비좁게 느껴지기 시작했다.

함께 정문으로 향하는데 엄마가 나를 다시 불러 세웠다.

"몇 시에 데리러 가?"

"태워다 주기로 했어. 걱정 마."

"알았어."

엄마가 안도하는 표정을 짓는가 싶더니 다시 자세를 꼿꼿이 세웠다.

"아니야. 내가 데리러 갈게. 아니면 스튜어트한테 내 차 운전해서 데리고 오라고 할게."

"괜찮다니까, 엄마. 내일 아침에 봐."

나는 소리치는 엄마를 뒤로하고 달려갔다.

"진짜 좋겠다."

주차장을 가로질러 걸으며 에리카가 말했다.

"너희 엄마는 완전 쿨하잖아. 나는 강아지들 데리고 두 블록 떨어진 나오미네만 가려고 해도 난리 난리 그런 난리가 없어."

"이건 포장해서 우리 엄마 크리스마스 선물로 드려야겠다. 최고의 선물이 될 거야."

나오미가 큼지막한 브랜던의 재킷을 입은 채로 사인본 사진을 가슴에 꼭 끌어안았다.

브랜던의 아빠가 차창을 열고 손을 흔들었다. 무슨 음악을 틀었는지, 쿵쿵 울리는 베이스 소리가 차 밖으로 쏟아져 나왔다. 브랜던이 으 하고 신음을 뱉었다.

"우리 아빠가 차에서 무슨 음악 듣고 싶냐고 물으면 아무것도 듣고 싶지 않다고 해. 꼭이야. 안 그러면 가사를 알건 모르건 아무 노래나 틀고 다 따라 불러."

오후 10시 58분. 모두들 통금 시간을 걱정하는 바람에 나도 집에 일찍 도착했다. 엄마가 외출복 차림 그대로 소파에 앉아 나를 기다리고 있었다. 칭찬할 만한 일이었다. 고개를 뒤로 젖히고 눈을 감은 엄마를 구태여 깨우지는 않았다. 브랜던이 한사코 쥐여 준, 나오미 엄마 차에 '우연히' 두고 내리려다 실패한 브라우니가 든 종이 접시를 손바닥 위에 반듯이 올린 채 현관에서 운동화를 벗었다. 연체된 고지서와 우편물이 담긴 바구니가 사라졌다. 약병과 의료용품으로 가득하던 탁자도 깨끗했다. 아마도 엄마는 오늘 밤 어느 오지랖 넓은 부모가 우리의 일상으로 끝내 들이닥치면 망신을 당할까 두려왔던 모양이다. 나는 까치발로 주방으로 가서 열쇠를 걸었다. 가슴이 찢어질 것 같았지만 브라우니는 쓰레기통으로 직행했다.

냉장고를 열고 물병을 꺼내는데, 익힌 채소 한 그릇이 있었다. 심지어 열두 개들이 사과 한 봉지, 3.8리터 무지방 우유까지 있었다. 우유에는 쪽지가 붙어 있었다.

찬장에 네가 좋아하는 오트밀 있어.

밥통 앞에 두 번째 쪽지가 놓여 있었다. 밥통 뚜껑을 열자 갓 지은 밥이 가득했다.

조나도 없는데, 내일 아침에 같이 훈련할까?
- 사랑하는 엄마가

따뜻한 기운이 가슴에 번졌다. 브라우니 접시를 쓰레기통에서 도로 꺼냈다. 가장 멀쩡한 조각들을 골라 우리 집에서 가장 못생긴 접시 위에 가지런히 올렸다. 다섯 살의 올리비아는 무슨 생각으로 접시에 이런 색을 칠했을까. 하지만 엄마는 접시를 버리지 않았다. 도예 공방에 가서 체험 활동으로 이 접시를 만든 일은, 스케이트와 상관없이 엄마와 함께한 몇 안 되는 기억 중 하나다. 엄마와 아빠가 나를 싱글스케이팅 선수로, 그다음엔 에그와 묶어 페어 선수로 빚어내기로 마음먹기 전의 일이었다.

남은 브라우니는 다시 쓰레기통으로 직행했다. 배가 너무 불렀다. 심지어 저녁으로 피자까지 먹었다. 브랜던은 뭐가 더 맛있는지 고를 수가 없다면서, 우리의 즉석 브라우니 베이킹 대회에는 승자가 없다고 했다. 1등이 없는 대회. 희한한 경험이었다.

거실을 지나쳐 2층으로 올라가는 길에, 나는 브라우니를 담은 못난이 접시를 소파 팔걸이에 조심스레 내려놓았다. 쪽지와 함께.

9시에 훈련하자. 브랜던네 집에서 엄마 주려고 만들었어.
- 올리비아

#30

수요일, 젖은 운동화를 신고 철퍼덕철퍼덕 아이스드림으로 향하는 내 기분은 월요일 아침부터 그칠 줄 모르고 내리는 비처럼 우울했다.

"입구에 물 다 떨어지잖아!"

엄마가 호통을 쳤다.

나는 거의 쓸모가 없었던 우산을 우산꽂이에 툭 던지고 걷어 올렸던 바지를 내렸다. 재킷을 입었지만 몸이 덜덜 떨렸다.

"맥 언니 오늘도 안 와?"

이가 딱딱 부딪쳤다.

엄마가 노트북 화면의 스프레드시트를 보다 고개를 들었다.

"맥이랑 피오나 둘 다 괜찮다고 확인되면 올 거야."

"가벼운 접촉 사고인 줄 알았는데."

심장이 조여드는 느낌이었다.

"보험회사에서 맥 차를 폐차해야 된다고 하는 거 보니까 생각보다 더 세게 받은 모양이야."

"아, 어떡해."

당사자만큼 나도 속이 상했다. 그 차에는 즐거운 추억이 무척 많은데.

"좋은 소식도 있어."

엄마가 바레 연습실 쪽을 가리켰다.

마음이 둥실 떠올랐다. 하지만 바레 연습실에는 아무도 없었다.

"오늘 파티 몇 시야? 보송보송한 양말 좀 찾고 나서 피냐타 조립할게."

엄마가 장난친 거라 생각했다.

"뭐?"

엄마가 스툴에 앉은 채 몸을 빙그르르 내 쪽으로 돌렸다.

"어디 갔지?"

그 소리와 동시에 헤드폰을 쓴 조나가 바레 연습실 바닥에서 툭 튀어 올랐다. 팔굽혀펴기를 하고 있었나 보다. 나와 눈이 마주치기 전까진.

"환영 인사는 5분만 해. 그다음엔 훈련하도록 놔두고. 조나 아빠 도착할 시간이야."

엄마가 휴대전화로 시간을 확인했다.

나는 홀딱 젖은 양말과 신발을 매점 옆에 던지고 바레 연습실로 달려갔다. 바닥이 차가워서 발바닥이 콕콕 쑤셨지만 상관없었다. 조나가 연습실 끝에서 나를 맞이하며 꼭 끌어안고 빙빙 돌렸다.

"너희 엄마 계시니까 전체 관람가로 하자."

내 발이 다시 바닥에 닿자 조나가 귀에 대고 속삭였다.

"그래도 오붓한 공간이 생기면…."

"그래, 나, 아니 우린 더 멋지게 할 수 있지."

나는 조나의 파란색 반다나를 바로잡았다.

"집에 돌아온 걸 환영해."

조나가 고개를 숙여 반다나 두른 이마로 내 이마를 눌렀다.

"보고 싶었어."

조나와 나는 그대로 서서 몇 분 동안 다시 균형을 찾았다.

"그래서…"

차마 묻지 못했지만 조나가 내 마음을 읽었다.

"팀에 들어가게 됐어."

마음에 돌덩이가 얹혔다. 하지만 "당연하지. 그 사람들도 바보가 아닌데" 하고 말했다.

"거기서 나 진짜 충격받았어. 정규 선수 몇 명이랑 같이 탔는데, 내가 졌어. 시합 때마다. 매일. 심지어 아슬아슬하지도 않았어. 달리기 훈련 때도 꼴찌였고, 15킬로미터 자전거 경주도 꼴찌, 계단 훈련도 꼴찌, 하다못해 아침마다 밥 먹으러 가는 것도 꼴찌였다니까. 제대로 지고 왔어."

조나의 얼굴에 미소가 번졌다.

"그래도 진짜 좋았어. 드디어…"

"집에 온 것 같았어?"

가슴에 미세한 틈이 벌어졌다.

"아니, 집은 여기가 집이지. 여긴 영원히 집이야. 드디어 어딘가에 속한 기분이 들었어."

조나의 차가운 손가락이 내 뺨을 쓸었다.

틈은 쭉 갈라졌다. 나는 조나에게 한 걸음 다가가 꼭 붙잡았다. 다시 균형을 잡아야 했다.

"나 유타 가기 싫어."

조나가 나지막이 말했다.

"가야지."

"다음 동계 올림픽까진 몇 년이나 남았잖아."

"그래도 메달권을 노리려면 지금부터 훈련 시작해야 해."

"그럴 거야. 그런데, 그렇더라도 피닉스에 조금 더 있어야 할지도 몰라."

"왜? 미세 조정된 기계께서 여기선 만성 탈수증에 시달리는 줄 알았는데?"

조나가 이따금 앉는 상자로 나를 이끌었다. 그러고는 헤드폰을 운동 가방 속으로 툭 던지고 내 옆에 앉았다.

"유타에 가면 비용이 너무 많이 들어. 집도 없이 선수 아파트에서 지내야 할 거야. 아마 룸메이트 몇 명이랑 같이. 부모님 없이 나 혼자. 내가 과연 할 수 있을까? 10개월 동안 혼자서 1등이 되는 데만 집중하는 거. 아, 나 엄청 어리광 부린 것 같다. 미안. 그래도 힘을 내야겠지? 유타에도 가야 하고. 최소한 1등이 되려는 시도는 해 봐야지."

그때, 밖에서 자동차 경적이 울리고 엄마가 링크가 다 울리게 소리쳤다.

내 휴대전화에서 진동이 울렸다. 맥의 문자였다.

- 얼른 나와 봐.

"맥 언니가 우리 불러. 일단, 신발부터 신고."

주차장에서 누군가 헤드라이트를 비추고 있는 것이 보였다.

다행히 비는 가벼운 보슬비로 바뀌었다. 우리는 아이스드림 주변에 연못을 이룬 물웅덩이를 펄쩍 뛰어넘어 반짝반짝 빛나는 자동차 옆으로 갔다. 에그가 조수석 문을 열고 내렸다.

"진짜? 왜 그랬어?"

전화 속 누군가가 에그를 열 받게 하고 있었다. 늘 행복한 에그의 얼굴에 짙은 주름이 져 있었다. 에그는 우리를 향해 슬쩍 손을 흔들고는 연못을 뛰어넘어 아이스드림으로 들어갔다.

"내가 앞자리."

조나가 열린 조수석 문을 턱으로 가리켰다.

나는 한숨을 쉬며 뒷자리에 놓인 새것처럼 보이는 고급 아기용 카 시트 옆에 앉았다. 맥이 뒤를 돌아보며 활짝 웃었다. 알뜰하기로 소문난 여왕께서 이게 어쩐 일이지?

"좋은데?"

조나가 따끈따끈한 새 차 안을 둘러봤다.

"월요일 사고, 언니 과실 아니었어?"

맥의 미소가 스르르 작아졌다.

"맞아. 피오나가 빽빽 울어 대는 바람에 잠깐 길에서 눈을 뗐다가 다시 고개를 돌리니까 내가 커다란 픽업트럭에 달린 트레일러 연결 고리를 들이받고 있는 거야. 그 차 범퍼에 생긴 동전만 한 흠집 없애는 데 2천 달러나 줬어. 내 사랑하는 토요타는 한순간의 어리석음 때문에 생명을 다하고 말았고."

"누나나 피오나가 아니라 토요타인 게 얼마나 다행이야."

"맞아. 큰일 날 뻔했어."

"그래서 이 아름다운 녀석은 어디서 난 거야? 어마어마한데?"

조나가 버튼을 눌러 머리가 내 무릎에 닿을 때까지 의자를 뒤로 젖혔다.

"그렇지? 버튼이 너무 많아서 몇 개는 뭔지도 모르겠어."

맥이 이것저것 눌러 보는 동안 조나가 일어나 앉았다.

"이 차는 아빠한테 영구 임대한 거야. 아빠가 차를 사려고 했는데, 월요일 사고로 계획이 앞당겨진 거지. 새 카 시트는 우리 엄마가 주는 뒤늦은 베이비샤워 선물이고. 아, 오해는 하지 마. 조건이 있어. 뭐, 항상 그렇지."

"그래도 부모님이랑 다시 연락이 돼서 너무 좋네."

내가 말했다.

"선택의 여지가 별로 없었어. 할머니가 친구들하고 라스베이거스로 여행 갔거든. 할머니 안 계신 동안 이번 주는 내가 집을 책임지려고 했지. 할머니께 잠시라도 휴가를 드리고 싶었는데, 늘 그렇듯 나는…"

맥이 숨을 훅 몰아쉬더니 고개를 돌렸다.

"난 왜 항상 모든 일을 망쳐 버릴까?"

내가 피오나의 딸랑이로 맥의 어깨를 톡톡 두드리자 맥이 나를 돌아봤다.

"도와 달라고 해도 괜찮아. 우리가 문제를 해결할 수 있을지는 몰라도 털어 놓고 싶으면 열심히 들어 줄게."

며칠 전 브랜던이 내게 했던 말을 떠올리며 맥에게 그대로 옮겼다.

"나도 마찬가지야. 내가 항상 누나 뒤에 있는 거 알지?"

"고맙다, 얘들아. 나한테 정말 필요했던 말이야. 내가 감정적으로도 경제적 으로도 할머니에게 짐덩어리라는 게 끔찍해."

맥이 눈을 비비며 한숨을 내쉬었다.

"감옥에 갇힌 것 같은 기분이야. 내 몸의 일부는 아직 고등학교에 있고 나 머지는 어른 세계에 있는 것 같아. 시간을 거꾸로 돌려서 과거의 완벽주의자 맥에게 이렇게 말해 주고 싶을 때가 있어. 다 잊고 그냥 빌어먹을 애리조나 주립 대학에 가라고. 대학 생활을 즐기라고. 파티도 가고, 황당한 동아리에 도 들어가고, 공부하느라 밤도 새 보고. 템피 뷰트에 올라가서 해돋이도 보 고. 화요일 새벽 4시에 아무 이유 없이 팬케이크도 만들고. 봄방학에는 멕시 코에도 가 보라고. 내 인생은 계획한 대로 되질 않았어. 거기다 이젠 사고까 지 나고, 제대로 되는 게 아무것도 없어."

"무슨 소리야. 누나한텐 우리가 있잖아. 또 스튜어트랑 미도리 코치님, 더 비 누나들. 그리고 죽이는 새 오디오도 있고."

조나가 오디오를 가리켰다.

맥이 코를 훌쩍였다.

"맞아. 위성 라디오랑 블루투스도 돼. 그런데 무슨 최첨단이 이래? 내 건스 앤 로지스 카세트테이프는 이제 어떻게 트냐고."

조나가 오디오를 쓰다듬으며 대꾸했다.

"엇. 그런 구닥다리 기술을 찾다니, 새 오디오에 대한 모욕이야, 모욕."

조나가 버튼 몇 개를 연달아 누르더니 위성 라디오를 틀었다. 그러고는 우쭐한 얼굴로 의자에 몸을 기댔다.

"엄청 고맙지?"

무슨 노래인지는 모르겠지만 맥이 음정도 다 틀려 가면서 따라 부르는 것으로 보아 건스 앤 로지스 노래가 분명했다. 시작은 천진난만했다. 고개를 까딱까딱하고, 슬쩍 기타 치는 시늉도 하고, 들썩들썩 춤도 추고. 그러다 조나가 창문이 부르르 떨릴 때까지 볼륨을 확 올리자 지옥문이 열렸다. 노래가 끝날 즈음에는 목이 아팠지만, 기분은 나아졌다.

배가 찢어지도록 웃고 있는데 누군가 창문을 조심스레 두드렸다.

맥이 창문을 내렸다.

"아, 사장님. 그냥 애들이랑 음향 시스템 확인하고 있었어요."

"알아. 반경 10킬로미터 내에 있는 사람은 다 들었어. 조나, 훈련 시간이다. 너희 아빠 무슨 일인지 모르겠네. 벌써 도착했을 시간인데."

엄마가 주먹으로 허리를 문지르며 말했다. 조나의 눈이 커졌다.

"문자 해 볼게요. 좀 늦으시나 봐요."

아직 휴대전화를 돌려받지도 못했는데 어떻게 문자를 하겠다는 건지 알 수 없었지만, 나는 입을 다물고 있었다.

"사장님, 집에 들어가세요. 종일 링크에 계셨잖아요. 가서 좀 쉬세요. 이 두 녀석은 스튜어트랑 저랑 잘 감시할게요. 저희 엄마 아빠가 피오나 데리고 있는데 빨리 돌려주실 생각은 없어 보여요. 제가 링크 문 닫을게요."

엄마가 맥의 팔에 손을 올리고 꼭 쥐었다.

"고맙다, 맥. 그럼 집에서 보자, 올리비아. 너무 늦게까지 있지는 말고. 내일 학교 가야지."

"알았어."

으, 갑자기 왜 내 교육에 관심이람.

우리 기괴한 트리오가 아이스링크로 들어서자 에그가 탈의실에서 펄쩍펄쩍 뛰고 있었다.

"와, 와, 와아아!"

"왜, 왜, 왜애애?"

내가 물었다.

"나 연락받았어!"

에그의 목소리는 단어 하나하나를 말할 때마다 점점 커졌다.

"너도 같이 오래! 그쪽에서 '파트너분은 어디 계약하셨나요? 아니면 파트너분까지 같이 다음 단계 오디션에 참가하시면 좋겠는데요'라고 했어."

"해냈어! 해냈어! 우리가 해냈어!"

에그와 나는 손을 잡고 빙빙 돌며 팔짝팔짝 뛰었다.

"오디션 언제야?"

"금요일. 오전에 단체 오디션을 통과하면 오후에 우리 안무로 한 번 더 오디션. 그 단계도 통과하면 새 안무를 시켜 보거나 파트너를 바꾸거나 싱글로 타야 해. 어쩌면 다 할 수도 있고. 뽑히면 주말까지 남아서 쉬운 곡 몇 가지를 배울 거야. 내일 아침에는 출발해야 해."

"아!"

브라우니 경연 대회와 게임 집중 훈련 이후, 심야 영화와 파자마 파티라는 평범한 십 대 행사가 무척 기대되는 참이었다. 그리고 그 후엔 중간고사 기간이고.

"제발 안 된다고 하지 말아 줘."

(하려면 제대로 해야지. 안 그럼 뭐 하러 해?)

"문제없어."

내가 말했다.

"축하해. 올리비아가 우리 둘에겐 행운의 마스코트인가 봐."

조나가 내 허리에 손을 얹으며 말했다.

에그가 내 손을 놓고 한 걸음 물러섰다.

"그런데 한 가지 안 좋은 일이 있어. 토요일에 맥 누나가 설리 걸스에 데뷔하는 모습을 못 본다는 거."

"팀에 못 들어간 줄 알았는데?"

"맞아."

내 말에 맥이 가방을 매점 카운터에 툭 내려놓으며 말했다.

"바나클 바브가 이번 주 토요일에 저소득층 어린이를 위한 자선 경기를 준비했는데 참가자가 부족한가 봐. 출전한다는 보장은 없지만 목표에 한 걸음 더 다가갈 수 있다면 벤치 신세여도 좋아. 그래도 너희 중 한 명이라도 왔으면 했는데."

에그가 맥을 향해 잔을 드는 시늉을 하며 말했다.

"맥 트럭을 위하여. 토요일에 가서 다 밟아 버려."

"너도. 밟아 버리길 위하여."

맥과 에그가 잔 부딪치는 흉내를 냈다.

"둘 다 참 별나. 그래서 좋지만."

내가 말하자 조나가 몸을 앞뒤로 흔들흔들하며 대꾸했다.

"나도. 그런데 나 얘기할 게 하나 있어. 우리 엄마 아빠는 나 여기 있는 거 몰라."

"조나 최!"

맥이 도끼눈을 뜨고 조나를 보았다.

"아빠는 이차 면접 보고 있고 엄마는 아직 일하고 있어. 문자로 어디 있는지 알려야겠지만 아직 내 휴대전화를 못 돌려받았으니까."

"지금껏 네가 한 말 중에서 제일 평범한데?"

맥의 도끼눈이 스르르 미소로 변했다.

"나 토요일 경기 보러 가게 해 달라고 우리 엄마 아빠한테 말 좀 해 줄 수 있어? 누나를 응원하고 싶어."

"이게 도움이 될 거야."

맥이 가방을 뒤지더니 까만 천 뭉치를 조나에게 던졌다.

조나가 새 설리 걸스 티셔츠를 보고 빙긋 웃었다.

"멋진데? 토요일에 입고 갈게. 진짜 그렇게 되면 좋겠다."

"뒤집어 봐. 설리 걸스 팀원들이 너한테는 당연히 티셔츠 줘야 한대."

티셔츠 뒷면에는 큼지막한 은박 글씨로 '퀵 실버'라고 적혀 있었다.

"팀에 들어온 걸 환영한다, 조나."

조나는 말을 잃었다. 그러곤 어정쩡하게 맥을 안았다.

"토요일 저녁에 내가 묵사발이 되건 벤치만 지키고 있건 큰 소리로 응원해 줘야 해."

"무슨 수를 써서라도 갈게. 2층 창문으로 뛰어내려서라도."

가슴속에서 뭔가가 뒤틀렸다. 내가 못 가는데 맥은 아무렇지도 않은가?

"전에 못이랑 망치 찾았다며?"

맥이 다시 가방을 뒤지더니 짤랑 소리가 나는 갈색 종이봉투를 조나에게 내밀며 말을 이었다.

"못은 여기. 망치는 카운터 밑에 뒀어."

"고마워! 드디어 벽에 걸 수 있겠다."

나는 조나를 따라 스케이트 대여소로 갔다. 나와 상의도 없이 조나는 내 금메달 사진 위에 못을 박고 자기 사진을 걸었다. 그러고는 뒤로 한 걸음 물러나 자신의 작업을 감탄의 눈으로 바라봤다.

"그렇지. 완벽해. 문제 해결."

조나가 사진을 왼쪽으로 1밀리미터 밀었다.

"잠깐만. 그 위에 못 하나만 더 박아 줘."

"아, 고마워. 역시 넌 내 1등 팬이야."

조나가 내게 입을 맞추고는 못을 들었다.

"내 자리야."

조나가 어리둥절한 표정으로 나를 보더니 이내 고개를 끄덕였다.

"에리카가 만날 말하는 것처럼 나의 새로운 올림피언스 온 아이스 사진을 그 자리에 걸 거라고 만천하에 밝혀 두는 거야."

조나가 픽 웃었다. 나는 웃지 않았다.

"아, 물론 밝혀 둬야지. 너 당연히 잘할 거야."

조나가 뒤늦게 수습에 나섰다.

속이 뒤틀렸다.

"네가 내 1등 팬이어서 아주 기쁘네."

"그럼, 물론이지. 그런데 미성년자도 투어에 참가할 수 있대?"

조나가 나를 안았다.

"응. 성인 선수만 있는 건 아니야."

"그런데 다들 올림픽 메달 딴 사람들이잖아. 넌…"

조나가 얼른 입을 다물었다.

"못 땄지."

내가 조나 대신 문장을 마무리하자 조나가 머쓱해했다.

"미안해. 말이 헛나갔어."

나를 안은 조나의 팔에 힘이 들어갔다.

그때 갑자기 에그가 소리를 지르더니, 매점의 스툴 하나를 걷어찼다.

"올리비아! 큰일 났어. 이 자식들 진짜 짜증 나."

달려가 상황을 보니, 에그는 카운터에 머리를 쿵쿵 찧고 있었다. 옆에는 지갑이 놓여 있고 체크카드와 신용카드가 나와 있었다.

"왜 그래?"

에그가 고개를 들어 나를 봤다. 얼굴이 붉으락푸르락했다.

"스티븐이랑 스콧이 엄마 아빠한테 불었어. 내가 지난달부터 영어 수업도 안 들어오더니 이제 기말고사도 안 보고 있다고. 엄마 아빠가 완전 열 받아서 내 은행 계좌랑 신용카드 다 정지시켰어. 지난 주말에 너희 엄마가 강사료 주셨는데 어제 40달러만 남기고 다 입금했단 말이야. 내가 너한테 준 돈 얼마나 남았어?"

"500달러 거의 다."

"플랜 B. 로스앤젤레스까지 버스를 타고 가서, 거기서 오디션장까지 우버를 타자. 아주 싼 호텔에서 자고, 방도 같이 써야 해."

조나가 구시렁대자 에그가 덧붙였다.

"우리 지금 절박해, 조나. 어떻게든 절충안을 찾아야 한다고. 오디션 직전에는 에너지가 있어야 하니까 제대로 한 끼 먹겠지만 그 전엔 단백질 바로 버틸 거야. 코스트코에서 사 둔 게 있어."

맥이 가방에서 지갑을 꺼내더니 엄마가 준 보너스 100달러를 내놨다.

"이 돈 못 받아, 누나."

에그는 지폐를 다시 맥에게 밀었다.

"아냐, 받아."

맥이 도로 밀었다.

"피오나 분유랑 기저귀도 떨어져 가잖아."

"그럼 피오나 아빠가 아빠 노릇을 더 제대로 해야겠지."

맥이 가방을 다시 뒤적이더니 자동차 열쇠를 에그 손에 탁 올렸다.

"이젠 타일러가 날 도울 때도 됐어. 며칠 동안 나 출퇴근 때 태워다 주는 것도 포함해서. 싱글맘 노릇에 아주 넌덜머리가 나. 타일러도 책임감 있게 자기 몫을 해야지."

내가 손을 내밀어 맥과 하이파이브를 했다. 때가 되고도 남았다.

"정말이야? 그래도 너무 많이 받는 것 같아."

"아니야, 스튜어트. 지난 2주 동안 나 엄청 도와줬잖아. 저녁 해 주고 잔디 깎아 주고 주방 줄눈까지 닦아 주고. 심심해서 그런 거 알지만 그래도 너한테 많이 빚졌어."

"그래도 차는."

"그래, 망가뜨리면 우리 아빠한테 죽어. 나 죽지 않게만 해 줘."

"꼭 갚을게. 누나한테도, 누나 아버지께도."

"잠깐만."

조나가 달려가 지갑을 들고 왔다. 조나는 37달러와 샌드위치 가게 10달러 상품권 그리고 50달러 선불카드를 지폐 뭉치 위에 올렸다.

"행운을 빌어."

"가서 꿈을 좇아. 너희 둘이 훨훨 날 수 있게 도와주고 싶어."

맥이 에그를 보고, 다시 나를 봤다.

조나가 내 손가락에 깍지를 꼈다. 걱정하는 마음이 얼굴에 선명하게 드러났다.

"나 집에 가서 짐 싸야겠어."

내가 말했다.

"그래, 내일 아침 일찍 출발해야 가서 충분히 쉴 수 있어. 부모님 허락받는 거 잊지 말고. 내가 너희 엄마한테 말해 줄까?"

"아니야. 엄마는 분명 괜찮다고 할 거야. 문제 생기면 얘기할게."

"진짜야? 가서 스튜어트 트라우트의 매력을 좀 발산할까 했는데."

에그가 옆집 청년 같은 미소를 지었다.

"나 아기 아니야, 에그. 나도 할 수 있어. 내일 아침에 봐. 가서 쉬어."

"내가 데려다주고 싶은데, 누군가 조나랑 같이 있어야 해서."

맥이 말하자 에그가 차 열쇠를 맥에게 다시 넘겼다.

"내가 있을게. 남자 대 남자로 얘기하고 싶은 것도 있었고."

"살살들 해."

맥이 한 명 한 명 차례로 가리키며 말했다.

"10분 안에 돌아올게."

"내가 제일 좋아하는 피겨 선수가 이렇게 말했지. 행운을 빌어. 스케이트는 빠르게, 균형은 단단히."

조나가 나를 안으며 말했다.

마음이 따뜻해졌다. 내가 조나의 귀에 속삭였다.

"사랑해."

조나가 대답하려는 순간 아이스드림의 정문이 부서질 듯 열렸다.

"조나, 정훈 최!"

조나 엄마의 귀에서 불길이 솟아 나오는 게 보이는 듯했다.

"나 오늘 스케이트는 다 탄 것 같아."

조나가 내 정수리에 입을 맞추고는 엄마를 향해 돌아섰다.

"엄마, 내가 설명할게."

"나와! 지금 당장!"

"가방 좀 챙기고, 어휴."

"말조심해."

"소리 지르는 건 엄마잖아."

조나가 바레 연습실로 달려가 가방을 챙기는 동안 우리 중 누구도 감히 조나 엄마와 눈을 마주치지 못했다. 조나는 새 설리 걸스 티셔츠를 가방 깊숙이 쑤셔 넣었다.

5분 뒤 내가 문밖으로 나왔을 때도 조나와 엄마는 여전히 차 안에서 다투고 있었다. 조나는 불안한 손길로 머리카락을 쓸고는 주먹으로 창문을 쳤다. 지나가다 조나와 눈이 마주쳤다. 조나는 유리창에 손바닥을 댔다.

"나도 사랑해."

조나의 입술이 말했다.

맥과 에그가 아이스링크 문을 닫고 나와 우리 셋은 차에 탔다. 맥이 땅이 꺼져라 한숨을 내쉬었다.

"토요일에 조나를 만날 확률은 피닉스에 눈이 펑펑 쏟아질 확률일 거야."

#31

조나를 도울 방법을 찾고 싶었지만, 나 또한 내 엄마 문제를 해결해야 했다.

"귀염둥이, 나도 네가 오디션 보러 가면 정말 좋겠어. 그냥 경험 삼아서라도. 그런데 여행 경비를 댈 만큼 여윳돈이 없어."

소파로 다가가 엄마 옆에 앉자 엄마가 말했다.

이것이 1번 문제가 되리란 건 알고 있었다. 나는 가방에서 지폐 뭉치를 꺼냈다.

"나 돈 있어."

내가 탁자 위에 돈을 올렸다.

"어디서 났어?"

"오디션 영상 찍는 일로 에그한테 받은 거야. 영상 통과돼서 100달러 보너스도 받았고."

"어떻게 스튜어트한테 돈을 받니? 걘 가족이나 마찬가진데."

"아니, 받아도 돼. 나 이 돈 받으려고 열심히 했어."

"너 열심히 했지. 진짜 프로다웠어. 아빠도 자랑스러워할 거야. 그런데 올림피언스 온 아이스는 수준이 달라."

배 속이 다시 단단하게 뭉쳤다.

320 ___

"엄마, 오디션 영상 봤잖아. 나 기술 탄탄해."

"알아, 귀염둥이. 그런데 네가 주인공 하려고 오디션 본 거 아니잖아. 심사위원들은 단체 선수 뽑을 때 트리플 기술 안 봐. 예술성을 본다고."

엄마가 나를 문제아로 여기는 게 차라리 마음이 덜 아플 것 같았다.

"올림피언스 온 아이스 측에서 먼저 나한테 오디션 요청을 한 거야. 나한테서 뭔가 특별한 걸 봤으니까 그랬겠지. 엄마 눈에는 안 보여도."

"특별하지, 우리 올리비아. 그렇지만…."

엄마가 쿠션들 사이를 뒤져 전화기를 찾았다.

"아빠가 이번 주말에 어디 계시지? 아빠가 마일리지로 비행기 티켓 구해서 너랑 로스앤젤레스 갈 수 있을지도 몰라. 마일리지로 근사한 호텔도 가고. 그러면 깜짝 휴가 같겠다. 너 디즈니랜드 가고 싶다고 했잖아. 아빠랑 단둘이 휴가 보내고 와."

"다섯 살짜리 취급 그만해!"

나는 꼭 다섯 살짜리처럼 폭발했다.

"올리비아 미도리 케네디!"

엄마의 목소리도 똑같이 날카로웠다.

내가 벌떡 일어섰다.

"나더러 부모 노릇을 하라는 거야, 자식 노릇을 하라는 거야? 어떨 땐 365일 24시간 사사건건 간섭이고. 어떨 땐 투명인간 취급이고. 어느 쪽인지 분명히 해!"

엄마도 일어섰다. 등에서 전깃줄 하나가 떨어졌다. 엄마가 내 눈을 뚫어져라 쳐다봤다.

"난 네 부모야. 넌 내 자식이고."

"그런데 왜 항상 있어야 할 때 없어?"

얼음이 울퉁불퉁해지다 못해 완전히 녹아내릴 때까지도 나를 구해 준 적 없으면서.

"미안해, 아가. 학교 폐쇄 일은 엄마가 형편없었어. 그래도 맥이 잘 다독여 줬잖아. 어떨 땐 맥이 나보다 훨씬 엄마 같다니까."

"망할 놈의 학교 폐쇄 얘기가 아니야. 작년 전국 대회. 지난여름 기량 향상 캠프. 그리고 스케이트 디트로이트 대참사도 잊으면 섭섭하지. 스튜어트랑 나랑 완전히 망했을 때."

"아가, 그건 이 얘기랑 아무 상관도 없어."

"그래? 나 훈련시키는 게 두려워? 그래서 그런 거야? 마음속 깊은 곳에선 나한테 잠재력이 있다는 걸 알아서 그런 거 아니고? 내가 엄마 아빠보다도 더 잘한다는 거. 그래서 금메달도 하나가 아니라 여러 개를 따고 은퇴할까 봐. 엄마 아빠보다 훨씬 잘나갈까 봐. 더 오래 할까 봐. 더 잘살까 봐!"

"너 그렇게 잘하지 않아, 올리비아."

엄마 입에서 독이 분출됐다. 이 독이 엄마도 나도 태워 버렸다.

"그래. 이렇게 됐으니 그냥 다 얘기할게. 엄마는 20년 동안 재능 있는 아이들을 가르쳐 왔어. 항상 백만 명 가운데 한 명을 찾으면서. 올림픽을 꿈꿔 볼 만한 그 한 명의 아이. 내가 가르친 아이 중엔 한 명도 없었어. 너를 포함해서."

공기가 폐를 찢고 나왔다. 나는 소파에 풀썩 주저앉았다. 뜨거운 눈물이 눈을 찔렀다.

"조나한테는 그런 게 있어?"

알아야 했다.

"있냐고! 아이스드림의 현직 왕자님은 그 백만분의 일의 반짝임이 있어?"

잠시 뒤 엄마가 대꾸했다.

"그래. 그렇다고 최고가 되리란 보장은 없지만 조나한테는 타고난 재능이 있어. 네가 그랬던 것처럼."

"그랬던 게 아니라, 난 지금도 그래. 나한테 말 걸지 마. 아무 말도 하지 마."

나는 탁자 위의 돈을 홱 낚아챘다.

엄마가 불렀지만 나는 계단을 뛰어 올라갔다. 엄마가 쫓아올 순 없을 거다. 지잉, 휴대전화가 울렸다.

- 오늘 드라마 찍어서 미안해.

사과의 주인공은 엄마가 아니었다. 백만분의 일의 사나이였다.

- 아까 엄마 연기는 개막 공연이었어. 너도 5분만 더 있었으면
  아빠까지 합세한 부부팀 총공세를 볼 수 있었는데. 굉장했어.

- 놓쳐서 아쉽다. 그래도 전화는 돌려받았네?

- 응! 그래야 날 더 잘 감시할 수 있으니까. 그래도 괜찮아, 당장은.
  맥 누나 말로는 하루 이틀 진정할 시간을 준 다음에 토요일 경기 얘기
  꺼내는 게 좋겠대.

- 좋은 생각이야.

- 넌 괜찮아?

- 응.

- 진짜?

- 그래. 이제 짐 싸야겠어.

- 아, 그래. 잘 자.

나는 대꾸하지 않고 전화를 껐다. 진정한 백만분의 일의 선수라면 정신이 흐트러져선 안 된다. 친구, 가족, 자신의 마음에도. 스케이팅이 넘버원이어야 한다. 넘버원만을 찾는 세상에서 산다면 더더욱.

꿈도 꾸지 마.

현관문에 엄마의 쪽지가 붙어 있었다. 엄마는 갑자기 부모 노릇을 하려 애썼다. 문 쪽을 향하고 소파에 똑바로 앉아 잠이 든 모습으로 보너스 점수도 획득했다. 하지만 자식 다루는 기술 면에서 자동 감점 처리됐다. 난 그냥 열쇠를 들고 집을 나왔다.

날 이런 괴물로 만든 건 엄마야.

"스튜어트가 내일 아침 10시에 데리러 가는 줄 알았는데?"
내가 배낭과 여행 가방을 들고 문 앞에 나타나자 맥이 졸린 피오나를 팔에 안고 말했다.
나는 완벽한 '키스 앤드 크라이' 미소를 만들어 냈다.
"계획을 바꿨어. 나 오늘 밤에 언니네 소파에서 자도 돼? 그럼 내일 아침에 엄마 귀찮게 안 해도 되니까."

맥은 나를 들여보내면서도 미심쩍은 표정을 거두지 않았다.

"왜 그래. 우리 엄마 알잖아. 일일이 다 간섭하느라 에그랑 나랑 12시는 돼야 나설 수 있을 거야. 이렇게 하는 게 더 편해."

"흠, 맞는 말이야."

어수선한 거실로 향하며 맥이 피오나를 위아래로 얼렀다.

"스튜어트는 벌써 자러 들어갔어. 난 피오나한테 오늘의 마지막 분유 먹이고 있었어."

맥이 장난감과 책더미를 소파 옆 바구니로 던지고는, 소파를 툭툭 털고 담요를 깔아 주었다.

"잠자리가 준비됐습니다."

맥이 과장된 손짓으로 소파를 가리켰다.

"사랑하는 이모한테는 최고만 줘야지. 그렇지, 피오나?"

피오나가 꺽 트림을 하더니 맥의 어깨에 분유를 쏟아 냈다.

"으."

맥이 어깨를 쳐다봤다.

"이거 내가 제일 좋아하는 건스 앤 로지스 티셔츠야. 입어. 난 피오나 재울게. 수건이랑 편하게 갖다 써. 어디 있는지 다 알지?"

나는 울컥 목에 맺힌 덩어리를 삼키느라 헛기침을 했다.

"고마워, 언니. 언니가 최고야."

여행 가방에서 잠옷도 채 못 꺼냈는데 맥이 피오나를 눕히고 돌아왔다. 맥은 소파에 털썩 앉았다.

"자, 네 말 안 믿어. 무슨 일이야? 감히 '아무 일 없다'고 할 생각은 하지도 마. 신경 쓰지 말라고 하는 건 좋은데, 거짓말은 하지 마."

나는 맥 옆에 앉아 다리를 구부려 안았다.

"언니는 조나가 백만분의 일 선수 같아?"

"응. 그렇게 투지 넘치는 선수는 본 적이 없어. 뭐, 조나 아빠가 엄청 밀어 붙이기는 하지. 그런데 알지? 나도 밀어붙이는 부모에 대해서라면 전문가잖아. 조나는 내가 본 그 누구보다 스케이트에 몰입해."

"나는?"

"너는 뭐?"

"나도 백만 명 중의 하나 같아? 솔직히 말해 줘."

맥의 침묵이 이어질수록 안 그래도 낮은 자존감이 점점 더 아래로 곤두박질쳤다.

"아마도."

마침내 맥이 입을 열었다.

나는 무릎을 가슴 가까이 더 꼭 끌어안았다. 맥이 내 팔에 손을 얹었다.

"재능을 갖고 태어나서 정상까지 휙 날아오르는 사람도 있고, 한 칸 한 칸 이를 악물고 올라가야 하는 사람도 있어. 너도 어렸을 땐 조나 같았어. 그러다 어른들하고 겨루게 된 다음 와장창 깨졌지. 생전 처음으로 힘든 상황이 왔고, 너는 포기했어. 그렇지만 아직 할 수 있어. 물론 고생스럽겠지만. 너한테 그럴 배짱이 생겼다면."

갈비뼈를 누르는 힘이 점점 커져서 이러다 부서지는 건 아닐까 두려웠다. 나는 지난 시즌 모든 것이 잘못되기 시작한 이후 계속해서 나를 따라다녔던 진실을 나지막이 꺼냈다.

"그런데 그렇게 다 해 봐도, 여전히 부족하면 어떡해?"

"뭐에 부족해? 올림픽 피겨 대표팀에 들어가는 거? 올림픽 출전? 금메달 하나? 금메달 두 개? 백만 달러 후원 계약? 방송 해설자? 의심은 끝이 없을 거야. 네가 통제할 수 있는 건 너 자신뿐이야. 계속 보여 줘. 힘들어도, 이기기엔 여전히 부족해도, 어디까지 갈 수 있는지 보여 줘. 후회하지 말고."

"나한테 하는 말이야, 언니한테 하는 말이야?"

내가 눈가를 쓱 훔쳤다. 맥이 주먹으로 내 팔을 쳤다.

"둘 다. 그리고 미도리 여사는 잊어버렸겠지만 난 안 잊었어. 너 내일 중간고사 시험 두 과목 있어. 빠지면 안 돼."

"진심이야? 언니가 나라면 올림피언스 온 아이스 오디션을 포기하고 기하랑 일본어 시험을 선택할 거야?"

맥이 알 수 없는 소리를 냈다.

"자, 6시 30분에 깨울게. 캘리포니아로 떠나기 전에 같이 달리기 훈련하자."

"퍽이나!"

내가 맥에게 베개를 던지자 맥이 다시 내게 던졌다.

#32

별일이 없다면, 사막을 가로질러 로스앤젤레스까지 가는 데는 여섯 시간 정도 걸린다. 그런데 오늘은 그런 괜찮은 날이 아니었다.

교통 체증 사이에 에그의 과민성 대장증후군이 끼어들었고, 그다음엔 타이어에 펑크가 났다. 온 우주가 우리를 방해하려고 공모라도 한 것 같았다. 그리고 상황이 그보다 더 나빠질 순 없으리라 생각했을 때, 엄마가 에그에게 전화를 했다.

"죄송해요, 코치님. 십 대들은 워낙 골칫덩어리잖아요."

고속도로 옆 거대한 티라노사우루스 모형 아래 앉아 보험회사 차량을 기다리며 에그가 엄마에게 같이 소리쳤다.

"저희 로스앤젤레스에 거의 다 도착했어요. 오디션에 집중하게 해 주세요. 피닉스로 돌아가면 올리비아 마흔 살까지 외출 금지시키세요, 됐죠? 끊을게요. 배터리 다 됐어요."

에그가 전화를 끊는 순간에도 엄마의 고함 소리가 들렸다. 에그의 관자놀이 혈관이 곧 터질 듯했다.

"너 진짜 죽었다. 우리 둘 다 죽었어. 평범한 십 대가 치는 사고 수준을 넘은 것 같아."

에그가 낮게 으르렁댔다.

"상관없어."

거짓말이었다.

"좋겠다. 난 상관있어. 나 체포당할 수도 있는 거 알아?"

에그가 자신을 가리키며 계속 말했다.

"잘 들어. 난 성인이야. 이것 때문에 스케이팅 일은 시작도 못 해 보고 종칠 수도 있다고."

에그가 주먹으로 땅바닥을 탕탕 치더니 코로 숨을 들이쉬고는 입으로 후, 후 끊어 뱉었다.

"코치님이 허락 안 하신 거, 왜 말 안 했어?"

"실망시키기 싫어서."

"오디션을 놓치면 실망스럽겠지. 그런데 감옥에 가는 건 천배는 더 실망스러운 상황이라고."

"감옥 안 가, 에그. 같이 오디션 보러 가는 거라고. 경찰도 이해해 줄걸?"

"아니, 이해 안 해 줘. 여긴 실제 세상이야, 올리비아. 네가 살아 온 스케이트 세상이 아니라고. 이 상황이 세상 사람들에게는 어떻게 보이는 줄 알아? 인신매매. 하, 사회학 개론에서 들은 단어를 실생활에 써먹다니. 안타깝지만 내 인생은 끝이야."

내가 에그의 팔을 잡고 흔들었다.

"정신 똑바로 차려, 스튜어트 트라우트. 차질이 좀, 그래, 많이 있었다고 오디션을 날려 버릴 순 없어. 나 이거 해야 해. 싸워 보지도 않고 물러서진 않을 거야. 그러니까 책임감 있게 오빠 역할을 해."

에그가 신음을 뱉었다.

"그길로 부속하면 어떡해?"

"어디까지 갈 수 있는지 일단 해 보는 거지."

"내일 110퍼센트를 보여 줘야 해. 이젠 실수가 끼어들 틈이 없어."

"할 수 있어."

"후회 안 하지?"

"후회 안 해."

#33

금요일 아침에도 나는 휴대전화를 켜지 않았다. 집중해야 했다. 나의 스케이트 세상 속에 머물러야 했다. 에그를 실망시킬 순 없다. 나 자신 역시 실망시킬 순 없다. 하지만 안타깝게도 에그의 형편없는 운전 실력은 나를 실망시켰다. 에그가 로스앤젤레스 주변을 헤매는 동안 나는 머리와 화장을 했다.

드디어 도착했을 때, 우리가 계획한 90분 동안의 준비 시간은 도합 5분으로 단축되었다. 우리는 전속력으로 달려, 9시에서 1분이 지난 시각에 올림피언스 온 아이스 건물로 미끄러지듯 뛰어들었다.

"죄송합니다. 참가자들은 이미 준비운동을 하러 들어갔습니다."

에그와 내가 마침내 안내데스크 앞에 다다랐을 때, 머리를 바싹 틀어 올리고 다홍빛 립스틱을 바른 중년의 여자가 말했다.

"부탁드려요. 들어가게 해 주세요. 저희 운전해서 왔어요. 애리조나에서부터요."

에그가 숨을 몰아쉬며 맥이 찍어 준 우리의 새 프로필 사진을 내밀었다.

"이 업계에서 일할 생각이면 앞으로는 프로답게 행동해요."

여자는 고개도 들지 않고 말했다.

"그래도, 그래도, 그래도…."

"경비원 불러야 하나요?"

심장이 쿵 내려앉았다. 이대로 피닉스로 돌아갈 순 없었다. 이렇게 한심한 이유로 링크를 잃을 순 없었다. 여기까지 와서 포기할 수는 없다. 아빠 카드를 써 보는 수밖에.

"파블로비치 씨."

내가 여자의 이름표를 읽으며 말했다.

"저희 아빠가 마이클 케네디인데 지금 투어에 참여 중이거든요. 혹시…"

여자가 휘황찬란한 보라색 돋보기를 벗고 나를 올려다봤다.

"마이클하고 미도리 딸이야?"

"네, 올리비아 케네디입니다. 오늘 일은 사과드립니다. 저희가 원래 이렇게 프로답지 못한 건 아니에요. 저희 아빠를 봐서 이번 한 번만 봐주시면 안 될까요?"

나는 우리 사진을 다시 여자에게 내밀었다.

"저희 5분 안에 스케이팅 준비 마칠 수 있어요. 주차장에서부터 전력 질주한 게 준비운동이 될 줄은 몰랐지만요."

"아, 완벽남 마이클이라."

파블로비치가 짧게 한숨을 내쉬며 우리의 사진을 받았다.

"마이클한테 음…; 친구 파이나가 안부 전한다고 해 줘. 사라예보에서의 기억, 아름답게 간직하고 있다고. 그리고 아직 나한테 돔 페리뇽 한 병 빚진 거 있다고. 자, 이거 받아."

아빠의 '친구' 파이나 아줌마가 내게 번호표를 건넸다.

"지금은 이거면 됐고, 나중에 쉬는 시간에 와서 서류 적어 내야 한다. 이제 가, 얼른. 행운을 빈다, 올리비아."

아빠가 이 여자에게 몹시 비싸게 들리는 어떤 것 한 병을 빚진 이야기는 다음 기회에 듣기로 했다. 나는 오디션 번호표를 쥐고 나의 금메달감 애교 연기에 입을 떡 벌린 채 얼어붙은 에그를 끌어당겨 링크로 들어갔다.

"선수들은 빙판으로 나와 준비운동을 시작하시기 바랍니다."

남자 목소리가 빙판에 울렸다.

나는 운동복 안에 스케이팅 의상을 입고 왔기 때문에 1분이면 옷을 벗고 스케이트를 신을 수 있었다. 에그는 탈의실까지 왔다 갔다 할 시간이 없어, 가장 가까운 벤치에 가방을 던지고 옷을 갈아입었다.

우리는 기록적인 시간 안에 빙판 위에 섰다. 세트 의상을 맞춰 입은 커플들이 우리 곁을 쌩쌩 지나갔다. 어떤 여자가 스로 더블 토루프 점프를 내 다리 위에서 성공하기 0.5초 전, 에그가 나를 자기 쪽으로 핵 당겼다.

"고마워."

내가 에그에게 착 달라붙으며 말했다.

"제1규칙이지."

에그는 나를 놓지 않고 말을 이었다.

"그리고 아까 고마워. 어떻게 한 건진 잘 모르겠지만 아무튼 고마워. 가끔은 내가 널 잘 못 믿는 것 같아."

"가끔?"

"자주. 이제부턴 열심히 믿어 볼게."

에그는 벌써부터 몸을 덜덜 떨며 내게 땀을 뚝뚝 떨어뜨리고 있었다.

"끝내 이 자리까지 오다니 믿어지지가 않아. 토할 것 같아."

내가 움찔하며 떨어지려 했다. 그러자 에그는 웃으며 나를 더 꼭 안았다.

"잠깐만 이대로 서서 숨 좀 고르게 해 줘. 그럼 구역질이 가라앉을 거야."

나도 잠시 에그의 떨림을 온몸으로 흡수했다. 이런 일이 다시 있으리란 보장이 없었으니까. 훈련 링크는 전직, 현직 올림피언스 온 아이스 선수들의 대형 포스터들로 가득했다. 엄마 아빠의 오래된 대형 포스터도 걸려 있었다. 반짝이는 레몬빛 의상을 맞춰 입은 엄마와 아빠가 하늘을 찌를 듯 높은 아라베스크 스파이럴 동작으로 링크를 활주하고 있었다. 엄마는 양팔을 날개처럼 쫙 펼치고 있었다. 엄마 아빠가 젊었을 때. 엄마가 건강했을 때. 미국의 무명 십 대 한 쌍이 전율 돋는 연기로 전 세계를 충격에 빠뜨리며 러시아를 상대로 올림픽 금메달을 가져왔을 때. 엄마 아빠가 자동차 광고를 찍고, 두 사람의 얼굴이 시리얼 상자에 도배되던 그때의 모습이었다.

"선수들은 번호 순서대로 줄을 서 주시기 바랍니다."

남자 목소리가 링크에 울렸다.

브리트니 샤오가 우리 곁을 지나갔다. 브리트니는 나를 노려보며 오늘의 파트너와 함께 우리 세 번째 뒤에 섰다.

나는 에그를 꽉 안았다.

"에그, 이제부터 벌어질 일은 우리 손을 떠났어. 전부 얼음에 맡기는 거야. 디트로이트 때처럼 망하는 한이 있더라도."

"우리 안 망해. 그 어느 때보다 멋진 모습으로 돌아왔잖아. 이제, 가서 다 해치워 버리자."

나는 엄마 아빠의 포스터를 마지막으로 한 번 더 넘겨다봤다.

"후회할 일은 안 해."

"선수들은 모두 경기장으로 나와 주시기 바랍니다."

1라운드가 끝나자 아나운서가 말했다.

에그가 내 손을 잡았다. 피가 귀까지 솟구쳤다. 해내야만 한다. 우리에게 플랜 B는 없다.

"참가 번호 4번. 참가 번호 8번. 참가 번호 10번. 참가 번호 12번. 그리고 참가 번호 17번."

아나운서가 합격 팀을 발표했다. 에그와 나는 약 3초 동안 다섯 살짜리들처럼 팔짝팔짝 뛰다가 정신을 차렸다.

"오늘 참가한 모든 선수들께 감사의 말씀을 드립니다. 모든 분께 계약 제안을 할 수 있으면 참 좋을 텐데요. 다음 기회에 다시 오디션에 응해 주시길 바랍니다."

에그가 목소리를 가다듬으며 의상 상의를 쫙쫙 문질렀다.

"잘했어, 올리비아. 너의 피, 땀, 눈물이 모두 결실을 맺었어."

"입방정 떨지 마. 아직 다 안 끝났어."

"이제 점심시간을 갖도록 하겠습니다."

아나운서의 말이 이어졌다.

"참가자들은 한 시간 내로 돌아와 준비운동을 마치고 대기하시기 바랍니다. 해산해도 좋습니다."

에그와 나는 빙판을 나왔다. 실의에 빠진 선수 무리 뒤를 따라. 어떤 선수는 나이가 많고, 어떤 선수는 경험이 부족했고, 어떤 선수는 훈련이 부족했고, 어떤 선수는 열정이 부족했다. 나는 오늘 이 링크에서 가장 어린 선수일지 모른다. 하지만 아이스링크는 내가 태어난 이후 줄곧 나의 집이었다. 이것이 나의 평범함이다. 그러나 이제는 특별해져야 할 시간이다.

얼음 밖으로 나오자 에그가 말했다.

"가서 옷 갈아입어. 나는 '언제까지나 사라예보를 아름답게 기억할게 여사님'한테 서류 받아 올게."

우리 가방은 제자리에 그대로 있었다. 안타깝지만 당연한 일은 아니다. 스케이트의 신 미도리 나카시마와 마이클 케네디가 두 눈 시퍼렇게 뜨고 지켜보는 가운데 다른 선수의 가방을 건드리는 게 찜찜했던 걸까. 엄마 아빠에게 아직 화가 풀린 것은 아니지만 고맙기도 했다. 손가락 끝을 입술에 대고는 엄마 아빠의 포스터에 톡 갖다 댄 다음 탈의실로 향했다.

피닉스 의상을 입으며 경쟁 상대들을 평가했다. 그들도 나를 평가했다. 벌거벗은 기분이었다. 의상을 제대로 입었는데도 벗은 느낌은 그대로였다. 이들은 지난 시즌에 본 이 의상을 기억할지도 모른다. 하지만 곧 완전히 새로운 무언가를 보게 될 것이다.

화장을 하는 동안 누구도 다른 사람에게 말을 걸지 않았다. 나는 주니어 레벨에서 경쟁했던 여자애들 두어 명을 알아보았다. 우리는 서로 고개만 까딱할 뿐 대화를 하지는 않았다. 시합을 준비할 때 자신의 스케이트 세상 안에 경쟁자가 들어오기를 원하는 사람은 아무도 없다.

"어머, 안녕."

브리트니 샤오가 하고많은 빈자리를 다 놔두고 하필 내 화장대 옆에 와서 앉았다.

암, 그래야 브리트니지. 나는 브리트니 쪽으로 고개를 까딱했다.

"오늘 아침에 너랑 스튜어트 보고 깜짝 놀랐잖아."

맥의 반짝이 아이라이너로 아이라인을 그리는 나를 브리트니가 곁눈질하며 말했다.

"스케이트 디트로이트 대회 후에 둘이 스케이팅 그만뒀다고 들었거든. 뭐, 그 마지막 연기 때문에."

오늘은 안 먹힌다, 이 사탄아.

"다른 사람도 아니고, 왜 네가 그런 소문 따위에 귀를 기울여?"

새빨간 립스틱 위에 빨간 반짝이를 톡톡 두드리며 내가 말을 이었다.

"걱정 마. 올리비아 케네디, 스튜어트 트라우트 팀은 그 어느 때보다 건재하니까. 곧 알게 될 거야."

"스튜어트가 나한테 파트너 해 달라고 문자 한 거 아나 몰라?"

"알아. 너 그때 런던에 있었잖아. 괜찮아. 에그랑 나랑 문제 다 해결했고 안무도 수정해서 여기까지 왔으니까."

"나 런던에 있을 때 문자 받은 거 아닌데."

브리트니가 입꼬리를 쓱 올리며 비웃었다.

"어쨌든 스케이트 디트로이트 이후로 나, 스튜어트랑 가끔 문자 주고받아."

적의 무릎을 내리치는 사람이 있는가 하면 상대의 등에 칼을 꽂는 사람도 있다. 브리트니가 선호하는 기술은 후자다.

"나한테 올림피언스 온 아이스 오디션 보라고 한 사람도 스튜어트야."

나는 양손을 꼭 모았다. 브리트니의 목과 에그의 목을 조르지 않도록.

"뭐라고 해야 하지? 그래, 한물간 선수한테는 선택의 여지가 그다지 많지 않으니까."

나는 침착하게 말을 이었지만 모두 우리를 처다봤다. 흥미진진한 싸움이 벌어질 때를 대비해 휴대전화를 준비한 상태였다.

"난 그냥 내 파트너 도와주고 돋보이게 해 주려고 온 거야. 그리고 나선 다시 올림픽 훈련해야지."

나는 스툴에서 폴짝 뛰어내린 다음, 짐을 사물함에 던졌다.

"오디션 잘 봐, 브리트니. 이번엔 또 누구랑 타? 파트너가 하도 많이 바뀌어서 다 기억도 못 하겠네."

"네이선 베더스."

나는 과장되게 움찔하며 말했다.

"저런."

탈의실 여기저기서 키득키득 웃음소리가 났다. 나는 고개를 빳빳이 들고 꿋꿋이 연기를 해냈다. 사물함을 쾅 닫고는 반짝이를 덕지덕지 바른 채 문을 향해 거들먹대며 걸어 나갔다.

에그가 여자 탈의실 앞에서 나를 기다렸다.

"여기 사인해."

볼 안에 단백질 바를 있는 대로 욱여넣은 에그는 꼭 다람쥐 같았다.

에그의 손가락이 이미 나 대신 작성해 놓은 서류의 두어 곳을 가리켰다. 사인을 받고 에그가 다시 달려가려는 순간, 내가 에그의 팔을 잡았다.

"언제부터 브리트니랑 그렇게 절친이었어?"

내 말에 에그는 황당하다는 표정을 지었다.

"걔 말로는 스케이트 디트로이트 이후로 서로 문자 주고받는다는데?"

에그가 코웃음을 쳤다.

"문자 세 개랑 황급히 지워 버린 부적절한 음주 셀카 한 장이 다야. 걔 셀카. 나 말고."

에그가 믿어지지 않는다는 듯 고개를 저었다.

"그런 낡아 빠진 수법에 넘어간 거야? 아까 네 연기가 브리트니의 그 얄팍한 속을 뒤흔들었나 보다. 그런 식으로 네 불안 심리를 자극한 걸 보면. 헐, 심리학 개론을 실생활에 써먹다니. 대학에서 배운 게 있긴 있었어."

에그가 한 팔을 내 어깨에 둘렀다.

"사랑스러운 두 여자가 나를 두고 다툰다니 우쭐하긴 하지만, 난 지금 파트너에게 만족해. 브리트니 샤오랑 파트너를 하느니 차라리 조나랑 하겠어."

"고마워. 나 이제 다시 스케이트 세계로 돌아갈 거야. 딴 데 정신 팔지 않고. 드라마 찍지도 않고. 후회도 안 하고."

내가 에그 허리를 감싸며 눈을 감았다.

"그러자. 일단 이 서류를 너의 새로운 절친 파이나에게 가져다주고 나서."

에그가 내 팔을 떼어 냈다.

브리트니와 네이선의 경기가 끝난 뒤 나는 정중하게 박수를 쳤다. 나쁘지는 않았다. 그 오만한 성격을 생각하면. 그래도 금메달감은 아니었다.

"참가 번호 17번. 준비해 주시기 바랍니다."

브리트니와 네이선이 정리운동으로 링크를 도는 사이, 아나운서가 말했다.

나는 올림픽에 출전한 선수처럼 행동했다. 심판을 포함해 관객이 열 명뿐이라 해도 상관없었다.

"가서 해치워 버려, 호랑이."

내가 말했다. 그러고는 손끝에 입을 맞추고 엄마 아빠의 포스터를 두드리며 행운을 빌었다. 에그도 똑같이 했다.

"나, 부탁할 게 있어."

축축한 손을 잡고 보드를 향해 가는데 에그가 조그맣게 말했다.

"마지막에 키스해 줘. 진짜로."

내가 움츠러들었다.

"끝까지 들어 봐. 키스해 줘. 그래야 언젠가 다른 누군가하고 진짜로 키스를 하면 아, 그 느낌은 아니었구나 하고 알지."

"왜 이래. 나 키스 잘하거든."

내가 스케이트 가드를 벗기며 말했다.

"오늘만. 꼬맹아, 그런 얘기가 아니야."

우리는 손을 잡고 링크 한가운데를 향해 나섰다.

"난 오늘 최선을 다하고 싶어."

"알았어. 그러자."

우리는 오프닝 포즈를 취했다. 빌어먹을 브리트니 샤오가 하품을 했다. 가만히 서 있는데도 심장이 고동쳤다. 온몸이 아드레날린으로 윙윙거렸다. 손을 떨지 않으려고 애썼다. 심판들을 바라봤다. 죽기 아니면 까무러치기다. 후회는 없다.

음악이 시작되자 링크에서 "아!" 하는 소리가 들렸다. 내 얼굴에 진심으로 미소가 번졌다. 사람들은 알렉세이 코치의 피닉스 안무를 기대하고 있었을 거다. 사람들은 잿더미가 된 우리의 과거 스케이팅 인생 밖으로 무엇이 나오려는지 알지 못한다.

음악이 심장을 가득 채우고 내 몸의 세포 하나하나를 진동시켰다. 나는 모든 것을 내려놓고 나의 몸이 어떠한 한계도 없이 공간을 따라 움직이게 두었다. 조나를 향한 나의 러브레터를 스케이트에 띄워 보냈다. 그리고. 우리는.

해냈다. 모든 리프트, 모든 점프, 모든 스핀. 에그와 나는 완벽히 하나가 되었다. 에그가 오늘의 모든 참가자 중 가장 낮은 데스 스파이럴로 나를 빙글 빙글 돌렸다. 내가 다시 일어서자 에그와 나는 꼭 끌어안고 마지막 스핀 콤보를 했다. 셋… 둘… 하나. 에그가 토 픽을 얼음에 꽂아 회전 속도를 낮췄다. 그러고는 나를 뒤로 젖혀 마지막 포즈를 취하자 나는 눈을 감고 조나의 얼굴을 그렸다. 에그의 입술이 열정과 헌신을 담아 내 입술을 덮었다. 우리가 저 멀리 값싼 좌석까지 전달되는 연기를 펼치자 누군가가 와 하고 함성을 터뜨렸다. 에그가 나를 일으켜 세웠다. 나는 브리트니를 봤다. 아마도 연기 전체를 찍은 듯 브리트니가 휴대전화를 내려놓았다. (이 연기를 기억하렴.)

"어땠어?"

에그와 함께 인사를 하며 내가 숨죽여 물었다.

"별로야. 아무 느낌 없어. 그래도 네 연기는 끝내줬어."

에그의 빨간 반짝이 입술에 의기양양한 미소가 번졌다.

"다행이네. 입술 닦아."

"참가 번호 17번. 심판석으로 오시기 바랍니다."

에그의 손가락이 내 손가락에 깍지를 꼈다. 우리는 심판석으로 향했다. 잘 될 거다.

"마이클하고 미도리의 딸인가?"

가운데 앉은 나이 많은 심판이 싱글거리며 물었다.

"네, 그렇습니다."

"그럴 줄 알았어. 미안하다."

심판이 내 사진을 반으로 쭉 찢었다.

악. 조용한 링크에 내 비명이 울렸다. 심판이 말을 이었다.

"올리비아, 네가 고등학교만 졸업했어도 지금 당장 너랑 계약했을 거다. 또 네가 고등학교 졸업하면 바로 계약하고 싶고."

"부탁드려요. 저 할 수 있어요. 부모님이 학교도 빼 주실 거예요. 검정고시를 보든, 온라인 수업을 듣든 뭐든지 할게요."

내가 말했지만 심판은 계속 고개를 저었다.

"저희 아빠 투어팀으로 보내 주세요. 그러면 아빠가 저를 법적으로 책임질수 있잖아요. 단체로 타도 좋고, 커다란 눈사람 역도 좋아요. 스케이트 소독도 할 수 있고 짐도 나를게요. 제발 하게 해 주세요. 제발요."

"미안하다, 올리비아. 정말 진심이야. 네가 올림픽 메달이라도 땄으면 어떻게 해 보겠지만 그것도 아니지 않니."

심판은 주머니에서 금색 케이스를 꺼내더니 명함 한 장을 내밀었다.

"단체 선수로 활동하면 싶으면 고등학교를 졸업하고 다시 오디션을 보는게 좋겠구나."

내가 명함으로 손을 뻗는 순간 심판이 명함에 손끝을 올리고는 내 눈을 보더니 이어서 말했다.

"주연으로 활동하고 싶다면 먼저 올림픽 메달부터 따고. 오늘은 이런 말 듣고 싶지 않겠지만 언젠가는 나한테 고마워할 날이 올 거야."

심판이 손가락을 치우자 나는 명함을 챙겼다.

"그럼, 이제… 트라우트, 자네는 고등학교를 졸업한 것 같은데."

"네, 그렇습니다."

에그가 내 손을 꼭 쥐었다.

"자네는 계속 남아도 좋아. 올리비아가 파트너를 못 하니 유동적인 역할이라도 오디션 볼 생각이 있나? 우리 쇼에는 항상 남자 선수가 부족하니까."

에그가 나와 심판들을 차례로 보고는 다시 나를 봤다.

"트라우트? 빨리 결정해야 하네."

에그가 내 손에서 손가락을 뺐다.

"네, 하겠습니다."

"그럼 이동하지. 시간 내줘서 고맙다, 올리비아."

눈물이 차올랐지만 절대 울고 싶지 않았다. 가슴속에서 이글거리는 피닉스가 마지막 승리의 포효를 내지른 뒤 다시 땅 위의 불구덩이 속으로 처박혔다. 나의 새로운 경력은 시작도 못 한 채 공식적으로 끝이 났다.

"참가 번호 8번, 링크로 나와 주시기 바랍니다."

링크에 목소리가 울렸다.

나는 올림픽 쇼트트랙 선수처럼 빙판을 벗어났다.

"올리비아, 기다려."

에그가 내 뒤를 따라왔다.

나는 스케이트 가드를 끼우고 빙판 밖으로 나갔다. 뒤돌아보지 않았다. 곧장 여자 탈의실로 줄달음질했다.

"잠깐만. 이럴 수밖에 없는 거 너도 알잖아."

에그가 내 팔을 잡고 자신을 향해 돌려세웠다.

"그래, 알아. 신경 쓰지 말고, 가기 전에 내 등에 꽂은 칼이나 뽑아 줘."

"이러지 마, 올리비아. 이건 처음부터 내 오디션이었잖아, 우리 오디션이 아니라. 네가 그쯤은 이해하는 줄 알았는데. 너까지 오디션을 보게 된 건 뜻밖의 보너스였지만 이건 줄곧 내 오디션이었다고. 우리가 아니라."

"알아. 전부 오빠 일이고, 최고가 되려는 거고. 그래, 잘해 봐. 이제 오빠가 쇼단에 들어가건 말건 우리 파트너 관계는 공식적으로 끝이야. 영원히."

"철 좀 들어, 올리비아. 이건 비즈니스야. 파트너는 언제고 만났다 헤어졌다 할 수 있어."

에그가 주변을 살폈다. 우리가 서로를 베는 동안 나의 피 냄새를 맡은 상어들이 몰려들었다. 브리트니 샤오도 그중 하나였다. 에그가 어두운 구석을 향해 나를 질질 끌어당겼다.

"이거 봐."

내가 에그의 손을 확 뿌리쳤다.

"상황을 받아들이고 어른스럽게 좀 굴지 그러니?"

히죽대며 말하는 브리트니의 얼굴을 주먹으로 갈기고 싶었다. 대신 나는 브리트니 곁을 지나치며 목소리를 낮춰 말했다.

"그래도 난 트리플 더블 더블이라도 했지."

상어 한 마리가 황급히 물러났다.

"이제 난 어쩌라고? 혼자 로스앤젤레스에 갇혀 있으라고?"

에그가 머리를 쓸며 볼을 부풀렸다.

"모르겠어. 그리고 솔직히 나, 지금 이러고 있을 시간이 없어."

"최소한 호텔까지는 데려다줘야 하는 거 아니야?"

"그럴 시간이 없어. 다음 라운드 준비해야 해. 새 파트너도 찾아봐야 하고."

"와. 아주 대단하시네."

"알아. 엿 같은 상황이야. 나도 엿 같은 인간이고. 최악의 친구지. 알아."

에그의 얼굴이 딱딱하게 굳었다.

"근데 그거 알아? 반대 상황이었으면 너도 똑같이 했을 거야."

따지려고 입을 열었지만 말문이 막혔다. 맞는 말이었다. 같은 상황이라면 나도 뜨거운 감자인 양 에그를 탁 떨어뜨렸을 거다. 이것이 백만분의 일의 선수가 되기 위한 대가다. 늘 자신을 최우선으로 생각해야 한다. 사랑한다고 주장하는 사람들을 상처 주게 되더라도.

쿵쿵대며 탈의실을 나온 뒤 한 시간 동안 화장실에 숨어 있었다. 운동복 재킷 소매를 입안에 쑤셔 넣고 흐느끼는 소리를 죽였다. 화장실 밖으로 다시 나왔을 때 피닉스는 죽었다. 남은 것은 잿더미뿐이었다. 다시 화장기 없는 얼굴, 청바지, 티셔츠, 운동화에 맥의 헐렁한 후드 티를 입은 평범한 고등학생 올리비아 케네디로 변신했다. 문 앞에서 잠시 발길을 멈췄다. 가슴이 무너졌지만 사람들에게 그런 모습을 보일 순 없었다. 고개를 빳빳이 들고 탈의실을 걸어 나왔다. 나에게 똥을 던지던 세상은 변함없이 잘 돌아가고 있었다. 아무 일 없다는 듯. 오늘 내 손에서 금메달이 떠나간 일 따윈 없었다는 듯. 후드 티 주머니 속 명함을 손가락으로 만지작거렸다. 비록 오늘 금메달은 떠 나갔지만 나에게는 금메달을 받을 만한 자격이 남아 있다. 그러니 나는 뭉그 적대지 않고 돌아올 거다.

벤치에서 자그마한 금발 여자와 수다를 떨며 농담을 던지는 에그를 보자 속이 싸했다. 엄마 아빠의 포스터가 내가 빠진 에그의 새로운 인생을 축복하 며 그의 뒤에서 빙그레 웃었다. 나는 배낭을 어깨까지 높이 잡아당기고 문을 양쪽으로 확 열며 다시 진짜 세상으로 걸어 나왔다.

#34

스케이트 밖 진짜 세상은 무시무시했다. 해 질 무렵 로스앤젤레스는 끔찍하게 무서웠다. 음산한 얼굴의 남자가 두 블록을 쫓아오며 말을 걸다 내 팔을 잡는 순간, 심장이 오디션 때보다 더 크게 방망이질했다. 나는 스무디를 떨어뜨리고 달리기 시작했다. 배낭 속 스케이트가 척추에 부딪히며 내 몸을 쿡쿡 찔렀다. 올림피언스 온 아이스 건물 안으로 돌아가고 싶은 생각은 손톱만큼도 없었지만, 나는 어쩔 수 없이 꼬리를 내리고 들어갔다.

브리트니 샤오가 로비에서 휴대전화에 대고 큰 소리로 떠들고 있었다. 오늘은 온 우주가 날 미워하나 보다. 나는 모자를 뒤집어쓰고 턱을 당기고는 말도 안 되게 비싼 샌드위치를 들고 살금살금 모퉁이를 돌았다. 잠시 벽에 기대어 앉는데 청바지 무릎이 직, 찢어졌다. 그 소리에 브리트니가 고개를 돌렸다. 나는 모자를 뒤집어쓴 머리를 홱 숙였다.

"네이선하고 훈련하는 데 돈이 얼마나 들었는지 알아? 수천 달러라고. 네이선한테 리스해 준 새 머스탱은 빼고. 이게 무슨 돈 낭비야? 그런데 이제 또 파트너를 바꿔야 해."

브리트니가 징징대고 있었다.

망할. 나라면 그냥 네이선하고라도 기쁘게 탈 텐데.

"운도 지지리도 없어서, 스튜어트 트라우트랑 파트너 하게 될지도 몰라."

브리트니가 하아, 과장된 한숨을 내뱉었다.

"어찌나 나한테 집착하는지. 제발 좀 떨어져 주면 좋겠는데."

브리트니가 보낸 음주 셀카를 에그가 아직 갖고 있으면 얼마나 좋을까. 다시 에그와 말을 섞어야 한다는 문제가 있긴 하지만.

"그래! 괜찮더라. 사실 괜찮은 거 이상이긴 했어. 커플 오디션까지 가긴 했는데 뻥 차였지. 사진을 쫙 찢으면서 '꺼져 줄래' 거의 이러더라니까. 너무 안됐지 뭐야. 얼마나 창피하겠어."

말도 안 되게 비싼 샌드위치를 브리트니 머리에 던지지 않기 위해 모든 자제력을 끌어모아야 했다.

"조심해. 컴백 준비한다는 것 같아. 이제 자존심이 갈기갈기 찢겼으니까 얼마나 더 악을 쓰겠어. 그래. 너 완전 운 좋은 거야. 누가 피닉스까지 가서 걔랑 파트너를 하겠어. 그러니까, 피닉스가 웬 말이야?"

누군가 문밖으로 고개를 내밀고 브리트니를 향해 손짓을 했다.

"어쨌든, 이게 오늘 제일 핫한 소식이야. 돌아가면 같이 점심 먹자. 사랑해, 친구."

브리트니가 사라진 뒤 나는 주머니에서 명함을 꺼냈다.

월터 헤일
올림피언스 온 아이스 단장 겸 예술 감독

정말 롤러코스터 같은 하루구나.

"여기 있으면 안 돼요."

파이나의 하이힐이 광택이 번쩍이는 바닥 위를 또각또각 가로질러 나에게 다가왔다.

"서쪽으로 길 네 개 건너면 노숙자 센터 있어요. 거기 가면 따뜻한 음식도 있고 추위도 피할 수 있어요. 버스표 필요해요?"

나는 텅 빈 로비를 둘러보고는 내 옷을 내려다봤다. 크고 작은 스무디 얼룩이 져 있었다. 나는 후드를 뒤로 젖혔다.

"제 파트너, 어, 예전 파트너 기다리고 있어요. 스튜어트 트라우트 선수가 오디션 마치길 기다리고 있어요."

파이나는 휴대전화를 떨어뜨릴 뻔했다.

"세상에, 올리비아. 미안하다."

"괜찮아요. 에그는 그럴 자격 있어요. 오늘 에그의 오디션은 흠잡을 데가 없었어요."

"그런 뜻이 아니야."

파이나가 나와 가장 가까운 벤치에 앉았다.

"안타깝지만 우리는 이 계단에서 상처받은 영혼을 수없이 본단다. 그리고 때론 그 상처를 입히는 사람이 바로 우리고. 여긴 로스앤젤레스잖아. 꿈이 이루어지고 동시에 부서지는 곳이지. 그래서 난 버스표나 몇 달러로 그 업보를 상쇄하려고 노력해. 오늘 힘들었다고 들었어."

목에 울컥 덩어리가 솟아 숨이 막힐 것 같았다. 나는 파이나를 향해 고개를 끄덕였다.

"미안하구나. 이 업계가 워낙 힘들지. 오늘 밤에 피닉스로 돌아갈 거니?"

나는 덩어리를 삼켰다.

"아니에요. 스튜어트 끝날 때까지 기다렸다가 운전해서 다시 사막을 건너야 해요."

"오래 기다려야 할 텐데, 어쩌지? 내부 기밀인데 스튜어트한테 내일도 오라고 할 예정이거든. 심판들이 너희 둘한테 정말 감동받았어."

파이나가 삐져나온 은발 몇 가닥을 다시 올림머리 속으로 밀어 넣었다.

나는 허탈하게 웃으며 헤일 단장의 명함을 흔들어 보였다.

"올리비아, 나 헤일 단장하고 10년 넘게 일했어. 헤일 단장이 명함 주면서 나중에 다시 오라고 한 선수는 한 손에 꼽아. 헤일 단장은 아무리 기를 써도 싱글 토루프 점프도 못 하지만 재능을 알아보는 눈은 귀신같단다. 명함을 준 건 안 된다는 뜻이 아니야. 지금은 때가 아니라는 거지."

파이나가 전화기를 들고 연락처를 찾았다.

"다시 싱글 선수로 돌아갈까 생각하고 있어요. 피닉스에서는 파트너 찾기도 힘들고요."

"콜로라도는 어떠니?"

파이나의 녹색 눈이 반짝였다.

"어…, 피닉스보다 훨씬 춥지 않나요?"

"그렇지. 콜로라도스프링스에 가서 내 친구 한번 만나 볼래?"

나는 벌떡 일어섰다.

"혹시 브로드무어 스케이팅 클럽 말씀하시는 거예요?"

"응."

파이나의 다홍색 입술에 미소가 활짝 번졌다.

"물론 아무것도 약속할 수는 없어. 하지만 오랜 시간 엘리트 선수를 훈련해 온 유서 깊은 곳이야. 올림픽 출전 선수들도 있고. 콜로라도스프링스에 갈 생각 있으면 나한테 말하렴. 내가 그쪽에 말해 줄 수 있어."

나는 파이나를 와락 끌어안았다가 바로 정신을 차렸다.

"죄송해요."

파이나가 내 손을 잡았다.

"올리비아, 나는 널 위해 문을 열어 주는 거야. 하지만 들어가는 건 너 스스로 해야 해."

"감사합니다."

"그럼 이제 갈 준비됐니? 주말 동안 로스앤젤레스에 있을 생각이면 호텔까지 차편을 알아봐 줄게. 오늘 밤에 집에 가고 싶으면 심야 버스도 있어."

나는 휴대전화를 꺼내 전원을 켰다. 부재중 전화, 음성메시지, 문자메시지, 이메일이 사정없이 쌓여 있어 전화가 폭발하지 않을까 걱정될 지경이었다.

"집에 갈래요. 오늘 밤에요."

"그래."

버스 정거장에서 아빠에게 문자를 보냈다.

- 집으로 가고 있어. 혼자. 버스 타고 가. 피닉스에 도착하면 다시 문자 할게.
  그건 그렇고 아빠 '친구' 파이나 아줌마가 이제 돔 페리뇽 두 병 빚졌다고
  아빠한테 전하라는데?

아빠가 답장을 보냈다.

- 알아. 방금 통화했어. 이제 돔 페리뇽 두 병에 소화제 한 병까지 추가됐어.
  파이나가 헤일 단장에게 내 사표를 대신 전달해 주기로 했거든.
  헤일 단장이 난리 칠 게 뻔하니까.

- 어휴. 아빠, 그냥 반쯤 얼빠진 자동차 여행 한 번 했을 뿐이야.
  나 때문에 세상의 관심을 포기할 필요는 없어. 다음엔 꼭 허락받을게.

- 고맙구나. 그래도 한 달 동안 외출 금지야. 그리고 아빠는 어차피 길 위를
  떠도는 건 그만둘 생각이었어. 이제 엄마 수술도 해야 하고. 의사 말로는
  다른 방법이 없대. 집으로 돌아갈 거야.

외출 금지 명령에도 불구하고 아빠가 집으로 돌아온다니 기뻤다. 엄마가 늘 그렇게 큰 고통 속에 있는 건 싫었다. 하지만 산더미처럼 쌓인 연체료 고지서는 어떻게 해야 할까? 가슴이 조여들었다.

- 수술비는 어떡해?

- 그런 걱정은 아빠가 할게.

- 링크 팔려고 그러지? 맞지?

아빠의 대답이 두려웠지만 알아야 했다.

- 골드메달아이스에서 어제 제안을 해 왔어. 피닉스에 지점을 열려고 한대.

- 아빠, 안 돼!

- 처음 6개월 정도 내가 코치로 있으면서 인수인계 기간을 갖자고 하더라. 그쪽에선 스튜어트도 함께 코치로 있어 주길 바라는데 파이나 말로는 스튜어트가 곧 투어에 투입될 가능성이 95퍼센트라네.

- 그럼 나는?

나도 골드메달아이스 선수들을 가르치게 될까? 분노로 속이 활활 타는 것 같았다.

- 계약 조건에는 나만 있어. 그 외 직원은 완전히 정리해야 돼.

그럼 맥은…. 나는 소매로 눈을 훔쳤다.

- 조나는?

- 조건을 다시 협상하거나 안 되면 다른 링크를 찾아봐야지.
  골드메달아이스 쪽에선 한 사람한테 황금 시간대를 그렇게 오래 줄 수는
  없다고 하네.

- 어차피 조나는 유타 올림픽 훈련팀에서 제안을 받았어. 곧 떠날 거야.

- 아! 그 소식은 미처 못 들었어.

- 아빠, 그럼 '내가' 훈련을 하고 싶다면?

- 할인은 받을 수 있을 거야. 그쪽 코치들이 받아 줄지는 오디션을 봐야 하고.
  현재로선 대부분의 코치가 새 학생은 안 받고 있어. 인원이 다 찼거든.
  그래서 아이스드림을 인수하려는 거고.

나의 링크에서 스케이트 타는 것조차 안 되다니. 벼랑 끝이다.

- 팔지 마, 아빠! 제발 부탁이야. 제발 팔지 마. 나 죽을 것 같아.

- 온 마음으로 사랑한다, 올리비아. 하지만 이럴 수밖에 없다는 거 알잖니.

언젠가는 너도 이해해 주길 바란다.

— 아빠 미워!!

아빠에게서 더는 답장이 오지 않았다. 나 역시 답장할 생각은 없었다. 다음 차례는 조나였다. 조나에게서 온 열일곱 개의 문자는 갈수록 짧고 날카로워졌다. 놀라운 일도 아니다.

조나의 마지막 문자.

— 어디야? 괜찮은지 알려 줘.

"나 안 괜찮아."

나는 속삭였다. 머릿속이 온갖 생각들로 소용돌이쳤다. 지금은 다른 데 정신을 팔 수 없다. 나에게 제일 중요한 문제에 집중해야 했다.

#35

몸은 바벨을 든 것처럼 무거운데 마음은 쉬러 들지 않았다. 나는 밤새도록 맥에게 분노에 찬 절박한 아이디어를 하나씩 보냈다. 맥은 한심한 아이디어들은 묵살하고 '뭐 그렇게까지 엉망은 아닌' 것들을 추려 대강 계획으로 엮어냈다. 새벽 4시였다. 맥이 약간 탄 팬케이크 사진을 보냈다. 빈 배 속이 요동쳤다.

아침 7시가 조금 넘자 버스가 피닉스에 들어섰다. 나는 해돋이 사진을 찍어 조나에게 보냈다.

- 나 피닉스에 돌아왔어. 상황이 엉망진창이야. 너 유타로 가야 해.

놀랍게도 조나는 깨어 있었다.

- 뭐? 왜?

- 아빠가 아이스드림을 팔려고 해.

-

- 밤새 맥 언니랑 계획을 짰지만, 다 실패하면 아이스드림을 잃게 될 거야.
  그러니까 유타로 가. 꿈을 좇아. 널 밀어내는 게 아니야.
  자유롭게 날게 하려는 거야.

- 얘기 좀 할 수 있어?

- 그래. 그런데 지금은 말고. 나 24시간 동안 한숨도 못 잤어.
  배터리도 5퍼센트고.

- ♥

- 💔

나오지 말라고 했는데도 맥은 버스 정거장에 피오나를 안고 서 있었다. 그리 놀랍지 않았다. 하지만 타일러가 같이 온 것은 놀라웠다. 우리는 모두 타일러의 트럭에 탔다. 여전히 타일러가 마음에 들진 않았지만 타일러가 잠깐 차를 세우고 비스킷과 해시 브라운을 먹자고 해서 점수를 좀 땄다. 맥은 타일러와 수다를 떨었다. 고맙게도 내가 혼자 생각할 수 있도록 내버려 둔 것이다.

"집이 어디지, 올리비아?"

타일러가 물었다.

나는 집에 갈 수 없었다. 지금은 엄마 얼굴을 마주할 수 없었다. 아빠의 계획을 알려서 엄마의 마음을 무너뜨릴 순 없었다. 엄마에게 아이스드림은 나와 똑같은 자식이나 마찬가지였다.

내 마음을 읽은 듯 맥이 말했다.

"우리 아이스드림에 내려 줘."

"아직 9시도 안 됐는데."

타일러가 대꾸했다.

"알아."

맥이 단답형으로 대화를 끝냈다.

15분 뒤 아이스드림 앞에 도착했다.

"할머니는 내일 밤까지 안 오시고 스튜어트는 지금 로스앤젤레스에 있다는 거지?"

타일러가 맥에게 물었다.

"그래. 오늘 저녁에 피오나 데리고 우리 집으로 오는 길에 중국요리 좀 사오면 같이 가족 식사를 할 수도 있고."

"그럴게."

타일러가 작별 키스를 하려 맥을 향해 몸을 기울이자 맥이 몸을 피했다.

"아직 거기까진 아니야, 타일러. 가족 식사 먼저 같이 하고."

그러자 타일러가 칭찬받아 마땅한 대답을 했다.

"맞아. 한 번에 하나씩. 그리고 연휴에 어떻게 할지도 얘기해 보자. 우리 부모님은 크리스마스 아침에 피오나를 봤으면 해서."

"흠, 그 얘긴 나중에 자세히 해."

맥이 노트북 가방을 어깨에 걸쳤다.

내 생각엔 맥이 더 세게 나가도 될 것 같았지만, 나는 입을 다물고 책가방을 멨다. 우리는 보도블록 위를 터벅터벅 걸었다. 링크 자물쇠에 열쇠를 넣는 순간, 맥이 비명을 질렀다.

"미안. 몰래 나타나려던 건 아니었는데."

조나가 손에 인라인스케이트를 들고 쓰레기 수거통 옆에 세워진 벤츠 쪽으로 몸을 피했다.

"조나! 제발 또 몰래 빠져나왔다고는 하지 말아 주라. 너희 부모님은 이미 나를 싫어하니까."

맥이 말했다.

"몰래 나온 거 아니야. 어디 가는지 말하고 왔어."

"그래서, 괜찮다고는 하셨고?"

"꼭 그런 건 아니야. 그래도 엄마한테 내가 평범해지길 바란 건 엄마였다고 상기시키긴 했지. 그러려면 친구 곁에 있어 줘야 한다고. 엄마도 그 점엔 동의했어. 그다음엔 엄마가 나에게 상기시켰지. 내 전화로 언제든 정확한 위치를 추적할 수 있다고. 진전인가? 어느 정도?"

"어느 정도. 와 줘서 기쁘다."

맥이 조나의 등을 툭툭 두드렸다.

"난 가서 노트북 켜고 있을게. 둘이서 얘기 좀 해."

조나가 감사의 뜻으로 맥을 향해 고개를 까딱했다. 나는 계단에 앉아 무릎을 팔로 감쌌다. 조나가 내 옆에 앉았다. 잠시 뒤 조나가 내 등 뒤로 팔을 뻗어 나를 부드럽게 당겼다. 내 머리가 조나의 어깨에 놓였다. 뺨에 닿은 조나의 후드 티가 부드러웠다.

"피닉스로 혼자 돌아온 거면, 오디션이 잘 안 됐나 봐."

조나가 조그맣게 말했다.

나는 똑바로 앉아 후드 티 주머니에 손을 찔러 넣었다. 그러곤 헤일 단장의 명함을 꺼냈다. 조나가 고개를 갸웃하며 명함을 읽었다. 어리둥절한 표정이었다.

"올림피언스 온 아이스는 내가 오길 바란대. 하지만 올림픽 메달을 목에 걸든, 고등학교 졸업장을 손에 쥐든, 둘 중 하나는 해야 한대."

나는 명함을 다시 주머니에 넣으며 말을 이었다.

"파이나 아줌마 말로는 내가 원하면 당장이라도 콜로라도스프링스에 있는 명문 브로드무어 스케이팅 클럽에 넣어 주겠대."

"와, 잘하는 줄은 알았지만 그렇게 잘하는 줄은 몰랐네."

조나의 말에 내가 확 쏘아붙였다.

"말이 잘못 나왔어. 내 말은, 난 항상 아이스드림하고 올리비아 케네디를 한 세트로 생각했거든. 따로따로 존재한다는 건 상상이 안 돼."

"나도 그래."

나는 일어서서 조나를 일으켜 세웠다.

"그게 바로 아이스드림을 못 팔도록 우리 엄마 아빠를 설득해야 할 이유야. 맥 언니랑 같이 밤새도록 계획을 짰어."

"어떤 생각인지 알려 줘. 나도 고민해 볼게."

조나가 내 손에 깍지를 끼고 말을 이었다.

"내가 최근에 노련한 협상가가 됐잖아. 뭐, 엄마한테 물어보면 그냥 대들기 좋아하는 십 대라고 하겠지만. 내가 너희 부모님 마음 돌릴 방법을 찾는 데 쓸모가 있을 거야."

마음이 조금 가벼워졌다. 문제를 해결해 주진 못해도 조나의 존재는 내가 생각의 균형을 잡을 수 있게 해 주었다.

"힘찬 박수로 맞이해 주세요. 맥 트럭 매킨토시!"

조나와 함께 아이스드림으로 들어서며 내가 소리쳤다.

맥은 매점 카운터에 노트북을 열어 놓고 서 있었다. 내 소개엔 웃는 척도 하지 않았다. 나는 곧 이유를 알았다. 1번 테이블 옆에 금빛 머리의 중년 백인 여자가 맞춤 정장 차림에 금색 액세서리를 주렁주렁 걸고 서 있었다.

"올리비아?"

여자 뒤에서 아빠가 서류 한 뭉치와 펜을 들고 걸어 나왔다.

심장이 쿵 내려앉았다.

"제발, 아이스드림 팔지 마, 아빠. 6개월만 줘…. 아니, 3개월. 상황을 바꿔볼 수 있을 거야. 할 수 있어."

"착하기도 해라. 열정은 높이 평가하마. 그렇지만 이건 비즈니스란다."

여자가 금색 팔찌들을 쨍그랑거리며 말했다.

"아니요. 이건 비즈니스가 아니라 아이스드림이에요. 우린 케네디 코치의 제1규칙을 따라요. 우린 언제나 파트너를 돌봐요. 그리고 가족을요."

내가 조나와 맥을 차례로 봤다.

아빠가 서류를 테이블 위에 내려놨다.

"아침에 공항에서부터 데려다주셔서 정말 감사합니다, 오르먼드 씨. 친절한 제안은 다시 잘 살펴보고 곧 연락드리겠습니다."

"기다릴게요, 케네디 씨."

오르먼드는 금색 매니큐어가 발린 손을 명품 가방에 넣더니 자동차 열쇠를 꺼냈다.

"3개월, 아니 6개월 후에라도 아이스드림이 파산하면, 당연히 그리되겠지만, 그때는 오늘의 절반 가격을 제안받으실 거예요. 그 점 잘 생각하시고 연락 주세요."

오르먼드는 쨍그랑거리며 매점 앞을 지나갔다.

"얼른 꺼지시는 게 신상에 이로울 텐데."

맥이 오르먼드 뒤에 대고 소리쳤다.

"맥!"

아빠가 당황한 소리를 냈다.

"왜요? 저 여자가 링크를 사면 어차피 전 일자리도 없어지는데요, 뭘."

오르먼드가 픽 코웃음을 치고는 오만한 얼굴로 건물 밖 벤츠를 향해 멀어졌다. 아빠가 손으로 머리를 쓸며 기운 빠지는 한숨을 내뱉었다.

"올리비아, 도대체 무슨 짓이냐?"

"넘버원이 아닌 모든 선수를 위해 나선 거야. 오르먼드 씨한테 해나 같은 애들이랑 스케이팅에서 즐거움을 없애 버리는 사람들 죄다 데려가라고 해. 우리는 우리가 제일 잘하는 걸 하면 되니까."

"그래서, 어떻게 링크 상황을 바꾸겠다는 거니? 네 모든 걸 다 걸겠다는 뜻이야?"

아빠가 내 앞에 와서 섰다. 아빠가 조나와 나의 손을 내려다봤지만 우린 손을 놓지 않았다.

"네 꿈은 어떡하고?"

"내 꿈 포기한 적 없어. 하지만 아이스드림을 지키기 위해서라면 당분간 기꺼이 넘버투가 될 거야."

"뭔가를 팔아야 한다면 링크 대신 집을 팔면 좋겠어."

엄마 목소리가 링크에 울렸다. 엄마가 우리를 향해 다리를 끌며 다가왔다.

"맞아. 나 엄마 사무실 간이침대에서 자고 샤워는 학교에서 하면 돼. 아이스드림을 조금이라도 더 열 수 있다면."

"당신 생각은 어때, 여보? 아이스드림은 나보다는 당신 자식에 더 가까우니까."

아빠가 엄마의 손을 잡으며 물었다.

"아, 나도 잘 모르겠어. 정말 그러고 싶지 않지만 이제는 내 자식을 떠나보내야 할 때가 온 걸까?"

엄마가 눈물이 그렁그렁한 눈으로 나와 맥, 조나를 차례로 보았다.

어색한 침묵이 링크에 내려앉았다. 귀에서 맥박이 뛰었다.

"우리 이제…."

엄마가 운을 떼는데 조나의 주머니에서 휴대전화가 비명을 질렀다.

"죄송해요. 엄마예요."

조나가 주머니에서 휴대전화를 꺼내 귀에다 댔다.

"엄마, 잠깐만."

조나가 우리 엄마 아빠를 봤다.

"제가 끼어들 상황이 아닌 건 알지만 그냥 감사하다고 말씀드리고 싶어요. 전부 다요. 다 그런데 전…."

조나의 목소리가 갈라졌다.

"전…, 감사해요. 그냥 다 감사해요."

조나가 휴대전화를 들고 문밖으로 황급히 나가자 맥이 노트북을 챙겼다.

"제가 끼어들 상황이 아닌 건 알지만, 저도 조나랑 똑같은 마음이에요."

맥이 헛기침을 하고는 덧붙였다.

"전부 다요."

"여보, 올리비아, 와서 앉아. 셋이서 얘기 좀 하자. 내가 차 내올게."

아빠가 엄마를 1번 테이블로 다정하게 이끌었다.

나는 엄마 맞은편에 앉았다. 엄마도 나만큼이나 마음이 무거워 보였다. 우리는 말없이 앉아 있었다. 마지막으로 우리가 주고받았던 열띤 말들이 우리 사이에 여전히 머물러 있었다. 아빠가 차를 한 잔씩 들고 와 테이블에 놓았다. 그러고 나서 엄마와 나를 차례차례 봤다.

"분명 나 모르는 뭔가가 있는데. 누구 힌트 좀 줄 사람?"

아빠가 차를 후후 불었다.

"우리 딸은 내가 스튜어트랑 같이 로스앤젤레스에 가도록 허락을 안 해 줘서 화가 났어. 이젠 내 말을 어긴 대가로 한 달 동안 외출 금지를 당할 테니 더더욱 화가 날 거야."

"엄마는 아직도 몰라!"

내가 손바닥으로 테이블을 탁 치자 컵 밖으로 찻물이 찰랑 넘쳤다.

"내가 로스앤젤레스로 간 건 엄마가 틀렸다는 거, 그리고 내 내면의 비판

역시 틀렸다는 걸 증명하기 위해서였어. 나는 열일곱 살에 볼 장 다 본 퇴물이 아니라고. 그래서 어떻게 된 줄 알아?"

나는 헤일 단장의 명함을 꺼내 테이블 한가운데 탁 내려놨다.

"헤일 단장은 내가 백만 명 중의 하나래. 엄마 아빠가 아무리 아니라 그래도."

"이미 들었어. 헤일 단장이 아침 7시 30분부터 전화해서 본인이 밤새 잠도 못 자고 생각한 아이디어를 다 얘기하더라."

엄마가 명함을 집어 탁 튕기더니 아빠를 보며 말을 이었다.

"헤일 단장은 쇼단의 스타 선수를 잃고 싶지 않대, 여보. 그리고 올리비아가 올림픽에 출전하겠다는 꿈을 포기한 거면 자기도 맘을 바꿔서 아빠와 딸을 위한 안무를 만들어 보고 싶대. 그리고 이러더라. '6월에는 아버지의 날 기념으로 한 달 내내 특별 홍보도 하는 거야. 미도리, 마이클 팬들이 난리가 날 거야.'"

엄마가 한숨을 내쉬었다.

"수술받고 나면 난 영원히 스케이트도 못 타고 링크를 닫아야 할 수도 있어. 이제 내 꿈에 이별을 고해야 하는 때일지도 몰라. 나야말로 퇴물처럼 말하고 있다는 거 알아. 그런데 진실이기도 해. 고약한 진실. 이젠 두 사람이 무거운 짐에서 자유로워질 때인 것 같아. 본인들 꿈이 아니라 내 꿈을 끌어안고 사느라 떠안은 짐."

"여보, 이건 짐이 아니야. 당신이 어떻게 짐이야? 열아홉 살 때 내 꿈은 올림픽에서 금메달을 따고, 좋은 음향 시스템이 달린 끝내주는 자동차를 사고, 시리얼 상자에 내 얼굴이 나오는 거였어."

아빠가 엄마의 손을 잡으며 말을 이었다.

"그리고 내 절친에게 언젠가 결혼하자고 말하는 거. 인생이라는 롤러코스터에 따라오는 나머지 모든 것들은 덤일 뿐이었어. 그러니까, 당신이 링크를 팔고 공식적으로 은퇴를 하건, 링크를 유지하고 당분간 우리를 투어에 내보내건, 난 우리 작은 가정을 이어 가기 위해서라면 무엇이든 할 거야. 내 인생의 중심은 당신이야. 언제나 당신이었어."

엄마의 몸이 무너져 내리는 듯하더니 이내 다시 꼿꼿해졌다.

"그런데 왜 파이나가 20년 만에 뜬금없이 문자를 보내서 나랑 얘기를 하고 싶다고 하지? 그리고 내 번호는 누가 줬어?"

"내가 줬어. 비상 연락처에 습관적으로 엄마 번호를 적었어."

엄마와 아빠 사이에 무언가가 오갔다. 엄마의 미간에 주름이 지게 하는 무언가가.

"파이나 아줌마가 콜로라도스프링스 브로드무어 스케이팅 클럽에 날 소개해 줄 수 있대. 나한테 들어갈 용기가 있으면."

엄마가 나를 빤히 쳐다봤다.

"그래서 넌 용기가 있어? 내 눈엔 안 보이지만 헤일 단장하고 파이나 눈엔 똑똑히 보이는 그런 원석 같은 너의 재능을 뒷받침할 만한 배짱이 너한테 있다면, 그럼 이젠 정말 내 꿈은 내려놓고 우리 가족이 너의 꿈을 좇아야 할 시간이야."

"그리고 올림픽 도전은 주변 모든 사람이 뛰어들어서 헌신해야 하는 일이야, 올리비아. 몇 년 동안. 네가 뭘 하려는 건지 알겠니?"

"또, 새 파트너를 찾아야 하는 문제도 있어. 헤일 단장 말로는 스튜어트가 내년엔 같이 투어를 다니게 될 게 확실하대."

"나 파트너 필요 없어. 다시 싱글 선수로 돌아갈 거야. 하지만 먼저 링크부터 살리고 싶어."

"아가, 날 위해서라면 그러지 않아도 돼."

엄마가 말했다.

"엄마를 위해서이기도 하고 아니기도 해. 나를 위한 일이기도 하니까. 맥 언니와 조나를 위한 일이기도 하고. 아이스'드림'을 믿는 모두를 위해서야. 그게 줌바 댄스 아줌마들이건, 우리가 사랑하는 쇼트트랙남이랑 지상 훈련을 하는 롤러 더비 선수들이건, 그저 재미있으니까 타는 1학년짜리건 상관없어. 골드메달아이스하고 경쟁할 수 없어. 그러기도 싫고. 우리가 가장 잘하는 걸 하고 싶어."

"그렇지!"

맥의 목소리가 들렸다.

"죄송해요. 엿들은 건 아니고 매점에 휴대전화를 놓고 가서. 당장 빠져 드릴게요."

"맥."

엄마가 테이블의 빈자리를 툭툭 쳤다.

"아니에요, 안 돼요."

"아니야, 돼. 나 지원군 필요해."

내가 말하자 아빠가 매점으로 향하며 말했다.

"가서 노트북 가져와. 난 차 내올게. 오르먼드 씨가 묵살해 버린 네 홍보 자료 좀 보자."

"넵, 사장님."

맥의 얼굴에 함박웃음이 빛났다.

"아, 그리고 공지 사항이 있는데요. 조나네 가족이 전부 주차장에 있어요. 조나가 올해 유타로 가느냐 마느냐를 놓고 열띤 토론을 하고 있죠."

엄마가 맥을 향해 온몸을 돌리자 맥이 말을 이었다.

"절대 엿들은 거 아니에요. 그 사람들이 차창을 열어 놔서요."

"뭐라고 하는 거 아니야, 맥. 나도 어떻게 돼 가나 궁금해서."

"조나 아빠는 간다, 조나 엄마는 있는다. 조나는 끼어들 틈도 못 찾고 있고요. 조나한테 말할 기회를 주면 아마, 어, 안녕하세요."

그때 조나가 잔뜩 화난 얼굴로 엄마 아빠를 따라 링크로 들어왔다.

"내 말은, 아빠, 결정을 내리기 전에 가능성이 있는지 물어나 보자고."

조나 아빠가 매점에 선 덩치 큰 백인 남자를 어리둥절한 얼굴로 보고는 물었다.

"미도리 씨, 우리가 여기서 쇼트트랙 프로그램을 만들어 볼 일말의 가능성이라도 있습니까?"

"시내 아이스하키 링크에서 선수를 모집하신다면 가능하죠. 그런데 조나 수준 선수들이라면, 모을 수가 없죠. 아드님은 백만 명 중의 한 명인 특별한 선수니까요."

조나 엄마의 얼굴이 환하게 밝아졌다. 평소대로라면 질투가 나야겠지만 조나 아빠의 결심에 금이 가는 게 보였다.

"미도리와 제가 올림픽위원회 쪽에 아는 사람들이 있습니다. 코치를 구할 수 있는지 타진해 볼 수 있어요."

아빠가 매점에서 나와 조나 아빠와 악수를 하며 자기를 소개했다.

나는 일어서서 아빠의 눈을 보며 말했다.

"사실대로 말해, 아빠."

"올리비아."

아빠가 경고하는 어조로 말했다.

"아니야, 제대로 아서야지. 만약 지금 조나가 유타로 가면, 그럼 우리는 아마 몇 달 안에 링크를 포기해야 할 거예요."

조나가 내게 고개를 끄덕였다.

"그 후에 조나가 마음을 바꿔서 애리조나로 돌아오면 골드메달아이스의 피닉스 지점에선 조나에게 링크를 통째로 내주지 않을 거예요. 특히 황금 시간대에는요. 골드메달아이스에서 조나는 연습 시간 확보하려고 애쓰는 그냥 또 한 명의 재능 있는 선수가 될 거예요. 하지만 우린 그런 방식으로 하지 않아요. 아이스드림은 가족이니까요."

나는 조나의 손을 잡았다.

"물론 선택은 부모님께서 하시는 겁니다."

아빠가 세련되게 말했다.

"아빠, 나 유타 가고 싶어. 그런데 지금은 아니야. 2주 안에 내가 주니어 선수권대회에서 메달을 노릴 수 있을 것 같아? 솔직하게 말하면, 아니야. 그럼, 피닉스로 이사 온 후로 내가 더 강하고 안정적인 선수가 되었냐면, 그건 정말 그래. 그리고 그걸 뒷받침할 만한 하드웨어도 갖췄고. 좀 더 밀어붙여 보자, 아빠. 가족이 다 함께 피닉스에 좀 더 머물러 보자."

맥이 우리 뒤에 와서 섰다. 그러고는 우리의 어깨에 한 손씩 올렸다.

"조나가 그 드셴 롤러 더비 선수들도 확 휘어잡아서 꼴을 갖춰 놨는데, 꼬맹이들 무리를 데리곤 어떻게 할까 상상해 보세요."

"어…"

조나가 어깨를 으쓱하곤 말을 이었다.

"꼬맹이들 얘긴 잘 모르겠지만, 내 개인 훈련 비용을 줄이는 데 도움이 된다면 쇼트트랙 그룹 레슨 시간에 코치를 보조할 생각은 있어. 내 꿈이 우리 가족에게 재정적으로 부담이 된다는 거 나도 알아. 나도 내 역할을 하고 싶어."

"어떻게 생각해?"

조나 엄마가 남편에게 물었다.

"시험해 보는 기간을 좀 갖는 건 어때? 한 6개월?"

조나 아빠가 대꾸했다.

"좋았어!"

맥이 조나와 나를 뼈가 으스러지도록 한꺼번에 끌어안았다.

"맥, 우리한테 보여 줄 게 있다고 했지? 지금이 적당한 시간인 것 같은데."

아빠가 맥을 향해 턱짓을 했다.

맥이 노트북을 설치하는 동안, 아빠는 모두를 위해 차를 한 번 더 만들었다. 조나가 내 뒤에 앉아서 내 허리에 팔을 둘렀다. 그러고는 몸을 기울여 내 어깨에 턱을 얹었다.

"과대망상이라고 해도 좋아. 난 우리가 해낼 수 있을 것 같아."

조나가 내 귀에 속삭였다.

"과대망상이야. 그래도 우린 평범한 십 대가 되는 법을 모르니까 유별나기로 하자. 결국 그게 우리가 제일 잘하는 거야."

내가 조나의 손 위에 내 손을 겹치고는 꽉 쥐었다.

"유별난 거로 치자면, 뭐."

조나가 턱으로 맥을 가리켰다.

"그렇게 완성도가 높진 못해요."

맥이 이리저리 종종대며 말을 이었다.

"시간도 더 있고 잠도 좀 많이 잤으면 당연히 더 전문적으로 만들 수 있었겠지만, 어쨌든 시작합니다."

맥이 재생 버튼을 눌렀다. 신나는 연주 음악에 맞춰 여러 사진들이 화면을 가로질러 흘러갔다. 비엘만 스핀을 하는 나. 손가락으로 얼음 위를 스치며 깊숙한 각도로 몸을 기울인 조나. 중력을 거스르며 버터플라이 점프로 빙판 위를 맴도는 에그. 데스 스파이럴을 하는 에그와 나.

사진이 바뀌며 어른 목소리의 맥이 내레이션을 시작했다.

"이곳 아이스드림에서 우리는 금메달 그 이상입니다."

올림픽에 출전한 엄마 아빠의 옛날 사진, 금메달을 목에 걸고 관중을 향해 손을 흔드는 에그와 나, 그리고 조나의 최근 메달 사진이 섞인 몽타주가 나타났다.

"우리는 가족입니다."

빙판 위에 무릎을 꿇은 채 깔깔 웃는 리나 기타가와와 리나의 스케이트 끈을 묶어 주는 내 모습이 화면에 등장하자 엄마가 탄성을 뱉었다. 다음 탄성은 조나 엄마의 차례였다. 롤러 더비 선수 무리 앞에서 시범을 보이는 조나의 사진이 나타났다. 조나와 내가 하이드로블레이딩 동작을 하는 모습이 지나가자 조나 엄마가 우리 엄마 팔에 손을 얹었다.

"금메달을 향한 도전을 열망하는 분도, 재미있게 즐길 새로운 운동을 찾는 분도, 오늘 저희와 함께 그 꿈을 시작해 보세요."

마지막 사진이 아이스드림의 로고 속으로 사라지며 아이스드림의 주소와 SNS 주소가 떴다.

"이야, 이건, 뭐, 이야, 맥."

아빠가 손으로 머리를 쓸었다. 아빠의 눈이 촉촉이 빛났다.

엄마는 손끝으로 눈가를 닦더니 말했다.

"맥, 너 해고야."

"어, 왜요?"

"넌 학교로 돌아가야 해. 아니면 최소한 홍보 회사에 지원해 보든가. 널 딸같이 사랑하지만 이젠 둥지 밖으로 밀어내야겠어."

"저도 그러고 싶지만 아직은 아니에요. 저에게 아이스드림을 구할 기회를 주세요."

맥이 내게 고개를 까딱했다.

"다 같이 노력해야 해."

내가 말했다.

"전 찬성이에요."

조나가 테이블 가운데 손을 놓았다.

"같이하실 분?"

"나."

내가 조나의 손 위에 내 손을 얹었다.

한 명씩, 결국 모든 사람이 손을 포갰다. 맥이 마지막으로 손을 얹었다.

"이 꿈을 현실로 만들어요."

내가 한 사람씩 눈을 맞추다가 조나에게 시선을 멈추자 조나가 물었다.

"후회 안 하지?"

"후회 안 해."

#36

#1년 뒤

"약간 왼쪽으로. 아니, 내 왼쪽. 높이. 더 높이. 그건 너무 높고."

"엄마, 이 정도면 괜찮아."

내가 벽에 압정을 탁 박고는 의자에서 내려왔다.

"이제 곧 문 열 건데 아직까지 현수막만 주물럭거리고 있으면 어떡해. 그리고 엄마, 테라 린한테 약속했잖아. 오늘 저녁에 절대 무리 안 한다고."

"무리 안 해. 최근 몇 달 중에 제일 컨디션 좋아."

그러면서도 엄마는 몸을 기울여 현수막 한쪽 끝을 잡아당겼다.

"그리고 이번 달 운동 목표 달성한 보상으로 테라 린이 내일 물리치료 끝난 뒤에 보너스 마사지해 준다고 그랬어. 그러니까 풍선 좀 갖다주고, 가서 옷 갈아입어. 여보!"

"어, 사토 씨 요리 시식하느라."

아빠가 밥과 돈가스로 볼을 가득 부풀린 채 말했다.

"항상 그렇지만 끝내주네."

아빠가 내 사진과 함께 "금메달을 향하여, 올리비아!"라고 적힌 기부함에

20달러 지폐를 넣고는 돈가스 그릇을 들고 쇼트트랙 선수들과 필립스 코치의 지상 훈련 장소가 된 곳을 지나 지정석으로 향했다. 나는 금색 풍선 한 무더기를 엄마에게 가져다주며 아빠를 빙 돌아 지나쳤다.

"좀 더 오른쪽으로, 여보!"

내가 풍선을 건네자 엄마가 소리쳤다.

아빠가 관중 배경 사진 앞에 놓인 하얀색 시상대 위치를 조정하고 있었다. 사람들이 걸고 사진을 찍도록 진짜 같은 가짜 금메달이 가운데 가장 높은 단상에 놓여 있었다. 아이스드림의 홍보 매니저 맥이 내놓은 또 하나의 반짝이는 아이디어였다.

나는 탈의실로 가는 도중 살짝 딴 길로 샜다.

"나중에 하나 먹을 거야."

나는 빵 판매 테이블에 놓인 멜론빵을 가리키며 스카일러에게 말했다. 옆에는 브랜던의 파스텔색 마카롱과 브랜던의 여자 친구 나오미의 저먼 초콜릿 코코넛 브라우니가 놓여 있었다. 에리카의 마시멜로 과자는 화려하게 장식된 포장지 안에 하나씩 들어 있었다.

"그리고 저것도. 그리고 아마 저것도."

"내가 하나씩 빼놓을게."

스카일러가 웃으며 말했다.

"올리비아!"

엄마가 링크를 가로질러 소리쳤다.

"가고 있어!"

나는 탈의실로 달려가 오늘 저녁 학생 발표회에서 입을 의상 세 벌 가운데 첫 번째를 가방에서 꺼냈다. 화요일 저녁 타임 학생들을 위해 내가 짠 안무를 모두에게 선보일 생각에 몸이 근질근질했다. 당찬 리나 기타가와가 관심을 독차지할 것이다. 나는 피닉스 의상을 입었다. 피닉스 의상은 오늘로 마지막이다. 에그가 오늘 저녁 런던에서 시간 맞춰 날아와 화려한 재개업식 쇼에서 나와 함께 스케이트를 탈 수 있었다면 얼마나 좋았을까. 대신 에그는 고맙게도 헤일 단장에게 부탁해 다음 달에 피닉스에서 열릴 올림피언스 온 아이스 티켓 두 장을 기부해 주었다. 그리고 누구인지 모르겠지만 에그의 자유 시간을 모조리 차지해 버린 사람도 소개해 주기로 했다. 에그는 이제 내 문자에 답장할 시간도 없는 것 같다.

나는 아이라인을 그린 다음 새빨간 입술에 반짝이를 톡톡 두드려 발랐다. 롤러 더비 선수들이 도착했다. 이제는 두 배로 넓혀 지상 훈련 장소로 쓰는 바레 연습실에서 새 남자친구가 생긴 맥을 놀려 대는 목소리가 들렸다. 나는 스케이트 끈을 다시 조이고 거울 앞에서 마지막으로 의상을 확인했다.

밖에서 두런거리는 소리가 들렸다.

탈의실 밖으로 나가자 설리 걸스 선수들이 왼손을 뻗은 채 둥그렇게 호를 그리고 서 있었다. 바나클 바브부터 시작해 마지막엔 맥이었다. 나는 설리 걸스 선수들과 하이파이브를 하며 호를 따라 이동했다. 쭉 뻗은 피오나의 손과도 톡 부딪혔다.

"올리비아 이모한테 선물 줘야지."

맥이 피오나의 산타 모자를 바로잡으며 말했다.

나는 피오나가 들고 있는 쇼핑백에 손을 넣었다. 설리 걸스 로고가 박힌 검정 티셔츠가 나타났다.

"힘찬 박수로 맞이해 주세요. 올리이비아 피닉스 케네디!"

티셔츠를 홱 뒤집었다. 당연히 등에는 큼지막한 빨간색 반짝이로 "피닉스"라고 쓰여 있었다.

"마음에 쏙 들어."

맥을 끌어안자 맥이 나를 으스러지게 안아 내 스케이트가 바닥에서 들려 올라갔다.

"다음 주말 롤러 더비 경기 때 그 티셔츠 입어야 해."

조나의 목소리가 사람들 위로 둥실 건너왔다.

"퀵 실버! 이 녀석, 꾸미니까 근사한데?"

바나클 바브가 지나가는 조나의 머리를 헝클어뜨렸다.

맥이 뒤로 물러나자 로열블루 색 셔츠에 진회색 정장 바지를 입은 조나가 내 앞에 섰다. 심장이 팔랑거렸다.

"왔구나."

내가 말했다.

"절대 빠질 수 없지."

"주말 잘 보냈어?"

조나가 셔츠 속에 있던 금메달을 꺼냈다. 그리고 또 하나 더.

"좀 허세스럽지?"

"허세스럽긴. 그냥 좀 유별나달까."

"반짝이 비키니 입은 사람이 할 소린 아니지."

모두가 우리를 지켜보고 있는데, 조나가 몸을 숙여 내게 키스했다. 잠시 뒤 우리의 입술이 떨어지자 조나가 속삭였다.

"콜로라도스프링스가 발칵 뒤집히겠네."

작가의 말

지난 15년 동안, 저는 아이들을 데리고 매년 여름 일본에 다녀왔습니다. 그 덕분에 다문화 가정의 생활에 대해 오랫동안 다양한 글을 써 올 수 있었습니다. 두 혼혈 아이의 엄마로서, 저는 우리 아이들이 삶의 모든 단계에서 자신의 모습을 제대로 들여다볼 수 있도록 항상 책을 찾았습니다. 아이들이 청소년 시기를 지나게 되니 더더욱 좋은 책을 찾게 되더군요.

저는 청소년 소설의 열렬한 독자여서 집에 청소년 소설책이 부족했던 적은 한 번도 없었습니다. 그럼에도 아이들은 동양인이나 동양계 혼혈이 주인공으로 등장하거나 주인공의 연애 상대가 되는 책을 거의 만나지 못했습니다. 우리 아이들은 재빨리 애니메이션, 만화, 티브이로 옮겨 갔고, 그제야 주인공들러리나 컴퓨터와 기계에 능한 남자아이가 아니라 히어로, 주인공, 연애 상대인 자신의 모습을 볼 수 있었습니다. 그래서 저는 그 누구보다도 우리 아이들을 위해 이 책을 썼습니다.

음식 역시 저의 모든 작품에서 중요한 역할을 합니다. 제 책을 한 권이라도 읽어 본 독자라면 눈치챘겠지만 저는 달콤한 음식을 무척 좋아합니다. 이 책을 읽다가 호떡이나 멜론빵 혹은 브라우니가 마구 당겼다면, 사과드립니다. 저도 이런 저를 어쩔 수가 없어요. 저는 음식을 통해 동양 문화와 접촉해

왔고 일본에 방문할 때마다 시어머니에게 새로운 레시피를 즐겁게 배우곤 합니다. 특히 일본식 도시락을 좋아하죠. 애리조나에서 열리는 애니메이션 전시회에 온다면, 아티스트 부스에서 저의 또 다른 자아, 도시락 아주머니를 만날 수 있을 거예요. 13년 동안 매일 아이들 도시락을 싸 온 실력을 발휘해, 더없이 기쁜 마음으로 여러분의 점심을 변신시켜 드릴게요. 즐겁게 음식 한번 만들어 봅시다!

자신의 모습을 대변하는 청소년 소설이 더 많이 나오길 기대하는 전 세계 동양계 청소년들, 그리고 자기답게 살고 싶은 모든 청소년들이 이 책을 읽었으면 좋겠습니다. 더 다양한 이야기를 읽고 싶다면 제 홈페이지(www.sarafujimura.com)를 방문해서 청소년 도서 목록을 한번 둘러보세요. 아직은 무척 짧은 목록이지만 여러분의 관심으로 이 목록이 계속 길어지기를 바랍니다.

이 책이 꿈을 키우는 여러분에게 즐거움과 영감을 전해 주길 바랍니다.

사라 후지무라